Zu diesem Buch

In einigen dieser 1903 bis 1917 entstandenen zwölf Erzählungen dieses Bandes schildert Hermann Hesse Erlebnisse und Begebenheiten, die er in einem Alter erlebte, in welchem die Psychologie die nachhaltigsten und für die spätere Entwicklung der Persönlichkeit entscheidenden Engramme und Prägungen zu suchen gelernt hat. Es sind Erinnerungen an Erlebnisse der Kindheit, der Schuljahre und der ersten Liebe, an die erstmals wahrgenommene Spannung zwischen Freiheit und Domestizierung, zwischen Gemeinschaft und Individuation, Neugierde und Tabus, instinktivem und althergebrachtem Verhalten («Aus Kinderzeiten», «Das Nachtpfauenauge», «Das erste Abenteuer», «Der Lateinschüler», «Fragment aus der Jugendzeit»). Denn «der Mensch», schrieb Hermann Hesse, «erlebt das, was ihm zukommt, nur in der Jugend in seiner ganzen Schärfe und Frische, so bis zum dreizehnten, vierzehnten Jahr und davon zehrt er sein Leben lang».

Andere Erzählungen, wie «Die Verlobung», «Ladidel», «In einer kleinen Stadt», «Aus der Werkstatt», «Der Schlossergeselle», schildern dieselben Spannungen in einer Welt von Handwerkern, Lehrlingen, Verkäufern, aber auch Hausierern, Asylinsassen, Schiffbrüchigen und Ausrangierten der Gesellschaft, kurz: wahren Prachtexemplaren von «Proletariern», doch außerhalb der ideologischen Schonungen in naturalistischem Wildwuchs. Diese so wohltuend unheldischen Helden Hermann Hesses spiegeln vor alltäglich-unscheinbarem Hintergrund in immer neuen Brechungen die ganze Vielfalt menschlicher Psychologie und Verhaltensweisen. Nicht unerhörte Begebenheiten, sondern das Unerhörte der alltäglichen Begebenheiten kommt hier zu Wort.

Hermann Hesse wurde am 2. Juli 1877 in Calw im Schwarzwald geboren. Sein Vater war ein deutsch-russischer Missionsprediger aus Estland, seine Mutter die in Ostindien geborene Tochter eines Missionars und Orientalisten und einer französischen Schweizerin. Die Konflikte, vor die seine Herkunft aus einem streng protestantischen Elternhaus ihn stellte, spiegeln sich in seinem Lebensweg ebenso wider wie in seinem gesamten schöpferischen Werk. Schon früh wehrte er sich gegen die ihm bestimmte Theologenlaufbahn, als er nach wenigen Monaten aus dem evangelischen Klosterseminar in Maulbronn entfloh und auch das Gymnasium in Bad Cannstatt nach einem Jahr wieder verließ. Er versuchte sich als Buchhändlerlehrling, als Gehilfe seines Vaters, als Mechanikerlehrling; schließlich kehrte er zum Buchhandel zurück und ging 1899 nach Basel. In dieses Jahr fallen auch seine ersten Veröffentlichungen, «Romantische Lieder» und «Eine Stunde hinter Mitternacht». Nach dem Roman «Peter Camenzind», der 1904 erschien, ließ er sich als freier Schriftsteller am Bodensee nieder und lebte – unterbrochen von mehreren Reisen nach Italien und nach Indien – bis zu seinem Tod am 9. August 1962 in Montagnola in der Schweiz.

Der Konflikt zwischen Ich und Welt, zwischen Geist und Instinkt, zwischen dem Drang nach Selbstvernichtung und der Sehnsucht nach der Selbstentäußerung, die Spannungen zwischen den seelisch-geistigen Energien des Menschen und den pervertierenden und paralysierenden Institutionen der bürgerlichen Gesellschaft sind Themen seines umfangreichen Gesamtwerks, für das er als Repräsentant des «besseren Deutschland» 1946 den Nobelpreis erhielt. Seine weiteren großen Romane «Roßhalde» (rororo Nr. 1557), «Gertrud» (rororo Nr. 1664), «Demian», «Der Steppenwolf», «Narziß und Goldmund», «Das Glasperlenspiel», «Siddhartha» und andere sind ebenfalls in alle Kultursprachen übersetzt. Als rororo-Taschenbuch erschien ferner «Klingsors letzter Sommer und andere Erzählungen» (Nr. 1462).

In der Reihe «rowohlts monographien» liegt als Band 85 eine Darstellung Hermann Hesses in Selbstzeugnissen und 70 Bilddokumenten von Bernhard Zeller vor, die eine ausführliche Bibliographie enthält.

Hermann Hesse

Das erste Abenteuer

Frühe Erzählungen

Ausgewählt
und mit einem Essay von
Volker Michels

rororo

Rowohlt

Umschlagentwurf Jan Buchholz und Reni Hinsch

1.–25. Tausend	November 1975
26.–40. Tausend	März 1976
41.–60. Tausend	September 1976

Veröffentlicht im Rowohlt Taschenbuch Verlag GmbH,
Reinbek bei Hamburg, November 1975
Lizenzausgabe mit freundlicher Genehmigung des Suhrkamp Verlages,

Satz Aldus (Linotron 505 C)
Gesamtherstellung Clausen & Bosse, Leck/Schleswig
Printed in Germany
480-ISBN 3 499 11897 1

Inhalt

Aus Kinderzeiten

Der ferne braune Wald hat seit wenigen Tagen einen heiteren Schimmer von jungem Grün; am Lettensteg fand ich heute die erste halberschlossene Primelblüte; am feuchten klaren Himmel träumen die sanften Aprilwolken, und die weiten, kaum gepflügten Äcker sind so glänzend braun und breiten sich der lauen Luft so verlangend entgegen, als hätten sie Sehnsucht, zu empfangen und zu treiben und ihre stummen Kräfte in tausend grünen Keimen und aufstrebenden Halmen zu erproben, zu fühlen und wegzuschenken. Alles wartet, alles bereitet sich vor, alles träumt und sproßt in einem feinen, zärtlich drängenden Werdefieber – der Keim der Sonne, die Wolke dem Acker, das junge Gras den Lüften entgegen. Von Jahr zu Jahr steh ich um diese Zeit mit Ungeduld und Sehnsucht auf der Lauer, als müßte ein besonderer Augenblick mir das Wunder der Neugeburt erschließen, als müsse es geschehen, daß ich einmal, eine Stunde lang, die Offenbarung der Kraft und der Schönheit ganz sähe und begriffe und miterlebte, wie das Leben lachend aus der Erde springt und junge große Augen zum Lichte aufschlägt. Jahr für Jahr auch tönt und duftet das Wunder an mir vorbei, geliebt und angebetet – und unverstanden; es ist da, und ich sah es nicht kommen, ich sah nicht die Hülle des Keimes brechen und den ersten zarten Quell im Lichte zittern. Blumen stehen plötzlich allerorten, Bäume glänzen mit lichtem Laube oder mit schaumig weißer Blust, und Vögel werfen sich jubelnd in schönen Bogen durch die warme Bläue. Das Wunder ist erfüllt, ob ich es auch nicht gesehen habe, Wälder wölben sich, und ferne Gipfel rufen, und es ist Zeit, Stiefel und Tasche, Angelstock und Ruderzeug zu rüsten und sich mit allen Sinnen des jungen Jahres zu freuen, das jedesmal schöner ist, als es jemals war, und das jedesmal eiliger zu schreiten scheint. – Wie lang, wie unerschöpflich lang ist ein Frühling vorzeiten gewesen, als ich noch ein Knabe war!

Und wenn die Stunde es gönnt und mein Herz guter Dinge ist, leg ich mich lang ins feuchte Gras oder klettere den nächsten tüchtigen Stamm hinan, wiege mich im Geäste, rieche den Knospenduft und das frische Harz, sehe Zweigenetz und Grün und Blau sich über mir verwirren und trete traumwandelnd als ein stiller Gast in den seligen Garten meiner Knabenzeit. Das gelingt so selten und ist so köstlich, einmal wieder sich dort hinüberzuschwingen und die klare Morgenluft der ersten Jugend zu atmen und noch einmal, für Augenblicke, die Welt so zu sehen, wie sie aus Gottes Händen kam und wie wir alle sie in Kinderzeiten gesehen haben, da in uns selber das Wunder der Kraft und der Schönheit sich entfaltete.

Da stiegen die Bäume so freudig und trotzig in die Lüfte, da sproß im Garten Narziß und Hyazinth so glanzvoll schön; und die Menschen, die wir noch so wenig kannten, begegneten uns zart und gütig, weil sie auf unserer glatten Stirn noch den Hauch des Göttlichen fühlten, von dem wir nichts wußten und das uns ungewollt und ungewußt im Drang des Wachsens abhanden kam. Was war ich für ein wilder und ungebändigter Bub, wieviel Sorgen hat der Vater von klein auf um mich gehabt und wieviel Angst und Seufzer die Mutter! – und doch lag auch auf meiner Stirne Gottes Glanz, und was ich ansah, war schön und lebendig, und in meinen Gedanken und Träumen, auch wenn sie gar nicht frommer Art waren, gingen Engel und Wunder und Märchen geschwisterlich aus und ein.

Mir ist aus Kinderzeiten her mit dem Geruch des frischgepflügten Ackerlandes und mit dem keimenden Grün der Wälder eine Erinnerung verknüpft, die mich in jedem Frühling heimsucht und mich nötigt, jene halbvergessene und unbegriffene Zeit für Stunden wieder zu leben. Auch jetzt denke ich daran und will versuchen, wenn es möglich ist, davon zu erzählen.

In unserer Schlafkammer waren die Läden zu, und ich lag im Dunkel halbwach, hörte meinen kleinen Bruder neben mir in festen, gleichen Zügen atmen und wunderte mich wieder darüber, daß ich bei geschlossenen Augen statt des schwarzen Dunkels lauter Farben sah, violette und trübdunkelrote Kreise, die beständig weiter wurden und in die Finsternis zerflossen und beständig von innen her quellend sich erneuerten, jeder von einem dünnen gelben Streifen umrändert. Auch horchte ich auf den Wind, der von den Bergen her in lauen, lässigen Stößen kam und weich in den großen Pappeln wühlte und sich zuzeiten schwer gegen das ächzende Dach lehnte. Es tat mir wieder so leid, daß Kinder nachts nicht aufbleiben und hinausgehen oder wenigstens am Fenster sein dürfen, und ich dachte an eine Nacht, in der die Mutter vergessen hatte, die Läden zu schließen.

Da war ich mitten in der Nacht aufgewacht und leise aufgestanden und mit Zagen ans Fenster gegangen, und vor dem Fenster war es seltsam hell, gar nicht schwarz und todesfinster, wie ich mir vorgestellt hatte. Es sah alles dumpf und verwischt und traurig aus, große Wolken stöhnten über den ganzen Himmel und die bläulich-schwarzen Berge schienen mitzufluten, als hätten sie alle Angst und strebten davon, um einem nahenden Unglück zu entrinnen. Die Pappeln schliefen und sahen ganz matt aus wie etwas Totes oder Erloschenes, auf dem Hof aber stand wie sonst die Bank und der Brunnentrog und der junge Kastanienbaum, auch sie ein wenig müd und trüb. Ich wußte nicht, ob es kurz oder lang war, daß ich im Fenster saß und in die bleiche verwandelte Welt hinüberschaute; da fing in der Nähe ein Tier zu klagen an, ängstlich und weinerlich. Es konnte ein Hund oder auch ein Schaf oder Kalb sein, das erwacht war und im Dunkeln Angst verspürte. Sie faßte auch mich, und ich floh in meine Kammer und in mein Bett zurück, ungewiß, ob ich weinen sollte oder nicht. Aber ehe ich dazu kam, war ich eingeschlafen.

Das alles lag jetzt wieder rätselhaft und lauernd draußen, hinter den verschlossenen Läden, und es wäre so schön und gefährlich gewesen, wieder hinauszusehen. Ich stellte mir die trüben Bäume wieder vor, das müde, ungewisse Licht, den verstummten Hof, die samt den Wolken fortfliehenden Berge, die fahlen Streifen am Himmel und die bleiche, undeutlich in die graue Weite verschimmernde Landstraße. Da schlich nun, in einen großen, schwarzen Mantel verhüllt, ein Dieb, oder ein Mörder, oder war jemand verirrt und lief dort hin und her, von der Nacht geängstigt und von Tieren verfolgt. Es war vielleicht ein Knabe, so alt wie ich, der verlorengegangen oder fortgelaufen oder geraubt worden oder ohne Eltern war, und wenn er auch Mut hatte, so konnte doch der nächste Nachtgeist ihn umbringen oder der Wolf ihn holen. Vielleicht nahmen ihn auch die Räuber mit in den Wald, und er wurde selber ein Räuber, bekam ein Schwert oder eine zweiläufige Pistole, einen großen Hut und hohe Reiterstiefel.

Von hier war es nur noch ein Schritt, ein willenloses Sichfallenlassen, und ich stand im Träumeland und konnte alles mit Augen sehen und mit Händen anfassen, was jetzt noch Erinnerung und Gedanke und Phantasie war.

Ich schlief aber nicht ein, denn in diesem Augenblick floß durch das Schlüsselloch der Kammertür, aus der Schlafstube der Eltern her, ein dünner, roter Lichtstrom zu mir herein, füllte die Dunkelheit mit einer schwachen zitternden Ahnung von Licht und malte auf die plötzlich matt aufschimmernde Tür des Kleiderkastens einen gelben, zackigen Fleck. Ich wußte, daß jetzt der Vater ins Bett ging. Sachte hörte ich ihn in Strümpfen herumlaufen, und gleich darauf vernahm ich auch seine gedämpfte tiefe Stimme. Er sprach noch ein wenig mit der Mutter.

«Schlafen die Kinder?» hörte ich ihn fragen.

«Ja, schon lang», sagte die Mutter, und ich schämte mich, daß ich nun doch wach war. Dann war es eine Weile still, aber das Licht brannte fort. Die Zeit wurde mir lang, und der Schlummer wollte mir schon bis in die Augen steigen, da fing die Mutter noch einmal an.

«Hast auch nach dem Brosi gefragt?»

«Ich hab ihn selber besucht», sagte der Vater. «Am Abend bin ich dort gewesen. Der kann einem leid tun.»

«Geht's denn so schlecht?»

«Ganz schlecht. Du wirst sehen, wenn's Frühjahr kommt, wird es ihn wegnehmen. Er hat schon den Tod im Gesicht.»

«Was denkst du», sagte die Mutter, «soll ich den Buben einmal hinschicken? Es könnt vielleicht gut tun.»

«Wie du willst», meinte der Vater, «aber nötig ist's nicht. Was versteht so ein klein Kind davon?»

«Also gut Nacht.»

«Ja, gut Nacht.»

Das Licht ging aus, die Luft hörte auf zu zittern, Boden und Kastentür waren wieder dunkel, und wenn ich die Augen zumachte, konnte ich wieder violette und dunkelrote Ringe mit einem gelben Rand wogen und wachsen sehen.

Aber während die Eltern einschliefen und alles stille war, arbeitete meine plötzlich erregte Seele mächtig in die Nacht hinein. Das halbverstandene Gespräch war in sie gefallen wie eine Frucht in den Teich, und nun liefen schnellwachsende Kreise eilig und ängstlich über sie hinweg und machten sie vor banger Neugierde zittern.

Der Brosi, von dem die Eltern gesprochen hatten, war fast aus meinem Gesichtskreis verloren gewesen, höchstens war er noch eine matte, beinahe schon verglühte Erinnerung. Nun rang er sich, dessen Namen ich kaum mehr gewußt hatte, langsam kämpfend empor und wurde wieder zu einem lebendigen Bilde. Zuerst wußte ich nur, daß ich diesen Namen früher einmal oft gehört und selber gerufen habe. Dann fiel ein Herbsttag mir ein, an dem ich von jemand Äpfel geschenkt bekommen hatte. Da erinnerte ich mich, daß das Brosis Vater gewesen sei, und da wußte ich plötzlich alles wieder.

Ich sah also einen hübschen Knaben, ein Jahr älter, aber nicht größer als ich, der hieß Brosi. Vielleicht vor einem Jahre war sein Vater unser Nachbar und der Bub mein Kamerad geworden; doch reichte mein Gedächtnis nimmer dahin zurück. Ich sah ihn wieder deutlich: er trug eine gestrickte blaue Wollenkappe mit zwei merkwürdigen Hörnern, und er hatte immer Äpfel oder Schnitzbrot im Sack, und er hatte gewöhnlich einen Einfall und ein Spiel und einen Vorschlag parat, wenn es anfangen wollte, langweilig zu werden. Er trug eine Weste, auch werktags, worum ich ihn sehr beneidete, und früher hatte ich ihm fast gar keine Kraft zugetraut, aber da hieb er einmal den Schmiedsbarzle vom Dorf, der ihn wegen seiner Hörnerkappe verhöhnte (und die Kappe war von seiner Mutter gestrickt), jämmerlich durch, und dann hatte ich eine Zeitlang Angst vor ihm. Er besaß einen zahmen Raben, der hatte aber im Herbst zu viel junge Kartoffeln ins Futter bekommen und war gestorben, und wir hatten ihn begraben. Der Sarg war eine Schachtel, aber sie war zu klein, und der Deckel ging nimmer drüber, und ich hielt eine Grabrede wie ein Pfarrer, und als der Brosi dabei anfing zu weinen, mußte mein kleiner Bruder lachen; da schlug ihn der Brosi, da schlug ich ihn wieder, der Kleine heulte, und wir liefen auseinander, und nachher kam Brosis Mutter zu uns herüber und sagte, es täte ihm leid, und wenn wir morgen nachmittag zu ihr kommen wollten, so gäbe es Kaffee und Hefenkranz, er sei schon im Ofen. Und bei dem Kaffee erzählte der Brosi uns eine Geschichte, die fing mittendrin immer wieder von vorne an, und obwohl ich die Geschichte nie behalten konnte, mußte ich doch lachen, sooft ich daran dachte.

Das war aber nur der Anfang. Es fielen mir zu gleicher Zeit tausend Erlebnisse ein, alle aus dem Sommer und Herbst, wo Brosi mein Kamerad gewesen war, und alle hatte ich in den paar Monaten, seit er nimmer kam, so gut wie vergessen. Nun drangen sie von allen Seiten her, wie Vögel, wenn man im Winter Körner wirft, alle zugleich, ein ganzes Gewölk.

Es fiel mir der glänzende Herbsttag wieder ein, an dem des Dachtelbauers Turmfalk aus der Remise durchgegangen war. Der beschnittene Flügel war ihm gewachsen, das messingene Fußkettlein hatte er durchgerieben und den engen finsteren Schuppen verlassen. Jetzt saß er dem Haus gegenüber ruhig auf einem Apfelbaum, und wohl ein Dutzend Leute stand auf der Straße davor, schaute hinauf und redete und machte Vorschläge. Da war uns Buben sonderbar beklommen zumute, dem Brosi und mir, wie wir mit allen anderen Leuten dastanden und den Vogel anschauten, der still im Baume saß und scharf und kühn herabäugte. «Der kommt nicht wieder», rief einer. Aber der Knecht Gottlob sagte: «Fliegen wann er noch könnt, dann wär er schon lang über Berg und Tal.» Der Falk probierte, ohne den Ast mit den Krallen loszulassen, mehrmals seine großen Flügel; wir waren schrecklich aufgeregt, und ich wußte selber nicht, was mich mehr freuen würde, wenn man ihn finge oder wenn er davonkäme. Schließlich wurde vom Gottlob eine Leiter angelegt, der Dachtelbauer stieg selber hinauf und streckte die Hand nach seinem Falken aus. Da ließ der Vogel den Ast fahren und fing an, stark mit den Flügeln zu flattern. Da schlug uns Knaben das Herz so laut, daß wir kaum atmen konnten; wir starrten bezaubert auf den schönen, flügelschlagenden Vogel, und dann kam der herrliche Augenblick, daß der Falke ein paar große Stöße tat, und wie er sah, daß er noch fliegen konnte, stieg er langsam und stolz in großen Kreisen höher und höher in die Luft, bis er so klein wie eine Feldlerche war und still im flimmernden Himmel verschwand. Wir aber, als die Leute schon lang verlaufen waren, standen noch immer da, hatten die Köpfe nach oben gestreckt und suchten den ganzen Himmel ab, und da tat der Brosi plötzlich einen hohen Freudensatz in die Luft und schrie dem Vogel nach: «Flieg du, flieg du, jetzt bist du wieder frei.»

Auch an den Karrenschuppen des Nachbars mußte ich denken. In dem hockten wir, wenn es so recht herunterregnete, im Halbdunkel beisammengekauert, hörten dem Klingen und Tosen des Platzregens zu und betrachteten den Hofboden, wo Bäche, Ströme und Seen entstanden und sich ergossen und durchkreuzten und veränderten. Und einmal, als wir so hockten und lauschten, fing der Brosi an und sagte: «Du, jetzt kommt die

Sindflut, was machen wir jetzt? Also alle Dörfer sind schon ertrunken, das Wasser geht jetzt schon bis an den Wald.» Da dachten wir uns alles aus, spähten im Hof umher, horchten auf den schüttenden Regen und vernahmen darin das Brausen ferner Wogen und Meeresströmungen. Ich sagte, wir müßten ein Floß aus vier oder fünf Balken machen, das würde uns zwei schon tragen. Da schrie mich der Brosi aber an: «So, und dein Vater und die Mutter, und mein Vater und meine Mutter, und die Katz und dein Kleiner? Die nimmst nicht mit?» Daran hatte ich in der Aufregung und Gefahr freilich nicht gedacht, und ich log zur Entschuldigung: «Ja, ich hab mir gedacht, die seien alle schon untergegangen.» Er aber wurde nachdenklich und traurig, weil er sich das deutlich vorstellte, und dann sagte er: «Wir spielen jetzt was anderes.»

Und damals, als sein armer Rabe noch am Leben war und überall herumhüpfte, hatten wir ihn einmal in unser Gartenhaus mitgenommen, wo er auf den Querbalken gesetzt wurde und hin und her lief, weil er nicht herunterkonnte. Ich streckte ihm den Zeigefinger hin und sagte im Spaß: «Da, Jakob, beiß!» Da hackte er mich in den Finger. Es tat nicht besonders weh, aber ich war zornig geworden und schlug nach ihm und wollte ihn strafen. Der Brosi packte mich aber um den Leib und hielt mich fest, bis der Vogel, der in der Angst vom Balken heruntergeflügelt war, sich hinausgerettet hatte. «Laß mich los», schrie ich, «er hat mich gebissen», und rang mit ihm.

«Du hast selber zu ihm gesagt: Jakob beiß!» rief der Brosi und erklärte mir deutlich, der Vogel sei ganz in seinem Recht gewesen. Ich war ärgerlich über seine Schulmeisterei, sagte «meinetwegen» und beschloß aber im stillen, mich ein anderes Mal an dem Raben zu rächen.

Nachher, als Brosi schon aus dem Garten und halbwegs daheim war, rief er mir noch einmal und kehrte um, und ich wartete auf ihn. Er kam her und sagte: «Du, gelt, du versprichst mir ganz gewiß, daß du dem Jakob nichts mehr tust?» Und als ich keine Antwort gab und trotzig war, versprach er mir zwei große Äpfel, und ich nahm an, und dann ging er heim.

Gleich darauf wurden auf dem Baum in seines Vaters Garten die ersten Jakobiäpfel reif; da gab er mir die versprochenen zwei Äpfel, von den schönsten und größten. Ich schämte mich jetzt und wollte sie nicht gleich annehmen, bis er sagte: «Nimm doch, es ist ja nicht mehr wegen dem Jakob; ich hätt sie dir auch so gegeben, und dein Kleiner kriegt auch einen.» Dann nahm ich sie.

Aber einmal waren wir den ganzen Nachmittag auf dem Wiesenland herumgesprungen und dann in den Wald hineingegangen, wo unter dem Gebüsche weiches Moos wuchs. Wir waren müd und setzten uns auf den Boden. Ein paar Fliegen sumsten über einem Pilz, und allerlei Vögel flogen; von denen kannten wir einige, die meisten aber nicht; auch hörten wir einen Specht fleißig klopfen, und es wurde uns ganz wohl und froh zumute, so daß wir fast gar nichts zueinander sagten, und nur wenn einer etwas Besonderes entdeckt hatte, deutete er dorthin und zeigte es dem andern. In dem überwölbten grünen Raume floß ein grünes mildes Licht, während der Waldgrund in die Weite sich in ahnungsvolle braune Dämmerung verlor. Was sich dort hinten regte, Blättergeräusch und Vogelschlag, das kam aus verzauberten Märchengründen her, klang mit geheimnisvoll fremdem Ton und konnte viel bedeuten.

Weil es dem Brosi zu warm vom Laufen war, zog er seine Jacke aus und dann auch noch die Weste und legte sich ganz ins Moos hin. Da kam es, daß er sich umdrehte, und sein Hemd ging am Halse auf, und ich erschrak mächtig, denn ich sah über seine weiße Schulter eine lange rote Narbe hinlaufen. Gleich wollte ich ihn ausfragen, wo denn die Narbe herkäme, und freute mich schon auf eine rechte Unglücksgeschichte; aber wer weiß, wie es kam, ich mochte auf einmal doch nicht fragen und tat so, als hätte ich gar nichts gesehen. Jedoch zugleich tat mir Brosi mit seiner großen Narbe furchtbar leid, sie hatte sicher schrecklich geblutet und weh getan, und ich faßte in diesem Augenblick eine viel stärkere Zärtlichkeit zu ihm als früher, konnte aber nichts sagen. Also gingen wir später miteinander aus dem Wald und kamen heim, dann holte ich in der Stube meine beste Kugelbüchse aus einem dicken Holderstamm, die hatte mir der Knecht einmal gemacht, und ging wieder hinunter und schenkte sie dem Brosi. Er meinte zuerst, es sei ein Spaß, dann aber wollte er sie nicht nehmen und legte sogar die Hände auf den Rücken, und ich mußte ihm die Büchse in die Tasche stecken.

Und eine Geschichte um die andere, alle kamen sie mir wieder. Auch die vom Tannenwald, der stand auf der anderen Seite vom Bach, und einmal war ich mit meinem Kameraden hinübergegangen, weil wir gern die Rehe gesehen hätten. Wir traten in den weiten Raum, auf den glatten braunen Boden zwischen den himmelhohen geraden Stämmen, aber so weit wir liefen, wir fanden kein einziges Reh. Dafür sahen wir eine Menge große Felsenstücke zwischen den bloßen Tannenwurzeln liegen, und fast alle diese Steine hatten Stellen, wo ein schmales Büschelchen helles Moos auf ihnen wuchs, wie kleine grüne Male. Ich wollte so ein Moosplätzchen abschälen, es war nicht viel größer als eine Hand. Aber der Brosi sagte schnell: «Nein, laß es dran!» Ich fragte warum, und er erklärte mir: «Das ist, wenn ein Engel durch den Wald geht, dann sind das seine Tritte; überall wo er hintritt, wächst gleich so ein Moosplatz in den Stein.» Nun vergaßen wir die Rehe und warteten, ob vielleicht gerade ein Engel käme. Wir blieben stehen und paßten auf; im ganzen Wald war eine Todesstille, und auf dem braunen Boden fackelten helle Sonnenflecken, in der Ferne gingen die senkrechten Stämme wie eine hohe rote Säulenwand zusammen, in der Höhe stand hinter den dichten schwarzen Kronen der blaue Himmel. Ein ganz schwaches kühles Wehen lief unhörbar hin und wieder vorüber. Da wurden wir beide bang und feierlich, weil es so ruhig und einsam war und weil vielleicht bald ein Engel kam, und wir gingen nach einer Weile ganz still und schnell miteinander weg, an den vielen Steinen und Stämmen vorbei und aus dem Wald hinaus. Als wir wieder auf der Wiese und über dem Bach waren, sahen wir noch eine Zeitlang hinüber, dann liefen wir schnell nach Haus.

Später hatte ich noch einmal mit dem Brosi Streit, dann versöhnten wir uns wieder. Es ging schon gegen den Winter hin, da hieß es, der Brosi sei krank und ob ich nicht zu ihm gehen wollte. Ich ging auch ein- oder zweimal, da lag er im Bett und sagte fast gar nichts, und es war mir bang und langweilig, obgleich seine Mutter mir eine halbe Orange schenkte. Und dann kam nichts mehr; ich spielte mit meinem Bruder und mit dem Löhnersnikel oder mit den Mädchen, und so ging eine lange, lange Zeit vorbei. Es fiel Schnee und schmolz wieder und fiel noch einmal; der Bach fror zu, ging wieder auf und war braun und weiß und machte eine Überschwemmung und brachte vom Obertal eine ertrunkene Sau und eine Menge Holz mit; es wurden kleine Hühner geboren, und drei davon starben; mein Brüderlein wurde krank und wurde wieder gesund; es war in den Scheuern gedroschen und in den Stuben gesponnen worden, und jetzt wurden die Felder wieder gepflügt, alles ohne den Brosi. So war er ferner und ferner geworden und am Ende verschwunden und von mir vergessen worden – bis jetzt, bis auf diese Nacht, wo das rote Licht durchs Schlüsselloch floß und ich den Vater zur Mutter sagen hörte: «Wenn's Frühjahr kommt, wird's ihn wegnehmen.»

Unter vielen sich verwirrenden Erinnerungen und Gefühlen schlief ich ein, und vielleicht wäre schon am nächsten Tage im Drang des Erlebens das kaum erwachte Gedächtnis an den entschwundenen Spielgefährten wieder untergesunken und wäre dann vielleicht nie mehr in der gleichen, frischen Schönheit und Stärke zurückgekommen. Aber gleich beim Frühstück fragte mich die Mutter: «Denkst du auch noch einmal an den Brosi, der immer mit euch gespielt hat?»

Da rief ich «ja», und sie fuhr fort mit ihrer guten Stimme: «Im Frühjahr, weißt du, wäret ihr beide miteinander in die Schule gekommen. Aber jetzt ist er so krank, daß es vielleicht nichts damit sein wird. Willst du einmal zu ihm gehen?»

Sie sagte das so ernsthaft, und ich dachte an das, was ich in der Nacht den Vater hatte sagen hören, und ich fühlte ein Grauen, aber zugleich eine angstvolle Neugierde. Der Brosi sollte, nach des Vaters Worten, den Tod im Gesicht haben, und das schien mir unsäglich grauenhaft und wunderbar.

Ich sagte wieder «ja», und die Mutter schärfte mir ein: «Denk dran, daß er so krank ist! Du kannst jetzt nicht mit ihm spielen und darfst kein

Lärmen vollführen.»

Ich versprach alles und bemühte mich schon jetzt, ganz still und bescheiden zu sein, und noch am gleichen Morgen ging ich hinüber. Vor dem Hause, das ruhig und ein wenig feierlich hinter seinen beiden kahlen Kastanienbäumen im kühlen Vormittagslichte lag, blieb ich stehen und wartete eine Weile, horchte in die Flur hinein und bekam fast Lust, wieder heimzulaufen. Da faßte ich mir ein Herz, stieg schnell die drei roten Steinstufen hinauf und durch die offenstehende Türhälfte, sah mich im Gehen um und klopfte an die nächste Tür. Des Brosi Mutter war eine kleine, flinke und sanfte Frau, die kam heraus und hob mich auf und gab mir einen Kuß, und dann fragte sie: «Hast du zum Brosi kommen wollen?»

Es ging nicht lang, so stand sie im oberen Stockwerk vor einer weißen Kammertür und hielt mich an der Hand. Auf diese ihre Hand, die mich zu den dunkel vermuteten grauenhaften Wunderdingen führen sollte, sah ich nicht anders als auf die eines Engels oder eines Zauberers. Das Herz schlug mir geängstigt und ungestüm wie ein Warner, und ich zögerte nach Kräften und strebte zurück, so daß die Frau mich fast in die Stube ziehen mußte. Es war eine große, helle und behaglich nette Kammer; ich stand verlegen und grausend an der Tür und schaute auf das lichte Bett hin, bis die Frau mich hinzuführte. Da drehte der Brosi sich zu uns herum.

Und ich blickte aufmerksam in sein Gesicht, das war schmal und spitzig, aber den Tod konnte ich nicht darin sehen, sondern nur ein feines Licht, und in den Augen etwas Ungewohntes, gütig Ernstes und Geduldiges, bei dessen Anblick mir ähnlich ums Herz ward wie bei jenem Stehen und Lauschen im schweigenden Tannenwald, da ich in banger Neugierde den Atem anhielt und Engelsschritte in meiner Nähe vorbeigehen spürte.

Der Brosi nickte und streckte mir eine Hand hin, die heiß und trocken und abgezehrt war. Seine Mutter streichelte ihn, nickte mir zu und ging wieder aus der Stube; so stand ich allein an seinem kleinen hohen Bett und sah ihn an, und eine Zeitlang sagten wir beide kein Wort.

«So, bist du's denn noch?» sagte dann der Brosi.

Und ich: «Ja, und du auch noch?»

Und er: «Hat dich deine Mutter geschickt?»

Ich nickte.

Er war müde und ließ jetzt den Kopf wieder auf das Kissen fallen. Ich wußte gar nichts zu sagen, nagte an meiner Mützentroddel und sah ihn nur immer an und er mich, bis er lächelte und zum Scherz die Augen schloß.

Da schob er sich ein wenig auf die Seite, und wie er es tat, sah ich plötzlich unter den Hemdknöpfen durch den Ritz etwas Rotes schimmern, das war die große Narbe auf seiner Schulter, und als ich die gesehen hatte, mußte ich auf einmal heulen.

«Ja, was hast du denn?» fragte er gleich.

Ich konnte keine Antwort geben, weinte weiter und wischte mir die Backen mit der rauhen Mütze ab, bis es weh tat.

«Sag's doch. Warum weinst du?»

«Bloß weil du so krank bist», sagte ich jetzt. Aber das war nicht die eigentliche Ursache. Es war nur eine Woge von heftiger und mitleidiger Zärtlichkeit, wie ich sie schon früher einmal gespürt hatte, die quoll plötzlich in mir auf und konnte sich nicht anders Luft machen.

«Das ist nicht so schlimm», sagte der Brosi.

«Wirst du bald wieder gesund?»

«Ja, vielleicht.»

«Wann denn?»

«Ich weiß nicht. Es dauert lang.»

Nach einer Zeit merkte ich auf einmal, daß er eingeschlafen war. Ich wartete noch eine Weile, dann ging ich hinaus, die Stiege hinunter und wieder heim, wo ich sehr froh war, daß die Mutter mich nicht ausfragte. Sie hatte wohl gesehen, daß ich verändert war und etwas erlebt hatte, und sie strich mir nur übers Haar und nickte, ohne etwas zu sagen.

Trotzdem kann es wohl sein, daß ich an jenem Tage noch sehr ausgelassen, wild und ungattig war, sei es, daß ich mit meinem kleinen Bruder händelte oder daß ich die Magd am Herd ärgerte oder im nassen Feld strolchte und besonders schmutzig heimkam. Etwas Derartiges ist jedenfalls gewesen, denn ich weiß noch gut, daß am selben Abend meine Mutter mich sehr zärtlich und ernst ansah – mag sein, daß sie mich gern ohne Worte an heute morgen erinnert hätte. Ich verstand sie auch wohl und fühlte Reue, und als sie das merkte, tat sie etwas Besonderes. Sie gab mir von ihrem Ständer am Fenster einen kleinen Tonscherben voll Erde, darin steckte eine schwärzliche Knolle, und diese hatte schon ein paar spitzige, hellgrüne, saftige junge Blättlein getrieben. Es war eine Hyazinthe. Die gab sie mir und sagte dazu: «Paß auf, das geb ich dir jetzt. Später wird's dann ein große rote Blume. Dort stell ich sie hin, und du mußt darauf achtgeben, man darf sie nicht anrühren und herumtragen, und jeden Tag muß man sie zweimal gießen; wenn du es vergißt, sag ich dir's schon. Wenn es aber eine schöne Blume werden will, darfst du sie nehmen und dem Brosi hinbringen, daß er eine Freude hat. Kannst du dran denken?»

Sie tat mich ins Bett, und ich dachte indessen mit Stolz an die Blume, deren Wartung mir als ein ehrenvoll wichtiges Amt erschien, aber gleich am nächsten Morgen vergaß ich das Begießen, und die Mutter erinnerte mich daran. «Und was ist denn mit dem Brosi seinem Blumenstock?» fragte sie, und sie hat es in jenen Tagen mehr als das eine Mal sagen müssen. Dennoch beschäftigte und beglückte mich damals nichts so stark wie mein Blumenstock. Es standen noch genug andere, auch größere und schönere, im Zimmer und im Garten, und Vater und Mutter hatten sie mir oft gezeigt. Aber es war nun doch das erstemal, daß ich mit dem Herzen dabei war, ein solches kleines Wachstum mit anzuschauen, zu erwünschen und zu pflegen und Sorge darum zu haben.

Ein paar Tage lang sah es mit dem Blümlein nicht erfreulich aus, es schien an irgendeinem Schaden zu leiden und nicht die rechten Kräfte zum Wachsen zu finden. Als ich darüber zuerst betrübt und dann ungeduldig wurde, sagte die Mutter einmal: «Siehst du, mit dem Blumenstock ist's jetzt gerade so wie mit dem Brosi, der so krank ist. Da muß man noch einmal so lieb und sorgsam sein wie sonst.»

Dieser Vergleich war mir verständlich und brachte mich bald auf einen ganz neuen Gedanken, der mich nun völlig beherrschte. Ich fühlte jetzt einen geheimen Zusammenhang zwischen der kleinen, mühsam strebenden Pflanze und dem kranken Brosi, ja ich kam schließlich zu dem festen Glauben, wenn die Hyazinthe gedeihe, müsse auch mein Kamerad wieder gesund werden. Käme sie aber nicht davon, so würde er sterben, und ich trüge dann vielleicht, wenn ich die Pflanze vernachlässigt hätte, mit Schuld daran. Als dieser Gedankenkreis in mir fertig geworden war, hütete ich den Blumentopf mit Angst und Eifersucht wie einen Schatz, in welchem besondere, nur mir bekannte und anvertraute Zauberkräfte verschlossen wären.

Drei oder vier Tage nach meinem ersten Besuch – die Pflanze sah noch ziemlich kümmerlich aus – ging ich wieder ins Nachbarhaus hinüber. Brosi mußte ganz still liegen, und da ich nichts zu sagen hatte, stand ich nahe am Bett und sah das nach oben gerichtete Gesicht des Kranken an, das zart und warm aus weißen Bett-Tüchern schaute. Er machte hin und wieder die Augen auf und wieder zu, sonst bewegte er sich nicht, und ein klügerer und älterer Zuschauer hätte vielleicht etwas davon gefühlt, daß des kleinen Brosi Seele schon unruhig war und sich auf die Heimkehr besinnen wollte. Als gerade eine Angst vor der Stille des Stübleins über mich kommen wollte, trat die Nachbarin herein und holte mich freundlich und leisen Schrittes weg.

Das nächste Mal kam ich mit viel froherem Herzen, denn zu Hause trieb mein Blumenstock mit neuer Lust und Kraft seine spitzigen freudigen Blätter heraus. Diesmal war auch der Kranke sehr munter.

«Weißt du auch noch, wie der Jakob noch am Leben war?» fragte er mich.

Und wir erinnerten uns an den Raben und sprachen von ihm, ahmten die drei Wörtlein nach, die er hatte sagen können, und redeten mit Begierde und Sehnsucht von einem grau und roten Papagei, der sich vorzeiten einmal hierher verirrt haben sollte. Ich kam ins Plaudern, und während der Brosi bald wieder ermüdete, hatte ich sein Kranksein für den Augenblick ganz vergessen. Ich erzählte die Geschichte vom entflogenen

Papagei, die zu den Legenden unseres Hauses gehörte. Ihr Glanzpunkt war der, daß ein alter Hofknecht den schönen Vogel auf dem Dach des Schuppens sitzen sah, sogleich eine Leiter anlegte und ihn einfangen wollte. Als er auf dem Dach erschien und sich dem Papagei vorsichtig näherte, sagte dieser: «Guten Tag!» Da zog der Knecht seine Kappe herunter und sagte: «Bitt um Vergebung, jetzt hätt ich fast gemeint, Ihr wäret ein Vogeltier.»

Als ich das erzählt hatte, dachte ich, der Brosi müsse nun notwendig laut hinauslachen. Da er es nicht gleich tat, sah ich ihn ganz verwundert an. Ich sah ihn fein und herzlich lächeln, und seine Backen waren ein wenig röter als vorher, aber er sagte nichts und lachte nicht laut.

Da kam es mir plötzlich vor, als sei er um viele Jahre älter als ich. Meine Lustigkeit war im Augenblick erloschen, statt ihrer befiel mich Verwirrung und Bangigkeit, denn ich empfand wohl, daß zwischen uns beiden jetzt etwas Neues fremd und störend aufgewachsen sei.

Es surrte eine große Winterfliege durchs Zimmer, und ich fragte, ob ich sie fangen solle.

«Nein, laß sie doch!» sagte der Brosi.

Auch das kam mir vor wie von einem Erwachsenen gesprochen. Befangen ging ich fort.

Auf dem Heimweg empfand ich zum erstenmal in meinem Leben etwas von der ahnungsvollen verschleierten Schönheit des Vorfrühlings, das ich erst um Jahre später, ganz am Ende der Knabenzeiten, wieder gespürt habe.

Was es war und wie es kam, weiß ich nicht. Ich erinnere mich aber, daß ein lauer Wind strich, daß feuchte dunkle Erdschollen am Rande der Äcker aufragten und streifenweise blank erglänzten und daß ein besonderer Föhngeruch in der Luft war. Ich erinnere mich auch dessen, daß ich eine Melodie summen wollte und gleich wieder aufhörte, weil irgend etwas mich bedrückte und still machte.

Dieser kurze Heimweg vom Nachbarhaus ist mir eine merkwürdig tiefe Erinnerung. Ich weiß kaum etwas Einzelnes mehr davon; aber zuweilen, wenn es mir gegönnt ist, mit geschlossenen Augen mich dahin zurückzufinden, meine ich die Erde noch einmal mit Kindesaugen zu sehen – als Geschenk und Schöpfung Gottes, im leise glühenden Träumen unberührter Schönheit, wie wir Alten sie sonst nur aus den Werken der Künstler und Dichter kennen. Der Weg war vielleicht nicht ganz zweihundert Schritt lang, aber es lebte und geschah auf ihm und über ihm und an seinem Rande unendlich viel mehr als auf mancher ganzen Reise, die ich später unternommen habe.

Es streckten kahle Obstbäume verschlungene und drohende Äste und von den feinen Zweigspitzen rotbraune und harzige Knospen in die Luft, über sie hinweg ging Wind und schwärmende Wolkenflucht, unter ihnen quoll die nackte Erde in der Frühlingsgärung. Es rann ein vollgeregneter

Graben über und sandte einen schmalen trüben Bach über die Straße, auf dem schwammen alte Birnenblätter und braune Holzstückchen, und jedes von ihnen war ein Schiff, jagte dahin und strandete, erlebte Lust und Pein und wechselnde Schicksale, und ich erlebte sie mit.

Es hing unversehens vor meinen Augen ein dunkler Vogel in der Luft, überschlug sich und flatterte taumelnd, stieß plötzlich einen langen schallenden Triller aus und stob verglitzernd in die Höhen, und mein Herz flog staunend mit.

Ein leerer Lastwagen mit einem ledigen Beipferd kam gefahren, knarrte und rollte fort und fesselte noch bis zur nächsten Krümme meinen Blick, mit seinen starken Rossen aus einer unbekannten Welt gekommen und in sie verschwindend, flüchtige schöne Ahnungen aufregend und mit sich nehmend.

Das ist eine kleine Erinnerung oder zwei und drei; aber wer will die Erlebnisse, Erregungen und Freuden zählen, die ein Kind zwischen einem Stundenschlag und dem andern an Steinen, Pflanzen, Vögeln, Lüften, Farben und Schatten findet und sogleich wieder vergißt und doch mit hinübernimmt in die Schicksale und Veränderungen der Jahre? Eine besondere Färbung der Luft am Horizont, ein winziges Geräusch in Haus oder Garten oder Wald, der Anblick eines Schmetterlings oder irgendein flüchtig herwehender Geruch rührt oft für Augenblicke ganze Wolken von Erinnerungen an jene frühen Zeiten in mir auf. Sie sind nicht klar und einzeln erkennbar, aber sie tragen alle denselben köstlichen Duft von damals, da zwischen mir und jedem Stein und Vogel und Bach ein inniges Leben und Verbundensein vorhanden war, dessen Reste ich eifersüchtig zu bewahren bemüht bin.

Mein Blumenstock richtete sich indessen auf, reckte die Blätter höher und erstarkte zusehends. Mit ihm wuchs meine Freude und mein Glaube an die Genesung meines Kameraden. Es kam auch der Tag, an welchem zwischen den feisten Blättern eine runde rötliche Blütenknospe sich zu dehnen und aufzurichten begann, und der Tag, an dem die Knospe sich spaltete und ein heimliches Gekräusel schönroter Blütenblätter mit weißlichen Rändern sehen ließ. Den Tag aber, an dem ich den Topf mit Stolz und freudiger Behutsamkeit ins Nachbarhaus hinübertrug und dem Brosi übergab, habe ich völlig vergessen.

Dann war einmal ein heller Sonnentag; aus dem dunklen Ackerboden stachen schon feine grüne Spitzen, die Wolken hatten Goldränder, und in den feuchten Straßen, Hofräumen und Vorplätzen spiegelte ein sanfter reiner Himmel. Das Bettlein des Brosi war näher zum Fenster gestellt worden, auf dessen Simsen die rote Hyazinthe in der Sonne prunkte; den Kranken hatte man ein wenig aufgerichtet und mit Kissen gestützt. Er sprach etwas mehr als sonst mit mir, über seinen geschorenen blonden Kopf lief das warme Licht fröhlich und glänzend und schien rot durch seine Ohren. Ich war sehr guter Dinge und sah wohl, daß es nun schnell vollends gut mit ihm werden würde. Seine Mutter saß dabei, und als es ihr genug schien, schenkte sie mir eine gelbe Winterbirne und schickte mich heim. Noch auf der Stiege biß ich die Birne an, sie war weich und honigsüß, und der Saft tropfte mir aufs Kinn und über die Hand. Den abgenagten Butzen warf ich unterwegs in hohem Bogen feldüber.

Tags darauf regnete es, was heruntermochte, ich mußte daheim bleiben und durfte mit sauber gewaschenen Händen in der Bilderbibel schwelgen, wo ich schon viele Lieblinge hatte, am liebsten aber waren mir doch der Paradieslöwe, die Kamele des Elieser und das Mosesknäblein im Schilf. Als es aber am zweiten Tage in einem Strich fortregnete, wurde ich verdrießlich. Den halben Vormittag starrte ich durchs Fenster auf den plätschernden Hof und Kastanienbaum, dann kamen der Reihe nach alle meine Spiele dran, und als sie fertig waren und es gegen Abend ging, bekam ich noch Streit mit meinem Bruder. Das alte Lied: wir reizten einander, bis der Kleine mir ein arges Schimpfwort sagte, da schlug ich ihn, und er floh heulend durch Stube, Öhrn, Küche, Stiege und Kammer bis zur Mutter, der er sich in den Schoß warf und die mich seufzend wegschickte. Bis der Vater heimkam, sich alles erzählen ließ, mich abstrafte und mit den nötigen Ermahnungen ins Bett steckte, wo ich mir namenlos unglücklich vorkam, aber bald unter noch rinnenden Tränen einschlief.

Als ich wieder, vermutlich am folgenden Morgen, in des Brosi Krankenstube stand, hatte seine Mutter beständig den Finger am Mund und sah mich warnend an, der Brosi aber lag mit geschlossenen Augen leise stöhnend da. Ich schaute bang in sein Gesicht, es war bleich und vom Schmerz verzogen. Und als seine Mutter meine Hand nahm und sie auf seine legte, machte er die Augen auf und sah mich eine kleine Weile still an. Seine Augen waren groß und verändert, und wie er mich ansah, war es ein fremder, wunderlicher Blick wie aus einer weiten Ferne her, als kenne er mich gar nicht und sei über mich verwundert, habe aber zugleich andere und viel wichtigere Gedanken. Auf den Zehen schlich ich nach kurzer Zeit wieder hinaus.

Am Nachmittag aber, während ihm auf seine Bitte die Mutter eine Geschichte erzählte, sank er in einen Schlummer, der bis an den Abend dauerte und währenddessen sein schwacher Herzschlag langsam einträumte und erlosch.

Als ich ins Bett ging, wußte es meine Mutter schon. Doch sagte sie mir's erst am Morgen, nach der Milch. Darauf ging ich den ganzen Tag traumwandelnd umher und stellte mir vor, daß der Brosi zu den Engeln gekommen und selber einer geworden sei. Daß sein kleiner magerer Leib mit der Narbe auf der Schulter noch drüben im Hause lag, wußte ich nicht, auch vom Begräbnis sah und hörte ich nichts. Meine Gedanken hatten viel Arbeit damit, und es verging wohl eine Zeit, bis der Gestorbene mir fern und unsichtbar wurde. Dann aber kam früh und plötzlich der ganze Frühling, über die Berge flog es gelb und grün, im Garten roch es nach jungem Wuchs, der Kastanienbaum tastete mit weich gerollten Blättern aus den aufgesprungenen Knospenhüllen, und an allen Gräben lachten auf fetten Stielen die goldgelben glänzenden Butterblumen.

(1903)

Karl Eugen Eiselein

Schorsch Eiselein, Kolonialwarenhändler in Gerbersau, besaß einen Kaufladen, von dem er anständig und bequem leben konnte und der ihm wenig Sorgen machte, und eine kluge kleine Frau, mit der er überaus zufrieden war, ferner einen kleinen Sohn, der vom Vater sowohl wie von der Vorsehung zu Höherem bestimmt war und ihm darum viele Sorgen machte.

Dieser Sohn hieß Karl Eugen Eiselein, und es wollte etwas bedeuten, daß er von klein auf nicht Karl oder Eugen, sondern stets mit dem fürstlichen Doppelnamen Karleugen gerufen ward. Dementsprechend gab der Kleine auch für zwei zu tun und zu sorgen, schrie für zwei und brauchte Windeln und Kleider für zwei, bis er allmählich in das Alter trat, wo die Erzeuger an ihren Sprößlingen eine gewisse Freude zu erleben wünschen. Daran ließ es denn der Knabe auch nicht fehlen; es zeigte sich, daß er nicht zu den Dummen gehörte und wohl einer höhern Ausbildung fähig sei.

Herr Eiselein war sehr glücklich. Ihm selbst waren die Gefilde der klassischen Bildung zu seinem Schmerze unerschlossen geblieben; desto sehnlicher wünschte er, seinen Sohn in dieser fremden Welt sich tummeln zu sehen. Er legte daher eines Tages einen Festrock, gestickte Weste und reinen Hemdkragen an, strich dem Knäblein zärtlich über den glatten blonden Scheitel und führte es zur Lateinschule, wo er es der Obhut des Kollaborators Wurster übergab.

Von da an ging der junge Karl Eugen den gewohnten Weg eines Gerbersauer Lateiners. Ein Jahr lang regierte ihn der Kollaborator Wurster, ein sanfter lächelnder Mann mit altmodischen Löcklein und engen Hosen; dann gab ihn dieser an den Präzeptor Dilger weiter, einen feisten Wüterich mit langem Meerrohr und furchtbarer Stirnrunzel, und wieder nach einem Jahr übernahm ihn Doktor Müller, ein eleganter Stutzer von feinen Manieren.

Der Bub erwies sich als gescheit und kam glatt von einer Klasse in die andere. Nicht so glatt und tadellos ging er aus manchen langwierigen Affären und Untersuchungen hervor, welche Apfeldiebstähle, Unehrerbietigkeiten gegen die Lehrer, Schulschwänzereien und schlechtes Betragen beim Kirchenbesuch zum Gegenstande hatten. Zwar verstand er die Kunst, sich hinter andere zu bergen und einleuchtende mildernde Umstände beizubringen, vortrefflich; trotzdem verbüßte er manchen sonnigen Mittwochnachmittag im Klassenarrest und kam oft genug geprügelt und gescholten und jammervoll nach Hause, wo der Vater ihn mit Trost und Teilnahme empfing und jedesmal schnell wieder einer freundlicheren Betrachtung des Lebens entgegenführte.

Nichtsdestoweniger war Karl Eugen Eiselein in seinem elften Lebensjahr eines Tages spurlos verschwunden, samt vier Talern aus seines Vaters Ladenkasse, einem halben Zuckerhut und zwei Schulkameraden, deren bestürzte Eltern ihre Klagen mit denen des Kolonialwarenhändlers vereinigten.

Als die Knaben gegen Abend noch immer fehlten, wurden nach allen Seiten Boten ausgesandt, der ganze Fluß ward mit Stangen abgestochen und bei jedem Stiche schauderte die zuschauende Kinderschar zusammen, gewärtig, im nächsten Augenblick einen der Ertrunkenen am Spieße zu sehen. Es kam aber keiner zum Vorschein.

Herr Eiselein war in seiner Not den ganzen Abend herumgelaufen. Er kehrte spät und trostlos heim und schob den Suppenteller, den die Frau ihm warmgestellt hatte, traurig zurück. Aber die kleine Frau, so ruhig und nachgiebig sie sonst war, stellte ihm den Teller sogleich wieder hin, zwang ihm den Löffel in die Hand und sagte sehr bestimmt: «Für nix will ich's Essen nicht gewärmt haben, iß du jetzt nur. Der Lausbub wird wohl wiederkommen, wenn er Hunger kriegt. Sei jetzt so gut und iß!» Und der Vater war so gebrochen und widerstandslos, daß er nicht einmal aufbegehrte, sondern ganz still den Löffel nahm und aß, bis nichts mehr da war. Das hatte die Frau doch nicht erwartet, und da sie daraus seine Verzweiflung ersah, wurde jetzt auch sie beklommen und angstvoll, und beide saßen den ganzen Abend beisammen am Tisch, sagten nichts und gaben sich düsteren Gedanken hin.

Nachts nach elf Uhr geschah ein kurzes schwaches Läuten an der Hausglocke und gleich darauf ein stärkeres, kühneres, und an der Pforte stand und wartete und schämte sich Karl Eugen. Nachdem man ihm abgefragt hatte, daß auch seine Kameraden wieder da und noch am Leben seien, ließ man ihn schlafen. Ehe der aufatmende Vater vom Bette aus nach dem Kerzenlöscher griff, hustete seine kühn gewordene Frau und sagte: «Schorsch, wenn du morgen dem Bub nicht eine gesalzene Portion gibst, dann geb' sie ihm ich.» Er seufzte, löschte das Licht und konnte noch lang nicht einschlafen.

Am anderen Tag kam alles sauber an das Licht und als Hauptverführer ward der gefährliche Fennimore Cooper entdeckt. Die Knäblein hatten beschlossen, miteinander die langweilige alte Welt zu verlassen und die Heimat der Mohikaner aufzusuchen, wo statt Meerrohr und Grammatik Skalpmesser, Kriegsbeil und Flinte die Begleiter der Jugend sind. Auch wäre alles gut gegangen, aber die Nacht war so kalt und sie hatten im Walde nimmer aus noch ein gewußt, obwohl der eine von ihnen Pfadfinder, der zweite Falkenauge und der dritte Waldläufer hieß. Von den vier Talern waren drei Batzen für eine Blechpistole und sieben für ein grausam langes Sackmesser ausgegeben worden, der Rest fand sich unversehrt vor und nur der Verbleib des Zuckerhutes blieb ein Rätsel.

Diesen ganzen Tag lief Karl Eugens Mutter in Spannung umher und als bis zum Abendessen noch nichts geschehen war, ging sie zum Vater in den Laden hinunter. «Eh' der Kleine seine Prügel nicht hat, kriegt er auch nix zu essen», sagte sie mit Nachdruck, und der Gatte sah ein, daß es Pflichten gibt, denen niemand sich entziehen kann, und Weltgesetze, denen wir widerstandslos unterliegen. Gleich darauf machte das Söhnchen dieselbe Erfahrung; während jedoch der Vater sich mit Seufzen begnügte, ließ jener nach Art der Jugend seinen Gefühlen und Tränen freien Lauf, ja erhob ein so erschütterndes Wehegeschrei, daß der Züchtiger schon nach wenigen Streichen innehielt und froh war, als Karl Eugen nur wieder aufstand und sich zum Essen bewegen ließ.

Dieses Abenteuer hatte zur Folge, daß in der Lateinschule über dreißig Indianerbücher konfisziert wurden, daß die drei Amerikaner zuerst vom Klassenlehrer eine angemessene Strafpredigt samt Arrest zugeteilt erhielten und dann noch dem schonungslosen Spott der Schulkameraden anheimfielen, und daß der kleine Eiselein für eine Weile in sich ging und mehrere Wochen lang ein Musterschüler war. Allmählich wurden die kassierten Bücher durch neue ersetzt, die Strafrede und der Arrest verschmerzt, auch der Musterschüler verschwand wieder wie ein Nebelbild und nur der Schülerspott hielt noch lange Zeiten vor.

Es kamen die Jahre heran, in welchen es sich zu zeigen pflegt, ob ein Schüler Lust und Beruf zu den höheren Studien habe oder ob es geratener sei, ihn sein Latein in einem Kaufladen oder in einer Schreibstube vergessen zu lassen. Beim jungen Eiselein war es unzweifelhaft, daß er zu ersterem bestimmt sei. Seine Hefte waren sauber und wiesen gute Zeugnisse auf, seine Aufsätze hatten Schwung und Feuer, ebenso seine Deklamationen, und bei der Entlassungsfeier der obersten Klasse trug er, nun fünfzehnjährig, eine selbstgefertigte Rede vor, bei der dem Rektor ein Schmunzeln auf die Lippen und dem andächtig zuhörenden Kolonialwarenhändler eine Träne ins Vaterauge trat. Es war beschlossen, ihn in die Residenz auf das Gymnasium zu tun.

Vorher waren noch ein paar Wochen Ferien, und in dieser Zeit legte Karl Eugen die ersten Zeugnisse seiner Dichterbegabung ab. Es fand nämlich der Geburtstag einer Großtante statt, die Familie Eiselein war eingeladen, und beim Kaffee trat der Jüngling mit einem Gedicht hervor, dessen Schönheit und Länge die ganze Festgesellschaft in Erstaunen setzte. Seinem Vater gab der Bengel auf Befragen zur Antwort, er habe schon seit einem Jahr oder noch länger eine Masse Gedichte gemacht und wisse schon längst, daß er zum Dichter und nur zum Dichter geboren sei. Dies hörte der überraschte Papa mit ebensoviel Befremdung als Stolz. Denn wenn er auch nie an den außerordentlichen Gaben seines Sohnes gezweifelt hatte, so war doch dieser frühe und kühne Flug des jungen Adlers ihm eigentümlich überraschend. Teils um ihn zu belohnen, teils vielleicht auch um ihn in gute Bahnen zu lenken, kaufte und schenkte er dem Jungen Theodor Körners Werke in rot Leinen gebunden und eine ebenfalls schön gebundene, jedoch im Preise herabgesetzte ältere Lebensbeschreibung Gotthold Ephraim Lessings.

Um die Zeit dieser Ereignisse hatte der inzwischen auch schon konfirmierte Karl Eugen das Äußere eines Knaben vollkommen abgelegt, Pausbacken sowohl wie kurze Hosen, und sich in einen schlanken, stillen und wohlgekleideten Jüngling verwandelt, der etwas auf sich hielt und jedem, der ihn etwa noch als Bub zu behandeln und mit du anzureden wagte, eine ironische Haltung entgegenzusetzen wußte, deren Wirkung, obwohl er selbst sie überschätzte, nicht zu leugnen war. Seine Schuhe waren stets blank, sein Gang gemessen, sein Scheitel glatt und gepflegt. Das hauptstädtische Gymnasium würde sich seiner nicht zu schämen brauchen. Vorwegnehmend drang er auch schon in den Ferien tief in die homerische Welt ein und las die halbe Odyssee, allerdings in der Vossischen Übersetzung. Er hätte sie ganz gelesen, wenn nicht der rotleinene Körner dazwischengekommen wäre.

Die Ferienzeit erreichte ihr Ende, diesmal nicht zum Leidwesen Karl Eugens, welcher vielmehr die Reise nach der Stadt und den Eintritt in das Gymnasium mit freudigster Ungeduld erwartete. Während in den letzten Tagen Herr Eiselein seinen Sohn mit verdoppelter Zärtlichkeit und Sorgfalt behandelte und schon im voraus ein mit Stolz gemischtes Abschiedsweh empfand, war die Mutter still und emsig mit dem Einkaufen und Packen, Waschen und Glätten, Flicken und Bürsten des Notwendigen beschäftigt. Am vorletzten Tage machte der Gymnasiast in seinem schwarzen Konfirmandenrock eine Reihe von Abschiedsbesuchen bei Verwandten, Gevattern, Lehrern und guten Freunden, nahm Ratschläge, Geschenke und Glückwünsche, Händedrücke und Scherzworte mit manierlichem Lächeln entgegen und trug die Gefühle eines in rühmliche Kriegsdienste abgehenden jungen Fähnrichs in seiner Brust. Der feste Vorsatz, schon in die ersten Ferien verändert, gealtert und vornehmer heimzukommen, verlieh ihm dabei eine zurückhaltende Überlegenheit von delikater Nuance.

Alsdann kam die Stunde des Abschieds und der Abreise. Der Vorsteher einer Knabenpension in der Hauptstadt, in dessen Hause Karl Eugen unterkommen sollte, war gekommen, um ihn abzuholen. Die Mutter lächelte, gab noch einige gute Winke und Ratschläge, sah nach dem Gepäck und warf prüfende Blicke auf den Pensionsherrn. Dieser benahm sich sehr gemessen, sehr höflich und sehr fein. Der Vater hingegen war traurig, seinen Liebling zu verlieren und doch aber auch stolz, ihn einer glänzenden Laufbahn und Zukunft entgegenschreiten zu sehen, und die Mischung dieser Gefühle arbeitete in seinen Zügen so heftig, daß sein Gesicht ganz bläulich anlief und so mitgenommen aussah, als hätte der brave Herr die unverantwortlichsten Ausschweifungen zu bereuen.

«Also, geehrter Herr, seien Sie ohne Sorgen, Ihr Sohn kommt in gute

Hände», versicherte der fremde höfliche Herr des öftern, wobei Vater Eiselein ihn mit einem Blicke ansah, als hätte jener ihm seine Teilnahme bei einem Todesfall ausgesprochen.

Und der Fremde zog höflich den Hut, und ein letzter inbrünstiger Händedruck machte den Sohn erbeben. Und der Zug hielt an und man stieg ein, und der Zug pfiff und stank nach Rauch und Öl und lief wieder davon, so schnell, daß er schon fast außer Sicht gerückt war, als Eiselein sein farbiges Taschentuch gefunden, herausgezogen und ausgebreitet hatte, um nachzuwinken. Nun flatterte das stattliche Tuch wie ein Fähnlein in den Lüften und sah mit seinem goldgelben Grund und weißen und roten Muster so fröhlich und erquicklich aus, als sei dem Hause Eiselein heute eitel Freude widerfahren. Während sein Knabe im Wagen nicht ohne peinliche Gefühle der Unterhaltung des Herrn standhielt, dessen Höflichkeit und Lächeln auf dem verlassenen Bahnhof liegengeblieben schienen, wandelten die Eltern langsam und in Gedanken, aber in Gedanken verschiedener Art, in die Stadt und in ihren Spezereiwarenladen zurück.

«Du, der Pensionsherr gefällt mir nicht übel», sagte sie.

«Ja, ja, er war ja sehr freundlich. Jawohl», sagte er.

Sie schwieg. Im stillen baute sie aber ihre Hoffnungen durchaus nicht auf die Freundlichkeit jenes Herrn, sondern auf das, was sie von Strenge und schneidiger Art an ihm bemerkt zu haben glaubte. Und als auch sie nun einen Seufzer ausstieß, dachte sie dabei vorwiegend an das sündliche Geld, das ihr Bub nun kosten würde, denn die Pension war nicht billig.

Nach der Abreise des Knaben trat im Hause eine große Ruhe ein und zugleich ein Stillstand in der begonnenen langsamen Verschiebung der Machtverteilung. Seit der Indianergeschichte nämlich hatte sich des öftern der Fall wiederholt, daß Frau Eiselein den Buben männlicher anfaßte als ihr Gemahl und eine Lanze zur Rettung der elterlichen Autorität einlegte. Dabei war von den bis dahin unbestrittenen hausherrlichen Machtbefugnissen jedesmal ein Körnlein der Waagschale ihres Mannes entglitten und auf die ihrige gefallen, so daß das Zünglein unmerklich, aber sicher nach ihrer Seite hinüberstrebte.

Nach acht Tagen kam der erste Brief aus der Hauptstadt. Er enthielt vornehmlich eine Aufzählung der schönsten Straßen und Denkmäler, eine etwas unklare Abhandlung über die Sprache Homers und die Bitte um etwas mehr Taschengeld, da man so mancherlei Kleinigkeiten in und außer der Schule brauche.

Die Mutter fand das unnötig, der Vater aber begriff den Wunsch vollkommen und bestand darauf, daß dem Buben, da er jetzt unter fremden Leuten leben müsse, nicht gleich die erste kleine Bitte abgeschlagen werde. Doch verlangte dafür die Mutter, daß Karl Eugen ein Büchlein über seine Ausgaben führe und monatlich darüber Bericht ablege. Sie schrieb ihm das. Der Gymnasiast antwortete, es sei ihm unmöglich, seine Zeit an eine solche Pfennigklauberei zu wenden, er sei doch kein Krämer. Die Worte Krämer und Pfennigklauberei waren unterstrichen.

Da schrieb die Mama kurz und klar ohne Unterstreichungen zurück, unter diesen Umständen müsse es eben beim alten Betrage bleiben. Es blieb aber nicht dabei, sondern das Söhnlein führte nun sauber Buch und verfehlte nicht, rechtzeitig seine Abrechnungen vorzulegen, deren Inhalt freilich zuweilen Zweifel und Kopfschütteln erregte.

«Mit den Bleistiften und Linealen, die er da wieder gebraucht haben will, könnte man ein Öfele heizen», seufzte die Mutter.

Sie seufzte noch ganz anders, als im nächsten Frühjahr für den Sohn ein neuer teurer Anzug zu bezahlen war, der das Doppelte von dem kostete, was man zu Haus dafür hätte aufwenden müssen. Karl Eugen hatte ihn ungefragt machen lassen und antwortete auf einen entrüsteten Brief der Mutter sehr ruhig, Kleider seien in unserem nördlichen Klima nun eben einmal etwas Notwendiges und er könnte nicht nackt und auch nicht wie ein Strolch herumlaufen.

Wie ein Strolch sah er auch gar nicht aus, als er bald darauf in die Osterferien heimkam. Den eleganten neuen Anzug vervollständigten ein feiner weicher Hut, ein paar Manschetten und ein steifer Stehkragen. Als die Mama über diese feinen teuren Sachen schalt und Rechenschaft verlangte, zuckte der Schlingel die Achseln und machte ein ergebenes Gesicht. «Was will man machen?» meinte er bedauernd. «Die Sachen sind ja noch recht einfach. In meiner Pension ist einer, der zahlt achtzig und neunzig Mark für jeden Anzug.» Es gelang dem Eleganten denn auch, wenigstens den Papa so zu berücken, daß nicht weiter davon die Rede war. Er führte sich zierlich auf, plauderte und erzählte sehr nett und hatte ordentliche Zeugnisse mitgebracht. Einen großen Teil des Tages dichtete er, jedoch insgeheim und ohne jemand seine Leistungen zu zeigen. Auf der Straße grüßte er alle Bekannten mit einer fast herzlichen Höflichkeit und sah Gassen, Häuser und Leute mit einem freundlich sorglosen Interesse an, ganz wie ein Fremder, den der Zufall für eine kurze Zeit in das altmodische kleine Nest geführt hat.

In diese Ostervakanz fiel auch Karl Eugens merkwürdige erste Verliebtheit. Eines Tages erzählte ihm ein Schulkamerad, es sei bei seiner Schwester ein sechzehnjähriges Mädchen aus Karlsruhe zu Besuch, «was Feines, sag' ich dir, und kolossal schön». Von da an trachtete er danach, diese Augenweide selbst zu erleben, und war schon im voraus ganz bereit, sich in sie zu verlieben. Doch hatte er Pech, und als die schöne Karlsruherin nach einigen Tagen wieder abreiste, hatte er sie nicht zu sehen bekommen. Aber sein Verlangen war nun einmal erwacht, seine Gedanken hingen nun einmal an jener Fremden, verliebt sein schien ihm ohnehin für einen jungen Dichter löblich und nützlich zu sein, und so verliebte er sich in die Niegesehene nicht schlechter und nicht weniger als andere Buben in ihre Mädchen. Die Versmappe schwoll wie ein Alpenbach im Frühjahr, barst schließlich und mußte durch eine größere ersetzt werden.

> Ich sah dich nicht und dennoch kenn' ich dich,
> Ich kenn' dich nicht und dennoch lieb' ich dich – usw.

Einigemal weinte er sogar beim Schreiben. Es war ein Elend. Das fand auch Herr Eiselein, als einige von den Blättern ihm zufällig in die Hände fielen. Zwei davon hatte er schon zum Einwickeln von Salami verwendet, beim dritten fiel ihm die Handschrift auf, er erkannte *ex ungue leonem* und las die Liebesverse seines Sohnes mit steigendem Entsetzen, denn Karl Eugen nannte sich darin einen unseliger Leidenschaft rettungslos Verfallenen, einen tief im Tale des Elends Wandelnden usw. Die Aussprache war für beide Teile peinlich. Der Vater mußte bekennen, daß zwei von diesen Gedichten, wenn auch auf eine seltsam schlichte Weise, den Weg ins Volk gefunden hätten; der Sohn hingegen mußte sich stellen, als seien die feurigen und mit Tränen benetzten Beweise seiner Leidenschaft nichts weiter als Stilübungen. Frau Eiselein erfuhr nichts davon. Als der Dichter den ersten Schrecken überstanden hatte, träumte er hold verschämt davon, wie es wäre, wenn seine Salamigedichte nun doch ihren Weg zu irgendeiner jungen Schönen und Gnade bei ihr fänden, und wäre in diesem Falle sehr gerne bereit gewesen, seine Gefühle auf selbige zu übertragen. Da dies ein Traum blieb, war er froh, als die Ferien zu Ende gingen. Er packte seine schwere Mappe sorgfältig ein und kehrte etwas stiller, als er gekommen war, in die Stadt und Schule zurück.

Seine Briefe begannen in dieser Zeit eine großartige und manchmal schwer verständliche Sprache anzunehmen. Zuzeiten ließen sie auch lange auf sich warten, bis die Mutter mahnte.

Und wieder kam Karl Eugen in die Ferien. Er war jetzt ausgewachsen, trug sich sehr elegant und hatte völlig erwachsene Manieren. Unter anderm kam er gleich am zweiten Tage lächelnd in den Laden herunter, suchte sich mit Umsicht eine Zigarre aus und zündete sie an. «Ja, seit wann rauchst du denn?» fragte der Papa; da war Karl Eugen erstaunt und fast entrüstet, daß man das nicht selbstverständlich fand. Leicht und zierlich schenkte er sich, während der Vater mit ihm sprach, einen Magenbitter aus der Flasche und setzte jenen dadurch vollends so in Erstaunen, daß er verstummte. In seiner Stube lagen die Werke von Heinrich Heine und ein paar moderne Romane herum, statt der dicken Versmappe hatte er ein Heftlein mitgebracht mit dem Titel: «Schlamm. Ein Schauspiel von K. E. Eiselein.» Auf der nächsten Seite stand ein ellenlanges Personenverzeichnis.

Die Ferien verliefen still und heiter. Das folgende Schuljahr aber brachte einen kleinen Sturm. Es kam ein Schreiben des Pensionsherrn –

des Inhalts, der Bursche sei auf schlimmen Wegen, habe sich wiederholt nachts aus dem Hause entfernt, sei kürzlich in einer Kneipe getroffen worden und stehe sogar im Verdacht, Umgang mit einer Kellnerin zu haben. Und während die erschrockenen Eltern noch trostlos und ratlos über diese Greuel nachdachten, kam ein Brieflein vom Sohn selber, liederlich auf einen Fetzen gekritzelt, darin stand: «Ich brauche bis Mittwoch zwölf Mark 50 Pf. Wenn Ihr mir's nicht geben könnt, erschieße ich mich. Karl Eugen.»

Das war also der Schlamm. Doch verlief diese Sache ruhiger, als man gedacht hätte. Die Mutter reiste in die Hauptstadt, die Kneipschulden des Buben wurden bezahlt, er selber kam unter strenge Aufsicht, zeigte echte Reue und legte eine Zeitlang eine musterhafte Bescheidenheit an den Tag. Dann fing er allmählich wieder an, den Feinen zu spielen, und bezeichnete gelegentlich in Gesprächen und Briefen jene böse Affäre als einen komischen und verzeihlichen Jugendstreich gleich jener Amerikafahrt.

Je näher der Abschluß der Gymnasialjahre heranrückte, desto häufiger und deutlicher erinnerte Karl Eugen daran, daß er zum Dichter geboren sei und daher unmöglich ein Brotstudium ergreifen könne. Geschichte und Philosophie waren die einzigen Fächer, denen er einen bedingungsweisen Wert zugestehen konnte. Aber hier zeigte sich zum erstenmal der Vater zäh, und auch nachdem er einige Gedichte seines Sohnes gelesen hatte, beharrte er fest dabei, daß dieser ein solides Studium und einen bestimmten Beruf erwähle. Als Karl Eugen sah, daß er diesmal in einen lecken Kübel schöpfe, machte er eine entgegenkommende Schwenkung und erklärte sich bereit, Philologie zu studieren unter der Bedingung, daß er dann in eine Burschenschaft eintreten dürfe. Und obwohl jetzt die Mutter in den Kampf eingriff und sich mächtig dagegen stemmte, drang er dennoch durch. Die Eltern aber machten bekümmerte Gesichter. Das Geschäft rentierte sich neuerdings schlechter als je, seit an jeder Ecke irgendein neues Lädchen aufgegangen war, und der Sohn hatte schon als Schüler so stattlich verbraucht, daß die Eltern sich ziemlich hatten einschränken müssen und mit Sorgen in die kommenden Zeiten blickten.

Das erste Semester mit Kollegiengeldern, Büchern, Burschenschaft, Reitkurs und Hauboden wurde denn auch sträflich teuer. Aber stolz und froh waren die Alten doch, auch die strenge Mutter, als der Student in die ersten Ferien kam, schön und stark, heiter und ritterlich, mit Schnurrbart und Reitstiefeln. Alle Mädchen der Stadt wurden unruhig, und die Bürgergesellschaft, zu deren Kegelabend der Vater ihn mitbrachte, empfing ihn mit Achtung und gratulierte dem Alten zu seinem stattlichen Burschen. Einige schwere Seufzer konnten ihm freilich doch nicht erspart werden, auch nicht eine peinliche, zögernd geführte Unterredung über den starken Geldverbrauch. Ein so kostspieliges Semester durfte nicht wiederkommen, die Geschäfte gingen schwach, und es mußte doch auch für nachher etwas übrig bleiben.

Überhaupt wurde im Verkehr mit den Eltern, mündlich und brieflich, das leidige Geld mehr und mehr zum Kardinal- und Angelpunkt. Daß Herr Eiselein sich stark verrechnet hatte, konnte bald jeder Beobachter merken.

Es gibt kaum etwas so peinlich Rührendes, als wenn ein ehrenhafter Bürger, der bislang zu den Wohlhabenden zählte, allmählich mehr und mehr in ein armseliges Sparen hineingerät. Er könnte sehr gut einen neuen schwarzen Rock brauchen, aber der alte muß weiter dienen und wird nach und nach zum Sinnbild des ganzen rückwärtsgehenden Hauswesens. Er wird immer ein wenig brauner, ein wenig fettiger, die Schulternähte werden deutlicher und schärfer wie zunehmende Sorgenfalten, die Ärmel beginnen auszufransen, bis eine aufgenähte Litze dem Verfall vorläufig Einhalt tut und als erstes Notflickwerk entstellend in den Baustil des Kleides eingreift.

Ganz so weit war es mit Eiselein noch nicht, aber die Vorzeichen häuften sich. Für seinen Stand und sein Städtchen war er wohlhabend gewesen, der Laden hätte auch noch ein paar Kinder bequemlich mit ernährt, aber der in immer fremdere und großartigere Verhältnisse hineinwachsende Sohn fraß alles auf. Es blieb nicht aus, daß er das stets häufiger zu hören bekam und daß das Verhältnis zwischen Sohn und Eltern allmählich in einen vorsichtigen, zähen, fast erbitterten Krieg ums Geld ausartete.

Unterdessen folgte dem ersten Semester das zweite, dazwischen Ferien voll unbehaglich schwüler Stimmung, und das Geldausgeben nahm eher zu statt ab. Im dritten Semester meldete aber der Sohn plötzlich, er sei aus der Burschenschaft ausgetreten, deren geistloses Leben ihn seinen literarischen Studien zu sehr entzogen und entfremdet habe. Die Reitkurse, Dedikationen, Ausflüge, Mützen und Bänder und dergleichen verschwanden vom Budget und machten starken Buchhändlerrechnungen Platz. Und eines Tages kam unter Kreuzband die neueste Nummer einer merkwürdigen Zeitschrift und enthielt ein langes Gedicht von Karl Eugen. Das Blatt hieß «Der Abgrund», erschien zweimal im Monat, kostete jährlich zwanzig Mark und hatte sich die Aufgabe gestellt, bedeutenden jungen Talenten der neuesten literarischen Richtung den Weg in die Öffentlichkeit zu bahnen. Herr Eiselein verstand weder das Gedicht seines Sohnes, noch die anderen Beiträge, freute sich aber doch dieses ersten Erfolges und nahm an, daß eine so vornehme, fettgedruckte und teure Zeitschrift jedenfalls ihre Mitarbeiter auch ordentlich bezahlen werde. Er schrieb in diesem Sinne an den Studenten, bekam aber keine Antwort.

Als dieser wieder einmal für ein paar Wochen heimkehrte, hatte er sich erheblich verändert. Die Eleganz der Kleidung war verschwunden und statt ihrer trat eine zwischen stromerhaft und künstlermäßig schwankende geniale Nachlässigkeit zutage. Ein paar große Flecken auf den Rockärmeln schienen ihn gar nicht zu stören, nur auf die Farben und Schlingung seiner großen selbstgeknüpften Flatterschlipse legte er noch Wert. Sein Hut war schwarz und weich und hatte Ränder von mehr als italienischer Breite. Statt der Zigarren rauchte er jetzt grobe, kurze Pfeifchen aus Holz oder Ton. Sein Benehmen war ironisch schlicht. Da auch seine Rechnungen diesmal etwas schlichter waren, fanden die Eltern keinen Grund, diese Veränderung zu tadeln, sondern hofften nun einen bescheidenen und fleißigen Kandidaten aus ihm werden zu sehen. Er hütete sich auch, diese Träume zu stören oder gar zu erzählen, welche Wege die unter dem Titel von Kollegiengeldern bezogenen Summen gegangen waren. Wenn etwa einmal von Examen und dergleichen Dingen die Rede war, schmückte ein ernstes, schwermütiges Lächeln seine Lippen, welche jetzt ein ungepflegter Stoppelbart umrahmte. Alle vierzehn Tage aber brachte die Post den «Abgrund», und mehrmals enthielt er Gedichte des Studenten. Es war merkwürdig – der junge Mann schien durchaus gesund, verständig und harmlos zu sein, diese Gedichte aber waren zumeist krank, unverständlich und todeselend, als wäre es wirklich ein Abgrund, der ihn verschlungen hätte. Die andern waren nicht besser, alles klang wie ein spukhaft idiotisches Gewinsel, dessen Sinn nur besonderen Eingeweihten zugänglich war. Es tönte darin von Tempeln, Einsamkeiten, wüsten Meeren, Zypressenhainen, welche stets von einem zagen Jüngling unter schweren Seufzern besucht wurden. Man begriff wohl, daß es symbolisch gemeint war, aber damit war wenig gewonnen.

In der Universitätsstadt verbrachte Karl Eugen die Abende, die ihm das Dichten übrig ließ, meist in derselben kleinen Kneipe in der Nähe der Reitschule, wo bei Wein und Knobelbecher einige fallitgegangene Studentchen ihre Jugend vertrauerten. Es waren lauter geniale Kerle, Leute, die einen ganzen Hörsaal voll Streber aufwogen, die auf Gott und die Welt flöteten und dem Leben seine paar Geheimnisse längst abgezwungen hatten. Eben darum taten sie auch nichts mehr als dasitzen, trinken und knobeln, die Partie um zehn Pfennig.

Der Dichter stand im fünften Semester. Da kam einstmals ein schwüler Tag – Widersacher, Weiber, Schulden –, die Widersacher aber waren die Professoren, denen Karl Eugens längeres Verweilen an der hohen Schule weder notwendig noch erwünscht erschien. Und der Abgründige setzte sich hin und schrieb an Herrn Georg Eiselein, Kolonialwarenhändler in Gerbersau, einen Brief:

Lieber Vater!

Dieser Tage – ich bin schon am Packen – komme ich zu Euch nach Hause und denke längere Zeit zu bleiben. Es ist Zeit für mich, an ein ernstes Schaffen zu gehen, dazu kommt man hier ja nie. Bitte räumt mir meine Ferienstube ein. Führst Du den feineren holländischen Tabak eigentlich noch im Laden, oder muß ich von hier mitbringen? Alles weitere mündlich.

Dein Sohn K. E.

Noch nie war ein so sanfter Brief von ihm gekommen, so entschlossen, still und männlich. Der Vater war hoch erfreut, bestellte eine Sendung von dem Tabak, den er nicht mehr hatte führen wollen, und bat Frau Eiselein, die Stube für den Heimkehrenden bereit zu machen. Es wurde gescheuert, gekratzt, gerückt und geklopft, der Lehnstuhl neu überzogen, die Fenster gewaschen und mit frischen Vorhängen versehen. Man konnte sich das jetzt leisten – ein wohlig tiefes Aufatmen ging durch das gedrückte Hauswesen, da seine Kräfte aufhören sollten, für den Entfernten zu verbluten.

Es kam ein Koffer mit Kleidern und zwei schwere Bücherkisten, und am nächsten Tage kam der Sohn selber. Der Alte war ganz gerührt, ihn zu sehen, wie still und ernst er geworden war. Dankbar bezog jener die behagliche Stube, stellte Bücher auf und hängte Pfeifen und Bilder an die Wände, darunter das Porträt eines Dichters, dessen Werke für die Jünger des «Abgrundes» eine Art Bibel waren. Es war ein Brustbild in modernster Schwarzweißmanier, sichtlich gewaltig übertrieben, und stellte einen jungen Mann mit bösartigen Augen, sorgenvoller Stirne und ungemein hochmütigem Munde vor, Kragen und Binde von der allermodischsten Fasson. Im Hintergrunde war man erstaunt, die Abbildung eines berühmten Reiterstandbildes aus der schönen wilden Kondottierizeit zu erblicken, dessen kühle Kühnheit den vorne abgebildeten Nervenkünstler zu verhöhnen schien. Die umfangreiche Büchersammlung enthielt einige Griechen und Lateiner, ein paar Grammatiken und Wörterbücher aus der Schulzeit her, Zellers Geschichte der griechischen Philosophie und zwei Bände aus dem Handbuch für klassische Philologie, alles andere war «schöne Literatur». Hier sah man die Werke junger Autoren, die aber schon viel geschrieben hatten, in Umschlägen von dämonisch lodernder Farbe, mit geheimnisvollen Linearkünsten von ebenso jungen und fleißigen Malern bedeckt, und wer die Sprache dieser Farben und Linien nicht verstand, der konnte aus den Titeln auf die Fülle und Tiefe des Inhalts schließen. Das All. Eine Trilogie – Violette Nächte – Mysterien der Seele – Die vierzehn geheimen Tröstungen der Schönheit. Das waren einige davon. Die meisten waren mit Widmungen des einen Dichters an den andern versehen, eines aber war der Schlange Zarathustras und ein anderes dem sechsten Erdteil gewidmet. Die paar gewöhnlichen Schweinereien «aus der Demimonde» und dergleichen, die sich irgendwie in diese stolzen Kreise verirrt hatten und deren Umschläge minder schön, aber viel deutlicher als die der anderen waren, krochen schmal und schamhaft zusammn. Ein teilweise aufgeschnittener Dante lehnte sich an einen ganz aufgeschnittenen deutschen Boccaccio. Ein paar Bände des Zürchers Meyer erweckten im Beschauer den Verdacht, es möchten sich von den verstorbenen biederen und schlichten Poeten der vormodernen Epoche noch mehrere vorfinden. Dies erwies sich jedoch als unbegründet.

Es war Hochsommer und Karl Eugen ging manchmal, mit einem Buch in der Tasche, in den Tannenwald hinaus, um dort im Schatten zu lesen. Der Wald selber interessierte ihn nicht. Die Freude an der rohen Natur, die von jeher nicht sehr stark in ihm gewesen war, hatte ihm jener Kondottiere-Dichter vollends abgewöhnt, und in der feinen Schule des Engländers Oscar Wilde hatte er gelernt, daß die Natur stets nur das Mittelmäßige zu schaffen vermag, im Gegensatze zur Kunst, deren neidische Feindin sie ist. Zu Hause hielt er sich stets beiseite in seinem Zimmer; die Umgebung dort, namentlich der Laden mit seinen Geräuschen und Gerüchen, war allzu stillos und vulgär. Er saß da, rauchte, schrieb und las in jenen Büchern mit den sonderbaren Titeln und Umschlägen. Mit Vorliebe las er die beiden Bücher von Oscar Wilde, die er besaß. Sie waren übersetzt; Englisch konnte er nicht. Das eine davon hatte er noch als Burschenschafter kennengelernt und gekauft, und einst hatte es bittere Händel mit einem Bundesbruder gegeben, der das Buch verrückt fand und den Verfasser eine Zeitlang den «wilden Oskar» nannte. Es war nicht zu sagen, wie viel er diesem Engländer verdankte.

Es mochte von dieser Lektüre herrühren, daß seine eigene Arbeit nicht recht gedeihen wollte. Er hatte die Absicht, ein ausbündig tiefes und feines Buch zu schreiben in einer Art lyrischer Prosa, deren Vorbilder die Lieder im Zarathustra waren. Aber die beständige Beschäftigung mit so raffinierten Büchern machte ihn immer wieder unfähig, sie raubte ihm Zeit und Kräfte und machte ihn manchmal ganz mutlos, da es ihm vorkam, das Auserlesenste und Feinste sei alles längst von anderen gesagt. Es fehlte ihm nicht an Gedanken, aber den einen hatte Nietzsche, den andern Dehmel, den dritten Maeterlinck schon ausgesprochen. Und auch seine Stimmungen, seine Leiden, seine Sehnsucht – alles stand schon da und dort in schönen Büchern, gesungen, geseufzt oder gestammelt. Und wenn er sich selber ironisch betrachten wollte, worauf er gut eingeübt war, so kam wieder ein Bild heraus, das auch schon – sei es von Verlaine, sei es von Bierbaum oder einem andern – wiederholt und gut gezeichnet längst vorhanden war. Vielleicht hätte er daraus den Schluß ziehen sollen, daß er eben nichts Neues zu sagen wisse und darum besser tue, das Papier zu sparen und sich auf anderes zu verlegen.

Aber das hatte allerdings einen Haken. Von einer Rückkehr zum Brotstudium konnte wohl nicht die Rede sein, weil keinerlei Anfang da war. Er hatte nie zu studieren begonnen. Und es fror ihn, wenn er an den unentrinnbaren Tag dachte, an dem diese schmerzliche Wahrheit aufhören würde sein Geheimnis zu sein. Bisher hatte er immer gehofft, eines

Tages plötzlich mit «seinem Werk» hervorzutreten und dadurch die verbummelten Jahre zu rechtfertigen. Er hoffte es auch jetzt noch, aber mit weniger Zuversicht. Zwar druckte «Der Abgrund» immer wieder Gedichte von ihm ab, aber er zahlte nichts dafür und die Bedingung, daß nur von Abonnenten unter Einsendung der Abonnementsquittung Beiträge aufgenommen wurden, kam ihm neuestens nicht mehr so harmlos vor wie im Anfang. Andere Zeitschriften, an die er sich wandte, gaben keine Antwort oder schickten ihm seine Verse eiligst zurück, manchmal sogar mit höhnischen Glossen.

Wenn er hätte schreiben wollen wie diese altmodischen Romanfabrikanten und derartige Leute, dachte er, würde der Erfolg nicht ausbleiben! Aber wer nur das Eigenste, Innerste, Persönlichste darbot, wer seinen Stolz in die Prägung neuer Formen, in die Pflege einer priesterlich reinen, feiertäglichen Sprache setzte, mußte natürlich zum Märtyrer des Ideals werden. Nein, wenn auch nie Erfolg und Ruhm ihn belohnte, er würde doch niemals von etwas anderem reden und singen als von den erlesenen tiefen Stimmungen und Visionen seiner innerlichsten Stunden.

Eines Tages tauchte eine neue Hoffnung in ihm auf. Er schrieb Briefe an die beiden Dichter, die er am meisten verehrte. Darin schilderte er, wie ihre Werke ihm Offenbarungen gewesen seien, drückte seine kniefällige Verehrung aus und schloß mit der Bitte um Rat in seinen Dichternöten, fügte auch eine «Abgrund»-Nummer und einige Gedichte bei.

Und siehe, beide Größen antworteten. Der eine schrieb im feierlichsten Stil, die Kunst sei allerdings ein Martyrium, es sei aber Ehre, die schwere Last tragen zu dürfen, und was heute keine Anerkennung finde, werde vielleicht in einer späteren Epoche erkannt und zum gebührenden Ruhm erhoben werden. Er ermahnte den Jünger, treu zu bleiben und niemals das alte *ars longa, vita brevis* zu vergessen.

Der zweite Dichter schrieb einen ganz gewöhnlichen Briefstil. Er danke schön für die herrlichen Worte und sende die hübschen Verse anbei zurück; übrigens scheine Herr Eiselein, wenn er nicht irre, in der angenehmen Lage eines Privatmannes zu sein, der zu seinem Vergnügen dichte und das Elend derer nicht kenne, die davon leben müssen. In diesem Falle möchte er Herrn Eiselein, dessen Brief und Gedichte einen so feinsinnigen Kunstfreund verraten, um ein Darlehen von zweihundert Mark ersuchen, da er zur Zeit sehr in der Klemme sei. Man könne sich das Leben eines Dichters nicht traurig genug vorstellen; von dem von Herrn Eiselein so enthusiastisch verehrten Buche «Das All, eine Trilogie» zum Beispiel habe er in den drei Jahren seit seinem Erscheinen an Tantiemen den baren Betrag von 24 Mark 75 Pf. eingenommen, und wenn er nicht nebenher die Sportsberichte für ein Tageblatt besorgen würde, wäre er längst verhungert.

Der enttäuschte Karl Eugen legte beide Briefe zuunterst in die Schublade. Oft hatte er schon früher darüber mitgeschimpft, daß das deutsche

Volk seine Dichter darben lasse, doch blickte er in diesen Jammer jetzt zum erstenmal so nah und klar hinein. Er hatte in seinem Leben noch wenig anderes getan, als Gedichte gemacht – woher hätte er wissen sollen, daß die meisten Leute, auch wenn sie wirklich Bücher lasen, Wichtigeres kannten und lesen wollten als die Träume und schwankenden Stimmungen von ein paar Schwärmern? Freilich, er glaubte das Leben zu kennen; er wußte nicht, daß er abseits desselben in einer unfruchtbaren Wüste lebte und daß drüben, im wirklichen Leben, jeder Tag Wunder gebar, neben denen die raffiniertesten Symbolistenkünste harmlos und farblos waren.

Ohne daß er viel tat außer Lesen, flossen die Tage weg. Der Sommer wurde braun und neigte zur Welke, Septemberregen wuschen den Staub vom Grünen, es gab schon farbige Blätter, kühle Nächte und neblige Morgenfrühen. Und mit dem fallenden Laube des großen Ahorns wehte ein Brief zur Türe des Ladens herein, lag mit der übrigen Post auf der Tischdecke, ward von Herrn Eiselein mit ins Kontor hineingenommen, gelesen, wieder gelesen, mit einem hoffnungslosen Seufzer weggelegt und schließlich vom Herrn selber zur Mama hinaufgebracht. Der Brief kam von einem Kaufmann in der Universitätsstadt und brachte die Enthüllung, daß Karl Eugen daselbst noch viele Schulden habe, von denen der Vater keine Ahnung gehabt hatte.

Der Sohn war morgens im Laden gewesen, um seinen Tabaksbeutel zu füllen. Er hatte den Brief dort liegen sehen und erkannt, und war stark in Versuchung gekommen, ihn wegzunehmen. Aber schließlich mußte es doch einmal an den Tag kommen und da hatte es ihm besser geschienen, den Zusammenbruch jetzt zu erleben, als noch länger die Angst in sich herumzutragen. Seither saß er in seiner Stube, von Augenblick zu Augenblick das Eintreten der Eltern erwartend und fürchtend, und jede Minute kam ihm so lang wie ein Wintersemester vor. In dieser Stunde fühlte, erlebte und litt er mehr, als in allen seinen Gedichten stand, und seine freie, heitere Künstlermoral schmolz zu einem wehmütigen und gequälten Trotz zusammen. Es kam aber niemand. Es wurde Zeit zum Mittagessen und nach einigem Zögern faßte er Mut und ging ins Eßzimmer hinüber. Dort fand er nur seinen Vater, der schon an der Suppe saß und nicht aufschaute. Die Suppe wurde abgetragen, das Rindfleisch und das Gemüse wurde gebracht und schweigend verzehrt, und Karl Eugen verging fast vor Angst und Spannung.

«Wo ist denn die Mutter?» fragte er schließlich beklommen.

«Verreist.»

«Wohin denn?»

«Wirst's dann schon hören.»

Er fragte nicht weiter. Aber er sah im Geist seine kleine, schneidige Mutter durch die Gassen der Universitätsstadt laufen und seine Versäumnisse, Schandtaten und Schulden aufspüren, eins ums andere. Sie ging in seine ehemalige Wohnung, sie ging zu den Kaufleuten und Gastwirten, zum Buchhändler und zum Juden Werzburger, und ach, sie ging auch zu den Professoren, deren Ausspruch sein Schicksal vollends besiegelte und ihm den Hals abdrehte.

Der arme Versmacher wußte nun, welche Stunde es geschlagen habe. Wenn wenigstens der Vater hingereist wäre! Aber die Mutter! Sie würde nichts vergessen, ihr würde nichts verborgen bleiben, sogar über die vergessenen und vergebenen ersten Semester würden ihr blutrote Lichter aufgehen.

Vier stille, scheue, bange Tage vergingen, voll Mißtrauen und Zweifel für den Vater und voll Spannung und Qual für den Jungen. Sie sprachen nicht miteinander, obwohl beide den Wunsch dazu in sich trugen. Der Sohn mochte nichts sagen, ehe er wußte, wie viele seiner Sünden entdeckt seien. Der Vater war zum erstenmal unversöhnlich und tief empört, da er auf die scheinbare Besserung Karl Eugens, die sich nun als Komödienspiel erwies, heimlich schon wieder herrliche Hoffnungen gebaut hatte.

Am fünften Tage kam Frau Eiselein zurück, und jede verschwiegene kleine Hoffnung, die der Alte und der Junge etwa noch genährt hatten, sank in Staub und Trümmer. Sie wußte nicht nur genau, wieviel Schulden ihr Sohn noch hatte, sie wußte auch alles andere. Daß es mit dem Studium aus und vorbei und das Geld für all die Semester weggeworfen und verloren war. Daß der Studiosus aus der Burschenschaft nicht ausgetreten, sondern gewimmelt worden war. Daß er sein Zimmer mit einer japanischen Tapete und unzüchtigen Bildwerken geschmückt, daß er Verhältnisse mit schlimmen Weibern gehabt und für eine vom Theater eine Brosche gekauft hatte. Und vieles andere von dieser Art.

Nachdem sie vor dem betretenen Sünder und dem gebrochenen Vater alles sachlich und geläufig berichtet und hergezählt hatte, setzte sich die Mutter auf einen Stuhl, blickte ihren Sohn durch und durch und sagte: «So, was sagst du dazu? Ist's wahr oder nicht?»

«Es ist wahr», bestätigte er leise.

«Bist du ein Lump oder nicht?»

«Mama –»

«Ja oder nein!»

«Ja», flüsterte er und wurde fuchsrot.

«Jetzt kannst du mit ihm reden, Schorsch», sagte sie zum Papa, dessen Entrüstung nun verzweifelt losbrach. Alle Kraftworte, die er früher an dem Buben gespart hatte, stürzten nun verspätet und hitzig hervor, so daß der Malefikant seinen Vater kaum mehr kannte, während zu seinem Erstaunen die Mutter ruhig sitzen blieb und mit merkwürdigem Mienenspiel das Losheulen, Wüten und Verrollen des großen Donnerwetters beobachtete.

«Du kannst uns jetzt allein lassen», sagte sie ruhig zu Karl Eugen, als der Vater verstummte, in seinen Sessel sank und mit dem Ersticken rang. Wieder hatte sich das Zünglein der Waage bewegt und von diesem Tage an hatte die kluge, entschlossene Frau den Schwerpunkt der häuslichen Macht auf ihre Seite gebracht. Es wurden keine Worte darüber verloren, aber Eiselein senior tat nun vollends gar nichts mehr, ohne sie vorher mit stummer Frage anzublicken, und der junior witterte und begriff, daß er von nun an seinen Wandel allein vor den Augen der Mutter zu führen und zu rechtfertigen haben werde. Darum fügte er sich ihr schweigend und wartete lautlos, bis die Reihe an ihn käme, mit ihr zu reden.

Das geschah denn auch bald und gründlich. Er bekam nichts geschenkt, vom Indianerzug bis zur japanischen Tapete fand er seine Vergehen und Laster treu gezählt und gebucht, und die Abrechnung schloß für ihn mit einem bodenlosen Minus. Zugleich hielt die Mutter es jetzt für angezeigt, ihm die verschlimmerte Lage des väterlichen Handels und Vermögens zu eröffnen, versteht sich nicht ohne nachdrücklich darauf hinzuweisen, wie erheblich er, der Sohn, an diesem Rückgang mitschuldig war.

«So stehen die Sachen», schloß sie endlich, «und an deinen Schulden haben wir mindestens noch vier, fünf Jahre zu büßen. Was soll jetzt mit dir werden?»

Karl Eugen hatte mehrmals Miene gemacht, die lebhafte, aber sachliche Darlegung seiner Mutter zu unterbrechen, war aber streng zur Ruhe verwiesen worden. Nun saß er da, geschlagen und vernichtet, und sollte Antwort geben. Mit finsterer Miene erhob er sich, rückte den Stuhl und sagte: «Ich weiß nichts zu sagen, du würdest mich doch nicht verstehen. Es ist besser, ich gehe jetzt fort; wenn ich mein Ziel erreiche, hört ihr wieder von mir, im anderen Falle bin ich nicht der erste, der so zugrunde gegangen ist.»

Und schon näherte er sich der Tür, fast stolz auf sein Elend und auf den tragischen Ton, in dem er seine Worte vorgebracht hatte. Aber die Mutter rief ihn zurück.

«Du bleibst gefälligst sitzen», sagte sie, «bis ich fertig bin.»

Er nahm leise wieder Platz. Sie lachte vor sich hin.

«Soll denn die Theaterspielerei gar nicht aufhören, dummer Bub? Wo willst du denn hin? Hast du denn Geld? Du bist gar nicht der Mann, mir was vorzuspielen, und für das Verzweifelttun geb ich dir keinen Kreuzer. Oder willst du dir etwa das Leben nehmen? O du! Tust's ja doch nicht, ich kenn dich schon. Nun, du bist nun einmal leider Gottes unser Bub und wir müssen sehen, daß noch was aus dir wird. Fortgereist wird jetzt nimmer, also mach keine Komödie und sag, was du zu sagen hast. Ob ich dann versteh oder nicht versteh, ist meine Sache. Warum soll ich dich durchaus nicht verstehen? Du hast doch meiner Seel nicht so viel studiert. Also los!»

Im Herzen war der Jüngling froh, daß sie ihn nicht hatte laufen lassen, und trotz der Beschämung begann er ein wenig Vertrauen zu ihr zu fassen. Er hustete also ein bißchen, seufzte und schnitt die vorbereitenden Grimassen, und dann begann er zu erzählen und zu erklären, daß er von jeher ein Dichter habe werden wollen. Er habe, man möge es glauben oder nicht, genug Studien gemacht und viel gelernt, und er sei jetzt auf dem Sprung, sein erstes Werk zu schaffen. Wenn er jetzt davon ablassen müsse, so wäre all die schöne Zeit doppelt verloren; vielleicht glücke es ihm damit und dann sei alles wettgemacht. Er begann von Schriftstellern zu erzählen, die Landhäuser besitzen und erster Klasse reisen; von den Briefen der beiden Symbolisten sagte er nichts. Sie unterbrach ihn und meinte, er könne schon zufrieden sein, wenn es hinreiche, seine Schulden zu zahlen. Bis wann er denn sein Werk fertigmachen wolle, wenn es in all den Semestern nicht fertig geworden sei? Da wurde er wieder lebhaft und erklärte ihr, welche Reife so etwas erfordere. «Reife!» lächelte sie. Jetzt aber sei er so weit; wenn er nur noch diesen Winter zur Arbeit frei habe, würde er fertig.

«Ich will noch drüber schlafen», sagte sie, «es kommt jetzt vollends auf einen Tag nimmer an. Wir reden morgen weiter. Daß du Tabak und Schnaps nach Belieben aus dem Laden holst, muß aber schon heut ein Ende haben, denk dran!»

Als der junge Mensch in seiner Stube saß und die Sache überdachte, kam er sich zwar erbärmlich klein und gedemütigt vor und schämte sich fast vor den stolzen Büchertiteln an der Wand; aber froh war er doch, die Angst vom Halse und wieder Boden unter seinen Füßen zu haben. Er zog das dicke Heft hervor, in welchem die paar ersten Zeilen seiner großen Dichtung standen. «Das Tal der bleichen Seelen» stand auf dem Umschlag, und der Titel schien ihm gut, ein kleines Meisterwerkchen. Es war eine Offenbarung und ihm vor einem Vierteljahr auf dem Heimweg von einer einsamen Kneiperei eingefallen, und seither glaubte er an sein Werk und hatte ein Gefühl, als sei das Schwerste, Entscheidende daran schon getan. Auch die Widmung war schon fertig. Sie war an jenen Dichter, der ihm den Märtyrerbrief geschrieben hatte, gerichtet, kurz und schön, in feiner Mischung von Stolz und Demut, das ehrerbietige Sichneigen vor dem auserwählten Geiste ausdrückend.

Herr Eiselein hatte noch am selben Abend eine zweite Unterredung mit seiner Frau. Er wußte durchaus keinen Rat, stöhnte und fluchte abwechselnd und wurde desto elender, je lebhafter die Frau ihn um Vorschläge drängte.

«Du weißt also nichts?» sagte sie dann am Ende freundlich.

Wütend sprang er auf und lief in der Stube hin und her wie ein Eingesperrter.

«Nach Amerika schick ich ihn, den Gutedel!» schrie er zornig.

«Damit er vollends ein Lump wird? Und meinst du, die Reise kostet nichts? Nein, er soll schön dableiben, bis er seine Streiche abverdienen kann. Man hat schon Schlimmere wieder zuwege gebracht.»

«Ja, aber wie denn?»

«Wenn dir's recht ist, will ich sehen, was zu machen ist. Geduld wird's schon brauchen. Überlaß ihn nur mir!»

Dabei blieb es, denn der Hausherr wehrte sich nicht. Er fühlte, ohne daß sie etwas Weiteres sagte, den Sinn dieses Abkommens wohl heraus. «Du hast ihn verlottern lassen», meinte sie, «ich will ihn wieder kurieren, du aber laß die Finger davon.»

Folgenden Tags rief sie den bange harrenden Sohn zu sich und gab ihm ihre Entschlüsse kund.

«Ich habe mit Papa über dich beraten», sagte sie. «An deine Dichterei hab ich keinen rechten Glauben. Damit du aber nicht sagen kannst, wir hätten dich mit Gewalt von deinem Glück abgehalten, sollst du deinen Willen noch einmal haben, aber zum letztenmal. Du kannst also diesen Winter dichten so viel du willst. Wir sind jetzt im Oktober, da kannst du bis zum Frühjahr schon was hinter dich bringen. Aber wenn es dann nichts damit ist, hat das Bummeln ein Ende und du mußt dann endlich daran glauben und eine solide Arbeit anfangen. Ist's dir so recht?»

Es war ihm recht und er ließ es nicht an Dankesworten fehlen. Das Herz schlug ihm vor Lust, daß er nun nicht mehr heimlich, sondern erlaubter- und anerkannterweise das Leben eines Dichters führen sollte. Der Druck der Angst und des bösen Gewissens war von ihm genommen, er atmete wieder legitime Lebensluft, nachdem er so lang auf dem dünnen Glasboden einer rechtlosen Scheinexistenz gewandelt war. Nun hoffte er einen neuen Aufschwung und freute sich darauf, tüchtig zu arbeiten. Denn von Arbeiten redet ja niemand lieber als Dichter, Künstler und dergleichen Müßiggänger. Freudig stieg er die schmale Stiege zu seiner Stube hinauf, warf sich aufatmend in den Lehnsessel, steckte eine Pfeife an und griff nach den «Violetten Nächten», einem seiner Lieblingsbücher, in dessen dunkle, reimlose Verse er sich mit Wollust vertiefte.

Das Tal der bleichen Seelen war einstweilen immer noch ein dickes Quartheft mit weißen Blättern. Der Dichter hütete sich wohl, diese harrende unbeschriebene Fläche zu entweihen. Auf ihr sollte nur etwas Kostbares, Delikates Platz finden, Züge bleicher Seelen sollten über sie hinweg schauern wie Herbstwolken, zart und düster, abwechselnd mit tieftönigen, farbig lodernden Träumen im Stile des Gabriele d'Annunzio, der seit einiger Zeit für Karl Eugen die Rolle des Vermittlers romantischer Kultur spielte. Selber hatte er nie das Glück gehabt, Italien oder italienische Kunstwerke zu sehen, doch hatte die Lektüre dieses Italieners ihn so erzogen, daß er mühelos Vergleiche und Bilder anwenden konnte wie «vornehm gleich den Gesten einer Madonna des Carlo Crivelli» oder «kühn wie eine Form des göttlichen Benvenuto Cellini» oder «ein Lächeln von klionardesker Lieblichkeit». So häufte er spielend die Schönheiten alter und fremder Kulturen; er gab seinem Stil bald die Glut des d'Annunzio, bald die welke Reife von Huysmans, bald die träumerische Märchenfarbe Maeterlincks oder die weiche Süßigkeit Hofmannsthals. Noch ein wenig Zeit, ein wenig Reife, und es mußte daraus etwas berückend Köstliches entstehen.

Er wartete ab, las in seinen Büchern, liebkoste das leere Papier und setzte sich in Bereitschaft, die bleichen Seelen würdig und feierlich durch symbolische Traumländer zu geleiten. Sie sollten von allem reden, was schön und fern und seltsam ist, und an alles erinnern, was in einsamen Nächten die schauernde Seele eines Ästheten berührt und entzückt und traurig gemacht hat. Von den Wänden schauten erwartungsvoll und segnend die Bücherreihen, die Tabakspfeifen und das Bildnis des Dichters mit dem Kondottiere herab. Zuweilen schien es ihm, als seien dies alles Dinge, welche überwunden oder doch überboten werden könnten. Dann strich er sich leise mit der Rechten übers Haar, blickte sinnend und lächelnd vor sich nieder und träumte von den wunderbaren, reichen, schöpferischen Stunden, in denen er im Sinnbilde der bleichen Seelen alles Wunderbare und Unerhörte aus dem Reich der Schönheit erfassen und in adlige Formen schöpfen würde.

Nach einer solchen Stunde war es ihm immer doppelt peinlich, wenn er im Laden, wo er sich mit irgendeiner Stärkung versehen wollte, dem strafenden Blick des Vaters oder gar der Mutter begegnete und unverrichteterdinge wieder abziehen oder ein paar Zigarren und dergleichen durch lange, demütige Bitten und Reden erkämpfen mußte. Doch wußte er sich in diese Milichkeiten fast immer mit Ergebung und freundlicher Ruhe zu finden oder für die Stillung seiner Bedürfnisse unbewachte Minuten zu benützen.

Der November brachte noch eine Reihe von sonnig blauen Tagen, und am Rande der Tannenwälder leuchtete noch immer rot und gelbes Laubgebüsch. Um diese Zeit begann der «Abgrund» seine Leser zur schleunigen Erneuerung ihres Abonnements aufzufordern, was eine Zwiesprache zwischen Mutter und Sohn zur Folge hatte, worin er den kürzeren zog, so daß er sich dareinschicken mußte, die Tröstung, sich je und je gedruckt zu sehen, künftig zu entbehren.

Dann kam ein tagelanger schwerer Regen, und eines Morgens lag auf den völlig entblätterten Büschen im Garten der erste leichte Reif.

Kaum hatte den der Dichter erblickt, so stieg er in den Keller und holte sich ein Becken voll Kohlen und einen Arm voll Holz herauf. Das wiederholte er am Nachmittag und acht Tage lang täglich zweimal, bis an einem Abend, während es im Ofen knallte und krachte, Frau Eiselein in die Stube trat.

«Du bist wohl verrückt», sagte sie und deutete auf den glühenden Ofen. «So heizen kann man zur Not bei zehn Grad Frost. Das ist auch so eine Studentenmode. Du weißt wahrscheinlich nicht, was die Kohlen kosten? Drunten müssen wir jeden Pfennig sauer verdienen und du verbrennst das Zeug da gleich zentnerweise.»

Karl Eugen war aufgestanden und blickte scheu herüber.

«Ungesund ist die übertriebene Heizerei auch noch», fuhr sie fort. «Frieren sollst du nicht, aber auch nicht das Dreifache verbrennen wie andere Leute. Künftig findest du jeden Morgen ein Becken voll Kohlen und das nötige Holz dazu parat gemacht. Damit kommst du aus, wenn du Vernunft hast. Das Selberholen muß aber aufhören.»

Des Sohnes Vorstellungen waren erfolglos und er blieb schmollend in seiner Stube. Vierzehn Tage lang behalf er sich mit dem zugemessenen Vorrat; da er aber die Gewohnheit hatte, zu überheizen und weit in die Nacht hinein lesend aufzubleiben, reichte er bald damit nimmer aus. Morgens einmal, als er noch das ganze Haus schlafend glaubte, stand er fröstelnd auf und schlich in den Keller, fand aber zu seinem nicht geringen Ärger und Schrecken den Kohleverschlag wohlverschlossen. Noch größer war seine Verlegenheit, als er beim Hinaufsteigen in der Tür die Mutter stehen sah, die ihm guten Morgen wünschte.

«Machst dir ein bißchen Bewegung?» rief sie lachend. «Ja, ja, Frühaufstehen ist gesund.»

«Du, Mutter», sagte er flehend, «mit dem bißchen komm ich nicht aus. Leg ein paar Schaufeln zu!»

«Tut mir leid», war die Antwort, «tut mir leid, junger Herr. Wer nichts verdient, muß wenigstens sparen können. Wenn du aber durchaus mehr brauchst, so weißt du ja den Weg in den Wald, wo du als Bub schon oft genug Tannenzapfen aufgelesen hast. Wenn du jeden Morgen so zeitig aufstehst wie heute und statt in den Keller in den Wald gehst, kannst du leicht einen Korb voll oder zwei zusammenbringen. Arme Leute heizen mit nichts anderem.»

Am nächsten Morgen blieb er zum Trotz recht lang im Bett liegen. Am übernächsten stand er in der Frühe leise auf, nahm einen Sack mit und ging in den Wald. Das Lesen kam ihm schrecklich mühsam vor, nach einer guten Stunde war der Sack aber voll und er konnte ihn noch heimtragen, eh die Gassen sich belebten. Von da an ging er täglich und die Mutter tat, als nehme sie keine Notiz davon. Bald kannte er im Walde die guten Reviere, vermied die Kiefernwälder und die jungen Bestände und hielt sich an den alten Tannenforst, wo das dichte Moos voll Zapfen lag. Dabei wurde er immer so warm, daß er nachher kaum mehr zu heizen brauchte. Die harsche Herbstmorgenluft tat ihm sichtlich gut und allmählich lernte er, zum erstenmal seit seiner Schulbubenzeit, auch wieder ein Auge auf das Waldleben haben. Er sah die Sonne aus dem Nebel steigen, gewöhnte sich dran, aufs Wetter zu achten, jagte bald einen Hasen, bald ein Wildhuhn aus dem Schlaf, und da er doch einmal mit den verdammten Zapfen zu tun hatte, lernte er sie allmählich nach Form und Herkunft kennen und die dunklen harzreichen von den leichten und dürren, die der Weißtannen von den Rottannen unterscheiden.

Anfangs verbarg er sich, sooft ein armes Weiblein, ein Forsthüter oder Bauer daherkam, nach und nach wurde er weniger scheu und schließlich trug er im Notfall, wenn auch ungern, seinen Sack vor jedermanns Augen heim.

Es kam ein Tag, noch im November, da gab er seinen letzten, aus den üppigen Zeiten her übriggebliebenen Batzen aus. Zaghaft wandte er sich an die Mutter um ein wenig Taschengeld.

«Was brauchst du denn?» fragte sie. «Du hast doch alles Nötige.»

Nun ja, er brauchte eigentlich nichts, aber man mußte doch für alle Fälle ein paar Groschen im Sack haben.

«Ach so.» Die Mutter nickte. «Zu einem Glas Bier oder so, nicht wahr? Ist ganz recht. Leider hab ich für solche Sachen gar nichts übrig – aber wenn dir neben dem Dichten etwa eine Stunde übrigbleibt, kannst du dir ja leicht ein bißchen was verdienen. Für den Sack Tannenzapfen, den du mir bringst, geb ich fünfzig Pfennig. Oder wenn du morgen vormittag mit dem Vater Kisten packen willst, kannst du auch eine Mark verdienen.»

Er war einverstanden, und wenn er künftig für sein wohlverdientes Geld im Adler oder Sternen einen Schoppen trank oder eine Kegelpartie mitmachte, schmeckte es ihm besser als früher bei manchem Kommers.

Kurz vor Weihnachten fiel ein wenig Schnee und gleich darauf trat Frost ein, so daß es mit der Waldarbeit plötzlich ein Ende hatte. Dem Dichter tat es fast leid um die gewohnte Morgenbeschäftigung, als aber Weihnachten kam und vorüberging, fiel es ihm plötzlich auf die Seele, wie schnell die Zeit verstrich und wie notwenig es nun war, seine Dichtung ernstlich vorwärts zu bringen. Säcke holen, Kisten packen, Holz spalten und dergleichen hatte ihn in der letzten Zeit ganz davon abgebracht.

Als er zum erstenmal das Tal der bleichen Seelen wieder zur Hand nahm, gefiel der Titel ihm nicht mehr so ganz und er suchte einen neuen zu finden, aber es fiel ihm keiner ein. Mißmutig lief er eine Zeitlang herum, ging öfter als sonst zu einem Bier und Billard und sah sich daher bald wieder ohne Taschengeld. Diesmal half er beim Ausschreiben der Neujahrsrechnungen und saß drei Tage beim Papa im Kontor. Er bekam ein paar Mark dafür, aber seine Dichtung wurde davon nicht fett. Vielmehr war es merkwürdig, wie nach jeder solchen Arbeit die Gedanken ausblieben, statt zu kommen. Während er das Widmungsblatt nochmals überlas und sich daran begeistern wollte, geschah es, daß er plötzlich daran denken mußte, daß der reiche Direktor Selbiger seinem Vater die letzte Halbjahresrechnung noch immer schuldig geblieben war. Ob es wohl anging, den Mann zu mahnen? Bei Tische sprach er mit dem Alten darüber, aber der war entschieden fürs Abwarten.

Und immer öfter nahm Eugen mit Verzweiflung wahr, daß er mit jedem Schritt, den er im tätigen Leben machte, seiner Dichtung ferner kam und Abbruch tat. Er zwang sich nun gewaltsam und schrieb ein paar Seiten, die ihn aber nicht befriedigten. Die Sprache war gequält und steif, es kam kein Leben hinein. Ärgerlich warf er das Heft dann in die Schublade und ging zu einem Kartenspiel im «Hecht», verlor ziemlich und bot sich wieder für zwei Tage zum Mithelfen im Laden an.

Dann suchte er bei seinen Büchern Trost, die er in letzter Zeit vernachlässigt hatte. Und nun erlebte er zum erstenmal, daß sie ihn im Stich ließen, ihm keine Stimmung gaben und ihm sogar fast langweilig vorkamen. Er hätte jetzt ein Dichterwerk gebraucht, das seine gegenwärtige Not erfaßt und ausgesprochen und tröstlich verklärt hätte. Aber d'Annunzio betrachtete griechische Gemmen und streichelte die Schultern schöner Baronessen, Oscar Wilde roch an exotischen Blumen und analysierte sein Nervenleben, und der Kondottiere-Dichter besang eine «blaue Stunde» und einen leierspielenden Knaben.

Eine leise erste Ahnung stieg bitter in ihm auf, daß alle diese schönen Bücher vielleicht eben nur Bücher, nur ein Luxus für Glückliche und Reiche und Zufriedene seien, mit dem Leben und seiner Not aber keine Berührung hatten und haben wollten – Olympier an goldenen Tischen, welche von unten her, aus dem Wirrsal des Menschlichen, kein Klagelaut erreichte. Sie waren schön gewesen, als er sie in üppigen, faulen Zeiten genossen hatte. Und jetzt, da das Leben seine Hände nach ihm ausstreckte, schwiegen sie und wollten nichts von ihm wissen. Der Dichter des «All» fiel ihm ein, der keine Trilogien mehr, sondern Sportberichte für ein Tageblatt schrieb. Und er warf das Buch, das er gerade in der Hand hielt, zornig und traurig an die Wand.

Im Februar tat Frau Eiselein die erste behutsame Frage nach dem Gedeihen der Dichtung. Karl Eugen hatte gerade ein Faß Petroleum hereingerollt. Er drückte sich um die Antwort. Und als sie neugierig war, wenigstens den Titel zu erfahren, rückte und schob er unmutig an dem Faß herum und brummte: «Den Titel macht man immer zuletzt.» Doch wurde er rot dabei.

Ende März klopfte die Mama wieder an, trat zu dem Dichter an den Schreibtisch und verlangte sein Werk zu sehen.

«Es ist nicht fertig», sagte er in unbehaglichem Ton.

«Dann ist's eben halbfertig», beharrte sie. «Ich gehe nicht aus der Stube, bis ich's gesehen habe. Sei vernünftig, du kennst mich doch.»

O ja, er kannte sie. Dennoch zögerte er noch eine ganze Weile, ehe er die Lade herauszog und sein Heft vorlegte.

«Das Tal der bleichen Seelen! Schau, jetzt ist ja doch der Titel da, freilich ein komischer.»

Es folgten etwa zehn beschriebene Blätter, auf denen aber das meiste wieder durchgestrichen war.

«Ist das alles?» fragte sie ruhig.

«Das ist alles . . . Ich wollte – –»

«Laß nur, 's ist schon gut.»

Da die Frau das schmerzliche Gesicht ihres Sohnes sah, hielt sie an sich und brach erst nachher auf der Treppe in ein kräftiges Gelächter aus.

Als sie später den Dichter auf den Kopf fragte, bis wann sein Werk wohl Hoffnung habe, fertig zu werden, senkte er den Kopf und gestand: «Ich glaube, nie.»

Im April trat Karl Eugen in das Geschäft seines Vaters ein. Im nächsten Jahre ging er als Volontär in ein auswärtiges Kaufhaus, von wo er mit guten Zeugnissen zurückkam, und als nach einigen weitern Jahren der alte Herr anfing kränklich zu werden, übernahm er den Laden allein und überließ dem Vater nur noch die Korrespondenzen.

Während dieser Jahre fiel das Geniewesen in aller Stille vollends von ihm ab wie eine Schlangenhaut, und es zeigte sich, daß unter der Hülle recht viele väterliche und mütterliche Erbstücke unverloren geschlummert hatten. Die erstarkten nun und traten bald auch äußerlich zutage. Wie mit dem Lesen und Dichten der Weltschmerz, so war mit dem Schlips und den Geniemanieren auch die falsche Bedeutsamkeit und Wichtigkeit des Auftretens verschwunden und der absonderliche Apfel also doch nahe beim Stamm gefallen. Und der vom milden Stachel täglicher Arbeit aus dem Traum geweckte Jüngling sah allmählich ein, daß seine vermeintliche Frühreife weit eher ein ungewöhnlich langes Kapriolenmachen der Jugendlichkeit gewesen war. Aber desto gründlicher faßte er die Arbeit und Umkehr an.

Die Zeit ging hin, er heiratete und wurde Vater, das Geschäft ging nicht übel und seine Schulden waren alle längst bezahlt. Zuweilen nahm er etwa einmal abends eines der Bücher von damals in die Hand, blätterte darin hin und her, schüttelte nachdenklich den Kopf und stellte es an seinen Ort zurück. Das Dichterbildnis aber hing noch immer an der Wand: der Jüngling im modischen Kragen blickte stolz und verachtend aus dem Rahmen und hinter ihm saß unerschüttert der kühne Kondottiere auf seinem ehernen Roß.

(1903)

Aus der Werkstatt

Mein Freund erzählte:

Während ich als zweiter Lehrling in der mechanischen Werkstatt war, gab es einmal einen merkwürdigen Tag in unsrer Bude. Es war gegen Anfang des Winters, an einem Montag, und wir hatten alle drei schwere Köpfe, denn am Sonntag hatte ein Kollege aus der Gießerei seinen Abschied gefeiert, und es war spät geworden und hoch hergegangen mit Bier und Wurst und Kuchen. Jetzt am Montag standen wir schläfrig und verdrossen an unsern Schraubstöcken, und ich weiß noch, wie ich den zweiten Gesellen beneidete, der eine große Schraubenstange auf der englischen Drehbank laufen hatte; ich sah oft zu ihm hinüber, wie er an der Schiene lehnte und blinzelte und so halb im Schlaf die bequeme Arbeit tat. Zu meiner Qual hatte ich eine heikle Beschäftigung, das Nachfeilen von blanken Maschinenteilen, wobei ich jede Minute den Kaliber brauchte und beständig mit ganzer Aufmerksamkeit dabei sein mußte. Die Augen taten mir weh, und meine Beine waren so unausgeschlafen und weich, daß ich fortwährend den Stand wechselte und mich oft mit der Brust an den oberen Knopf des Schraubstockhebels lehnte. Und den andern ging es nicht besser. Einer hieb an einem Eisensägenblatt schon dreiviertel Stunden, und Fritz, der Jüngste, hatte soeben den Meißel, den er schärfen wollte, in den Schleifsteintrog fallen lassen und sich die Finger dabei aufgerissen. Wir hatten ihn ausgelacht, aber nur schwächlich; wir waren alle zu müd und verstimmt.

Aber der kleine Katzenjammer war das wenigste, das wußten oder spürten wir alle, wenn auch keiner etwas davon sagte. Oft genug war es grade am Morgen nach einer Zecherei in der Werkstatt extra lustig zugegangen. Diesmal hörte man, auch wenn der Meister einmal weg war, nicht einmal die üblichen Anspielungen auf gestrige Heldentaten und Witze. Alle hielten sich still und fühlten, daß etwas Peinliches im Anzug war. Wir waren wie die Schafe, wenn der Himmel schwarz wird und es zu donnern anfängt. Und das Gefühl von Bangigkeit und Gefahr galt unsrem ältesten Gesellen, dem Hannes. Er hatte schon seit acht Tagen auf Schritt und Tritt Reibereien mit dem Meister gehabt, mit dem jungen nämlich, dem Meisterssohn, der neuerdings das Regiment beinah allein führte. Und seit ein paar Tagen konnte man spüren, daß ein Unwetter drohte; die Stimmung in der Werkstatt war schwül und bedrückt, der Meister redete nichts, und die Lehrlinge schlichen scheu und ängstlich herum, als schwebe immer eine ausgestreckte Hand ihnen über den Ohren.

Dieser Hans war einer der tüchtigsten Mechaniker, die ich gekannt habe, er stand seit etwa einem Jahr bei uns in Arbeit. In dieser Zeit hatte er, namentlich solang noch der alte Meister das Heft in der Hand hatte, nicht bloß meisterlich gearbeitet, sondern auch in jedem schwierigen Fall Rat gewußt und sich richtig unentbehrlich gemacht. Mit dem jungen Meister, der ihm anfangs oft widersprach und sich keinen Gesellen über den Kopf wachsen lassen wollte, hatte es anfangs häufige Zerwürfnisse gegeben, namentlich da Hannes sich gelegentlich Freiheiten erlaubte und im Reden keineswegs vorsichtig war. Dann aber hatten die zwei Männer, die beide in ihrem Beruf mehr als das Gewöhnliche leisteten, einander einigermaßen zu verstehen begonnen. Der Jungmeister arbeitete nämlich insgeheim an einer Erfindung, es handelte sich um einen kleinen Apparat zum automatischen Abstellen der großen Chemnitzer Strickmaschinen, von denen viele in unsrer Stadt arbeiteten, ich glaube es war eine praktische und gute Sache. Daran experimentierte er nun schon eine Weile herum und war oft halbe Nächte damit allein in der Werkstatt. Hannes aber hatte ihn belauscht und war, da ihn das Ding interessierte, zu einer anderen Lösung gekommen, die er dem Meister zeigte. Seither hatten die beiden viel miteinander gearbeitet und verkehrt, beinah wie Freunde. Dann traten wieder Verstimmungen ein, denn der Geselle erlaubte sich gelegentlich manche Freiheiten, blieb Stunden oder auch einen halben Tag aus, kam mit der Zigarre ins Geschäft und dergleichen, lauter Kleinigkeiten, in welchen unser Meister sonst äußerst streng war, und die er ihm nicht immer ungescholten hingehen ließ. Doch kam es nie mehr zu ernstlichem Zank, und eine ganze Weile war völliger Friede im Haus gewesen, bis kürzlich wieder eine Spannung anfing, die uns alle besorgt machte. Einige behaupteten, es gehe um ein Mädchen, wir andern meinten, vermutlich habe Hannes ein Anrecht auf den Mitbesitz der Erfindung erhoben, und der Meister wehre sich dagegen. Sicher wußten wir nur, daß Hannes seit Monaten einen übertrieben hohen Wochenlohn bezog, daß er vor acht Tagen im Modellierraum einen sehr lauten, zornigen Wortwechsel mit dem Jungmeister gehabt hatte, daß seither die beiden einander grimmig nachblickten und einander mit einem bösartigen Schweigen auswichen.

Und nun hatte es Hannes gewagt, heute Blauen zu machen! Es war bei ihm schon lang nicht mehr vorgekommen, und bei uns Jüngeren überhaupt nie; von uns wäre jeder ohne Sang und Klang entlassen worden, wenn er einmal Blauen gemacht hätte.

Wie gesagt, es war kein guter Tag. Der Meister wußte, daß wir die Nacht gefestet hatten, und sah uns scharf auf die Finger. Seine Wut über das Ausbleiben des Gesellen mußte nicht klein sein, außerdem lag wichtige Arbeit da. Er sagte nichts und ließ sich nichts anmerken, aber er war bleich und sein Schritt war unruhig, auch schaute er öfter als nötig auf die Uhr.

«Du, das gibt eine Sauerei», flüsterte der zweite Geselle mir zu, als er an meinem Platz vorbei zur Esse ging.

«Und keine kleine», sagte ich.

Schon schrie der Meister herüber, was es da zu schwätzen gebe. Seine Stimme war bös.

«Man wird wohl einander noch etwas fragen dürfen», meinte Karl. Aber als der Meister einen Schritt näher trat und ihn anfunkelte, duckte er sich und ging zum Feuer.

Die Mittagsstunde war vorbei, und allmählich verging auch der lange Nachmittag, freilich entsetzlich langsam, denn die verhaltene Wut machte den Meister zu einem unerträglichen Arbeitsnachbarn. Er gab sich, obwohl er unsre Arbeiten immer kontrollierte, nicht mit uns ab; er schmiedete sogar ein größeres Stück, statt einen von uns an den Vorschlaghammer zu kommandieren, allein, und dabei lief ihm der Schweiß übers Gesicht und tropfte zischend auf den Amboß. Uns war zumut wie im Theater vor einer Schreckensszene, oder wie vor einem Erdbeben.

Um vier Uhr, während wir unser Vesperbrot aßen, tat der Meister etwas Sonderbares. Er ging an den leeren Platz des Hannes an der Werkbank, nahm zwei Schraubenschlüssel und machte mit vieler Mühe den schweren Schraubstock los, der seit vielen Jahren dort seine Stelle gehabt hatte und gewiß so alt war wie die Werkbank, vielleicht so alt wie die Werkstatt. Was dachte sich der Mann bei dieser seltsamen, unnützen Arbeit? Es sah so aus, als wolle er den Gesellen überhaupt nicht mehr in die Werkstatt lassen, aber jetzt bei der vielen Arbeit war das kaum möglich. Mir machte es einen beinah schauerlichen Eindruck, zu sehen, wie dieser praktische, jeder Spielerei abgeneigte Mann in seinem stillen Grimm auf eine solche symbolische Handlung verfiel.

Abends um fünf Uhr fuhren wir ordentlich zusammen, als die Werkstatt-Tür aufging und der Hannes ganz behaglich hereintrat, noch in Sonntagskleidern und den Hut im Genick, die linke Hand im Hosensack und leise pfeifend. Wir erwarteten mit Angst, daß der Meister ihn nun anreden, ausschelten und anbrüllen, ja vielleicht schlagen werde. Er tat aber nichts davon, sondern blieb stehen, wo er war, sah sich nicht weiter nach dem Eintretenden um und biß sich bloß, wie ich deutlich sah, krampfhaft auf die Lippen. Ich begriff beide nicht, am wenigsten den Hannes, bis ich bemerkte, daß dieser ein wenig angetrunken war. Den Hut auf dem Kopf und die linke Hand im Sack, bummelte er herein und bis vor seinen Platz. Da blieb er stehen und sah, daß sein Schraubstock weggenommen war.

«Der ist ein Lump, der das getan hat», sagte er laut.

Aber niemand gab Antwort. Darauf redete er einen von uns an, erzählte ihm einen Witz, aber der hütete sich natürlich und wagte nicht aufzusehen oder gar zu lachen. Da ging Hannes in die freigehaltene Ecke der Werkstatt, wo die kleine vom Meister und ihm konstruierte neue Maschine stand; sie war bis auf Kleinigkeiten fertig und provisorisch an eine Eisenschiene angeschraubt. Er nahm die darüber gebreitete Leinwand ab und betrachtete das Werklein eine Weile, spielte mit den zwei zierlichen Hebeln und fingerte an den paar Schrauben herum. Dann wurde es ihm langweilig, er ließ die Maschine unbedeckt stehen, ging an die Esse, ließ einen Hobelspan aufflackern und zündete sich eine Zigarette an. Die behielt er qualmend im Munde und verließ die Werkstatt mit demselben behaglichen Bummlerschritt, mit dem er gekommen war.

Als er draußen war, ging der Meister hin und breitete das Tuch wieder sorgfältig über die Maschine. Er sagte kein Wort und war mir an diesem Abend ein Rätsel. Daß die Angelegenheit nun damit erledigt sei, wagte keiner von uns zu hoffen. Mir aber passierte vor lauter Erregung ein Ungeschick; es brach mir ein feiner Gewindebohrer im Eisen ab, und von diesem Augenblick an fürchtete ich nur noch für meine eigene Haut und dachte an nichts anderes mehr. Es war eine Qual, wie träg die Zeit bis zum Feierabend verging, und sooft der Meister an dem Regal vorüberkam, in dem die Gewindebohrer sauber nach den Nummern geordnet lagen, wurde mir heiß.

Andern Tags, obwohl ich um den zerbrochenen Bohrer noch ein schlechtes Gewissen hatte, überwog auch bei mir wieder der ängstliche Gedanke, wie es mit Hannes gehen würde. Ein wenig frischer und besser ausgeruht als gestern kamen wir ins Geschäft, aber die Schwüle war nicht gewichen, und die sonst üblichen Morgengespräche und Scherze blieben uns in der Kehle stecken. Hannes war zur gewohnten Stunde gekommen, nüchtern und im blauen Schlosserkleid, wie sich's gehörte. Seinen Schraubstock hatte er unter der Werkbank gefunden und ruhig wieder auf dem alten Platz befestigt. Er zog die Muttern an, klopfte und rüttelte, bis alles wieder richtig saß, dann holte er Schmiere und salbte die Schraube gut ein, ließ sie zur Probe ein paarmal spielen und begann alsdann seine Arbeit.

Es dauerte keine halbe Stunde, so kam der junge Meister.

«Morgen», sagten wir, und er nickte. Nur Hannes hatte nicht gegrüßt. Zu diesem trat er nun, schaute ihm eine Weile zu, während er ruhig weiter feilte, und sagte dann langsam: «Seit wann ist denn der Schraubstock wieder da?»

«Seit einer halben Stunde», lachte der Geselle. Aber es war künstlich gelacht, voll Trotz und vielleicht auch Besorgnis.

«So», sagte der Meister. «Und wer hat denn dich geheißen, ihn wieder hinzutun?»

«Niemand. Ich weiß allein, was ich zu tun habe.»

«In dieser Werkstatt hast du nichts zu tun», rief der Meister nun etwas lauter, «von heute an nichts mehr. Verstanden?»

Hannes lachte. «Meinst, du kannst mich rausschmeißen?»

Der Meister wurde bleich und ballte die Fäuste.

«Seit wann sagst du denn Du zu mir, du Lump?»

«Selber Lump –»

Der Meister vergaß sich. Ein Schlag und ein kurzer Schrei war zu hören, dann wurde es totenstill in der ganzen Werkstatt, denn nun ließen wir alle die Arbeit liegen und hörten mit Entsetzen zu.

Der Meister hatte dem Hannes einen Faustschlag ins Gesicht gegeben. Nun standen sie dicht voreinander, minutenlang regungslos, und dem Geschlagenen schwoll die Haut ums Auge bläulich an. Beide hatten die Fäuste ein wenig vorgestreckt, und beide zitterten ein wenig, der Meister am sichtbarsten. Wir rissen die Augen auf, und keinem fiel es ein, ein Wort zu sagen.

Da geschah es wie ein Blitz, daß Hannes, am Meister vorbei, zur Esse stürzte und mit beiden Händen einen von den schweren Vorschlaghämmern an sich riß. Noch im selben Augenblick stand er wieder vor dem Meister, den Hammer hoch geschwungen, und blickte ihn auf eine Art an, daß uns todesbang wurde.

«Schlag doch zu, wenn du Courage hast», sagte der Meister. Es klang aber nicht ganz echt, und als jetzt Hannes Miene machte, zuzuhauen, wich der Bedrängte vor ihm zurück, Schritt um Schritt, und Hannes immer hinter ihm her, mit dem riesigen Schmiedehammer zielend. Der Meister war totenblaß, man hörte ihn laut keuchen. Hannes trieb ihn so langsam weiter bis in die Ecke, da stand er an die Wand gedrängt, neben seiner kleinen Maschine, von der das Tuch geglitten war.

Hannes sah schauerlich aus in seiner Wut, und die Spuren des Faustschlags neben seinem Auge standen in dem weißen Gesicht und machten es noch wüster.

Jetzt lüpfte er den Hammer noch ein klein wenig, biß die Zähne zusammen und hieb. – Wir schlossen alle einen Moment die Augen. Dann hörten wir den Gesellen laut und böse lachen. Sein Schlag hatte gedröhnt, als müsse das Haus einfallen, und jetzt schwang er den Hammer hoch und hieb noch einmal. Aber beide Schläge galten nicht dem Meister. Statt dessen war die Maschine, seine Erfindung, scheußlich zertrümmert und lag in geborstenen, verbogenen und plattgeschlagenen Stücken da. Jetzt warf Hannes den Hammer weg und ging ganz langsam in die Mitte der Werkstatt zurück; dort setzte er sich mit verschränkten Armen auf den Amboß, doch zitterte er noch in den Knien und Händen.

Der Meister kam ebenso langsam ihm nach und stellte sich vor ihm auf. Es schien, als seien beide vollständig erschöpft und hätten zu nichts mehr Kraft. Hannes baumelte mit den Beinen, und so saß der eine und stand der andre, sie sahen einander nicht einmal mehr an, und der Meister fuhr sich immer wieder mit der Hand über die Stirne.

Dann nahm er sich plötzlich zusammen und sagte leise und ernst: «Steh jetzt auf, Hannes, und geh, nicht wahr?»

«Ja, ja, freilich», sagte der Geselle. Und dann noch: «Also adieu denn.»

«Adieu, Hannes.»

Nun ging er hinaus mit dem verschwollenen Auge, und die Hände noch schwarz von Schraubstockschmiere; und wir sahen ihn nicht wieder.

Ich hielt den Augenblick für günstig, ging zum Meister hin und sagte ihm, ich hätte einen von den Gewindebohrern zerbrochen, einen von den feinen. Ängstlich erwartete ich sein Strafgericht. Er sagte aber bloß: «Welche Nummer?»

«Dreidreiviertel», flüsterte ich.

«Bestell einen neuen», sagte er und weiter kein Wort.

(1904)

Heumond

Das Landhaus Erlenhof lag nicht weit vom Wald und Gebirge in der hohen Ebene.

Vor dem Hause war ein großer Kiesplatz, in den die Landstraße mündete. Hier konnten die Wagen vorfahren, wenn Besuch kam. Sonst lag der viereckige Platz immer leer und still und schien dadurch noch größer, als er war, namentlich bei gutem Sommerwetter, wenn das blendende Sonnenlicht und die heiße Zitterluft ihn so anfüllten, daß man nicht daran denken mochte, ihn zu überschreiten.

Der Kiesplatz und die Straße trennten das Haus vom Garten. «Garten» sagte man wenigstens, aber es war vielmehr ein mäßig großer Park, nicht sehr breit, aber tief, mit stattlichen Ulmen, Ahornen und Platanen, gewundenen Spazierwegen, einem jungen Tannendickicht und vielen Ruhebänken. Dazwischen lagen sonnige, lichte Rasenstücke, einige leer und einige mit Blumenrondells oder Ziersträuchern geschmückt, und in dieser heiteren, warmen Rasenfreiheit standen allein und auffallend zwei große einzelne Bäume.

Der eine war eine Trauerweide. Um ihren Stamm lief eine schmale Lattenbank, und ringsum hingen die langen, seidig zarten, müden Zweige so tief und dicht herab, daß es innen ein Zelt oder Tempel war, wo trotz des ewigen Schattens und Dämmerlichtes eine stete, matte Wärme brütete.

Der andere Baum, von der Weide durch eine niedrig umzäunte Wiese getrennt, war eine mächtige Blutbuche. Sie sah von weitem dunkelbraun und fast schwarz aus. Wenn man jedoch näher kam oder sich unter sie stellte und emporschaute, brannten alle Blätter der äußeren Zweige, vom Sonnenlichte durchdrungen, in einem warmen, leisen Purpurfeuer, das mit verhaltener und feierlich gedämpfter Glut wie in Kirchenfenstern leuchtete. Die alte Blutbuche war die berühmteste und merkwürdigste Schönheit des großen Gartens, und man konnte sie von überallher sehen. Sie stand allein und dunkel mitten in dem hellen Graslande, und sie war hoch genug, daß man, wo man auch vom Park aus nach ihr blickte, ihre runde, feste, schöngewölbte Krone mitten im blauen Luftraum stehen sah, und je heller und blendender die Bläue war, desto schwärzer und feierlicher ruhte der Baumwipfel in ihr. Er konnte ja nach der Witterung und Tageszeit sehr verschieden aussehen. Oft sah man ihm an, daß er wußte, wie schön er sei und daß er nicht ohne Grund allein und stolz weit von den anderen Bäumen stehe. Er brüstete sich und blickte kühl über alles hinweg in den Himmel. Oft auch sah er aber aus, als wisse er wohl, daß er der einzige seiner Art im Garten sei und keine Brüder habe. Dann schaute er zu den übrigen, entfernten Bäumen hinüber, suchte und hatte Sehnsucht. Morgens war er am schönsten, und auch abends, bis die Sonne rot wurde, aber dann war er plötzlich gleichsam erloschen, und es schien an seinem Orte eine Stunde früher Nacht zu werden als sonst überall. Das eigentümlichste und düsterste Aussehen hatte er jedoch an Regentagen. Während die anderen Bäume atmeten und sich reckten und freudig mit hellerem Grün erprangten, stand er wie tot in seiner Einsamkeit, vom Wipfel bis zum Boden schwarz anzusehen. Ohne daß er zitterte, konnte man doch sehen, daß er fror und daß er mit Unbehagen und Scham so allein und preisgegeben stand.

Früher war der regelmäßig angelegte Lustpark ein strenges Kunstwerk gewesen. Als dann aber Zeiten kamen, in welchen den Menschen ihr mühseliges Warten und Pflegen und Beschneiden verleidet war und niemand mehr nach den mit Mühe hergepflanzten Anlagen fragte, waren die Bäume auf sich selber angewiesen. Sie hatten Freundschaft untereinander geschlossen, sie hatten ihre kunstmäßige, isolierte Rolle vergessen, sie hatten sich in der Not ihrer alten Waldheimat erinnert, sich aneinandergelehnt, mit den Armen umschlungen und gestützt. Sie hatten die schnurgeraden Wege mit dickem Laub verborgen und mit ausgreifenden Wurzeln an sich gezogen und in nährenden Waldboden verwandelt, ihre Wipfel ineinander verschränkt und festgewachsen, und sie sahen in ihrem Schutze ein eifrig aufstrebendes Baumvolk aufwachsen, das mit glatteren Stämmen und lichteren Laubfarben die Leere füllte, den brachen Boden eroberte und durch Schatten und Blätterfall die Erde schwarz, weich und fett machte, so daß nun auch die Moose und Gräser und kleinen Gesträuche ein leichtes Fortkommen hatten.

Als nun später von neuem Menschen herkamen und den einstigen Garten zu Rast und Lustbarkeit gebrauchen wollten, war er ein kleiner Wald geworden. Man mußte sich bescheiden. Zwar wurde der alte Weg zwischen den zwei Platanenreihen wiederhergestellt, sonst aber begnügte man sich damit, schmale und gewundene Fußwege durch das Dickicht zu ziehen, die heidigen Lichtungen mit Rasen zu besäen und an guten Plätzen grüne Sitzbänke aufzustellen. Und die Leute, deren Großväter die Platanen nach der Schnur gepflanzt und beschnitten und nach Gutdünken gestellt und geformt hatten, kamen nun mit ihren Kindern zu ihnen zu Gast und waren froh, daß in der langen Verwahrlosung aus den Alleen ein Wald geworden war, in welchem Sonne und Winde ruhen und Vögel singen und Menschen ihren Gedanken, Träumen und Gelüsten nachhängen konnten.

Paul Abderegg lag im Halbschatten zwischen Gehölz und Wiese und hatte ein weiß und rot gebundenes Buch in der Hand. Bald las er darin, bald sah er übers Gras hinweg den flatternden Bläulingen nach. Er stand eben da, wo Frithjof über Meer fährt, Frithjof der Liebende, der Tempelräuber, der von der Heimat Verbannte. Groll und Reue in der Brust, segelt er über die ungastliche See, am Steuer stehend; Sturm und Gewoge bedrängen das schnelle Drachenschiff, und bitteres Heimweh bezwingt den starken Steuermann.

Über der Wiese brütete die Wärme, hoch und gellend sangen die Grillen, und im Innern des Wäldchens sangen tiefer und süßer die Vögel. Es war herrlich, in dieser einsamen Wirrnis von Düften und Tönen und Sonnenlichtern hingestreckt in den heißen Himmel zu blinzeln, oder rückwärts in die dunkeln Bäume hineinzulauschen, oder mit geschlossenen Augen sich auszurecken und das tiefe, warme Wohlsein durch alle Glieder zu spüren. Aber Frithjof fuhr über Meer, und morgen kam Besuch, und wenn er nicht heute noch das Buch zu Ende las, war es vielleicht wieder nichts damit, wie im vorigen Herbst. Da war er auch hier gelegen und hatte die Frithjofsage angefangen, und es war auch Besuch gekommen, und mit dem Lesen hatte es ein Ende gehabt. Das Buch war dageblieben, er aber ging in der Stadt in seine Schule und dachte zwischen Homer und Tacitus beständig an das angefangene Buch und was im Tempel geschehen würde, mit dem Ring und der Bildsäule.

Er las mit neuem Eifer, halblaut, und über ihm lief ein schwacher Wind durch die Ulmenkronen, sang das Gevögel und flogen die gleißenden Falter, Mücken und Bienen. Und als er zuklappte und in die Höhe sprang, hatte er das Buch zu Ende gelesen, und die Wiese war voll Schatten, und am hellroten Himmel erlosch der Abend. Eine müde Biene setzte sich auf seinen Ärmel und ließ sich tragen. Die Grillen sangen noch immer. Paul ging schnell davon, durchs Gebüsch und den Platanenweg und dann über die Straße und den stillen Vorplatz ins Haus. Er war schön anzusehen, in der schlanken Kraft seiner sechzehn Jahre, und den Kopf hatte er mit stillen Augen gesenkt, noch von den Schicksalen des nordischen Helden erfüllt und zum Nachdenken genötigt.

Die Sommerstube, wo man die Mahlzeiten hielt, lag zuhinterst im Hause. Sie war eigentlich eine Halle, vom Garten nur durch eine Glaswand getrennt, und sprang geräumig als ein kleiner Flügel aus dem Hause vor. Hier war nun der eigentliche Garten, der von altersher «am See» genannt wurde, wenngleich statt eines Sees nur ein kleiner, länglicher Teich zwischen den Beeten, Spalierwänden, Wegen und Obstpflanzungen lag. Die aus der Halle ins Freie führende Treppe war von Oleandern und Palmen eingefaßt, im übrigen sah es «am See» nicht herrschaftlich, sondern behaglich ländlich aus.

«Also morgen kommen die Leutchen», sagte der Vater. «Du freust dich hoffentlich, Paul?»

«Ja, schon.»

«Aber nicht von Herzen? Ja, mein Junge, da ist nichts zu machen. Für uns paar Leute ist ja Haus und Garten viel zu groß, und für niemand soll doch die ganze Herrlichkeit nicht da sein! Ein Landhaus und ein Park sind dazu da, daß fröhliche Menschen drin herumlaufen, und je mehr, desto besser. Übrigens kommst du mit solenner Verspätung. Suppe ist nimmer da.»

Dann wandte er sich an den Hauslehrer.

«Verehrtester, man sieht Sie ja gar nie im Garten. Ich hatte immer gedacht, Sie schwärmen fürs Landleben.»

Herr Homburger runzelte die Stirn.

«Sie haben vielleicht recht. Aber ich möchte die Ferienzeit doch möglichst zu meinen Privatstudien verwenden.»

«Alle Hochachtung, Herr Homburger! Wenn einmal Ihr Ruhm die Welt erfüllt, lasse ich eine Tafel unter Ihrem Fenster anbringen. Ich hoffe bestimmt, es noch zu erleben.»

Der Hauslehrer verzog das Gesicht. Er war sehr nervös.

«Sie überschätzen meinen Ehrgeiz», sagte er frostig. «Es ist mir durchaus einerlei, ob mein Name einmal bekannt wird oder nicht. Was die Tafel betrifft –»

«Oh, seien Sie unbesorgt, lieber Herr! Aber Sie sind entschieden zu bescheiden, Paul, nimm dir ein Muster!»

Der Tante schien es nun an der Zeit, den Kandidaten zu erretten. Sie kannte diese Art von höflichen Dialogen, die dem Hausherrn so viel Vergnügen machten, und sie fürchtete sie. Indem sie Wein anbot, lenkte sie das Gespräch in andere Gleise und hielt es darin fest.

Es war hauptsächlich von den erwarteten Gästen die Rede. Paul hörte kaum darauf. Er aß nach Kräften und besann sich nebenher wieder einmal darüber, wie es käme, daß der junge Hauslehrer neben dem fast grauhaarigen Vater immer aussah, als sei er der Ältere.

Vor den Fenstern und Glastüren begannen Garten, Baumland, Teich und Himmel sich zu verwandeln, vom ersten Schauer der heraufkommenden Nacht berührt. Die Gebüsche wurden schwarz und rannen in dunkle Wogen zusammen, und die Bäume, deren Wipfel die ferne Hügellinie überschnitten, reckten sich mit ungeahnten, bei Tage nie gesehenen Formen dunkel und mit einer stummen Leidenschaft in den lichteren Himmel. Die vielfältige, fruchtbare Landschaft verlor ihr friedlich buntes zerstreutes Wesen mehr und mehr und rückte in großen, fest geschlossenen Massen zusammen. Die entfernten Berge sprangen kühner und entschlossener empor, die Ebene lag schwärzlich hingebreitet und ließ nur noch die stärkeren Schwellungen des Bodens durchfühlen. Vor den Fenstern kämpfte das noch vorhandene Tageslicht müde mit dem herabfallenden Lampenschimmer.

Paul stand in dem offenen Türflügel und schaute zu, ohne viel Aufmerksamkeit und ohne viel dabei zu denken. Er dachte wohl, aber nicht an das, was er sah. Er sah es Nacht werden. Aber er konnte nicht fühlen, wie schön es war. Er war zu jung und lebendig, um so etwas hinzunehmen und zu betrachten und sein Genüge daran zu finden. Woran er dachte, das war eine Nacht am nordischen Meer. Am Strande zwischen schwarzen Bäumen wälzt der düster lodernde Tempelbrand Glut und Rauch gen Himmel, an den Felsen bricht sich die See und spiegelt wilde rote Lichter, im Dunkel enteilt mit vollen Segeln ein Wikingerschiff.

«Nun, Junge», rief der Vater, «was hast du denn heut wieder für einen Schmöker draußen gehabt?»

«Oh, den Frithjof!»

«So, so, lesen das die jungen Leute noch immer? Herr Homburger, wie denken Sie darüber? Was hält man heutzutage von diesem alten Schweden? Gilt er noch?»

«Sie meinen Esajas Tegner?»

«Ja, richtig, Esajas. Nun?»

«Ist tot, Herr Abderegg, vollkommen tot.»

«Das glaub ich gerne! Gelebt hat der Mann schon zu meinen Zeiten nicht mehr, ich meine damals, als ich ihn las. Ich wollte fragen, ob er noch Mode ist.»

«Ich bedaure, über Mode und Moden bin ich nicht unterrichtet. Was die wissenschaftlich-ästhetische Wertung betrifft –»

«Nun ja, das meinte ich. Also die Wissenschaft – –?»

«Die Literaturgeschichte verzeichnet jenen Tegner lediglich noch als Namen. Er war, wie Sie sehr richtig sagten, eine Mode. Damit ist ja alles gesagt. Das Echte, Gute ist nie Mode gewesen, aber es lebt. Und Tegner ist, wie ich sagte, tot. Er existiert für uns nicht mehr. Er scheint uns unecht, geschraubt, süßlich . . .»

Paul wandte sich heftig um.

«Das kann doch nicht sein, Herr Homburger!»

«Darf ich fragen, warum nicht?»

«Weil es schön ist! Ja, es ist einfach schön.»

«So? Das ist aber doch kein Grund, sich so aufzuregen.»

«Aber Sie sagen, es sei süßlich und habe keinen Wert. Und es ist doch wirklich schön.»

«Meinen Sie? Ja, wenn Sie so felsenfest wissen, was schön ist, sollte man Ihnen einen Lehrstuhl einräumen. Aber wie Sie sehen, Paul – diesmal stimmt Ihr Urteil nicht mit der Ästhetik. Sehen Sie, es ist gerade umgekehrt wie mit Thucydides. Den findet die Wissenschaft schön, und Sie finden ihn schrecklich. Und den Frithjof –»

«Ach, das hat doch mit der Wissenschaft nichts zu tun.»

«Es gibt nichts, schlechterdings nichts in der Welt, womit die Wissenschaft nicht zu tun hätte. – Aber, Herr Abderegg, Sie erlauben wohl, daß ich mich empfehle.»

«Schon?»

«Ich sollte noch etwas schreiben.»

«Schade, wir wären gerade so nett ins Plaudern gekommen. Aber über alles die Freiheit! Also gute Nacht!»

Herr Homburger verließ das Zimmer höflich und steif und verlor sich geräuschlos im Korridor.

«Also die alten Abenteuer haben dir gefallen, Paul?» lachte der Hausherr. «Dann laß sie dir von keiner Wissenschaft verhunzen, sonst geschieht's dir recht. Du wirst doch nicht verstimmt sein?»

«Ach, es ist nichts. Aber weißt du, ich hatte doch gehofft, der Herr Homburger würde nicht mit aufs Land kommen. Du hast ja gesagt, ich brauche in diesen Ferien nicht zu büffeln.»

«Ja, wenn ich das gesagt habe, ist's auch so, und du kannst froh sein. Und der Herr Lehrer beißt dich ja nicht.»

«Warum mußte er denn mitkommen?»

«Ja, siehst du, Junge, wo hätt er denn sonst bleiben sollen? Da, wo er daheim ist, hat er's leider nicht sonderlich schön. Und ich will doch auch mein Vergnügen haben! Mit unterrichteten und gelehrten Männern verkehren ist Gewinn, das merke dir. Ich möchte unsern Herrn Homburger nicht gern entbehren.»

«Ach, Papa, bei dir weiß man nie, was Spaß und was Ernst ist.»

«So lerne es unterscheiden, mein Sohn. Es wird dir nützlich sein. Aber jetzt wollen wir noch ein bißchen Musik machen, nicht?»

Paul zog den Vater sogleich freudig ins nächste Zimmer. Es geschah nicht häufig, daß Papa unaufgefordert mit ihm spielte. Und das war kein Wunder, denn er war ein Meister auf dem Klavier, und der Junge konnte, mit ihm verglichen, nur eben so ein wenig klimpern.

Tante Grete blieb allein zurück. Vater und Sohn gehörten zu den Musikanten, die nicht gerne einen Zuhörer vor der Nase haben, aber gerne einen unsichtbaren, von dem sie wissen, daß er nebenan sitzt und lauscht. Das wußte die Tante wohl. Wie sollte sie es auch nicht wissen? Wie sollte ihr irgendein kleiner, zarter Zug an den beiden fremd sein, die sie seit Jahren mit Liebe umgab und behütete und die sie beide wie Kinder ansah.

Sie saß ruhend in einem der biegsamen Rohrsessel und horchte. Was sie hörte, war eine vierhändig gespielte Ouvertüre, die sie gewiß nicht zum erstenmal vernahm, deren Namen sie aber nicht hätte sagen können; denn so gern sie Musik hörte, verstand sie doch wenig davon. Sie wußte, nachher würde der Alte oder der Bube beim Herauskommen fragen: «Tante, was war das für ein Stück?» Dann würde sie sagen «von Mozart» oder «aus Carmen» und dafür ausgelacht werden, denn es war immer etwas anderes gewesen.

Sie horchte, lehnte sich zurück und lächelte. Es war schade, daß niemand es sehen konnte, denn ihr Lächeln war von der echten Art. Es geschah weniger mit den Lippen als mit den Augen; das ganze Gesicht, Stirn und Wangen glänzten innig mit, und es sah aus wie ein tiefes Verstehen und Liebhaben.

Sie lächelte und horchte. Es war eine schöne Musik, und sie gefiel ihr höchlich. Doch hörte sie keineswegs die Ouvertüre allein, obwohl sie ihr zu folgen versuchte. Zuerst bemühte sie sich herauszubringen, wer oben sitze und wer unten. Paul saß unten, das hatte sie bald erhorcht. Nicht daß es gehapert hätte, aber die oberen Stimmen klangen so leicht und kühn und sangen so von innen heraus, wie kein Schüler spielen kann. Und nun konnte sich die Tante alles vorstellen. Sie sah die zwei am Flügel sitzen. Bei prächtigen Stellen sah sie den Vater zärtlich schmunzeln. Paul aber sah sie bei solchen Stellen mit geöffneten Lippen und flammenden Augen sich auf dem Sessel höher recken. Bei besonders heiteren Wendungen paßte sie auf, ob Paul nicht lachen müsse. Dann schnitt nämlich der Alte manchmal eine Grimasse oder machte so eine burschikose Armbewegung, daß es für junge Leute nicht leicht war, an sich zu halten.

Je weiter die Ouvertüre vorwärtsgedieh, desto deutlicher sah das Fräulein ihre beiden vor sich, desto inniger las sie in ihren vom Spielen erregten Gesichtern. Und mit der raschen Musik lief ein grißes Stück Leben, Erfahrung und Liebe an ihr vorbei.

Es war Nacht, man hatte einander schon «Schlaf wohl» gesagt, und jeder war in sein Zimmer gegangen. Hier und dort ging noch eine Türe, ein Fenster auf oder zu. Dann ward es still.

Was auf dem Lande sich von selber versteht, die Stille der Nacht, ist doch für den Städter immer wieder ein Wunder. Wer aus seiner Stadt heraus auf ein Landgut oder in einen Bauernhof kommt und den ersten Abend am Fenster steht oder im Bette liegt, den umfängt diese Stille wie ein Heimatzauber und Ruheport, als wäre er dem Wahren und Gesunden nähergekommen und spüre ein Wehen des Ewigen.

Es ist ja keine vollkommene Stille. Sie ist voll von Lauten, aber es sind dunkle, gedämpfte, geheimnisvolle Laute der Nacht, während in der Stadt die Nachtgeräusche sich von denen des Tages so bitter wenig unterscheiden. Es ist das Singen der Frösche, das Rauschen der Bäume, das Plätschern des Baches, der Flug eines Nachtvogels, einer Fledermaus. Und wenn etwa einmal ein verspäteter Leiterwagen vorüberjagt oder ein Hofhund anschlägt, so ist es ein erwünschter Gruß des Lebens und wird majestätisch von der Weite des Luftraums gedämpft und verschlungen.

Der Hauslehrer hatte noch Licht brennen und ging unruhig und müde in der Stube auf und ab. Er hatte den ganzen Abend bis gegen Mitternacht gelesen. Dieser junge Herr Homburger war nicht, was er schien oder scheinen wollte. Er war kein Denker. Er war nicht einmal ein wissenschaftlicher Kopf. Aber er hatte einige Gaben, und er war jung. So konnte es ihm, in dessen Wesen es keinen befehlenden und unausweichlichen Schwerpunkt gab, an Idealen nicht fehlen.

Zur Zeit beschäftigten ihn einige Bücher, in welchen merkwürdig schmiegsame Jünglinge sich einbildeten, Bausteine zu einer neuen Kultur aufzutürmen, indem sie in einer weichen, wohllauten Sprache bald Ruskin, bald Nietzsche um allerlei kleine, schöne, leicht tragbare Kleinode bestahlen. Diese Bücher waren viel amüsanter zu lesen als Ruskin und Nietzsche selber, sie waren von koketter Grazie, groß in kleinen Nuancen und von seidig vornehmem Glanze. Und wo es auf einen großen Wurf, auf Machtworte und Leidenschaft ankam, zitierten sie Dante oder Zarathustra.

Deshalb war auch Homburgers Stirn umwölkt, sein Auge müde wie vom Durchmessen ungeheurer Räume und sein Schritt erregt und ungleich. Er fühlte, daß an die ihn umgebende schale Alltagswelt allenthalben Mauerbrecher gelegt waren und daß es galt, sich an die Propheten und Bringer der neuen Seligkeit zu halten. Schönheit und Geist würden ihre Welt durchfluten, und jeder Schritt in ihr würde von Poesie und Weisheit triefen.

Vor seinen Fenstern lag und wartete der gestirnte Himmel, die schwebende Wolke, der träumende Park, das schlafend atmende Feld und die ganze Schönheit der Nacht. Sie wartete darauf, daß er ans Fenster trete und sie schaue. Sie wartete darauf, sein Herz mit Sehnsucht und Heimweh zu verwunden, seine Augen kühl zu baden, seiner Seele gebundene Flügel zu lösen. Er legte sich aber ins Bett, zog die Lampe näher und las im Liegen weiter.

Paul Abderegg hatte kein Licht mehr brennen, schlief aber noch nicht, sondern saß im Hemde auf dem Fensterbrett und schaute in die ruhigen Baumkronen hinein. Den Helden Frithjof hatte er vergessen. Er dachte überhaupt an nichts Bestimmtes, er genoß nur die späte Stunde, deren reges Glücksgefühl ihn noch nicht schlafen ließ. Wie schön die Sterne in der Schwärze standen! Und wie der Vater heute wieder gespielt hatte! Und wie still und märchenhaft der Garten da im Dunkeln lag!

Die Juninacht umschloß den Knaben zart und dicht, sie kam ihm still entgegen, sie kühlte, was noch in ihm heiß und flammend war. Sie nahm ihm leise den Überfluß seiner Jugend ab, bis seine Augen ruhig und seine Schläfen kühl wurden, und dann blickte sie ihm lächelnd als eine gute Mutter in die Augen. Er wußte nicht mehr, wer ihn anschaue und wo er sei, er lag schlummernd auf dem Lager, atmete tief und schaute gedankenlos hingegeben in große, stille Augen, in deren Spiegel Gestern und Heute zu wunderlich verschlungenen Bildern und schwer zu entwirrenden Sagen wurden.

Auch des Kandidaten Fenster war nun dunkel. Wenn jetzt etwa ein Nachtwanderer auf der Landstraße vorüberkam und Haus und Vorplatz, Park und Garten lautlos im Schlummer liegen sah, konnte er wohl mit einem Heimweh herüberblicken und sich des ruhevollen Anblicks mit halbem Neide freuen. Und wenn es ein armer, obdachloser Fechtbruder war, konnte er unbesorgt in den arglos offenstehenden Park eintreten und sich die längste Bank zum Nachtlager aussuchen.

Am Morgen war diesmal gegen seine Gewohnheit der Hauslehrer vor allen andern wach. Munter war er darum nicht. Er hatte sich mit dem langen Lesen bei Lampenlicht Kopfweh geholt; als er dann endlich die Lampe gelöscht hatte, war das Bett schon zu warmgelegen und zerwühlt zum Schlafen, und nun stand er nüchtern und fröstelnd mit matten Augen auf. Er fühlte deutlicher als je die Notwendigkeit einer neuen Renaissance, hatte aber für den Augenblick zur Fortsetzung seiner Studien keine Lust, sondern spürte ein heftiges Bedürfnis nach frischer Luft. So verließ er leise das Haus und wandelte langsam feldeinwärts.

Überall waren schon die Bauern an der Arbeit und blickten dem ernst Dahinschreitenden flüchtig und, wie es ihm zuweilen scheinen wollte, spöttisch nach. Dies tat ihm weh, und er beeilte sich, den nahen Wald zu erreichen, wo ihn Kühle und mildes Halblicht umflossen. Eine halbe Stunde trieb er sich verdrossen dort umher. Dann fühlte er eine innere Öde und begann zu erwägen, ob es nun wohl bald einen Kaffee geben werde. Er kehrte um und lief an den schon warm besonnten Feldern und unermüdlichen Bauersleuten vorüber wieder heimwärts.

Unter der Haustür kam es ihm plötzlich unfein vor, so heftig und happig zum Frühstück zu eilen. Er wandte um, tat sich Gewalt an und beschloß, vorher noch gemäßigten Schrittes einen Gang durch die Parkwege zu tun, um nicht atemlos am Tisch zu erscheinen. Mit künstlich bequemem Schlenderschritt ging er durch die Platanenallee und wollte soeben gegen den Ulmenwinkel umwenden, als ein unvermuteter Anblick ihn erschreckte.

Auf der letzten, durch Holundergebüsche etwas versteckten Bank lag ausgestreckt ein Mensch. Er lag bäuchlings und hatte das Gesicht auf die Ellbogen und Hände gelegt. Herr Homburger war im ersten Schreck geneigt, an eine Greueltat zu denken, doch belehrte ihn bald das feste tiefe Atmen des Daliegenden, daß er vor einem Schlafenden stehe. Dieser sah abgerissen aus, und je mehr der Lehrersmann erkannte, daß er es mit einem vermutlich ganz jungen und unkräftigen Bürschlein zu tun habe, desto höher stiegen der Mut und die Entrüstung in seiner Seele. Überlegenheit und Mannesstolz erfüllten ihn, als er nach kurzem Zögern entschlossen nähertrat und den Schläfer wachschüttelte.

«Stehen Sie auf, Kerl! Was machen Sie denn hier?»

Das Handwerksbürschlein taumelte erschrocken empor und starrte verständnislos und ängstlich in die Welt. Er sah einen Herrn im Gehrock befehlend vor sich stehen und besann sich eine Weile, was das bedeuten könne, bis ihm einfiel, daß er zu Nacht in einen offenen Garten eingetreten sei und dort genächtigt habe. Er hatte mit Tagesanbruch weiterwollen, nun war er verschlafen und wurde zur Rechenschaft gezogen.

«Können Sie nicht reden, was tun Sie hier?»

«Nur geschlafen hab ich», seufzte der Angedonnerte und erhob sich vollends. Als er auf den Beinen stand, bestätigte sein schmächtiges

Gliedergerüste den unfertig jugendlichen Ausdruck seines fast noch kindlichen Gesichts. Er konnte höchstens achtzehn Jahr alt sein.

«Kommen Sie mit mir!» gebot der Kandidat und nahm den willenlos folgenden Fremdling mit zum Hause hinüber, wo ihm gleich unter der Türe Herr Abderegg begegnete.

«Guten Morgen, Herr Homburger, Sie sind ja früh auf! Aber was bringen Sie da für merkwürdige Gesellschaft?»

«Dieser Bursche hat Ihren Park als Nachtherberge benützt. Ich glaubte Sie davon unterrichten zu müssen.»

Der Hausherr begriff sofort. Er schmunzelte.

«Ich danke Ihnen, lieber Herr. Offen gestanden, ich hätte kaum ein so weiches Herz bei Ihnen vermutet. Aber Sie haben recht, es ist ja klar, daß der arme Kerl zum mindesten einen Kaffee bekommen muß. Vielleicht sagen Sie drinnen dem Fräulein, sie möchte ein Frühstück für ihn herausschicken? Oder warten Sie, wir bringen ihn gleich in die Küche. – Kommen Sie mit, Kleiner, es ist schon was übrig.»

Am Kaffeetisch umgab sich der Mitbegründer einer neuen Kultur mit einer majestätischen Wolke von Ernst und Schweigsamkeit, was den alten Herrn nicht wenig freute. Es kam jedoch zu keiner Neckerei, schon weil die heute erwarteten Gäste alle Gedanken in Anspruch nahmen.

Die Tante hüpfte immer wieder sorgend und lächelnd von einer Gaststube in die andere, die Dienstboten nahmen maßvoll an der Aufregung teil oder grinsten zuschauend, und gegen Mittag setzte sich der Hausherr mit Paul in den Wagen, um zur nahen Bahnstation zu fahren.

Wenn es in Pauls Wesen lag, daß er die Unterbrechungen seines gewohnten stillen Ferienlebens durch Gastbesuche fürchtete, so war es ihm ebenso natürlich, die einmal Angekommenen nach seiner Weise möglichst kennenzulernen, ihr Wesen zu beobachten und sie sich irgendwie zu eigen zu machen. So betrachtete er auf der Heimfahrt im etwas überfüllten Wagen die drei Fremden mit stiller Aufmerksamkeit, zuerst den lebhaft redenden Professor, dann mit einiger Scheu die beiden Mädchen.

Der Professor gefiel ihm, schon weil er wußte, daß er ein Duzfreund seines Vaters war. Im übrigen fand er ihn ein wenig streng und ältlich, aber nicht zuwider und jedenfalls unsäglich gescheit. Viel schwerer war es, über die Mädchen ins reine zu kommen. Die eine war eben schlechthin ein junges Mädchen, ein Backfisch, jedenfalls ziemlich gleich alt wie er selber. Es würde nur darauf ankommen, ob sie von der spöttischen oder gutmütigen Art war, je nachdem würde es Krieg oder Freundschaft zwischen ihm und ihr geben. Im Grunde waren ja alle jungen Mädchen dieses Alters gleich, und es war mit allen gleich schwer zu reden und auszukommen. Es gefiel ihm, daß sie wenigstens still war und nicht gleich einen Sack voll Fragen auskramte.

Die andere gab ihm mehr zu raten. Sie war, was er freilich nicht zu berechnen verstand, vielleicht drei- oder vierundzwanzig und gehörte zu der Art von Damen, welche Paul zwar gerne sah und von weitem betrachtete, deren näherer Umgang ihn aber scheu machte und meist in Verlegenheiten verwickelte. Er wußte an solchen Wesen die natürliche Schönheit durchaus nicht von der eleganten Haltung und Kleidung zu trennen, fand ihre Gesten und ihre Frisuren meist affektiert und vermutete bei ihnen eine Menge von überlegenen Kenntnissen über Dinge, die ihm tiefe Rätsel waren.

Wenn er genau darüber nachdachte, haßte er diese ganze Gattung. Sie sahen alle schön aus, aber sie hatten auch alle die gleiche demütigende Zierlichkeit und Sicherheit im Benehmen, die gleichen hochmütigen Ansprüche und die gleiche geringschätzende Herablassung gegen Jünglinge seines Alters. Und wenn sie lachten oder lächelten, was sie sehr häufig taten, sah es oft so unleidlich maskenhaft und verlogen aus. Darin waren die Backfische doch viel erträglicher.

Am Gespräch nahm außer den beiden Männern nur Fräulein Thusnelde – das war die ältere, elegante – teil. Die kleine blonde Berta schwieg ebenso scheu und beharrlich wie Paul, dem sie gegenübersaß. Sie trug einen großen, weich gebogenen, ungefärbten Strohhut mit blauen Bändern und ein blaßblaues, dünnes Sommerkleid mit losem Gürtel und schmalen weißen Säumen. Es schien, als sei sie ganz in den Anblick der sonnigen Felder und heißen Heuwiesen verloren.

Aber zwischenein warf sie häufig einen schnellen Blick auf Paul. Sie wäre noch einmal so gern mit nach Erlenhof gekommen, wenn nur der Junge nicht gewesen wäre. Er sah ja sehr ordentlich aus, aber gescheit, und die Gescheiten waren doch meistens die Widerwärtigsten. Da würde es gelegentlich so heimtückische Fremdwörter geben und auch solche herablassende Fragen, etwa nach dem Namen einer Feldblume, und dann, wenn sie ihn nicht wußte, so ein unverschämtes Lächeln, und so weiter. Sie kannte das von ihren zwei Vettern, von denen einer Student und der andere Gymnasiast war, und der Gymnasiast war eher der schlimmere, einmal bubenhaft ungezogen und ein andermal von jener unausstehlich höhnischen Kavalierhöflichkeit, vor der sie so Angst hatte.

Eins wenigstens hatte Berta gelernt, und sie hatte beschlossen, sich auch jetzt auf alle Fälle daran zu halten: weinen durfte sie nicht, unter keinen Umständen. Nicht weinen und nicht zornig werden, sonst war sie unterlegen. Und das wollte sie hier um keinen Preis. Es fiel ihr tröstlich ein, daß für alle Fälle auch noch eine Tante da sein würde; an die wollte sie sich dann um Schutz wenden, falls es nötig werden sollte.

«Paul, bist du stumm?» rief Herr Abderegg plötzlich.

«Nein, Papa. Warum?»

«Weil du vergißt, daß du nicht allein im Wagen sitzt. Du könntest dich der Berta schon etwas freundlicher zeigen.»

Paul seufzte unhörbar. Also nun fing es an.

«Sehen Sie, Fräulein Berta, dort hinten ist dann unser Haus.»
«Aber Kinder, ihr werdet doch nicht Sie zueinander sagen!»
«Ich weiß nicht, Papa –ich glaube doch.»
«Na, dann weiter! Ist aber recht überflüssig.»

Berta war rot geworden, und kaum sah es Paul, so ging es ihm nicht anders. Die Unterhaltung zwischen ihnen war schon wieder zu Ende, und beide waren froh, daß die Alten es nicht merkten. Es wurde ihnen unbehaglich, und sie atmeten auf, als der Wagen mit plötzlichem Krachen auf den Kiesweg einbog und am Hause vorfuhr.

«Bitte, Fräulein», sagte Paul und half Berta beim Aussteigen. Damit war er der Sorge um sie fürs erste entledigt, denn im Tor stand schon die Tante, und es schien, als lächle das ganze Haus, öffne sich und fordere zum Eintritt auf, so gastlich froh und herzlich nickte sie und streckte die Hand entgegen und empfing eins um das andere und dann jedes noch ein zweites Mal. Die Gäste wurden in ihre Stuben begleitet und gebeten, recht bald und recht hungrig zu Tische zu kommen.

Auf der weißen Tafel standen zwei große Blumensträuße und dufteten in die Speisengerüche hinein. Herr Abderegg tranchierte den Braten, die Tante visierte scharfäugig Teller und Schüsseln. Der Professor saß wohlgemut und festlich im Gehrock am Ehrenplatz, warf der Tante sanfte Blicke zu und störte den eifrig arbeitenden Hausherrn durch zahllose Fragen und Witze. Fräulein Thusnelde half zierlich und lächelnd beim Herumbieten der Teller und kam sich zuwenig beschäftigt vor, da ihr Nachbar, der Kandidat, zwar wenig aß, aber noch weniger redete. Die Gegenwart eines altmodischen Professors und zweier junger Damen wirkte versteinernd auf ihn. Er war im Angstgefühl seiner jungen Würde beständig auf irgendwelche Angriffe, ja Beleidigungen gefaßt, welche er zum voraus durch eiskalte Blicke und angestrengtes Schweigen abzuwehren bemüht war.

Berta saß neben der Tante und fühlte sich geborgen. Paul widmete sich mit Anstrengung dem Essen, um nicht in Gespräche verwickelt zu werden, vergaß sich darüber und ließ es sich wirklich besser schmecken als alle anderen.

Gegen das Ende der Mahlzeit hatte der Hausherr nach hitzigem Kampfe mit seinem Freunde das Wort an sich gerissen und ließ es sich nicht wieder nehmen. Der besiegte Professor fand nun erst Zeit zum Essen und holte maßvoll nach. Herr Homburger merkte endlich, daß niemand Angriffe auf ihn plane, sah aber nun zu spät, daß sein Schweigen unfein gewesen war, und glaubte sich von seiner Nachbarin höhnisch betrachtet zu wissen. Er senkte deshalb den Kopf so weit, daß eine leichte Falte unterm Kinn entstand, zog die Augenbrauen hoch und schien Probleme im Kopf zu wälzen.

Fräulein Thusnelde begann, da der Hauslehrer versagte, ein sehr zärtliches Geplauder mit Berta, an welchem die Tante sich beteiligte.

Paul hatte sich inzwischen vollgegessen und legte, indem er sich plötzlich übersatt fühlte, Messer und Gabel nieder. Aufschauend erblickte er zufällig gerade den Professor in einem komischen Augenblick: er hatte eben einen stattlichen Bissen zwischen den Zähnen und noch nicht von der Gabel los, als ihn gerade ein Kraftwort in der Rede Abdereggs aufzumerken nötigte. So vergaß er für Augenblicke die Gabel zurückzuziehen und schielte großäugig und mit offenem Munde auf seinen sprechenden Freund hinüber. Da brach Paul, der einem plötzlichen Lachreiz nicht widerstehen konnte, in ein mühsam gedämpftes Kichern aus.

Herr Abderegg fand im Drang der Rede nur Zeit zu einem eiligen Zornblick. Der Kandidat bezog das Lachen auf sich und biß auf die Unterlippe. Berta lachte mitgerissen ohne weiteren Grund plötzlich auch. Sie war so froh, daß Paul diese Jungenhaftigkeit passierte. Er war also wenigstens keiner von den Tadellosen.

«Was freut Sie denn so?» fragte Fräulein Thusnelde.

«Oh, eigentlich gar nichts.»

«Und dich, Berta?»

«Auch nichts. Ich lache nur so mit.»

«Darf ich Ihnen noch einschenken?» fragte Herr Homburger mit gepreßtem Ton.

«Danke, nein.»

«Aber mir, bitte», sagte die Tante freundlich, ließ jedoch den Wein alsdann ungetrunken stehen.

Man hatte abgetragen, und es wurden Kaffee, Kognak und Zigarren gebracht.

Paul wurde von Fräulein Thusnelde gefragt, ob er auch rauche.

«Nein», sagte er, «es schmeckt mir gar nicht.»

Dann fügte er, nach einer Pause, plötzlich ehrlich hinzu: «Ich darf auch noch nicht.»

Als er das sagte, lächelte Fräulein Thusnelde ihm schelmisch zu, wobei sie den Kopf etwas auf die Seite neigte. In diesem Augenblick erschien sie dem Knaben charmant, und er bereute den vorher auf sie geworfenen Haß.

Sie konnte doch sehr nett sein.

Der Abend war so warm und einladend, daß man noch um elf Uhr unter den leise flackernden Windlichtern im Garten draußen saß. Und daß die Gäste sich von der Reise müde gefühlt hatten und eigentlich früh zu Bett hatten gehen wollen, daran dachte jetzt niemand mehr.

Die warme Luft wogte in leichter Schwüle ungleich und träumend hin und wider, der Himmel war ganz in der Höhe sternklar und feuchtglänzend, gegen die Berge hin tiefschwarz und goldig vom fiebernden Geäder des Wetterleuchtens überspannt. Die Gebüsche dufteten süß und schwer, und der weiße Jasmin schimmerte mit unsicheren Lichtern fahl aus der Finsternis.

«Sie glauben also, diese Reform unserer Kultur werde nicht aus dem Volksbewußtsein kommen, sondern von einem oder einigen genialen Einzelnen?»

Der Professor legte eine gewisse Nachsicht in den Ton seiner Frage.

«Ich denke es mir so –» erwiderte etwas steif der Hauslehrer und begann eine lange Rede, welcher außer dem Professor niemand zuhörte.

Herr Abderegg scherzte mit der kleinen Berta, welcher die Tante Beistand leistete. Er lag voll Behagen im Stuhl zurück und trank Weißwein mit Sauerwasser.

«Sie haben den ‹Ekkehard› also auch gelesen?» fragte Paul das Fräulein Thusnelde.

Sie lag in einem sehr niedriggestellten Klappstuhl, hatte den Kopf ganz zurückgelegt und sah geradeaus in die Höhe.

«Jawohl», sagte sie. «Eigentlich sollte man Ihnen solche Bücher noch verbieten.»

«So? Warum denn?»

«Weil Sie ja doch noch nicht alles verstehen können.»

«Glauben Sie?»

«Natürlich.»

«Es gibt aber Stellen darin, die ich vielleicht besser als Sie verstanden habe.»

«Wirklich? Welche denn?»

«Die lateinischen.»

«Was Sie für Witze machen!»

Paul war sehr munter. Er hatte zu Abend etwas Wein zu trinken bekommen, nun fand er es köstlich, in die weiche, dunkle Nacht hineinzureden, und wartete neugierig, ob es ihm gelänge, die elegante Dame ein wenig aus ihrer trägen Ruhe zu bringen, zu einem heftigeren Widerspruch oder zu einem Gelächter. Aber sie schaute nicht zu ihm herüber. Sie lag unbeweglich, das Gesicht nach oben, eine Hand auf dem Stuhl, die andre bis zur Erde herabhängend. Ihr weißer Hals und ihr weißes Gesicht hoben sich matt schimmernd von den schwarzen Bäumen ab.

«Was hat Ihnen denn im ‹Ekkehard› am besten gefallen?» fragte sie jetzt, wieder ohne ihn anzusehen.

«Der Rausch des Herrn Spazzo.»

«Ach?»

«Nein, wie die alte Waldfrau vertrieben wird.»

«So?»

«Oder vielleicht hat mir doch das am besten gefallen, wie die Praxedis ihn aus dem Kerker entwischen läßt. Das ist fein.»

«Ja, das ist fein. Wie war es nur?»

«Wie sie nachher Asche hinschüttet –»

«Ach ja. Ja, ich weiß.»

«Aber jetzt müssen Sie mir auch sagen, was Ihnen am besten gefällt.»

«Im ‹Ekkehard›?»

«Ja, natürlich.»

«Dieselbe Stelle. Wo Praxedis dem Mönch davonhilft. Wie sie ihm da noch einen Kuß mitgibt und dann lächelt und ins Schloß zurückgeht.»

«Ja – ja», sagte Paul langsam, aber er konnte sich des Kusses nicht erinnern.

Des Professors Gespräch mit dem Hauslehrer war zu Ende gegangen. Herr Abderegg steckte sich eine Virginia an, und Berta sah neugierig zu, wie er die Spitze der langen Zigarre über der Kerzenflamme verkohlen ließ. Das Mädchen hielt die neben ihr sitzende Tante mit dem rechten Arm umschlungen und hörte großäugig den fabelhaften Erlebnissen zu, von denen der alte Herr ihr erzählte. Es war von Reiseabenteuern, namentlich in Neapel, die Rede.

«Ist das wirklich wahr?» wagte sie einmal zu fragen.

Herr Abderegg lachte.

«Das kommt allein auf Sie an, kleines Fräulein. Wahr ist an einer Geschichte immer nur das, was der Zuhörer glaubt.»

«Aber nein?! Da muß ich Papa drüber fragen.»

«Tun Sie das!»

Die Tante streichelte Bertas Hand, die ihre Taille umfing.

«Es ist ja Scherz, Kind.»

Sie hörte dem Geplauder zu, wehrte die taumelnden Nachtmotten von ihres Bruders Weinglas ab und gab jedem, der sie etwa anschaute, einen gütigen Blick zurück. Sie hatte ihre Freude an den alten Herren, an Berta und dem lebhaft schwatzenden Paul, an der schönen Thusnelde, die aus der Gesellschaft heraus in die Nachtbläue schaute, am Hauslehrer, der seine klugen Reden nachgenoß. Sie war noch jung genug und hatte nicht vergessen, wie es der Jugend in solchen Gartensommernächten warm und wohl sein kann. Wieviel Schicksal noch auf alle diese schönen Jungen und klugen Alten wartete! Auch auf den Hauslehrer. Wie jedem sein Leben und seine Gedanken und Wünsche so wichtig waren! Und wie schön Fräulein Thusnelde aussah! Eine wirkliche Schönheit.

Die gütige Dame streichelte Bertas rechte Hand, lächelte dem etwas vereinsamten Kandidaten liebreich zu und fühlte von Zeit zu Zeit hinter den Stuhl des Hausherrn, ob auch seine Weinflasche noch im Eise stehe.

«Erzählen Sie mir etwas aus Ihrer Schule!» sagte Thusnelde zu Paul.

«Ach, die Schule! Jetzt sind doch Ferien.»

«Gehen Sie denn nicht gern ins Gymnasium?»

«Kennen Sie jemand, der gern hineingeht?»

«Sie wollen aber doch studieren?»

«Nun ja. Ich will schon.»

«Aber was möchten Sie noch lieber?»

«Noch lieber? – Haha –. Noch lieber möcht ich Seeräuber werden.»
«Seeräuber?»
«Jawohl, Seeräuber. Pirat.»
«Dann könnten Sie aber nimmer soviel lesen.»
«Das wäre auch nicht nötig. Ich würde mir schon die Zeit vertreiben.»
«Glauben Sie?»
«O gewiß. Ich würde –»
«Nun?»
«Ich würde – ach, das kann man gar nicht sagen.»
«Dann sagen Sie es eben nicht.»

Es wurde ihm langweilig. Er rückte zu Berta hinüber und half ihr zuhören. Papa war ungemein lustig. Er sprach jetzt ganz allein, und alles hörte zu und lachte.

Da stand Fräulein Thusnelde in ihrem losen, feinen englischen Kleide langsam auf und trat an den Tisch.

«Ich möchte gute Nacht sagen.»

Nun brachen alle auf, sahen auf die Uhr und konnten nicht begreifen, daß es wirklich schon Mitternacht sei.

Auf dem kurzen Weg bis zum Hause ging Paul neben Berta, die ihm plötzlich sehr gut gefiel, namentlich seit er sie über Papas Witze so herzlich hatte lachen hören. Er war ein Esel gewesen, sich über den Besuch zu ärgern. Es war doch fein, so des Abends mit Mädchen zu plaudern.

Er fühlte sich als Kavalier und begann zu bedauern, daß er sich den ganzen Abend nur um die andere gekümmert hatte. Die war doch wohl ein Fratz. Berta war ihm viel lieber, und es tat ihm leid, daß er sich heute nicht zu ihr gehalten hatte. Und er versuchte, ihr das zu sagen. Sie kicherte.

«Oh, Ihr Papa war so unterhaltend! Es war reizend.»

Er schlug ihr für morgen einen Spaziergang auf den Eichelberg vor. Es sei nicht weit und so schön. Er kam ins Beschreiben, sprach vom Weg und von der Aussicht und redete sich ganz in Feuer.

Da ging gerade Fräulein Thusnelde an ihnen vorüber, während er im eifrigsten Reden war. Sie wandte sich ein wenig um und sah ihm ins Gesicht. Es geschah ruhig und etwas neugierig, aber er fand es spöttisch und verstummte plötzlich. Berta blickte erstaunt auf und sah ihn verdrießlich werden, ohne zu wissen warum.

Da war man schon im Hause. Berta gab Paul die Hand. Er sagte gute Nacht. Sie nickte und ging.

Thusnelde war vorausgegangen, ohne ihm gute Nacht zu sagen. Er sah sie mit einer Handlampe die Treppe hinaufgehen, und indem er ihr nachschaute, ärgerte er sich über sie.

Paul lag wach im Bette und verfiel dem feinen Fieber der warmen Nacht. Die Schwüle war im Zunehmen, das Wetterleuchten zitterte beständig an den Wänden. Zuweilen glaubte er es in weiter Ferne leise donnern zu hören. In langen Pausen kam und ging ein schlaffer Wind, der kaum die Wipfel rauschen machte.

Der Knabe überdachte halb träumend den vergangenen Abend und fühlte, daß er heute anders gewesen sei als sonst. Er kam sich erwachsener vor, vielmehr schien ihm die Rolle des Erwachsenen heute besser geglückt als bei früheren Versuchen. Mit dem Fräulein hatte er sich doch ganz flott unterhalten und nachher auch mit Berta.

Es quälte ihn, ob Thusnelde ihn ernstgenommen habe. Vielleicht hatte sie eben doch nur mit ihm gespielt. Und das mit dem Kuß der Praxedis mußte er morgen nachlesen. Ob er das wirklich nicht verstanden oder nur vergessen hatte?

Er hätte gern gewußt, ob Fräulein Thusnelde wirklich schön sei, richtig schön. Es schien ihm so, aber er traute weder sich noch ihr. Wie sie da beim schwachen Lampenlicht im Stuhl halb saß und halb lag, so schlank und ruhig, mit der auf dem Boden niederhängenden Hand, das hatte ihm gefallen. Wie sie lässig nach oben schaute, halb vergnügt und halb müde, und der weiße schlanke Hals – im hellen, langen Damenkleid –, das könnte geradeso auf einem Gemälde vorkommen.

Freilich, Berta war ihm entschieden lieber. Sie war ja vielleicht ein wenig sehr naiv, aber sanft und hübsch, und man konnte doch mit ihr reden ohne den Argwohn, sie mache sich heimlich über einen lustig. Wenn er es von Anfang an mit ihr gehalten hätte, statt erst im letzten Augenblick, dann könnten sie möglicherweise jetzt schon ganz gute Freunde sein. Überhaupt begann es ihm jetzt leid zu tun, daß die Gäste nur zwei Tage bleiben wollten.

Aber warum hatte ihn, als er beim Heimgehen mit der Berta lachte, die andere so angesehen?

Er sah sie wieder an sich vorbeigehen und den Kopf umwenden, und er sah wieder ihren Blick. Sie war doch schön. Er stellte sich alles wieder deutlich vor, aber er kam nicht darüber hinweg – ihr Blick war spöttisch gewesen, überlegen spöttisch. Warum? Noch wegen des «Ekkehard»? Oder weil er mit der Berta gelacht hatte?

Der Ärger darüber folgte ihm noch in den Schlaf.

Am Morgen war der ganze Himmel bedeckt, doch hatte es noch nicht geregnet. Es roch überall nach Heu und nach warmem Erdstaub.

«Schade», klagte Berta beim Herunterkommen, «man wird heute keinen Spaziergang machen können?»

«Oh, es kann sich noch den ganzen Tag halten», tröstete Herr Abderegg.

«Du bist doch sonst nicht so eifrig fürs Spazierengehen», meinte Fräulein Thusnelde.

«Aber wenn wir doch nur so kurz hier sind!»

«Wir haben eine Luftkegelbahn», schlug Paul vor. «Im Garten. Auch ein Krocket. Aber Krocket ist langweilig.»

«Ich finde Krocket sehr hübsch», sagte Fräulein Thusnelde.

«Dann können wir ja spielen.»

«Gut, nachher. Wir müssen doch erst Kaffee trinken.»

Nach dem Frühstück gingen die jungen Leute in den Garten; auch der Kandidat schloß sich an. Fürs Krocketspielen fand man das Gras zu hoch, und man entschloß sich nun doch zu dem andern Spiel. Paul schleppte eifrig die Kegel herbei und stellte auf.

«Wer fängt an?»

«Immer der, der fragt.»

«Also gut. Wer spielt mit?»

Paul bildete mit Thusnelde die eine Partei. Er spielte sehr gut und hoffte, von ihr dafür gelobt oder auch nur geneckt zu werden. Sie sah es aber gar nicht und schenkte überhaupt dem Spiel keine Aufmerksamkeit. Wenn Paul ihr die Kugel gab, schob sie unachtsam und zählte nicht einmal, wieviel Kegel fielen. Statt dessen unterhielt sie sich mit dem Hauslehrer über Turgenjew. Herr Homburger war heute sehr höflich. Nur Berta schien ganz beim Spiel zu sein. Sie half stets beim Aufsetzen und ließ sich von Paul das Zielen zeigen.

«König aus der Mitte!» schrie Paul. «Fräulein, nun gewinnen wir sicher. Das gilt zwölf.»

Sie nickte nur.

«Eigentlich ist Turgenjew gar kein richtiger Russe», sagte der Kandidat und vergaß, daß es an ihm war zu spielen. Paul wurde zornig.

«Herr Homburger, Sie sind dran!»

«Ich?»

«Ja doch, wir warten alle.»

Er hätte ihm am liebsten die Kugel ans Schienbein geschleudert. Berta, die seine Verstimmung bemerkte, wurde nun auch unruhig und traf nichts mehr.

«Dann können wir ja aufhören.»

Niemand hatte etwas dagegen. Fräulein Thusnelde ging langsam weg, der Lehrer folgte ihr. Paul warf verdrießlich die noch stehenden Kegel mit dem Fuße um.

«Sollen wir nicht weiterspielen?» fragte Berta schüchtern.

«Ach, zu zweien ist es nichts. Ich will aufräumen.»

Sie half ihm bescheiden. Als alle Kegel wieder in der Kiste waren, sah er sich nach Thusnelde um. Sie war im Park verschwunden. Natürlich, er war ja für sie nur ein dummer Junge.

«Was nun?»

«Vielleicht zeigen Sie mir den Park ein wenig?»

Da schritt er so rasch durch die Wege voran, daß Berta außer Atem kam und fast laufen mußte, um nachzukommen. Er zeigte ihr das Wäldchen und die Platanenallee, dann die Blutbuche und die Wiesen. Während er sich beinahe ein wenig schämte, so grob und wortkarg zu sein, wunderte er sich zugleich, daß er sich vor Berta gar nimmer geniere. Er ging mit ihr um, wie wenn sie zwei Jahre jünger wäre. Und sie war still, sanft und schüchtern, sagte kaum ein Wort und sah ihn nur zuweilen an, als bäte sie für irgend etwas um Entschuldigung.

Bei der Trauerweide trafen sie mit den beiden andern zusammen. Der Kandidat redete noch fort, das Fräulein war still geworden und schien verstimmt. Paul wurde plötzlich gesprächiger. Er machte auf den alten Baum aufmerksam, schlug die herabhängenden Zweige auseinander und zeigte die um den Stamm laufende Rundbank.

«Wir wollen sitzen», befahl Fräulein Thusnelde.

Alle setzten sich nebeneinander auf die Bank. Es war hier sehr warm und dunstig, die grüne Dämmerung war schlaff und schwül und machte schläfrig. Paul saß rechts neben Thusnelde.

«Wie still es da ist!» begann Herr Homburger.

Das Fräulein nickte.

«Und so heiß!» sagte sie. «Wir wollen eine Weile gar nichts reden.»

Da saßen alle vier schweigend. Neben Paul lag auf der Bank Thusneldes Hand, eine lange und schmale Damenhand mit schlanken Fingern und feinen, gepflegten, mattglänzenden Nägeln, Paul sah beständig die Hand an. Sie kam aus einem weiten hellgrauen Ärmel hervor, so weiß wie der bis übers Gelenk sichtbare Arm, sie bog sich vom Gelenk etwas nach außen und lag ganz still, als sei sie müde.

Und alle schwiegen. Paul dachte an gestern abend. Da war dieselbe Hand auch so lang und still und ruhend herabgehängt und die ganze Gestalt so regungslos halb gesessen, halb gelegen. Es paßte zu ihr, zu ihrer Figur und zu ihren Kleidern, zu ihrer angenehm weichen, nicht ganz freien Stimme, auch zu ihrem Gesicht, das mit den ruhigen Augen so klug und abwartend und gelassen aussah.

Herr Homburger sah auf die Uhr.

«Verzeihen Sie, meine Damen, ich sollte nun an die Arbeit. Sie bleiben doch hier, Paul?»

Er verbeugte sich und ging.

Die andern blieben schweigend sitzen. Paul hatte seine Linke langsam und mit ängstlicher Vorsicht wie ein Verbrecher der Frauenhand genähert und dann dicht neben ihr liegen lassen. Er wußte nicht, warum er es tat. Es geschah ohne seinen Willen, und dabei wurde ihm so drückend bang und heiß, daß seine Stirn voll von Tropfen stand.

«Krocket spiele ich auch nicht gerne», sagte Berta leise, wie aus einem Traum heraus. Durch das Weggehen des Hauslehrers war zwischen ihr und Paul eine Lücke entstanden, und sie hatte sich die ganze Zeit besonnen, ob sie herrücken solle oder nicht. Es war ihr, je länger sie zauderte, immer schwerer vorgekommen, es zu tun, und nun fing sie, nur um sich nicht länger ganz allein zu fühlen, zu reden an.

«Es ist wirklich kein nettes Spiel», fügte sie nach einer langen Pause mit unsicherer Stimme hinzu. Doch antwortete niemand.

Es war wieder ganz still. Paul glaubte sein Herz schlagen zu hören. Es trieb ihn, aufzuspringen und irgend etwas Lustiges oder Dummes zu sagen oder wegzulaufen. Aber er blieb sitzen, ließ seine Hand liegen und hatte ein Gefühl, als würde ihm langsam, langsam die Luft entzogen, bis zum Ersticken. Nur war es angenehm, auf eine traurige, quälende Art angenehm.

Fräulein Thusnelde blickte in Pauls Gesicht, mit ihrem ruhigen und etwas müden Blick. Sie sah, daß er unverwandt auf seine Linke schaute, die dicht neben ihrer Rechten auf der Bank lag.

Da hob sie ihre Rechte ein wenig, legte sie fest auf Pauls Hand und ließ sie da liegen.

Ihre Hand war weich, doch kräftig und von trockener Wärme. Paul erschrak wie ein überraschter Dieb und fing zu zittern an, zog aber seine Hand nicht weg. Er konnte kaum noch atmen, so stark arbeitete sein Herzschlag, und sein ganzer Leib brannte und fror zugleich. Langsam wurde er blaß und sah das Fräulein flehend und angstvoll an.

«Sind Sie erschrocken?» lachte sie leise. «Ich glaube, Sie waren eingeschlafen?»

Er konnte nichts sagen. Sie hatte ihre Hand weggenommen, aber seine lag noch da und fühlte die Berührung noch immer. Er wünschte sie wegzuziehen, aber er war so matt und verwirrt, daß er keinen Gedanken oder Entschluß fassen und nichts tun konnte, nicht einmal das.

Plötzlich erschreckte ihn ein ersticktes, ängstliches Geräusch, das er hinter sich vernahm. Er wurde frei und sprang tiefatmend auf. Auch Thusnelde war aufgestanden.

Da saß Berta tiefgebückt an ihrem Platz und schluchzte.

«Gehen Sie hinein», sagte Thusnelde zu Paul, «wir kommen gleich nach.»

Und als Paul wegging, setzte sie noch hinzu: «Sie hat Kopfweh bekommen.»

«Komm, Berta. Es ist zu heiß hier, man erstickt ja vor Schwüle. Komm, nimm dich zusammen! Wir wollen ins Haus gehen.»

Berta gab keine Antwort. Ihr magerer Hals lag auf dem hellblauen Ärmel des leichten Backfischkleidchens, aus dem der dünne, eckige Arm mit dem breiten Handgelenk herabhing. Und sie weinte still und leise schluckend, bis sie nach einer langen Weile rot und verwundert sich aufrichtete, das Haar zurückstrich und langsam und mechanisch zu lächeln begann.

Paul fand keine Ruhe. Warum hatte Thusnelde ihre Hand so auf seine gelegt? War es nur ein Scherz gewesen? Oder wußte sie, wie seltsam weh das tat? Sooft er es sich wieder vorstellte, hatte er von neuem dasselbe Gefühl: ein erstickender Krampf vieler Nerven oder Adern, ein Druck und leichter Schwindel im Kopf, eine Hitze in der Kehle und ein lähmend ungleiches, wunderliches Wallen des Herzens, als sei der Puls unterbunden. Aber es war angenehm, so weh es tat.

Er lief am Hause vorbei zum Weiher und in den Obstgängen auf und ab. Indessen nahm die Schwüle stetig zu. Der Himmel hatte sich vollends ganz bezogen und sah gewitterig aus. Es ging kein Wind, nur hin und wieder im Gezweig ein feiner, zager Schauer, vor dem auch der fahle, glatte Spiegel des Weihers für Augenblicke kraus und silbern erzitterte.

Der kleine alte Kahn, der angebunden am Rasenufer lag, fiel dem Jungen ins Auge. Er stieg hinein und setzte sich auf die einzige noch vorhandene Ruderbank. Doch band er das Schifflein nicht los: es waren auch schon längst keine Ruder mehr da. Er tauchte die Hände ins Wasser, das war widerlich lau.

Unvermerkt überkam ihn eine grundlose Traurigkeit, die ihm ganz fremd war. Er kam sich wie in einem beklemmenden Traume vor – als könnte er, wenn er auch wollte, kein Glied rühren. Das fahle Licht, der dunkel bewölkte Himmel, der laue dunstige Teich und der alte, am Boden moosige Holznachen ohne Ruder, das sah alles unfroh, trist und elend aus, einer schweren, faden Trostlosigkeit hingegeben, die er ohne Grund teilte.

Er hörte Klavierspiel vom Hause herübertönen, undeutlich und leise. Nun waren also die andern drinnen, und wahrscheinlich spielte Papa ihnen vor. Bald erkannte Paul auch das Stück, es war aus Griegs Musik zum «Peer Gynt», und er wäre gern hineingegangen. Aber er blieb sitzen, starrte über das träge Wasser weg und durch die müden, regungslosen Obstzweige in den fahlen Himmel. Er konnte sich nicht einmal wie sonst auf das Gewitter freuen, obwohl es sicher bald ausbrechen mußte und das erste richtige in diesem Sommer sein würde.

Da hörte das Klavierspiel auf, und es war eine Weile ganz still. Bis ein paar zarte, wiegend laue Takte aufklangen, eine scheue und ungewöhnliche Musik. Und nun Gesang, eine Frauenstimme. Das Lied war Paul unbekannt, er hatte es nie gehört, er besann sich auch nicht darüber. Aber die Stimme kannte er, die leicht gedämpfte, ein wenig müde Stimme. Das war Thusnelde. Ihr Gesang war vielleicht nichts Besonderes, aber er traf und reizte den Knaben ebenso beklemmend und quälend wie die Berührung ihrer Hand. Er horchte, ohne sich zu rühren, und während er noch saß und horchte, schlugen die ersten trägen Regentropfen lau und schwer in den Weiher. Sie trafen seine Hände und sein Gesicht, ohne daß er es spürte. Er fühlte nur, daß etwas Drängendes, Gärendes, Gespanntes um ihn her oder auch in ihm selber sich verdichte und schwelle und Auswege suche. Zugleich fiel ihm eine Stelle aus dem «Ekkehard» ein, und in diesem Augenblick überraschte und erschreckte ihn plötzlich die sichere Erkenntnis. Er wußte, daß er Thusnelde lieb habe. Und zugleich wußte er, daß sie erwachsen und eine Dame war, er aber ein Schuljunge, und daß sie morgen abreisen würde.

Da klang – der Gesang war schon eine Weile verstummt – die helltönige Tischglocke, und Paul ging langsam zum Hause hinüber. Vor der Türe wischte er sich die Regentropfen von den Händen, strich das Haar zurück und tat einen tiefen Atemzug, als sei er im Begriff, einen schweren Schritt zu tun.

«Ach, nun regnet es doch schon», klagte Berta. «Nun wird also nichts daraus?»

«Aus was denn?» fragte Paul, ohne vom Teller aufzublicken.

«Wir hatten ja doch – Sie hatten mir versprochen, mich heut auf den Eichelberg zu führen.»

«Ja so. Nein, das geht bei dem Wetter freilich nicht.»

Halb sehnte sie sich danach, er möchte sie ansehen und eine Frage nach ihrem Wohlsein tun, halb war sie froh, daß er's nicht tat. Er hatte den peinlichen Augenblick unter der Weide, da sie in Tränen ausgebrochen war, völlig vergessen. Dieser plötzliche Ausbruch hatte ihm ohnehin wenig Eindruck gemacht und ihn nur in dem Glauben bestärkt, sie sei doch noch ein recht kleines Mädchen. Statt auf sie zu achten, schielte er beständig zu Fräulein Thusnelde hinüber.

Diese führte mit dem Hauslehrer, der sich seiner albernen Rolle von gestern schämte, ein lebhaftes Gespräch über Sportsachen. Es ging Herrn Homburger dabei wie vielen Leuten; er sprach über Dinge, von denen er nichts verstand, viel gefälliger und glatter als über solche, die ihm vertraut und wichtig waren. Meistens hatte die Dame das Wort, und er begnügte sich mit Fragen, Nicken, Zustimmen und pausenfüllenden Redensarten. Die etwas kokette Plauderkunst der jungen Dame enthob ihn seiner gewohnten dickblütigen Art; es gelang ihm sogar, als er beim Weineinschenken daneben goß, selber zu lachen und die Sache leicht und komisch zu nehmen. Seine mit Schlauheit eingefädelte Bitte jedoch, dem Fräulein nach Tisch ein Kapitel aus einem seiner Lieblingsbücher vorlesen zu dürfen, wurde zierlich abgelehnt.

«Du hast kein Kopfweh mehr, Kind?» fragte Tante Grete.

«O nein, gar nimmer», sagte Berta halblaut. Aber sie sah noch elend genug aus.

«O ihr Kinder!» dachte die Tante, der auch Pauls erregte Unsicherheit nicht entgangen war. Sie hatte mancherlei Ahnungen und beschloß, die zwei jungen Leutchen nicht unnötig zu stören, wohl aber aufmerksam zu sein und Dummheiten zu verhüten. Bei Paul war es das erstemal, dessen war sie sicher. Wie lang noch, und er würde ihrer Fürsorge entwachsen sein und seine Wege ihrem Blick entziehen! – O ihr Kinder!

Draußen war es beinahe finster geworden. Der Regen rann und ließ nach mit den wechselnden Windstößen, das Gewitter zögerte noch, und der Donner klang noch meilenfern.

«Haben Sie Furcht vor Gewittern?» fragte Herr Homburger seine Dame.

«Im Gegenteil, ich weiß nichts Schöneres. Wir könnten nachher in den Pavillon gehen und zusehen. Kommst du mit, Berta?»

«Wenn du willst, ja, gern.»

«Und Sie also auch, Herr Kandidat? – Gut, ich freue mich darauf. Es ist in diesem Jahr das erste Gewitter, nicht?»

Gleich nach Tisch brachen sie mit Regenschirmen auf, zum nahen Pavillon. Berta nahm ein Buch mit.

«Willst du dich denen nicht anschließen, Paul?» ermunterte die Tante.

«Danke, nein. Ich muß eigentlich üben.»

Er ging in einem Wirrwarr von quellenden Gefühlen ins Klavierzimmer. Aber kaum hatte er zu spielen begonnen, er wußte selbst nicht was, so kam sein Vater herein.

«Junge, könntest du dich nicht um einige Zimmer weiter verfügen? Brav, daß du üben wolltest, aber alles hat seine Zeit, und wir älteren Semester möchten bei dieser Schwüle doch gern ein wenig zu schlafen versuchen. Auf Wiedersehen, Bub!»

Der Knabe ging hinaus und durchs Eßzimmer, über den Gang und zum Tor. Drüben sah er gerade die andern den Pavillon betreten. Als er hinter sich den leisen Schritt der Tante hörte, trat er rasch ins Freie und eilte mit unbedecktem Kopf, die Hände in den Taschen, durch den Regen davon. Der Donner nahm stetig zu, und erste scheue Blitze rissen zuckend durch das schwärzliche Grau.

Paul ging um das Haus herum und gegen den Weiher hin. Er fühlte mit trotzigem Leid den Regen durch seine Kleider dringen. Die noch nicht erfrischte, schwebende Luft erhitzte ihn, so daß er beide Hände und die halbentblößten Arme in die schwer fallenden Tropfen hielt. Nun saßen die andern vergnügt im Pavillon beisammen, lachten und schwatzten, und an ihn dachte niemand. Es zog ihn hinüber, doch überwog sein Trotz; hatte er einmal nicht mitkommen wollen, so wollte er ihnen auch nicht hinterdrein nachlaufen. Und Thusnelde hatte ihn ja überhaupt nicht aufgefordert. Sie hatte Berta und Herrn Homburger mitkommen heißen und ihn nicht. Warum ihn nicht?

Ganz durchnäßt kam er, ohne auf den Weg zu achten, ans Gärtnerhäuschen. Die Blitze jagten jetzt fast ohne Pause herab und quer durch den Himmel in phantastisch kühnen Linien, und der Regen rauschte lauter. Unter der Holztreppe des Gärtnerschuppens klirrte es auf, und mit verhaltenem Grollen kam der große Hofhund heraus. Als er Paul erkannte, drängte er sich fröhlich und schmeichelnd an ihn. Und Paul, in plötzlich überwallender Zärtlichkeit, legte ihm den Arm um den Hals, zog ihn in den dämmernden Treppenwinkel zurück und blieb dort bei ihm kauern und sprach und koste mit ihm, er wußte nicht wie lang.

Im Pavillon hatte Herr Homburger den eisernen Gartentisch an die gemauerte Rückwand geschoben, die mit einer italienischen Küstenlandschaft bemalt war. Die heiteren Farben, Blau, Weiß und Rosa, paßten schlecht in das Regengrau und schienen trotz der Schwüle zu frieren.

«Sie haben schlechtes Wetter für Erlenhof», sagte Herr Homburger.

«Warum? Ich finde das Gewitter prächtig.»

«Und Sie auch, Fräulein Berta?»

«Oh, ich sehe es ganz gerne.»

Es machte ihn wütend, daß die Kleine mitgekommen war. Gerade jetzt, wo er anfing, sich mit der schönen Thusnelde besser zu verstehen.

«Und morgen werden Sie wirklich schon wieder reisen?»

«Warum sagen Sie das so tragisch?»

«Es muß mir doch leid tun.»

«Wahrhaftig?»

«Aber gnädiges Fräulein –»

Der Regen prasselte auf dem dünnen Dach und quoll in leidenschaftlichen Stößen aus den Mündungen der Traufen.

«Wissen Sie, Herr Kandidat, Sie haben da einen lieben Jungen zum Schüler. Es muß ein Vergnügen sein, so einen zu unterrichten.»

«Ist das Ihr Ernst?»

«Aber gewiß. Er ist doch ein prächtiger Junge. – Nicht, Berta?»

«Oh, ich weiß nicht, ich sah ihn ja kaum.»

«Gefällt er dir denn nicht?»

«Ja, das schon. – O ja.»

«Was stellt das Wandbild da eigentlich vor. Herr Kandidat? Es scheint eine Rivieravedute?»

Paul war nach zwei Stunden ganz durchnäßt und todmüde heimgekommen, hatte ein kaltes Bad genommen und sich umgekleidet. Dann wartete er, bis die drei ins Haus zurückkehrten, und als sie kamen und als Thusneldes Stimme im Gang laut wurde, schrak er zusammen und bekam Herzklopfen. Dennoch tat er gleich darauf etwas, wozu er sich selber noch einen Augenblick zuvor den Mut nicht zugetraut hätte.

Als das Fräulein allein die Treppe heraufstieg, lauerte er ihr auf und überraschte sie in der oberen Flur. Er trat auf sie zu und streckte ihr einen kleinen Rosenstrauß entgegen. Es waren wilde Heckenröschen, die er im Regen draußen abgeschnitten hatte.

«Ist das für mich?» fragte Thusnelde.

«Ja, für Sie.»

«Womit hab ich denn das verdient? Ich fürchtete schon, Sie könnten mich gar nicht leiden.»

«Oh, Sie lachen mich ja nur aus.»

«Gewiß nicht, lieber Paul. Und ich danke schön für die Blumen. Wilde Rosen, nicht?»

«Hagrosen.»

«Ich will eine davon anstecken, nachher.»

Dann ging sie weiter nach ihrem Zimmer.

Am Abend blieb man diesmal in der Halle sitzen. Es hatte schön abgekühlt, und draußen fielen noch die Tropfen von den blankgespülten Zweigen. Man hatte im Sinn gehabt zu musizieren, aber der Professor wollte lieber die paar Stunden noch mit Abderegg verplaudern. So saßen nun alle bequem in dem großen Raum, die Herren rauchten, und die jungen Leute hatten Limonadebecher vor sich stehen.

Die Tante sah mit Berta ein Album an und erzählte ihr alte Geschichten. Thusnelde war guter Laune und lachte viel. Den Hauslehrer hatte das lange erfolglose Reden im Pavillon stark mitgenommen, er war wieder nervös und zuckte leidend mit den Gesichtsmuskeln. Daß sie jetzt so lächerlich mit dem Büblein Paul kokettierte, fand er geschmacklos, und er suchte wählerisch nach einer Form, ihr das zu sagen.

Paul war der lebhafteste von allen. Daß Thusnelde seine Rosen im Gürtel trug und daß sie «lieber Paul» zu ihm gesagt hatte, war ihm wie Wein zu Kopf gestiegen. Er machte Witze, erzählte Geschichten, hatte glühende Backen und ließ den Blick nicht von seiner Dame, die sich seine Huldigung so graziös gefallen ließ. Dabei rief es im Grund seiner Seele ohne Unterlaß: «Morgen geht sie fort! morgen geht sie fort!» und je lauter und schmerzlicher es rief, desto sehnlicher klammerte er sich an den schönen Augenblick, und desto lustiger redete er darauf los.

Herr Abderegg, der einen Augenblick herüberhorchte, rief lachend: «Paul, du fängst früh an!»

Er ließ sich nicht stören. Für Augenblicke faßte ihn ein drängendes Verlangen, hinauszugehen, den Kopf an den Türpfosten zu lehnen und zu schluchzen. Aber nein, nein!

Währenddessen hatte Berta mit der Tante «Du» gemacht und gab sich dankbar unter ihren Schutz. Es lag wie eine Last auf ihr, daß Paul von ihr allein nichts wissen wollte, daß er den ganzen Tag kaum ein Wort an sie gerichtet hatte, und müde und unglücklich überließ sie sich der gütigen Zärtlichkeit der Tante.

Die beiden alten Herren überboten einander im Aufwärmen von Erinnerungen und spürten kaum etwas davon, daß neben ihnen junge unausgesprochene Leidenschaften sich kreuzten und bekämpften.

Herr Homburger fiel mehr und mehr ab. Daß er hin und wieder eine schwach vergiftete Pointe ins Gespräch warf, wurde kaum beachtet, und je mehr die Bitterkeit und Auflehnung in ihm wuchs, desto weniger wollte es ihm gelingen, Worte zu finden. Er fand es kindisch, wie Paul sich gehen ließ und unverzeihlich, wie das Fräulein darauf einging. Am liebsten hätte er gute Nacht gesagt und wäre gegangen. Aber das mußte aussehen wie ein Geständnis, daß er sein Pulver verschossen habe und kampfunfähig sei. Lieber blieb er da und trotzte. Und so widerwärtig ihm Thusneldes ausgelassen spielerisches Wesen heute abend war, so hätte er sich doch vom Anblick ihrer weichen Gesten und ihres schwach geröteten Gesichtes jetzt nicht trennen mögen.

Thusnelde durchschaute ihn und gab sich keine Mühe, ihr Vergnügen über Pauls leidenschaftliche Aufmerksamkeiten zu verbergen, schon weil sie sah, daß es den Kandidaten ärgerte. Und dieser, der in keiner Hinsicht ein Kraftmensch war, fühlte langsam seinen Zorn in jene weiblich trübe, faule Resignation übergehen, mit der bis jetzt fast alle seine Liebesversuche geendet hatten. War er denn je von einem Weib verstanden und nach seinem Wert geschätzt worden? Oh, aber er war Künstler genug, um auch die Enttäuschung, den Schmerz, das Einsambleiben mit allen ihren verborgensten Reizen zu genießen. Wenn auch mit zuckender Lippe, er genoß es doch; und wenn auch verkannt und verschmäht, er war doch der Held in der Szene, der Träger einer stummen Tragik, lächelnd mit dem Dolch im Herzen.

Man trennte sich erst spät. Als Paul in sein kühles Schlafzimmer trat, sah er durchs offene Fenster den beruhigten Himmel mit stillstehenden, milchweißen Flaumwölkchen bedeckt; durch ihre dünnen Flöre drang das Mondlicht weich und stark und spiegelte sich tausendmal in den nassen Blättern der Parkbäume. Fern über den Hügeln, nicht weit vom dunklen Horizont, leuchtete schmal und langgestreckt wie eine Insel ein Stück reinen Himmels feucht und milde, darin ein einziger blasser Stern.

Der Knabe blickte lange hinaus und sah es nicht, sah nur ein bleiches Wogen und fühlte reine, frisch gekühlte Lüfte um sich her, hörte niegehörte, tiefe Stimmen wie entfernte Stürme brausen und atmete die weiche Luft einer anderen Welt. Vorgebeugt stand er am Fenster und schaute, ohne etwas zu sehen, wie ein Geblendeter, und vor ihm ungewiß und mächtig ausgebreitet lag das Land des Lebens und der Leidenschaften, von heißen Stürmen durchzittert und von dunkelschwülem Gewölk verschattet.

Die Tante war die letzte, die zu Bette ging. Wachsam hatte sie noch Türen und Läden revidiert, nach den Lichtern gesehen und einen Blick in die dunkle Küche getan, dann war sie in ihre Stube gegangen und hatte sich beim Kerzenlicht in den altmodischen Sessel gesetzt. Sie wußte ja nun, wie es um den Kleinen stand, und sie war im Innersten froh, daß morgen die Gäste wieder reisen wollten. Wenn nur auch alles gut ablief! Es war doch eigen, so ein Kind von heut auf morgen zu verlieren. Denn daß Pauls Seele ihr nun entgleiten und mehr und mehr undurchsichtig werden müsse, wußte sie wohl, und sie sah ihn mit Sorge seine ernsten, knabenhaften Schritte in den Garten der Liebe tun, von dessen Früchten sie selber zu ihrer Zeit nur wenig und fast nur die bitteren gekostet hatte. Dann dachte sie an Berta, seufzte und lächelte ein wenig und suchte dann lange in ihren Schubladen nach einem tröstenden Abschiedsgeschenk für die Kleine. Dabei erschrak sie plötzlich, als sie sah, wie spät es schon war.

Über dem schlafenden Haus und dem dämmernden Garten standen ruhig die milchweißen, flaumig dünnen Wolken, die Himmelsinsel am Horizont wuchs langsam zu einem weiten, reinen, dunkelklaren Felde, zart von schwachglänzenden Sternen durchglüht, und über die entferntesten Hügel lief eine milde, schmale Silberlinie, sie vom Himmel trennend. Im Garten atmeten die erfrischten Bäume tief und rastend, und auf der Parkwiese wechselte mit dünnen, wesenlosen Wolkenschatten der schwarze Schattenkreis der Blutbuche.

Die sanfte, noch von Feuchtigkeit gesättigte Luft dampfte leise gegen den völlig klaren Himmel. Kleine Wasserlachen standen auf dem Kiesplatz und auf der Landstraße, blitzten goldig oder spiegelten die zarte Bläue. Knirschend fuhr der Wagen vor, und man stieg ein. Der Kandidat machte mehrere tiefe Bücklinge, die Tante nickte liebevoll und drückte noch einmal allen die Hände, die Hausmädchen sahen vom Hintergrunde der Flur der Abfahrt zu.

Paul saß im Wagen Thusnelde gegenüber und spielte den Fröhlichen. Er lobte das gute Wetter, sprach rühmend von köstlichen Ferientouren in die Berge, die er vorhabe, und sog jedes Wort und jedes Lachen des Mädchens gierig ein. Am frühen Morgen war er mit schlechtem Gewissen in den Garten geschlichen und hatte in dem peinlich geschonten Lieblingsbeet seines Vaters die prächtigste halboffene Teerose abgeschnitten. Die trug er nun, zwischen Seidenpapier gelegt, versteckt in der Brusttasche und war beständig in Sorge, er könnte sie zerdrücken. Ebenso bang war ihm vor der Möglichkeit einer Entdeckung durch den Vater.

Die kleine Berta war ganz still und hielt den blühenden Jasminzweig vors Gesicht, den ihr die Tante mitgegeben hatte. Sie war im Grunde fast froh, nun fortzukommen.

«Soll ich Ihnen einmal eine Karte schicken?» fragte Thusnelde munter.

«O ja, vergessen Sie es nicht! Das wäre schön.»

Und dann fügte er hinzu: «Aber Sie müssen dann auch unterschreiben, Fräulein Berta.»

Sie schrak ein wenig zusammen und nickte.

«Also gut, hoffentlich denken wir auch daran», sagte Thusnelde.

«Ja, ich will dich dann erinnern.»

Da war man schon am Bahnhof. Der Zug sollte erst in einer Viertelstunde kommen. Paul empfand diese Viertelstunde wie eine unschätzbare Gnadenfrist. Aber es ging ihm sonderbar; seit man den Wagen verlassen hatte und vor der Station auf und ab spazierte, fiel ihm kein Witz und kein Wort mehr ein. Er war plötzlich bedrückt und klein, sah oft auf die Uhr und horchte, ob der kommende Zug schon zu hören sei. Erst im letzten Augenblick zog er seine Rose hervor und drückte sie noch an der Wagentreppe dem Fräulein in die Hand. Sie nickte ihm fröhlich zu und stieg ein. Dann fuhr der Zug ab, und alles war aus.

Vor der Heimfahrt mit dem Papa graute ihm, und als dieser schon eingestiegen war, zog er den Fuß wieder vom Tritt zurück und meinte: «Ich hätte eigentlich Lust, zu Fuß heimzugehen.»

«Schlechtes Gewissen, Paulchen?»

«O nein, Papa, ich kann ja auch mitkommen.»

Aber Herr Abderegg winkte lachend ab und fuhr allein davon.

«Er soll's nur ausfressen», knurrte er unterwegs vor sich hin, «umbringen wird's ihn nicht.» Und er dachte, seit Jahren zum erstenmal, an sein erstes Liebensabenteuer und war verwundert, wie genau er alles noch wußte. Nun war also schon die Reihe an seinem Kleinen! Aber es gefiel ihm, daß der Kleine die Rose gestohlen hatte. Er hatte sie wohl gesehen.

Zu Hause blieb er einen Augenblick vor dem Bücherschrank im Wohnzimmer stehen. Er nahm den Werther heraus und steckte ihn in die Tasche, zog ihn aber gleich darauf wieder heraus, blätterte ein wenig darin herum, begann ein Lied zu pfeifen und stellte das Büchlein an seinen Ort zurück.

Mittlerweile lief Paul auf der warmen Landstraße heimwärts und war bemüht, sich das Bild der schönen Thusnelde immer wieder vorzustellen. Erst als er heiß und erschlafft die Parkhecke erreicht hatte, öffnete er die Augen und besann sich, was er nun treiben solle. Da zog ihn plötzlich aufblitzende Erinnerung unwiderstehlich zur Trauerweide hin. Er suchte den Baum mit heftig wallendem Verlangen auf, schlüpfte durch die tiefhängenden Zweige und setzte sich auf dieselbe Stelle der Bank, wo er gestern neben Thusnelde gesessen war und wo sie ihre Hand auf seine gelegt hatte. Er schloß die Augen, ließ die Hand auf dem Holze liegen und fühlte noch einmal den ganzen Sturm, der gestern ihn gepackt und berauscht und gepeinigt hatte. Flammen wogten um ihn, und Meere rauschten, und heiße Ströme zitterten sausend auf purpurnen Flügeln vorüber.

Paul saß noch nicht lange auf seinem Platz, so klangen Schritte, und jemand trat herzu. Er blickte verwirrt auf, aus hundert Träumen gerissen, und sah den Herrn Homburger vor sich stehen.

«Ah, Sie sind da, Paul? Schon lange?»

«Nein, ich war ja mit an der Bahn. Ich kam zu Fuß zurück.»

«Und nun sitzen Sie hier und sind melancholisch.»

«Ich bin nicht melancholisch.»

«Also nicht. Ich habe Sie zwar schon munterer gesehen.»

Paul antwortete nicht.

«Sie haben sich ja sehr um die Damen bemüht.»

«Finden Sie?»

«Besonders um die eine. Ich hätte eher gedacht, Sie würden dem jüngeren Fräulein den Vorzug geben.»

«Dem Backfisch? Hm.»

«Ganz richtig, dem Backfisch.»

Da sah Paul, daß der Kandidat ein fatales Grinsen aufsetzte, und ohne noch ein Wort zu sagen, kehrte er sich um und lief davon, mitten über die Wiese.

Mittags bei Tisch ging es sehr ruhig zu.

«Wir scheinen ja alle ein wenig müde zu sein», lächelte Herr Abderegg. «Auch du, Paul. Und Sie, Herr Homburger? Aber es war eine angenehme Abwechslung, nicht?»

«Gewiß, Herr Abderegg.»

«Sie haben sich mit dem Fräulein gut unterhalten? Sie soll ja riesig belesen sein.»

«Darüber müßte Paul unterrichtet sein. Ich hatte leider nur für Augenblicke das Vergnügen.»

«Was sagst du dazu, Paul?»

«Ich? Von wem sprecht ihr denn?»

«Von Fräulein Thusnelde, wenn du nichts dagegen hast. Du scheinst einigermaßen zerstreut zu sein –»

«Ach, was wird der Junge sich viel um die Damen gekümmert haben», fiel die Tante ein.

Es wurde schon wieder heiß. Der Vorplatz strahlte Hitze aus, und auf der Straße waren die letzten Regenpfützen vertrocknet. Auf ihrer sonnigen Wiese stand die alte Blutbuche, von warmem Licht umflossen, und auf einem ihrer starken Äste saß der junge Paul Abderegg, an den Stamm gelehnt und ganz von rötlich dunkeln Laubschatten umfangen. Das war ein alter Lieblingsplatz des Knaben, er war dort vor jeder Überraschung sicher. Dort auf dem Buchenast hatte er heimlicherweise im Herbst vor drei Jahren die «Räuber» gelesen, dort hatte er seine erste halbe Zigarre geraucht, und dort hatte er damals das Spottgedicht auf seinen früheren Hauslehrer gemacht, bei dessen Entdeckung sich die Tante so furchtbar aufgeregt hatte. Er dachte an diese und andere Streiche mit einem überlegenen, nachsichtigen Gefühl, als wäre das alles vor Urzeiten gewesen. Kindereien, Kindereien!

Mit einem Seufzer richtete er sich auf, kehrte sich behutsam im Sitze um, zog sein Taschenmesser heraus und begann am Stamm zu ritzen. Es sollte ein Herz daraus werden, das den Buchstaben T umschloß, und er nahm sich vor, es schön und sauber auszuschneiden, wenn er auch mehrere Tage dazu brauchen sollte.

Noch am selben Abend ging er zum Gärtner hinüber, um sein Messer schleifen zu lassen. Er trat selber das Rad dazu. Auf dem Rückweg setzte er sich eine Weile in das alte Boot, plätscherte mit der Hand im Wasser und suchte sich auf die Melodie des Liedes zu besinnen, das er gestern von hier aus hatte singen hören. Der Himmel war halb verwölkt, und es sah aus, als werde in der Nacht schon wieder ein Gewitter kommen.

(1904)

Der Schlossergeselle

Ich war damals zwischen sechzehn und siebzehn Jahre alt. Als ich mit meinem ersten Lehrjahr in der mechanischen Werkstätte fertig war, trat ein neuer Geselle namens Zbinden bei uns ein. Er war auf der Wanderschaft und nahm, obwohl es im schönsten Frühling war, die Arbeit, die unser Meister ihm bot, willig an.

Als er mit dem Handwerksgruß hereintrat, fiel uns gleich seine Haltung auf. Sie gefiel uns nicht. Die Schlosser und gar die Maschinenbauer verleugneten damals auf Wanderschaft selten den Stolz ihrer Zunft; sie zeigten gern im Auftreten etwas Schneidiges, auch Schnoddriges, wußten auch zu reden und sich hinzustellen. Dieser aber kam herein wie ein armer Sünder, sagte kein Wort als den alten Handwerksgruß «Fremder Schlosser spricht um Arbeit zu» und blickte nur den Meister an, ohne uns Kollegen auch nur zuzunicken. Und als er eingestellt wurde, ging er gleich in der ersten Viertelstunde ins Geschirr, noch ehe ihm ein Imbiß angeboten worden war. Wie gesagt, er gefiel uns nicht.

Er hieß Zbinden und stammte, glaube ich, aus dem Solothurnischen, kam aber nicht von dort, er war schon lange Zeit im Reich auf Arbeit. Jetzt kam er von Frankfurt her und war vier Wochen unterwegs, hatte aber noch einen zweiten Anzug und sogar Bargeld. Sein Arbeits- und Wanderbüchlein war tadellos in Ordnung, er hatte sogar noch ein Zeugnis von der Lehrlingsprüfung. Wie alt er war, konnte man ihm schwer ansehen. Ich schätzte etwa siebenundzwanzig, wenn er auch älter aussah. Er hatte nämlich, wie man das bei Querköpfen manchmal sieht, junge Gebärden und ein altes Gesicht. Es gibt ja solche.

Meinem Freund Christian war der Zbinden vom ersten Tag an ein Dorn im Auge.

«Sag was du willst», sagte er zu mir, «der Fremde ist ein Duckmäuser, ich kenne die Sorte. Fehlt nur, daß er es gegen uns mit dem Alten hält. Und wenn er mittwochs zu den Pietisten in die Stunde läuft, so soll's mich nicht wundern.»

Das stimmte nun und stimmte auch nicht. Wenigstens ging der Neue nicht zu den Pietisten. Am ersten Abend wurde er, wie es der Brauch ist, von uns eingeladen und ging auch mit in den «Schwanen». Aber um halb zehn Uhr stand er auf, zahlte seine zwei Glas Hanauer und ging heim. Der Christian, als er um elf Uhr ins Bett ging, sah ihn gerade noch ein Buch weglegen, in dem er gelesen hatte.

«Die, die so nachts lesen», sagte Christian, «und dann das Buch verstecken, wenn man kommt, das sind mir grade die Rechten.»

Auch ich war seiner Meinung. Zu was soll die Leserei nachts noch gut sein? Das Tagblatt und die Mechanikerzeitung konnte er beim Vesper und über Mittag in der Werkstatt lesen.

Beim Schmieden stand er einmal dem Christian ungeschickt im Weg.

«Mach Platz, du Heimtücker!» rief Christian ihm zu.

«Ich stehe gut, stell du dich anders», sagte der Zbinden.

Der Christian wurde gleich wild. «Jetzt gehst weg!» schrie er, «oder du kriegst den Hammer auf den Schädel.»

Da wurde der Zbinden blaß und ging weg. Als dann ausgeschmiedet war, ging er zu Christian hin und sagte: «Du, das hättest du nicht sagen sollen. Nimm's zurück.»

«Einen Dreck nehm ich zurück», lachte der Christian.

«Nimm's zurück! Es könnte dir leid tun.»

Jetzt war mein guter Freund aber zornig. «Leid tun?» schrie er ihn an. «Du Hinterrückser, du Schleicher! Wenn's dir bei uns nicht gefällt, kannst ja gehen, es hält dich keiner!»

Von da an war der Schweizer noch stiller als schon zuvor, und wir mochten ihn alle nicht leiden.

Um diese Zeit trat beim Dreher Kusterer ein neuer Geselle ein, und weil der Dreher uns öfter Holzrollen und Modellteile lieferte, lernten wir den Gesellen auch bald kennen. Da sagte er einmal zu mir: «Du, seit wann habt ihr denn den Kerl da, den Zbinden?»

«Seit April», sagte ich.

«So so. Da habt ihr aber einen Schönen erwischt.»

«So, warum denn?»

«Ein Verhältnis hat er gehabt mit der Frau vom Werkführer, und erwischt haben sie ihn, und rausgeschmissen haben sie ihn. Mit einer verheirateten Frau!»

Ich war damals noch unschuldig und hatte nicht gewußt, daß solche Sachen passieren können. Ich glaubte es auch nicht beim erstenmal und erzählte die dumme Geschichte nicht weiter. Ein Lehrling muß das Maul halten können. Aber bald wußten es auch die andern. Und der Christian schoß natürlich gleich los damit.

Eines Morgens, der Meister war gerade nicht da, traf er mit Zbinden am Schleifstein zusammen.

«Drehstahl schleifen?» fragte der Christian und lachte.

«Nein, bloß den Meißel da», sagte der Zbinden.

Da lachte der Christian noch lauter, so daß wir nun alle zuhörten, und fragte: «Du, Zbinden, ist sie recht schön gewest, die Frau vom Werkführer?»

Der andere fuhr zusammen. Dann fragte er: «Von was redest du?»

«Tu nicht so», lachte der Christian, «man kennt deine Streiche schon. Aber hier haben wir keinen Werkführer, dem du die Frau verführen kannst.»

Da hob der Zbinden seinen Arm auf und sah aus, wie wenn er jetzt den Christian augenblicklich niederschlagen würde, denn stark genug war er dazu. Der Christian floh schnell zurück und ließ ihn in Ruhe.

Nun wäre es gut gewesen, und vielleicht hätte mein Freund Christian genug gehabt und nie mehr so etwas gesagt. Aber der Zbinden, der Teufel muß ihn geritten haben, tut wieder etwas ganz Unbegreifliches: er kommt mittags in der Eßzeit her und sagt ganz süß: «Es tut mir leid, Christian, daß ich dich erschreckt habe. Sei so gut und rede nichts mehr von diesen Sachen, sonst gibt es noch ein Unglück.»

Für den Augenblick sagte der Christian vor Erstaunen gar nichts. Er sah aber natürlich den Gesellen jetzt nur noch ganz verächtlich an. So oft er konnte, machte er Witze über ihn, und wir lachten dann alle mit, während Zbinden an seinem Schraubstock stehenblieb und bloß auf die Zähne biß, weil er ja alles hören konnte. Nur einmal wartete er am Feierabend vor der Werkstatt auf mich und sagte dann zu mir: «Es wäre besser, du würdest nicht auch mitlachen, wenn der Christian so wüst redet! Du weißt ja nicht, was du tust, und du weißt auch nicht, wie es mir tut. Weißt du, der Christian ist selber kein guter Mensch, und was der höhnt und witzelt, das spür ich nicht. Aber du bist noch nicht verdorben, und du bist auch noch Lehrbub, von dir hör ich's nicht gern.»

Ich begriff ihn gar nicht. Er war Gesell und ich war Lehrbub. Er hätte mich ruhig hauen dürfen, kein Hahn hätte danach gekräht. Aber so wunderlich ist er gewesen.

Am Abend las er immer. Zuerst ging er spazieren, und im Anfang dachten wir, er laufe zu einem Mädchen, aber er ging nur allein vor die Stadt hinaus, und dann, wenn er wiederkam, setzte er sich in der Kammer hin und las. Der Meister wollte schimpfen, aber Zbinden zahlte das Erdöl selber. Zwei von seinen Büchern hatte der Seiffert einmal gesehen, die waren beide von Tolstoi. Der Seiffert erzählte es uns, und der Christian sagte: «So so, von Tolstoi? Also für das braucht der Lump sein Geld.»

Dennoch wollte der Christian jetzt diese Bücher auch selber sehen, aber sie wurden immer eingeschlossen. Nur das Neue Testament lag manchmal da.

«Das schließt er nicht ein», sagte der Christian, «das legt er natürlich offen hin, der scheinheilige Bruder. Der wird viel in der Bibel lesen!»

Da war es an einem heißen Abend, daß der Fremde spazierenging und vergessen hatte, seinen Koffer abzuschließen. Der Christian ging wieder in seine Kammer und stöberte: da fand er alles offen und machte sich darüber her. Außer den Büchern von Tolstoi kam eine Gedichtsammlung und eine Schreibmappe zum Vorschein, ferner ein Buch «Der Weg zur Erkenntnis oder Licht aus dem Osten». In dem Gedichtbuch stand auf dem ersten Blatt ein Vers geschrieben und darunter: «Zur Erinnerung an unsere Herbstabende. Mathilde.» In der Mappe waren ein paar Briefe, auch mit Mathilde unterschrieben, und eine Photographie dieser Frau, die sehr fein aussah, aber nicht mehr ganz jung. Ich sah das Bild später dann selbst. Der Christian schaute sich alles gut an, dann nahm er einen Bleistift, machte ihn naß und schrieb etwas Unanständiges auf die Rückseite der Photographie.

Am andern Tag konnte er es nicht lassen, den Zbinden mit seiner Entdeckung aufzuziehen. «Du», sagte er ihm, «das sind sicher recht schöne Herbstabende gewesen, mit Mathilde?»

Da hatte ihn der andere schon an der Gurgel. «Satan du!» schrie er laut, und wir glaubten, er wolle ihn umbringen. Aber dann ließ er ihn plötzlich los und sagte nur: «Das war dein letztes wüstes Wort, Christian. Wenn ich noch so eins von dir höre, bist du kaputt.» Und stieß ihn weg. Wenn er ihn nur geprügelt hätte! Aber nein, er schluckte immer alle Wut in sich hinein.

Abends ging dann die Wüstenei vollends los. Der Zbinden setzte sich, ganz gegen alle Gewohnheit, in eine Wirtschaft und trank. Dann kam er spät heim, die andern lagen alle schon im Bett. Wahrscheinlich hat er da noch seinen Koffer aufgemacht und das Bild angesehen und Christians Zote darauf entdeckt.

Gleich darauf kam er in die Kammer gestürmt, wo neben Seiffert der Christian lag. Er war noch wach, und als der Fremde so wütend auf sein Bett losstürmte, zog er sich schnell die Decke über den Kopf. Der Zbinden hatte ein starkes Stänglein Schmiedeeisen in Händen, mit dem schlug er zweimal aus aller Kraft auf den Versteckten los. Dann schrie er so laut auf, daß der Seiffert davon aufwachte, und lief davon, zur Kammer und zum Haus hinaus.

Jetzt kam alles auf die Beine. Der Christian, wie sich zeigte, war ohne Besinnung; er hatte aber bloß ein Schlüsselbein zerbrochen. Nach vierzehn Tagen lief er schon wieder herum. Aber den Zbinden fand man erst nach zwei Tagen, im hintern Stadtwald. Dort saß er, wie wenn er müde wäre, im Gebüsch auf dem Moosboden, aber er atmete nicht mehr. Er hatte sich beide Pulsadern aufgeschnitten.

Von da an ging meine Freundschaft mit Christian immer mehr auseinander, und er ging auch bald auf Wanderschaft, obwohl der Sommer schon fast zu Ende war.

(1905)

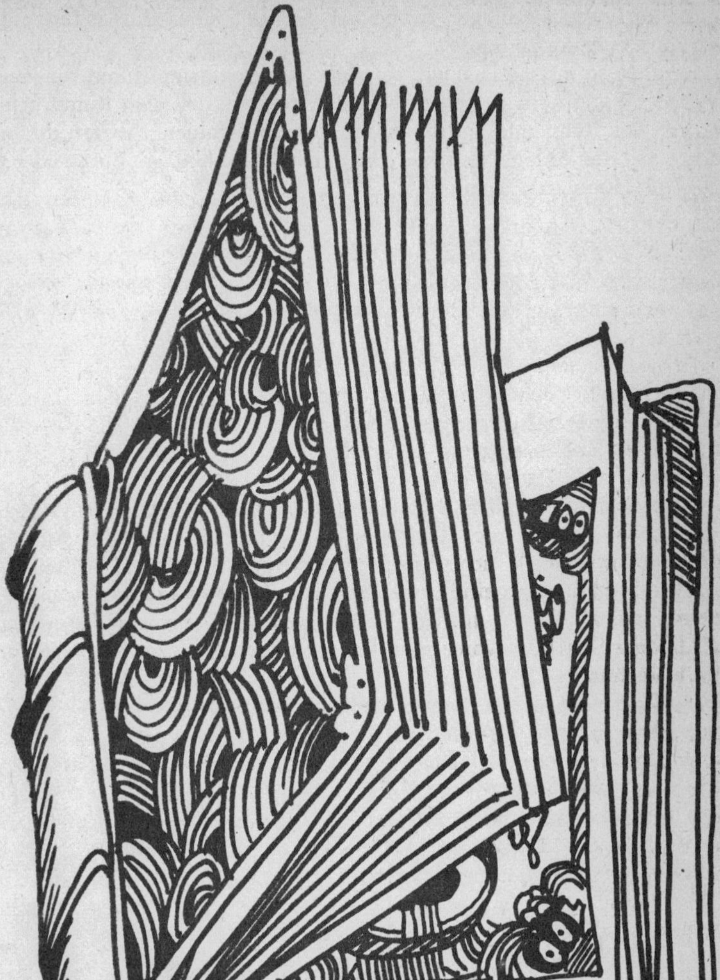

Literatur sind Worte . . .

... die zu Buche geschlagen haben. Aber nicht immer schlägt Literatur auch für den Autor zu Buche.

Literatur, so meinte Disraeli, sei einer der Wege zum Ruhm für jene, die weder Rang noch Reichtum haben. Mag sein, daß dem Ruhm gelegentlich der Rang und mitunter der Reichtum folgen. Aber nicht oft wächst aus der Anlage zum Schreiben eine Kapitalanlage. Buchgeld hat nichts mit Honoraren zu tun.

Das erste Abenteuer

Sonderbar, wie Erlebtes einem fremd werden und entgleiten kann! Ganze Jahre, mit tausend Erlebnissen, können einem verloren gehen. Ich sehe oft Kinder in die Schule laufen und denke nicht an die eigene Schulzeit, ich sehe Gymnasiasten und weiß kaum mehr, daß ich auch einmal einer war. Ich sehe Maschinenbauer in ihre Werkstätten und windige Kommis in ihre Bureaus gehen und habe vollkommen vergessen, daß ich einst die gleichen Gänge tat, die blaue Bluse und den Schreibersrock mit glänzigen Ellenbogen trug. Ich betrachte in der Buchhandlung merkwürdige Versbüchlein von Achtzehnjährigen, im Verlag Pierson in Dresden erschienen, und ich denke nicht mehr daran, daß ich auch einmal derartige Verse gemacht habe und sogar demselben Autorenfänger auf den Leim gegangen bin.

Bis irgend einmal auf einem Spaziergang oder auf einer Eisenbahnfahrt oder in einer schlaflosen Nachtstunde ein ganzes vergessenes Stück Leben wieder da ist und grell beleuchtet wie ein Bühnenbild vor mir steht, mit allen Kleinigkeiten, mit allen Namen und Orten, Geräuschen und Gerüchen. So ging es mir vorige Nacht. Ein Erlebnis trat wieder vor mich hin, von dem ich seinerzeit ganz sicher wußte, daß ich es nie vergessen würde, und das ich doch jahrelang spurlos vergessen hatte. Ganz so wie man ein Buch oder ein Taschenmesser verliert, vermißt und dann vergißt, und eines Tages liegt es in einer Schublade zwischen altem Kram und ist wieder da und gehört einem wieder.

Ich war achtzehnjährig und am Ende meiner Lehrzeit in der Maschinenschlosserei. Seit kurzem hatte ich eingesehen, daß ich es in dem Fache doch nicht weit bringen würde, und war entschlossen, wieder einmal umzusatteln. Bis sich eine Gelegenheit böte, dies meinem Vater zu eröffnen, blieb ich noch im Betrieb und tat die Arbeit halb verdrossen, halb fröhlich wie einer, der schon gekündigt hat und alle Landstraßen auf sich warten weiß.

Wir hatten damals einen Volontär in der Werkstatt, dessen hervorragendste Eigenschaft darin bestand, daß er mit einer reichen Dame im Nachbarstädtchen verwandt war. Diese Dame, eine junge Fabrikantenwitwe, wohnte in einer kleinen Villa, hatte einen eleganten Wagen und ein Reitpferd und galt für hochmütig und exzentrisch, weil sie nicht an den Kaffeekränzchen teilnahm und statt dessen ritt, angelte, Tulpen züchtete und Bernhardiner hielt. Man sprach von ihr mit Neid und Erbitterung, namentlich seit man wußte, daß sie in Stuttgart und München, wohin sie häufig reiste, sehr gesellig sein konnte.

Dieses Wunder war, seit ihr Neffe oder Vetter bei uns volontierte, schon dreimal in der Werkstatt gewesen, hatte ihren Verwandten begrüßt und sich unsere Maschinen zeigen lassen. Es hatte jedesmal prächtig ausgesehen und großen Eindruck auf mich gemacht, wenn sie in feiner Toilette mit neugierigen Augen und drolligen Fragen durch den rußigen Raum gegangen war, eine große hellblonde Frau mit einem Gesicht so frisch und naiv wie ein kleines Mädchen. Wir standen in unseren öligen Schlosserblusen und mit unseren schwarzen Händen und Gesichtern da und hatten das Gefühl, eine Prinzessin habe uns besucht. Zu unseren sozialdemokratischen Ansichten paßte das nicht, was wir nachher jedesmal einsahen.

Da kommt eines Tags der Volontär in der Vesperpause auf mich zu und sagt: «Willst du am Sonntag mit zu meiner Tante kommen? Sie hat dich eingeladen.»

«Eingeladen? Du, mach keine dummen Witze mit mir, sonst steck' ich dir die Nase in den Löschtrog.» Aber es war Ernst. Sie hatte mich eingeladen auf Sonntagabend. Mit dem Zehnuhrzug konnten wir heimkehren, und wenn wir länger bleiben wollten, würde sie uns vielleicht den Wagen mitgeben.

Mit der Besitzerin eines Luxuswagens, der Herrin eines Dieners, zweier Mägde, eines Kutschers und eines Gärtners Verkehr zu haben, war nach meiner damaligen Weltanschauung einfach ruchlos. Aber das fiel mir erst ein, als ich schon längst mit Eifer zugesagt und gefragt hatte, ob mein gelber Sonntagsanzug gut genug sei.

Bis zum Samstag lief ich in einer heillosen Aufregung und Freude herum. Dann kam die Angst über mich. Was sollte ich dort sagen, wie mich benehmen, wie mit ihr reden? Mein Anzug, auf den ich immer stolz gewesen war, hatte auf einmal so viele Falten und Flecken, und meine Krägen hatten alle Fransen am Rand. Außerdem war mein Hut alt und schäbig, und alles das konnte durch meine drei Glanzstücke – ein Paar nadelspitze Halbschuhe, eine leuchtend rote, halbseidene Krawatte und einen Zwicker mit Nickelrändern – nicht aufgewogen werden.

Am Sonntagabend ging ich mit dem Volontär zu Fuß nach Settlingen, krank vor Aufregung und Verlegenheit. Die Villa ward sichtbar, wir standen an einem Gitter vor ausländischen Kiefern und Zypressen, Hundegebell vermischte sich mit dem Ton der Torglocke. Ein Diener ließ uns ein, sprach kein Wort und behandelte uns geringschätzig, kaum daß er geruhte, mich vor den großen Bernhardinern zu schützen, die mir an die Hosen wollten. Ängstlich sah ich meine Hände an, die seit Monaten nicht so peinlich sauber gewesen waren. Ich hatte sie am Abend vorher eine halbe Stunde lang mit Petroleum und Schmierseife gewaschen.

In einem einfachen, hellblauen Sommerkleid empfing uns die Dame im Salon. Sie gab uns beiden die Hand und hieß uns Platz nehmen, das Abendessen sei gleich bereit.

«Sind Sie kurzsichtig?» fragte sie mich.

«Ein klein wenig.»

«Der Zwicker steht Ihnen gar nicht, wissen Sie.» Ich nahm ihn ab, steckte ihn ein und machte ein trotziges Gesicht.

«Und Sozi sind Sie auch?» fragte sie weiter.

«Sie meinen Sozialdemokrat? Ja, gewiß.»

«Warum eigentlich?»

«Aus Überzeugung.»

«Ach so. Aber die Krawatte ist wirklich nett. Na, wir wollen essen. Ihr habt doch Hunger mitgebracht?»

Im Nebenzimmer waren drei Couverts aufgelegt. Mit Ausnahme der dreierlei Gläser gab es wider mein Erwarten nichts, was mich in Verlegenheit brachte. Eine Hirnsuppe, ein Lendenbraten, Gemüse, Salat und Kuchen, das waren lauter Dinge, die ich zu essen verstand, ohne mich zu blamieren. Und die Weine schenkte die Hausfrau selber ein. Während der Mahlzeit sprach sie fast nur mit dem Volontär, und da die guten Speisen samt dem Wein mir angenehm zu tun gaben, wurde mir bald wohl und leidlich sicher zumute.

Nach der Mahlzeit wurden uns die Weingläser in den Salon gebracht, und als mir eine feine Zigarre geboten und zu meinem Erstaunen an einer rot und goldenen Kerze angezündet war, stieg mein Wohlsein bis zur Behaglichkeit. Nun wagte ich auch die Dame anzusehen, und sie war so fein und schön, daß ich mich mit Stolz in die seligen Gefilde der noblen Welt versetzt fühlte, von der ich aus einigen Romanen und Feuilletons eine sehnsüchtig vage Vorstellung gewonnen hatte.

Wir kamen in ein ganz lebhaftes Gespräch, und ich wurde so kühn, daß ich über Madames vorige Bemerkungen, die Sozialdemokratie und die rote Krawatte betreffend, zu scherzen wagte. «Sie haben ganz recht», sagte sie lächelnd. «Bleiben Sie nur bei Ihrer Überzeugung. Aber Ihre Krawatte sollten Sie weniger schief binden. Sehen Sie, so –»

Sie stand vor mir und bückte sich über mich, faßte meine Krawatte mit beiden Händen und rückte an ihr herum. Dabei fühlte ich plötzlich mit heftigem Erschrecken, wie sie zwei Finger durch meine Hemdspalte schob und mir leise die Brust betastete. Und als ich entsetzt aufblickte, drückte sie nochmals mit den beiden Fingern und sah mir dabei starr in die Augen.

O Donnerwetter, dachte ich, und bekam Herzklopfen, während sie zurücktrat und so tat, als betrachte sie die Krawatte. Statt dessen aber sah sie mich wieder an, ernst und voll, und nickte langsam ein paarmal mit dem Kopf.

«Du könntest droben im Eckzimmer den Spielkasten holen», sagte sie zu ihrem Neffen, der in einer Zeitschrift blätterte. «Ja, sei so gut.»

Er ging und sie kam auf mich zu, langsam, mit großen Augen. «Ach du!» sagte sie leise und weich. «Du bist lieb.»

Dabei näherte sie mir ihr Gesicht, und unsre Lippen kamen zusammen, lautlos und brennend, und wieder, und noch einmal. Ich umschlang sie und drückte sie an mich, die große schöne Dame, so stark, daß es ihr weh tun mußte. Aber sie suchte nur nochmals meinen Mund, und während sie küßte, wurden ihre Augen feucht und mädchenhaft schimmernd.

Der Volontär kam mit den Spielen zurück, wir setzten uns und würfelten alle drei um Pralinés. Sie sprach wieder lebhaft und scherzte bei jedem Wurf, aber ich brachte kein Wort heraus und hatte Mühe mit dem Atmen. Manchmal kam unter dem Tisch ihre Hand und spielte mit meiner oder lag auf meinem Knie.

Gegen zehn Uhr erklärte der Volontär, es sei Zeit für uns zu gehen.

«Wollen Sie auch schon fort?» fragte sie mich und sah mich an. Ich hatte keine Erfahrung in Liebessachen und stotterte, ja es sei wohl Zeit, und stand auf.

«Na, denn», rief sie, und der Volontär brach auf. Ich folgte ihm zur Tür, aber eben als er über die Schwelle war, riß sie mich am Arm zurück und zog mich noch einmal an sich. Und im Hinausgehen flüsterte sie mir zu: «Sei gescheit, du, sei gescheit!» Auch das verstand ich nicht.

Wir nahmen Abschied und rannten auf die Station. Wir nahmen Billette, und der Volontär stieg ein. Aber ich konnte jetzt keine Gesellschaft brauchen. Ich stieg nur auf die erste Stufe, und als der Zugführer pfiff, sprang ich wieder ab und blieb zurück. Es war schon finstere Nacht.

Betäubt und traurig lief ich die lange Landstraße heim, an ihrem Garten und an dem Gitter vorbei wie ein Dieb. Eine vornehme Dame hatte mich lieb! Zauberländer taten sich vor mir auf, und als ich zufällig in meiner Tasche den Nickelzwicker fand, warf ich ihn in den Straßengraben.

Am nächsten Sonntag war der Volontär wieder eingeladen zum Mittagessen, aber ich nicht. Und sie kam auch nicht mehr in die Werkstatt.

Ein Vierteljahr lang ging ich noch oft nach Settlingen hinüber, sonntags oder spät abends, und horchte am Gitter und ging um den Garten herum, hörte die Bernhardiner bellen und den Wind durch die ausländischen Bäume gehen, sah Licht in den Zimmern und dachte: Vielleicht sieht sie mich einmal; sie hat mich ja lieb. Einmal hörte ich im Haus Klaviermusik, weich und wiegend, und lag an der Mauer und weinte.

Aber nie mehr hat der Diener mich hinaufgeführt und vor den Hunden beschützt, und nie mehr hat ihre Hand die meine und ihr Mund den meinen berührt. Nur im Traum geschah mir das noch einigemal, im Traum. Und im Spätherbst gab ich die Schlosserei auf und legte die blaue Bluse für immer ab und fuhr weit fort in eine andere Stadt.

(1905)

Der Lateinschüler

Mitten in dem enggebauten alten Städtlein liegt ein phantastisch großes Haus mit vielen kleinen Fenstern und jämmerlich ausgetretenen Vorstaffeln und Treppenstiegen, halb ehrwürdig und halb lächerlich, und ebenso war dem jungen Karl Bauer zumute, welcher als sechzehnjähriger Schüler jeden Morgen und Mittag mit seinem Büchersack hineinging. Da hatte er seine Freude an dem schönen, klaren und tückelosen Latein und an den altdeutschen Dichtern und hatte seine Plage mit dem schwierigen Griechisch und mit der Algebra, die ihm im dritten Jahr so wenig lieb war wie im ersten, und wieder seine Freude an ein paar graubärtigen alten Lehrern und seine Not mit ein paar jungen.

Nicht weit vom Schulhaus stand ein uralter Kaufladen, da ging es über dunkelfeuchte Stufen durch die immer offene Tür unablässig aus und ein mit Leuten, und im pechfinsteren Hausgang roch es nach Sprit, Petroleum und Käse. Karl fand sich aber gut im Dunkeln durch, denn hoch oben im selben Haus hatte er seine Kammer, dort ging er zu Kost und Logis bei der Mutter des Ladenbesitzers. So finster es unten war, so hell und frei war es droben; dort hatten sie Sonne, soviel nur schien, und sahen über die halbe Stadt hinweg, deren Dächer sie fast alle kannten und einzeln mit Namen nennen konnten.

Von den vielerlei guten Sachen, die es im Laden in großer Menge gab, kam nur sehr weniges die steile Treppe herauf, zu Karl Bauer wenigstens, denn der Kosttisch seiner alten Frau Kusterer war mager bestellt und sättigte ihn niemals. Davon aber abgesehen, hausten sie und er ganz freundschaftlich zusammen, und seine Kammer besaß er wie ein Fürst sein Schloß. Niemand störte ihn darin, er mochte treiben, was es war, und er trieb vielerlei. Die zwei Meisen im Käfig wären noch das wenigste gewesen, aber er hatte auch eine Art Schreinerwerkstatt eingerichtet, und im Ofen schmolz und goß er Blei und Zinn, und sommers hielt er Blindschleichen und Eidechsen in einer Kiste – sie verschwanden immer nach kurzer Zeit durch immer neue Löcher im Drahtgitter. Außerdem hatte er auch noch seine Geige, und wenn er nicht las oder schreinerte, so geigte er gewiß, zu allen Stunden bei Tag und bei Nacht.

So hatte der junge Mensch jeden Tag seine Freuden und ließ sich die Zeit niemals lang werden, zumal da es ihm nicht an Büchern fehlte, die er entlehnte, wo er eins stehen sah. Er las eine Menge, aber freilich war ihm nicht eins so lieb wie das andre, sondern er zog die Märchen und Sagen sowie Trauerspiele in Versen allen andern vor.

Das alles, so schön es war, hätte ihn aber doch nicht satt gemacht. Darum stieg er, wenn der fatale Hunger wieder zu mächtig wurde, so still wie ein Wiesel die alten, schwarzen Stiegen hinunter bis in den steinernen Hausgang, in welchen nur aus dem Laden her ein schwacher Lichtstreifen fiel. Dort war es nicht selten, daß auf einer hohen leeren Kiste ein Rest guten Käses lag, oder es stand ein halbvolles Heringsfäßchen offen neben der Tür, und an guten Tagen oder wenn Karl unter dem Vorwand der Hilfsbereitschaft mutig in den Laden selber trat, kamen auch zuweilen ein paar Hände voll gedörrte Zwetschgen, Birnenschnitze oder dergleichen in seine Tasche.

Diese Züge unternahm er jedoch nicht mit Habsucht und schlechtem Gewissen, sondern teils mit der Harmlosigkeit des Hungernden, teils mit den Gefühlen eines hochherzigen Räubers, der keine Menschenfurcht kennt und der Gefahr mit kühlem Stolz ins Auge blickt. Es schien ihm ganz den Gesetzen der sittlichen Weltordnung zu entsprechen, daß das, was die alte Mutter geizig an ihm sparte, der überfüllten Schatzkammer ihres Sohnes entzogen würde.

Diese verschiedenartigen Gewohnheiten, Beschäftigungen und Liebhabereien hätten, neben der allmächtigen Schule her, eigentlich genügen können, um seine Zeit und seine Gedanken auszufüllen. Karl Bauer war aber davon noch nicht befriedigt. Teils in Nachahmung einiger Mitschüler, teils infolge seiner vielen schöngeistigen Lektüre, teils auch aus eignem Herzensbedüfnis betrat er in jener Zeit zum erstenmal das schöne ahnungsvolle Land der Frauenliebe. Und da er doch zum voraus genau wußte, daß sein derzeitiges Streben und Werben zu keinem realen Ziele führen würde, war er nicht allzu bescheiden und weihte seine Verehrung dem schönsten Mädchen der Stadt, die aus reichem Hause war und schon durch die Pracht ihrer Kleidung alle gleichaltrigen Jungfern weit überstrahlte. An ihrem Hause ging der Schüler täglich vorbei, und wenn sie ihm begegnete, zog er den Hut so tief wie vor dem Rektor nicht.

So waren seine Umstände beschaffen, als durch einen Zufall eine ganz neue Farbe in sein Dasein kam und neue Tore zum Leben sich ihm öffneten.

Eines Abends gegen Ende des Herbstes, da Karl von der Schale mit dünnem Milchkaffee wieder gar nicht satt geworden war, trieb ihn der Hunger auf die Streife. Er glitt unhörbar die Treppe hinab und revierte im Hausgang, wo er nach kurzem Suchen einen irdenen Teller stehen sah, auf welchem zwei Winterbirnen von köstlicher Größe und Farbe sich an eine rotgeränderte Scheibe Holländerkäse lehnten.

Leicht hätte der Hungrige erraten können, daß diese Kollation für den Tisch des Hausherrn bestimmt und nur für Augenblicke von der Magd beiseitegestellt worden sei; aber im Entzücken des unerwarteten Anblicks lag ihm der Gedanke an eine gütige Schicksalsfügung viel näher, und er barg die Gabe mit dankbaren Gefühlen in seinen Taschen.

Noch ehe er damit fertig und wieder verschwunden war, trat jedoch die

Dienstmagd Babett auf leisen Pantoffeln aus der Kellertüre, hatte ein Kerzenlicht in der Hand und entdeckte entsetzt den Frevel. Der junge Dieb hatte noch den Käse in der Hand; er blieb regungslos stehen und sah zu Boden, während in ihm alles auseinanderging und in einem Abgrund von Scham versank. So standen die beiden da, von der Kerze beleuchtet, und das Leben hat dem kühnen Knaben seither wohl schmerzlichere Augenblicke beschert, aber gewiß nie einen peinlicheren.

«Nein, so was!» sprach Babett endlich und sah den zerknirschten Frevler an, als wäre er eine Moritat. Dieser hatte nichts zu sagen.

«Das sind Sachen!» fuhr sie fort. «Ja, weißt du denn nicht, daß das gestohlen ist?»

«Doch, ja.»

«Herr du meines Lebens, wie kommst du denn dazu?»

«Es ist halt dagestanden, Babett, und da hab ich gedacht –»

«Was denn hast gedacht?»

«Weil ich halt so elend Hunger gehabt hab . . .»

Bei diesen Worten riß das alte Mädchen ihre Augen weit auf und starrte den Armen mit unendlichem Verständnis, Erstaunen und Erbarmen an.

«Hunger hast? Ja, kriegst denn nichts zu futtern da droben?»

«Wenig, Babett, wenig.»

«Jetzt da soll doch! Nun, 's ist gut, 's ist gut. Behalt das nur, was du im Sack hast, und den Käs auch, behalt's nur, 's ist noch mehr im Haus. Aber jetzt tät ich raufgehen, sonst kommt noch jemand.»

In merkwürdiger Stimmung kehrte Karl in seine Kammer zurück, setzte sich hin und verzehrte nachdenklich erst den Holländer und dann die Birnen. Dann wurde ihm freier ums Herz, er atmete auf, reckte sich und stimmte alsdann auf der Geige eine Art Dankpsalm an. Kaum war dieser beendet, so klopfte es leise an, und wie er aufmachte, stand vor der Tür die Babett und steckte ihm ein gewaltiges, ohne Sparsamkeit bestrichenes Butterbrot entgegen.

So sehr ihn dieses erfreute, wollte er doch höflich ablehnen, aber sie litt es nicht, und er gab gerne nach.

«Geigen tust du aber mächtig schön», sagte sie bewundernd, «ich hab's schon öfter gehört. Und wegen dem Essen, da will ich schon sorgen. Am Abend kann ich dir gut immer was bringen, es braucht's niemand zu wissen. Warum gibt sie dir's auch nicht besser, wo doch wahrhaftig dein Vater genug Kostgeld zahlen muß.»

Noch einmal versuchte der Bursche schüchtern dankend abzulehnen, aber sie hörte gar nicht darauf, und er fügte sich gerne. Am Ende kamen sie dahin überein, daß Karl an Tagen der Hungersnot beim Heimkommen auf der Stiege das Lied «Güldne Abendsonne» pfeifen sollte, dann käme sie und brächte ihm zu essen. Wenn er etwas andres pfiffe oder gar nichts, so wäre es nicht nötig. Zerknirscht und dankbar legte er seine

Hand in ihre breite Rechte, die mit starkem Druck das Bündnis besiegelte.

Und von dieser Stunde an genoß der Gymnasiast mit Behagen und Rührung die Teilnahme und Fürsorge eines guten Frauengemütes, zum erstenmal seit den heimatlichen Knabenjahren, denn er war schon früh in Pension getan worden, da seine Eltern auf dem Lande wohnten. An jene Heimatjahre ward er auch oft erinnert, denn die Babett bewachte und verwöhnte ihn ganz wie eine Mutter, was sie ihren Jahren nach auch annähernd hätte sein können. Sie war gegen vierzig und im Grunde eine eiserne, unbeugsame, energische Natur; aber Gelegenheit macht Diebe, und da sie so unerwartet an dem Jüngling einen dankbaren Freund und Schützling und Futtervogel gefunden hatte, trat mehr und mehr aus dem bisher schlummernden Grunde ihres gehärteten Gemütes ein fast zaghafter Hang zur Weichheit und selbstlosen Milde an den Tag.

Diese Regung kam dem Karl Bauer zugute und verwöhnte ihn schnell, wie denn so junge Knaben alles Dargebotene, sei es auch die seltenste Frucht, mit Bereitwilligkeit und fast wie ein gutes Recht hinnehmen. So kam es auch, daß er schon nach wenigen Tagen jene so beschämende erste Begegnung bei der Kellertüre völlig vergessen hatte und jeden Abend seine «Güldne Abendsonne» auf der Treppe erschallen ließ, als wäre es nie anders gewesen.

Trotz aller Dankbarkeit wäre vielleicht Karls Erinnerung an die Babett nicht so unverwüstlich lebendig geblieben, wenn ihre Wohltaten sich dauernd auf das Eßbare beschränkt hätten. Jugend ist hungrig, aber sie ist nicht weniger schwärmerisch, und ein Verhältnis zu Jünglingen läßt sich mit Käse und Schinken, ja selbst mit Kellerobst und Wein nicht auf die Dauer warmhalten.

Die Babett war nicht nur im Hause Kusterer hochgeachtet und unentbehrlich, sondern genoß in der ganzen Nachbarschaft den Ruf einer tadelfreien Ehrbarkeit. Wo sie dabei war, ging es auf eine anständige Weise heiter zu. Das wußten die Nachbarinnen, und sie sahen es daher gern, wenn ihre Dienstmägde, namentlich die jungen, mit ihr Umgang hatten. Wen sie empfahl, der fand gute Aufnahme, und wer ihren vertrauteren Verkehr genoß, der war besser aufgehoben als im Mägdestift oder Jungfrauenverein.

Feierabends und an den Sonntagnachmittagen war also die Babett selten allein, sondern stets von einem Kranz jüngerer Mägde umgeben, denen sie die Zeit herumbringen half und mit allerlei Rat zur Hand ging. Dabei wurden Spiele gespielt, Lieder gesungen, Scherzfragen und Rätsel aufgegeben, und wer etwa einen Bräutigam oder einen Bruder besaß, durfte ihn gern mitbringen. Freilich geschah das nur sehr selten, denn die Bräute wurden dem Kreise meistens bald untreu, und die jungen Gesellen und Knechte hatten es mit der Babett nicht so freundschaftlich wie die

Mädchen. Lockere Liebesgeschichten duldete sie nicht; wenn von ihren Schützlingen eine auf solche Wege geriet und durch ernstes Vermahnen nicht zu bessern war, so bieb sie ausgeschlossen.

In diese muntere Jungferngesellschaft ward der Lateinschüler als Gast aufgenommen, und vielleicht hat er dort mehr gelernt als im Gymnasium. Den Abend seines Eintritts hat er nicht vergessen. Es war im Hinterhof, die Mädchen saßen auf Treppenstaffeln und leeren Kisten, es war dunkel, und oben floß der viereckig abgeschnittene Abendhimmel noch in schwachem mildblauem Licht. Die Babett saß vor der halbrunden Kellereinfahrt auf einem Fäßchen, und Karl stand schüchtern neben ihr an den Torbalken gelehnt, sagte nichts und schaute in der Dämmerung die Gesichter der Mädchen an. Zugleich dachte er ein wenig ängstlich daran, was wohl seine Kameraden zu diesem abendlichen Verkehr sagen würden, wenn sie davon erführen.

Ach, diese Mädchengesichter! Fast alle kannte er vom Sehen schon, aber nun waren sie, so im Halblicht zusammengerückt, ganz verändert und sahen ihn wie lauter Rätsel an. Er weiß auch heute noch alle Namen und alle Gesichter und von vielen die Geschichte dazu. Was für Geschichten! Wieviel Schicksal, Ernst, Wucht und auch Anmut in den paar kleinen Mägdeleben!

Es war die Anna vom Grünen Baum da, die hatte als ganz junges Ding in ihrem ersten Dienst einmal gestohlen und war einen Monat gesessen. Nun war sie seit Jahren treu und ehrlich und galt für ein Kleinod. Sie hatte große braune Augen und einen herben Mund, saß schweigsam da und sah den Jüngling mit kühler Neugierde an. Aber ihr Schatz, der ihr damals bei der Polizeigeschichte untreu geworden war, hatte inzwischen geheiratet und war schon wieder Witwer geworden. Er lief ihr jetzt wieder nach und wollte sie durchaus noch haben, aber sie machte sich hart und tat, als wollte sie nichts mehr von ihm wissen, obwohl sie ihn heimlich noch so lieb hatte wie je.

Die Margret aus der Binderei war immer fröhlich, sang und klang und hatte Sonne in den rotblonden Kraushaaren. Sie war beständig sauber gekleidet und hatte immer etwas Schönes und Heiteres an sich, ein blaues Band oder ein paar Blumen, und doch gab sie niemals Geld aus, sondern schickte jeden Pfennig ihrem Stiefvater heim, der's versoff und ihr nicht danke sagte. Sie hat dann später ein schweres Leben gehabt, ungeschickt geheiratet und sonst vielerlei Pech und Not, aber auch dann ging sie noch leicht und hübsch einher, hielt sich rein und schmuck und lächelte zwar seltener, aber desto schöner.

Und so fast alle, eine um die andre, wie wenig Freude und Geld und Freundliches haben sie gehabt und wieviel Arbeit, Sorge und Ärger, und wie haben sie sich durchgebracht und sind obenan geblieben, mit wenig Ausnahmen lauter wackere und unverwüstliche Kämpferinnen! Und wie haben sie in den paar freien Stunden gelacht und sich fröhlich gemacht mit nichts, mit einem Witz und einem Lied, mit einer Handvoll Walnüsse und einem roten Bandrestchen! Wie haben sie vor Lust gezittert, wenn eine recht grausame Martergeschichte erzählt wurde, und wie haben sie bei traurigen Liedern mitgesungen und geseufzt und große Tränen in den guten Augen gehabt!

Ein paar von ihnen waren ja auch widerwärtig, krittelig und stets zum Nörgeln und Klatschen bereit, aber die Babett fuhr ihnen, wenn es not tat, schon übers Maul. Und auch sie trugen ja ihre Last und hatten es nicht leicht. Die Gret vom Bischofseck namentlich war eine Unglückliche. Sie trug schwer am Leben und schwer an ihrer großen Tugend, sogar im Jungfrauenverein war es ihr nicht fromm und streng genug, und bei jedem kräftigen Wort, das an sie kam, seufzte sie tief in sich hinein, biß die Lippen zusammen und sagte leise: «Der Gerechte muß viel leiden.» Sie litt jahraus, jahrein und gedieh am Ende doch dabei, aber wenn sie ihren Strumpf voll ersparter Taler überzählte, wurde sie gerührt und fing zu weinen an. Zweimal konnte sie einen Meister heiraten, aber sie tat es beidemal nicht, denn der eine war ein Leichtfuß, und der andere war selber so gerecht und edel, daß sie bei ihm das Seufzen und Unverstandensein hätte entbehren müssen.

Die alle saßen da in der Ecke des dunklen Hofes, erzählten einander ihre Begebenheiten und warteten darauf, was der Abend nun Gutes und Fröhliches bringen würde. Ihre Reden und Gebärden wollten dem gelehrten Jüngling anfänglich nicht die klügsten und nicht die feinsten scheinen, aber bald wurde ihm, da seine Verlegenheit wich, freier und wohler, und er blickte nun auf die im Dunkel beisammenkauernden Mädchen wie auf ein ungewöhnliches, sonderbar schönes Bild.

«Ja, das wäre also der Herr Lateinschüler», sagte die Babett und wollte sogleich die Geschichte seines kläglichen Hungerleidens vortragen, doch da zog er sie flehend am Ärmel, und sie schonte ihn gutmütig.

«Da müssen Sie sicher schrecklich viel lernen?» fragte die rotblonde Margret aus der Binderei, und sie fuhr sogleich fort: «Auf was wollen Sie denn studieren?»

«Ja, das ist noch nicht ganz bestimmt. Vielleicht Doktor.»

Das erweckte Ehrfurcht, und alle sahen ihn aufmerksam an.

«Da müssen Sie aber doch zuerst noch einen Schnurrbart kriegen», meinte die Lene vom Apotheker, und nun lachten sie teils leise kichernd, teils kreischend auf und kamen mit hundert Neckereien, deren er sich ohne Babetts Hilfe schwerlich erwehrt hätte. Schließlich verlangten sie, er solle ihnen eine Geschichte erzählen. Ihm wollte, soviel er auch gelesen hatte, keine einfallen als das Märchen von dem, der auszog, das Gruseln zu lernen; doch hatte er kaum recht angefangen, da lachten sie und riefen: «Das wissen wir schon lange», und die Grete vom Bischofseck sagte geringschätzig: «Das ist bloß für Kinder.» Da hörte er auf und schämte sich, und die Babett versprach an seiner Stelle: «Nächstes Mal erzählt er was andres, er hat ja soviel Bücher daheim!», das war ihm auch recht, und er beschloß, sie glänzend zufriedenzustellen.

Unterdessen hatte der Himmel den letzten blauen Schimmer verloren, und auf der matten Schwärze schwamm ein Stern.

«Jetzt müßt ihr aber heim», ermahnte die Babett, und sie standen auf, schüttelten und rückten die Zöpfe und Schürzen zurecht, nickten einander zu und gingen davon, die einen durchs hintere Hoftürlein, die andern durch den Gang und die Haustüre.

Auch Karl Bauer sagte gute Nacht und stieg in seine Kammer hinauf, befriedigt und auch nicht, mit unklarem Gefühl. Denn so tief er in Jugendhochmut und Lateinschülertorheiten steckte, so hatte er doch gemerkt, daß unter diesen seinen neuen Bekannten ein andres Leben gelebt ward als das seinige und daß fast alle diese Mädchen, mit fester Kette ans rührige Alltagsleben gebunden, Kräfte in sich trugen und Dinge wußten, die für ihn so fremd wie ein Märchen waren. Nicht ohne einen kleinen Forscherdünkel gedachte er möglichst tief in die interessante Poesie dieses naiven Lebens, in die Welt des Urvolkstümlichen, der Moritaten und Soldatenlieder hineinzublicken. Aber doch fühlte er diese Welt der seinigen in gewissen Dingen unheimlich überlegen und fürchtete allerlei Tyrannei und Überwältigung von ihr.

Einstweilen ließ sich jedoch keine derartige Gefahr blicken, auch wurden die abendlichen Zusammenkünfte der Mägde immer kürzer, denn es ging schon stark in den Winter hinein, und man machte sich, wenn es auch noch so mild war, jeden Tag auf den ersten Schnee gefaßt. Immerhin fand Karl noch Gelegenheit, seine Geschichte loszuwerden. Es war die vom Zundelheiner und Zundelfrieder, die er im Schatzkästlein gelesen hatte, und die fand keinen geringen Beifall. Die Moral am Schlusse ließ er weg, aber die Babett fügte eine solche aus eignem Bedürfnis und Vermögen hinzu. Die Mädchen, mit Ausnahme der Gret, lobten den Erzähler über Verdienst, wiederholten abwechselnd die Hauptszenen und baten sehr, er möge nächstens wieder so etwas zum besten geben. Er versprach es auch, aber schon am andern Tag wurde es so kalt, daß an kein Herumstehen im Freien mehr zu denken war, und dann kamen, je näher die Weihnacht rückte, andre Gedanken und Freuden über ihn.

Er schnitzelte alle Abend an einem Tabakskasten für seinen Papa und dann an einem lateinischen Vers dazu. Der Vers wollte jedoch niemals jenen klassischen Adel bekommen, ohne welchen ein lateinisches Distichon gar nicht auf seinen Füßen stehen kann, und so schrieb er schließlich nur «Wohl bekomm's!» in großen Schnörkelbuchstaben auf den Deckel, zog die Linien mit dem Schnitzmesser nach und polierte den Kasten mit Bimsstein und Wachs. Alsdann reiste er wohlgemut in die Ferien.

Der Januar war kalt und klar, und Karl ging, sooft er eine freie Stunde hatte, auf den Eisplatz zum Schlittschuhlaufen. Dabei ging ihm eines Tages sein bißchen eingebildete Liebe zu jenem schönen Bürgermädchen verloren. Seine Kameraden umwarben sie mit hundert kleinen Kavalierdiensten, und er konnte wohl sehen, daß sie einen wie den andern mit derselben kühlen, ein wenig neckischen Höflichkeit und Koketterie behandelte. Da wagte er es einmal und forderte sie zum Fahren auf, ohne allzusehr zu erröten und zu stottern, aber immerhin mit einigem Herzklopfen. Sie legte eine kleine, in weiches Leder gekleidete Linke in seine frostrote Rechte, fuhr mit ihm dahin und verhehlte kaum ihre Belustigung über seine hilflosen Anläufe zu einer galanten Konversation. Schließlich machte sie sich mit leichten Dank und Kopfnicken los, und gleich darauf hörte er sie mit ihren Freundinnen, von denen manche listig nach ihm herüberschielten, so hell und boshaft lachen, wie es nur hübsche und verwöhnte kleine Mädchen können.

Das war ihm zuviel, er tat von da an diese ohnehin nicht echte Schwärmerei entrüstet von sich ab und machte sich ein Vergnügen daraus, künftighin den Fratz, wie er sie jetzt nannte, weder auf dem Eisplatz noch auf der Straße mehr zu grüßen.

Seine Freude darüber, dieser unwürdigen Fesseln einer faden Galanterie wieder ledig zu sein, suchte er dadurch zum Ausdruck zu bringen und womöglich zu erhöhen, daß er häufig in den Abendstunden mit einigen verwegenen Kameraden auf Abenteuer auszog. Sie hänselten die Polizeidiener, klopften an erleuchtete Parterrefenster, zogen an Glockensträngen und klemmten elektrische Drücker mit Zündholzspänen fest, brachten angekettete Hofhunde zur Raserei und erschreckten Mädchen und Frauen in entlegenen Vorstadtgassen durch Pfiffe, Knallerbsen und Kleinfeuerwerk.

Karl Bauer fühlte sich bei diesen Unternehmungen im winterlichen Abenddunkel eine Zeitlang überaus wohl; ein fröhlicher Übermut und zugleich ein beklemmendes Erlebnisfieber machte ihn dann wild und kühn und bereitete ihm ein köstliches Herzklopfen, das er niemand eingestand und das er doch wie einen Rausch genoß. Nachher spielte er dann zu Hause noch lange auf der Geige oder las spannende Bücher und kam sich dabei vor wie ein vom Beutezug heimgekehrter Raubritter, der seinen Säbel abgewischt und an die Wand gehängt und einen friedlich leuchtenden Kienspan entzündet hat.

Als aber bei diesen Dämmerungsfahrten allmählich alles immer wieder auf die gleichen Streiche und Ergötzungen hinauslief und als niemals etwas von den heimlich erwarteten richtigen Abenteuern passieren wollte, fing das Vergnügen allmählich an ihm zu verleiden, und er zog sich von der ausgelassenen Kameradschaft enttäuscht mehr und mehr zurück. Und gerade an jenem Abend, da er zum letztenmal mitmachte und nur mit halbem Herzen noch dabei war, mußte ihm dennoch ein kleines Erlebnis blühen.

Die Buben liefen zu viert in der Brühelgasse hin und her, spielten mit kleinen Spazierstöckchen und sannen auf Schandtaten. Der eine hatte einen blechernen Zwicker auf der Nase, und alle vier trugen ihre Hüte und Mützen mit burschikoser Leichtfertigkeit schief auf dem Hinterkopf. Nach einer Weile wurden sie von einem eilig daherkommenden Dienstmädchen überholt, sie streifte rasch an ihnen vorbei und trug einen großen Henkelkorb am Arm. Aus dem Korbe hing ein langes Stück schwarzes Band herunter, flattere bald lustig auf und berührte bald mit dem schon beschmutzten Ende den Boden.

Ohne eigentlich etwas dabei zu denken, faßte Karl Bauer im Übermut nach dem Bändel und hielt fest. Während die junge Magd sorglos weiterging, rollte das Band sich immer länger ab, und die Buben brachen in ein frohlockendes Gelächter aus. Da drehte das Mädchen sich um, stand wie der Blitz vor den lachenden Jünglingen, schön und jung und blond, gab dem Bauer eine Ohrfeige, nahm das verlorene Band hastig auf und eilte schnell davon.

Der Spott ging nun über den Gezüchtigten her, aber Karl war ganz schweigsam geworden und nahm an der nächsten Straßenecke kurzen Abschied.

Es war ihm sonderbar ums Herz. Das Mädchen, dessen Gesicht er nur einen Augenblick in der halbdunklen Gasse gesehen hatte, war ihm sehr schön und lieb erschienen, und der Schlag von ihrer Hand, so sehr er sich seiner schämte, hatte ihm mehr wohl als weh getan. Aber wenn er daran dachte, daß er dem lieben Geschöpf einen dummen Bubenstreich gespielt hatte und daß sie ihm nun zürnen und ihn für einen einfältigen Ulkmacher ansehen müsse, dann brannte ihn Reue und Scham.

Langsam ging er heim und pfiff auf der steilen Treppe diesmal kein Lied, sondern stieg still und bedrückt in seine Kammer hinauf. Eine halbe Stunde lang saß er in dem dunklen und kalten Stüblein, die Stirn an der Fensterscheibe. Dann langte er die Geige hervor und spielte lauter sanfte, alte Lieder aus seiner Kinderzeit und darunter manche, die er seit vier und fünf Jahren nimmer gesungen oder gegeigt hatte. Er dachte an seine Schwester und an den Garten daheim, an den Kastanienbaum und an die rote Kapuzinerblüte an der Veranda, und an seine Mutter. Und als er dann müde und verwirrt zu Bett gegangen war und doch nicht gleich schlafen konnte, da geschah es dem trotzigen Abenteurer und Gassenhelden, daß er ganz leise und sanft zu weinen begann und stille weiter weinte, bis er eingeschlummert war.

Karl kam nun bei den bisherigen Genossen seiner abendlichen Streifzüge in den Ruf eines Feiglings und Deserteurs, denn er nahm nie wieder an diesen Gängen teil. Statt dessen las er den Don Carlos, die Gedichte Emanuel Geibels und die Hallig von Biernatzki, fing ein Tagebuch an und nahm die Hilfsbereitschaft der guten Babett nur selten mehr in Anspruch.

Diese gewann den Eindruck, es müsse etwas bei dem jungen Manne nicht in Ordnung sein, und da sie nun einmal eine Fürsorge um ihn übernommen hatte, erschien sie eines Tages an der Kammertür, um nach dem Rechten zu sehen. Sie kam nicht mit leeren Händen, sondern brachte ein schönes Stück Lyonerwurst mit und drang darauf, daß Karl es sofort vor ihren Augen verzehre.

«Ach laß nur, Babett», meinte er, «jetzt hab ich gerade keinen Hunger.»

Sie war jedoch der Ansicht, junge Leute müßten zu jeder Stunde essen können, und ließ nicht nach, bis er ihren Willen erfüllt hatte. Sie hatte einmal von der Überbürdung der Jugend an den Gymnasien gehört und wußte nicht, wie fern ihr Schützling sich von jeder Überanstrengung im Studieren hielt. Nun sah sie in der auffallenden Abnahme seiner Eßlust eine beginnende Krankheit, redete ihm ernstlich ins Gewissen, erkundigte sich nach den Einzelheiten seines Befindens und bot ihm am Ende ein bewährtes volkstümliches Laxiermittel an. Da mußte Karl doch lachen und erklärte ihr, daß er völlig gesund sei und daß sein geringerer Appetit nur von einer Laune oder Verstimmung herrührte. Das begriff sie sofort.

«Pfeifen hört man dich auch fast gar nimmer», sagte sie lebhaft, «und es ist dir doch niemand gestorben. Sag, du wirst doch nicht gar verliebt sein?»

Karl konnte nicht verhindern, daß er ein wenig rot wurde, doch wies er diesen Verdacht mit Entrüstung zurück und behauptete, ihm fehle nichts als ein wenig Zerstreuung, er habe Langeweile.

«Dann weiß ich dir gleich etwas», rief Babett fröhlich. «Morgen hat die kleine Lies vom unteren Eck Hochzeit. Sie war ja schon lang genug verlobt, mit einem Arbeiter. Eine bessere Partie hätte sie schon machen können, sollte man denken, aber der Mann ist nicht unrecht, und das Geld allein macht auch nicht selig. Und zu der Hochzeit mußt du kommen, die Lies kennt dich ja schon, und alle haben eine Freude, wenn du kommst und zeigst, daß du nicht zu stolz bist. Die Anna vom Grünen Baum und die Gret vom Bischofseck sind auch da und ich, sonst nicht viel Leute. Wer sollt's auch zahlen? Es ist halt nur so eine stille Hochzeit, im Haus, und kein großes Essen und kein Tanz und nichts dergleichen. Man kann ohne das vergnügt sein.»

«Ich bin aber doch nicht eingeladen», meinte Karl zweifelnd, da die Sache ihm nicht gar so verlockend vorkam. Aber die Babett lachte nur.

«Ach was, das besorg ich schon, und es handelt sich ja auch bloß um eine Stunde oder zwei am Abend. Und jetzt fällt mir noch das Allerbeste ein! Du bringst deine Geige mit. – Warum nicht gar! Ach, dumme Ausreden! Du bringst sie mit, gelt ja, das gibt eine Unterhaltung, und man dankt dir noch dafür.»

Es dauerte nicht lange, so hatte der junge Herr zugesagt.

Am andern Tage holte ihn die Babett gegen Abend ab; sie hatte ein wohlerhaltenes Prachtkleid aus ihren jüngeren Jahren angelegt, das sie stark beengte und erhitzte, und sie war ganz aufgeregt und rot vor Festfreude. Doch duldete sie nicht, daß Karl sich umkleide, nur einen frischen Kragen solle er umlegen, und die Stiefel bürstete sie trotz des Staatskleides ihm sogleich an den Füßen ab. Dann gingen sie miteinander in das ärmliche Vorstadthaus, wo jenes junge Ehepaar eine Stube nebst Küche und Kammer gemietet hatte. Und Karl nahm seine Geige mit.

Sie gingen langsam und vorsichtig, denn seit gestern war Tauwetter eingetreten, und sie wollten doch mit reinen Stiefeln draußen ankommen. Babett trug einen ungeheuer großen und massiven Regenschirm unter den Arm geklemmt und hielt ihren rotbraunen Rock mit beiden Händen hoch heraufgezogen, nicht zu Karls Freude, der sich ein wenig schämte, mit ihr gesehen zu werden.

In dem sehr bescheidenen, weißgegipsten Wohnzimmer der Neuvermählten saßen um den tannenen, sauber gedeckten Eßtisch sieben oder acht Menschen beeinander, außer dem Paare selbst zwei Kollegen des Hochzeiters und ein paar Basen oder Freundinnen der jungen Frau. Es hatte einen Schweinebraten mit Salat zum Festmahl gegeben, und nun stand ein Kuchen auf dem Tisch und daneben am Boden zwei große Bierkrüge. Als die Babett mit Karl Bauer ankam, standen alle auf, der Hausherr machte zwei schamhafte Verbeugungen, die redegewandte Frau übernahm die Begrüßung und Vorstellung, und jeder von den Gästen gab den Angekommenen die Hand.

«Nehmet vom Kuchen», sagte die Wirtin. Und der Mann stellte schweigend zwei neue Gläser hin und schenkte Bier ein.

Karl hatte, da noch keine Lampe angezündet war, bei der Begrüßung niemand als die Gret vom Bischofseck erkannt. Auf einen Wink Babetts drückte er ein in Papier gewickeltes Geldstück, das sie ihm zu diesem Zwecke vorher übergeben hatte, der Hausfrau in die Hand und sagte einen Glückwunsch dazu. Dann wurde ihm ein Stuhl hingeschoben, und er kam vor sein Bierglas zu sitzen.

In diesem Augenblick sah er mit plötzlichem Erschrecken neben sich das Gesicht jener jungen Magd, die ihm neulich in der Brühelgasse die Ohrfeige versetzt hatte. Sie schien ihn jedoch nicht zu erkennen, wenigstens sah sie ihm gleichmütig ins Gesicht und hielt ihm, als jetzt auf den Vorschlag des Wirtes alle miteinander anstießen, freundlich ihr Glas entgegen. Hierdurch ein wenig beruhigt, wagte Karl sie offen anzusehen. Er hatte in letzter Zeit jeden Tag oft genug an dies Gesicht gedacht, das er damals nur einen Augenblick und seither nicht wieder gesehen hatte, und nun wunderte er sich, wie anders sie aussah. Sie war sanfter und zarter, auch etwas schlanker und leichter als das Bild, das er von ihr herumgetragen hatte. Aber sie war nicht weniger hübsch und noch viel liebreizender, und es wollte ihm scheinen, sie sei kaum älter als er.

Während die andern, namentlich Babett und die Anna, sich lebhaft unterhielten, wußte Karl nichts zu sagen und saß stille da, drehte sein Bierglas in der Hand und ließ die Junge, Blonde nicht aus den Augen. Wenn er daran dachte, wie oft es ihn verlangt hatte, diesen Mund zu küssen, erschrak er beinahe, denn das schien ihm nun, je länger er sie ansah, desto schwieriger und verwegener, ja ganz unmöglich zu sein.

Er wurde kleinlaut und blieb eine Weile schweigsam und unfroh sitzen. Da rief ihn die Babett auf, er solle seine Geige nehmen und etwas spielen. Der Junge sträubte und zierte sich ein wenig, griff dann aber in den Kasten, zupfte, stimmte und spielte ein beliebtes Lied, das, obwohl er zu hoch angestimmt hatte, die ganze Gesellschaft sogleich mitsang.

Damit war das Eis gebrochen, und es entstand eine laute Fröhlichkeit um den Tisch. Eine nagelneue kleine Stehlampe ward vorgezeigt, mit Öl gefüllt und angezündet, Lied um Lied klang in der Stube auf, ein frischer Krug Bier wurde aufgestellt, und als Karl Bauer einen der wenigen Tänze, die er konnte, anstimmte, waren im Augenblick drei Paare auf dem Plan und drehten sich lachend durch den viel zu engen Raum.

Gegen neun Uhr brachen die Gäste auf. Die Blonde hatte eine Straße lang denselben Weg wie Karl und Babett, und auf diesem Wege wagte er es, ein Gespräch mit dem Mädchen zu führen.

«Wo sind Sie denn hier im Dienst?» fragte er schüchtern.

«Beim Kaufmann Kolderer, in der Salzgasse am Eck.»

«So, so.»

«Ja.»

«Ja freilich. So....»

Dann gab es eine längere Pause. Aber er riskierte es und fing noch einmal an.

«Sind Sie schon lange hier?»

«Ein halb Jahr.»

«Ich mein immer, ich hätte Sie schon einmal gesehen.»

«Ich Sie aber nicht.»

«Einmal am Abend, in der Brühelgasse, nicht?»

«Ich weiß nichts davon. Liebe Zeit, man kann ja nicht alle Leute auf der Gasse so genau angucken.»

Glücklich atmete er auf, daß sie den Übeltäter von damals nicht in ihm erkannt hatte; er war schon entschlossen gewesen, sie um Verzeihung zu bitten.

Da war sie an der Ecke ihrer Straße und blieb stehen, um Abschied zu nehmen. Sie gab der Babett die Hand, und zu Karl sagte sie: «Adieu denn, Herr Student. Und danke auch schön!»

«Für was denn?»

«Für die Musik, für die schöne. Also gut Nacht miteinander.»

Karl streckte ihr, als sie eben umdrehen wollte, die Hand hin und sie legte die ihre flüchtig darein. Dann war sie fort.

Als er nachher auf dem Treppenabsatz der Babett gut Nacht sagte, fragte sie: «Nun, ist's schön gewesen oder nicht?»

«Schön ist's gewesen, wunderschön, jawohl», sagte er glücklich und war froh, daß es so dunkel war, denn er fühlte, wie ihm das warme Blut ins Gesicht stieg.

Die Tage nahmen zu. Es wurde allmählich wärmer und blauer, auch in den verstecktesten Gräben und Hofwinkeln schmolz das alte graue Grundeis weg, und an hellen Nachmittagen wehte schon Vorfrühlingsahnung in den Lüften.

Da eröffnete auch die Babett ihren abendlichen Hofzirkel wieder und saß, sooft es die Witterung dulden wollte, vor der Kellereinfahrt im Gespräch mit ihren Freundinnen und Schutzbefohlenen. Karl aber hielt sich fern und lief in der Traumwolke seiner Verliebtheit herum. Das Vivarium in seiner Stube hatte er eingehen lassen, auch das Schnitzen und Schreinern trieb er nicht mehr. Dafür hatte er sich ein Paar eiserne Hanteln von unmäßiger Größe und Schwere angeschafft und turnte damit, wenn das Geigen nimmer helfen wollte, bis zur Erschöpfung in seiner Kammer auf und ab.

Drei- oder viermal war er der hellblonden jungen Magd wieder auf der Gasse begegnet und hatte sie jedesmal liebenswerter und schöner gefunden. Aber mit ihr gesprochen hatte er nicht mehr und sah auch keine Aussicht dazu offen.

Da geschah es an einem Sonntagnachmittag, dem ersten Sonntag im März, daß er beim Verlassen des Hauses nebenan im Höflein die Stimmen der versammelten Mägde erlauschte und in plötzlich erregter Neugierde sich ans angelegte Tor stellte und durch den Spalt hinausspähte. Er sah die Gret und die fröhliche Margret aus der Binderei dasitzen und hinter ihnen einen lichtblonden Kopf, der sich in diesem Augenblick ein wenig erhob. Und Karl erkannte sein Mädchen, die blonde Tine, und mußte vor frohem Schrecken erst veratmen und sich zusammenraffen, ehe er die Tür aufstoßen und zu der Gesellschaft treten konnte.

«Wir haben schon gemeint, der Herr sei vielleicht zu stolz geworden», rief die Margret lachend und streckte ihm als erste die Hand entgegen. Die Babett drohte ihm mit dem Finger, machte ihm aber zugleich einen Platz frei und hieß ihn sitzen. Dann fuhren die Weiber in ihren vorigen Gesprächen fort. Karl aber verließ sobald wie möglich seinen Sitz und schritt eine Weile hin und her, bis er neben der Tine haltmachte.

«So, sind Sie auch da?» fragte er leise.

«Jawohl, warum auch nicht? Ich habe immer geglaubt, Sie kämen einmal. Aber Sie müssen gewiß alleweil lernen.»

«Oh, so schlimm ist das nicht mit dem Lernen, das läßt sich noch zwingen. Wenn ich nur gewußt hätte, daß Sie dabei sind, dann wär ich sicher immer gekommen.»

«Ach, gehen Sie doch mit so Komplimenten!»

«Es ist aber wahr, ganz gewiß. Wissen Sie, damals bei der Hochzeit ist es so schön gewesen.»

«Ja, ganz nett.»

«Weil Sie dort gewesen sind, bloß deswegen.»

«Sagen Sie keine so Sachen, Sie machen ja nur Spaß.»

«Nein, nein. Sie müssen mir nicht bös sein.»

«Warum auch bös?»

«Ich hatte schon Angst, ich sehe Sie am Ende gar nimmer.»

«So, und was dann?»

«Dann – dann weiß ich gar nicht, was ich getan hätte. Vielleicht wär ich ins Wasser gesprungen.»

«O je, 's wär schad um die Haut, sie hätt können naß werden.»

«Ja, Ihnen wär's natürlich nur zum Lachen gewesen.»

«Das doch nicht. Aber Sie reden auch ein Zeug, daß man ganz sturm im Kopf könnt werden. Geben Sie obacht, sonst auf einmal glaub ich's Ihnen.»

«Das dürfen Sie auch tun, ich mein es nicht anders.»

Hier wurde er von der herben Stimme der Gret übertönt. Sie erzählte schrill und klagend eine lange Schreckensgeschichte von einer bösen Herrschaft, die eine Magd erbärmlich behandelt und gespeist und dann, nachdem sie krank geworden war, ohne Sang und Klang entlassen hatte. Und kaum war sie mit dem Erzählen fertig, so fiel der Chor der andern laut und heftig ein, bis die Babett zum Frieden mahnte. Im Eifer der Debatte hatte Tines nächste Nachbarin dieser den Arm um die Hüfte gelegt, und Karl Bauer merkte, daß er einstweilen auf eine Fortführung des Zwiegesprächs verzichten müsse.

Er kam auch zu keiner neuen Annäherung, harrte aber wartend aus, bis nach nahezu zwei Stunden die Margret das Zeichen zum Aufbruch gab. Es war schon dämmrig und kühl geworden. Er sagte kurz adieu und lief eilig davon.

Als eine Viertelstunde später die Tine sich in der Nähe ihres Hauses von der letzten Begleiterin verabschiedet hatte und die kleine Strecke vollends allein ging, trat plötzlich hinter einem Ahornbaume hervor der Lateinschüler ihr in den Weg und grüßte sie mit schüchterner Höflichkeit. Sie erschrak ein wenig und sah ihn beinahe zornig an.

«Was wollen Sie denn, Sie?»

Da bemerkte sie, daß der junge Kerl ganz ängstlich und bleich aussah, und sie milderte Blick und Stimme beträchtlich.

«Also, was ist's denn mit Ihnen?»

Er stotterte sehr und brachte wenig Deutliches heraus. Dennoch verstand sie, was er meine, und verstand auch, daß es ihm Ernst sei, und kaum sah sie den Jungen so hilflos in ihre Hände geliefert, so tat er ihr auch schon leid, natürlich ohne daß sie darum weniger Stolz und Freude über ihren Triumph empfunden hätte.

«Machen Sie keine dummen Sachen», redete sie ihm gütig zu. Und als sie hörte, daß er erstickte Tränen in der Stimme hatte, fügte sie hinzu: «Wir sprechen ein andermal miteinander, jetzt muß ich heim. Sie dürfen auch nicht so aufgeregt sein, nicht wahr? Also aufs Wiedersehen!»

Damit enteilte sie nickend, und er ging langsam, langsam davon, während die Dämmerung zunahm und vollends in Finsternis und Nacht überging. Er schritt durch Straßen und über Plätze, an Häusern, Mauern, Gärten und sanftfließenden Brunnen vorbei, ins Feld vor die Stadt hinaus und wieder in die Stadt hinein, unter den Rathausbogen hindurch und am oberen Marktplatz hin, aber alles war verwandelt und ein unbekanntes Fabelland geworden. Er hatte ein Mädchen lieb, und er hatte es ihr gesagt, und sie war gütig gegen ihn gewesen und hatte «auf Wiedersehen» zu ihm gesagt!

Lange schritt er ziellos so umher, und da es ihm kühl wurde, hatte er die Hände in die Hosentaschen gesteckt, und als er beim Einbiegen in seine Gasse aufschaute und den Ort erkannte und aus seinem Traum erwachte, fing er ungeachtet der späten Abendstunde an laut und durchdringend zu pfeifen. Es tönte widerhallend durch die nächtige Straße und verklang erst im kühlen Hausgang der Witwe Kusterer.

Tine machte sich darüber, was aus der Sache werden solle, viele Gedanken, jedenfalls mehr als der Verliebte, der vor Erwartungsfieber und süßer Erregung nicht zum Nachdenken kam. Das Mädchen fand, je länger sie sich das Geschehene vorhielt und überlegte, desto weniger Tadelnswertes an dem hübschen Knaben; auch war es ihr ein neues und köstliches Gefühl, einen so feinen und gebildeten, dazu unverdorbenen Jüngling in sie verliebt zu wissen. Dennoch dachte sie keinen Augenblick an ein Liebesverhältnis, das ihr nur Schwierigkeiten oder gar Schaden bringen und jedenfalls zu keinem soliden Ziele führen konnte.

Hingegen widerstrebte es ihr auch wieder, dem armen Buben durch eine harte Antwort oder durch gar keine wehe zu tun. Am liebsten hätte sie ihn halb schwesterlich, halb mütterlich in Güte und Scherz zurechtgewiesen. Mädchen sind in diesen Jahren schon fertiger und ihres Wesens sicherer als Knaben, und eine Dienstmagd vollends, die ihr eigen Brot verdient, ist in Dingen der Lebensklugheit jedem Schüler oder Studentlein weit überlegen, zumal wenn dieser verliebt ist und sich willenlos ihrem Gutdünken überläßt.

Die Gedanken und Entschlüsse der bedrängten Magd schwankten zwei Tage lang hin und wider. Sooft sie zu dem Schluß gekommen war, eine strenge und deutliche Abweisung sei doch das Richtige, sooft wehrte sich ihr Herz, das in den Jungen zwar nicht verliebt, aber ihm doch in mitleidig-gütigem Wohlwollen zugetan war.

Und schließlich machte sie es, wie es die meisten Leute in derartigen Lagen machen: sie wog ihre Entschlüsse so lang gegeneinander ab, bis sie gleichsam abgenutzt waren und zusammen wieder dasselbe zweifelnde Schwanken darstellten wie in der ersten Stunde. Und als es Zeit zu handeln war, tat und sagte sie kein Wort von dem zuvor Bedachten und Beschlossenen, sondern überließ sich völlig dem Augenblick, gerade wie Karl Bauer auch.

Diesem begegnete sie am dritten Abend, als sie ziemlich spät noch auf einen Ausgang geschickt wurde, in der Nähe ihres Hauses. Er grüßte bescheiden und sah ziemlich kleinlaut aus. Nun standen die zwei jungen Leute voreinander und wußten nicht recht, was sie einander zu sagen hätten. Die Tine fürchtete, man möchte sie sehen, und trat schnell in eine offenstehende, dunkle Toreinfahrt, wohin Karl ihr ängstlich folgte. Nebenzu scharrten Rosse in einem Stall, und in irgendeinem benachbarten Hof oder Garten probierte ein unerfahrener Dilettant seine Anfängerschritte auf einer Blechflöte.

«Was der aber zusammenbläst!» sagte Tine leise und lachte gezwungen.

«Tine!»

«Ja, was denn?»

«Ach, Tine – –»

Der scheue Junge wußte nicht, was für ein Spruch seiner warte, aber es wollte ihm scheinen, die Blonde zürne ihm nicht unversöhnlich. «Du bist so lieb», sagte er ganz leise und erschrak sofort darüber, daß er sie ungefragt geduzt hatte.

Sie zögerte eine Weile mit der Antwort. Da griff er, dem der Kopf ganz leer und wirbelig war, nach ihrer Hand, und er tat es so schüchtern und hielt die Hand so ängstlich lose und bittend, daß es ihr unmöglich wurde, ihm den verdienten Tadel zu erteilen. Vielmehr lächelte sie und fuhr dem armen Liebhaber mit ihrer freien Linken sachte übers Haar.

«Bist du mir auch nicht bös?» fragte er, selig bestürzt.

«Nein, du Bub, du kleiner», lachte die Tine nun freundlich. «Aber fort muß ich jetzt, man wartet daheim auf mich. Ich muß ja noch Wurst holen.»

«Darf ich nicht mit?»

«Nein, was denkst du auch! Geh voraus und heim, nicht daß uns jemand beieinander sieht.»

«Also gut Nacht, Tine.»

«Ja, geh jetzt nur! Gut Nacht.»

Er hatte noch mehreres fragen und erbitten wollen, aber er dachte jetzt nimmer daran und ging glücklich fort, mit leichten, ruhigen Schritten, als sei die gepflasterte Stadtstraße ein weicher Rasenboden, und mit blinden, einwärtsgekehrten Augen, als komme er aus einem blendend lichten Lande. Er hatte ja kaum mit ihr gesprochen, aber er hatte du zu ihr gesagt und sie zu ihm, er hatte ihre Hand gehalten, und sie war ihm mit der ihren übers Haar gefahren. Das schien ihm mehr als genug, und auch noch nach vielen Jahren fühlte er, sooft er an diesen Abend dachte, ein Glück und eine dankbare Güte seine Seele wie ein Lichtschein erfüllen.

Die Tine freilich, als sie nachträglich das Begebnis überdachte, konnte durchaus nimmer begreifen, wie das zugegangen war. Doch fühlte sie wohl, daß Karl an diesem Abend ein Glück erlebt habe und ihr dafür dankbar sei, auch vergaß sie seine kindliche Verschämtheit nicht und konnte schließlich in dem Geschehenen kein so großes Unheil finden. Immerhin wußte sich das kluge Mädchen von jetzt an für den Schwärmer verantwortlich und nahm sich vor, ihn so sanft und sicher wie möglich an dem angesponnenen Faden zum Rechten zu führen. Denn daß eines Menschen erste Verliebtheit, sie möge noch so heilig und köstlich sein, doch nur ein Behelf und ein Umweg sei, das hatte sie, es war noch nicht lange her, selber mit Schmerzen am eignen Leben erfahren. Nun hoffte sie, dem Kleinen ohne unnötiges Wehetun über die Sache hinüberzuhelfen.

Das nächste Wiedersehen geschah erst am Sonntag bei der Babett. Dort begrüßte Tine den Gymnasiasten freundlich, nickte ihm von ihrem Platze aus ein- oder zweimal lächelnd zu, zog ihn mehrmals mit ins Gespräch und schien im übrigen nicht anders mit ihm zu stehen als früher. Für ihn aber war jedes Lächeln von ihr ein unschätzbares Geschenk und jeder Blick eine Flamme, die ihn mit Glanz und Glut umhüllte.

Einige Tage später aber kam Tine endlich dazu, deutlich mit dem Jungen zu reden. Es war nachmittags nach der Schule, und Karl hatte wieder in der Gegend um ihr Haus herum gelauert, was ihr nicht gefiel. Sie nahm ihn durch den kleinen Garten in einen Holzspeicher hinter dem Hause mit, wo es nach Sägespänen und trockenem Buchenholz roch. Dort nahm sie ihn vor, untersagte ihm vor allem sein Verfolgen und Auflauern und machte ihm klar, was sich für einen jungen Liebhaber von seiner Art gebühre.

«Du siehst mich jedesmal bei der Babett, und von dort kannst du mich ja allemal begleiten, wenn du magst, aber nur bis dahin, wo die andern mitgehen, nicht den ganzen Weg. Allein mit mir gehen darfst du nicht, und wenn du vor den andern nicht Obacht gibst und dich zusammennimmst, dann geht alles schlecht. Die Leute haben ihre Augen überall, und wo sie's rauchen sehen, schreien sie gleich Feurio.»

«Ja, wenn ich doch aber dein Schatz bin», erinnerte Karl etwas weinerlich. Sie lachte.

«Mein Schatz! Was heißt jetzt das wieder! Sag das einmal der Babett oder deinem Vater daheim, oder deinem Lehrer! Ich hab dich ja ganz gern und will nicht unrecht mit dir sein, aber eh du mein Schatz sein könntest, da müßtest du vorher dein eigner Herr sein und dein eignes Brot essen, und bis dahin ist's doch noch recht lang. Einstweilen bist du einfach ein verliebter Schulbub, und wenn ich's nicht gut mit dir meinte, würd ich gar nimmer mit dir darüber reden. Deswegen brauchst du aber nicht den Kopf zu hängen, das bessert nichts.»

«Was soll ich dann tun? Hast du mich nicht gern?»

«O Kleiner! Davon ist doch nicht die Rede. Nur vernünftig sein sollst du und nicht Sachen verlangen, die man in deinem Alter noch nicht haben kann. Wir wollen gute Freunde sein und einmal abwarten, mit der Zeit kommt schon alles, wie es soll.»

«Meinst du? Aber du, etwas hab ich doch sagen wollen –»

«Und was?»

«Ja, sieh – nämlich –»

«Red doch!»

«– ob du mir nicht auch einmal einen Kuß geben willst.»

Sie betrachtete sein rotgewordenes, unsicher fragendes Gesicht und seinen knabenhaften, hübschen Mund, und einen Augenblick schien es ihr nahezu erlaubt, ihm den Willen zu tun. Dann schalt sie sich aber sogleich und schüttelte streng den blonden Kopf.

«Einen Kuß? Für was denn?»

«Nur so. Du mußt nicht bös sein.»

«Ich bin nicht bös. Aber du mußt auch nicht keck werden. Später einmal reden wir wieder davon. Kaum kennst du mich und willst gleich küssen! Mit so Sachen soll man kein Spiel treiben. Also sei jetzt brav, am Sonntag sehe ich dich wieder, und dann könntest du auch einmal deine Geige bringen, nicht?»

«Ja, gern.»

Sie ließ ihn gehen und sah ihm nach, wie er nachdenklich und ein wenig unlustig davonschritt. Und sie fand, er sei doch ein ordentlicher Kerl, dem sie nicht zu weh tun dürfe.

Wenn Tines Ermahnungen auch eine bittere Pille für Karl gewesen waren, er folgte doch und befand sich nicht schlecht dabei. Zwar hatte er vom Liebeswesen einigermaßen andre Vorstellungen gehabt und war anfangs ziemlich enttäuscht, aber bald entdeckte er die alte Wahrheit, daß Geben seliger als Nehmen ist und daß Lieben schöner ist und seliger macht als Geliebtwerden. Daß er seine Liebe nicht verbergen und sich ihrer nicht schämen mußte, sondern sie anerkannt, wenn auch zunächst nicht belohnt sah, das gab ihm ein Gefühl der Lust und Freiheit und hob ihn aus dem engen Kreis seiner bisherigen unbedeutenden Existenz in die höhere Welt der großen Gefühle und Ideale.

Bei den Zusammenkünften der Mägde spielte er jetzt jedesmal ein paar Stücklein auf der Geige vor.

«Das ist bloß für dich, Tine», sagte er nachher, «weil ich dir sonst nichts geben und zulieb tun kann.»

Der Frühling rückte näher und war plötzlich da, mit gelben Sternblumen auf zartgrünen Matten, mit dem tiefen Föhnblau ferner Waldgebirge, mit feinen Schleiern jungen Laubes im Gezweige und wiederkehrenden Zugvögeln. Die Hausfrauen stellten ihre Stockscherben mit Hyazinthen und Geranien auf die grüngemalten Blumenbretter vor den Fenstern. Die Männer verdauten mittags unterm Haustor in Hemdärmeln und konnten abends im Freien Kegel schieben. Die jungen Leute kamen in Unruhe, wurden schwärmerischer und verliebten sich.

An einem Sonntag, der mildblau und lächelnd über dem schon grünen Flußtal aufgegangen war, ging die Tine mit einer Freundin spazieren. Sie wollten eine Stunde weit nach der Emanuelsburg laufen, einer Ruine im Wald. Als sie aber schon gleich vor der Stadt an einem fröhlichen Wirtsgarten vorüberkamen, wo eine Musik erschallte und auf einem runden Rasenplatz ein Schleifer getanzt wurde, gingen sie zwar an der Versuchung vorüber, aber langsam und zögernd, und als die Straße einen Bogen machte, und als sie bei dieser Windung noch einmal das süß anschwellende Wogen der schon ferner tönenden Musik vernahmen, da gingen sie noch langsamer und gingen schließlich gar nicht mehr, sondern lehnten am Wiesengatter des Straßenrandes und lauschten hinüber, und als sie nach einer Weile wieder Kraft zum Gehen hatten, war doch die lustig-sehnsüchtige Musik stärker als sie und zog sie rückwärts.

«Die alte Emanuelsburg läuft uns nicht davon», sagte die Freundin, und damit trösteten sich beide und traten errötend und mit gesenkten Blicken in den Garten, wo man durch ein Netzwerk von Zweigen und braunen, harzigen Kastanienknospen den Himmel noch blauer lachen sah. Es war ein herrlicher Nachmittag, und als Tine gegen Abend in die Stadt zurückkehrte, tat sie es nicht allein, sondern wurde höflich von einem kräftigen, hübschen Mann begleitet.

Und diesmal war die hübsche Tine an den Rechten gekommen. Er war ein Zimmermannsgesell, der mit dem Meisterwerden und einer Heirat nicht mehr allzu lange zu warten brauchte. Er sprach andeutungsweise und stockend von seiner Liebe und deutlich und fließend von seinen Verhältnissen und Aussichten. Es zeigte sich, daß er unbekannterweise die Tine schon einigemal gesehen und begehrenswert gefunden hatte und daß es ihm nicht nur um ein vorübergehendes Liebesvergnügen zu tun war. Eine Woche lang sah sie ihn täglich und gewann ihn täglich lieber, zugleich besprachen sie alles Nötige, und dann waren sie einig und galten voreinander und vor ihren Bekannten als Verlobte.

Auf die erste traumartige Erregung folgte bei Tine ein stilles, fast feierliches Fröhlichsein, über welchem sie eine Weile alles vergaß, auch den armen Schüler Karl Bauer, der in dieser ganzen Zeit vergeblich auf sie wartete.

Als ihr der vernachlässigte Junge wieder ins Gedächtnis kam, tat er ihr so leid, daß sie im ersten Augenblick daran dachte, ihm die Neuigkeit noch eine Zeitlang vorzuenthalten. Dann wieder schien ihr dies doch nicht gut und erlaubt zu sein, und je mehr sie es bedachte, desto schwieriger kam die Sache ihr vor. Sie bangte davor, sogleich ganz offen mit dem Ahnungslosen zu reden, und wußte doch, daß das der einzige Weg zum Guten war; und jetzt sah sie erst ein, wie gefährlich ihr wohlgemeintes Spiel mit dem Knaben gewesen war. Jedenfalls mußte etwas geschehen, ehe der Junge durch andre von ihrem neuen Verhältnis erfuhr. Sie wollte nicht, daß er schlecht von ihr denke. Sie fühlte, ohne es deutlich zu wissen, daß sie dem Jüngling einen Vorgeschmack und eine Ahnung der Liebe gegeben hatte und daß die Erkenntnis des Betrogenseins ihn schädigen und ihm das Erlebte vergiften würde. Sie hatte nie gedacht, daß diese Knabengeschichte ihr so zu schaffen machen könnte.

Am Ende ging sie in ihrer Ratlosigkeit zur Babett, welche freilich in Liebesangelegenheiten nicht die berufenste Richterin sein mochte. Aber sie wußte, daß die Babett ihren Lateinschüler gern hatte und sich um sein Ergehen sorgte, und so wollte sie lieber einen Tadel von ihr ertragen, als den jungen Verliebten unbehütet alleingelassen wissen.

Der Tadel blieb nicht aus. Die Babett, nachdem sie die ganze Erzählung des Mädchens aufmerksam und schweigend angehört hatte, stampfte zornig auf den Boden und fuhr die Bekennerin mit rechtschaffener Entrüstung an.

«Mach keine schönen Worte!» rief sie ihr heftig zu. «Du hast ihn einfach an der Nase herumgeführt und deinen gottlosen Spaß mit ihm gehabt, mit dem Bauer, und nichts weiter.»

«Das Schimpfen hilft nicht viel, Babett. Weißt du, wenn mir's bloß ums Amüsieren gewesen wär, dann wär ich jetzt nicht zu dir gelaufen und hätte dir's eingestanden. Es ist mir nicht so leicht gewesen.»

«So? Und jetzt, was stellst du dir vor? Wer soll jetzt die Suppe ausfressen, he? Ich vielleicht? Und es bleibt ja doch alles an dem Bub hangen, an dem armen.»

«Ja, der tut mir leid genug. Aber hör mir zu. Ich meine, ich rede jetzt mit ihm und sag ihm alles selber, ich will mich nicht schonen. Nur hab ich wollen, daß du davon weißt, damit du nachher kannst ein Aug auf ihn haben, falls es ihn zu arg plagt. – Wenn du also willst –?»

«Kann ich denn anders? Kind, dummes, vielleicht lernst du was dabei. Die Eitelkeit und das Herrgottspielenwollen betreffend, meine ich. Es könnte nicht schaden.»

Diese Unterredung hatte das Ergebnis, daß die alte Magd noch am selben Tag eine Zusammenkunft der beiden im Hofe veranstaltete, ohne daß Karl ihre Mitwisserschaft erriet. Es ging gegen den Abend, und das Stückchen Himmel über dem kleinen Hofraum glühte mit schwachem Goldfeuer. In der Torecke aber war es dunkel, und niemand konnte die zwei jungen Leute dort sehen.

«Ja, ich muß dir was sagen, Karl», fing das Mädchen an. «Heut müssen wir einander adieu sagen. Es hat halt alles einmal sein Ende.»

«Aber was denn – warum –?»

«Weil ich jetzt einen Bräutigam hab –»

«Einen –»

«Sei ruhig, gelt, und hör mich zuerst. Siehst, du hast mich ja gern gehabt, und ich hab dich nicht wollen so ohne Hüst und ohne Hott fortschicken. Ich hab dir ja auch gleich gesagt, weißt du, daß du dich deswegen nicht als meinen Schatz ansehen darfst, nicht wahr?»

Karl schwieg.

«Nicht wahr?»

«Ja, also.»

«Und jetzt müssen wir ein Ende machen, und du mußt es auch nicht schwernehmen, es lauft auf der Gasse voll mit Mädchen, und ich bin nicht die einzige und auch nicht die rechte für dich, wo du doch studierst und später ein Herr wirst und vielleicht ein Doktor.»

«Nein du, Tine, sag das nicht!»

«Es ist halt doch so und nicht anders. Und das will ich dir auch noch sagen, daß das niemals das Richtige ist, wenn man sich zum erstenmal verliebt. So jung weiß man ja noch gar nicht, was man will. Es wird nie etwas draus, und später sieht man dann alles anders an und sieht ein, daß es nicht das Rechte war.»

Karl wollte etwas antworten, er hatte viel dagegen zu sagen, aber vor Leid brachte er kein Wort heraus.

«Hast du was sagen wollen?» fragte die Tine.

«O du, du weißt ja gar nicht –»

«Was, Karl?»

«Ach, nichts. O Tine, was soll ich denn anfangen?»

«Nichts anfangen, bloß ruhig bleiben. Das dauert nicht lang, und nachher bist du froh, daß es so gekommen ist.»

«Du redest, ja, du redest –»

«Ich red nur, was in der Ordnung ist, und du wirst sehen, daß ich ganz recht hab, wenn du auch jetzt nicht daran glauben willst. Es tut mir ja leid, du, es tut mir wirklich so leid.»

«Tut's dir? – Tine, ich will ja nichts sagen, du sollst ja ganz recht haben – – aber daß das alles so auf einmal aufhören soll, alles –»

Er kam nicht weiter, und sie legte ihm die Hand auf die zuckende Schulter und wartete still, bis sein Weinen nachließ.

«Hör mich», sagte sie dann entschlossen. «Du mußt mir jetzt versprechen, daß du brav und gescheit sein willst.»

«Ich will nicht gescheit sein! Tot möcht ich sein, lieber tot, als so – –»

«Du, Karl, tu nicht so wüst! Schau, du hast früher einmal einen Kuß von mir haben wollen – weißt noch?»

«Ich weiß.»

«Also. Jetzt, wenn du brav sein willst – sieh, ich mag doch nicht, daß du nachher übel von mir denkst; ich möcht so gern im guten von dir Abschied nehmen. Wenn du brav sein willst, dann will ich dir den Kuß heut geben. Willst du?»

Er nickte nur und sah sie ratlos an. Und sie trat dicht zu ihm und gab ihm den Kuß, und der war still und ohne Gier, rein gegeben und genommen. Zugleich nahm sie seine Hand und drückte sie leise, dann ging sie schnell durchs Tor in den Hausgang und davon.

Karl Bauer hörte ihre Schritte im Gang schallen und verklingen; er hörte, wie sie das Haus verließ und über die Vortreppe auf die Straße ging. Er hörte es, aber er dachte an andre Dinge.

Er dachte an eine winterliche Abendstunde, in der ihm auf der Gasse eine junge blonde Magd eine Ohrfeige gegeben hatte, und dachte an einen Vorfrühlingsabend, da im Schatten einer Hofeinfahrt ihm eine Mädchenhand das Haar gestreichelt hatte, und die Welt war verzaubert, und die Straßen der Stadt waren fremde, selig schöne Räume gewesen. Melodien fielen ihm ein, die er früher gegeigt hatte, und jener Hochzeitsabend in der Vorstadt mit Bier und Kuchen. Bier und Kuchen, kam es ihm vor, war eigentlich eine lächerliche Zusammenstellung, aber er konnte nicht weiter daran denken, denn er hatte ja seinen Schatz verloren und war betrogen und verlassen worden. Freilich, sie hatte ihm einen Kuß gegeben – einen Kuß . . . O Tine!

Müde setzte er sich auf eine von den vielen leeren Kisten, die im Hof herumstanden. Das kleine Himmelviereck über ihm wurde rot und wurde silbern, dann erlosch es und blieb lange Zeit tot und dunkel, und nach Stunden, da es mondhell wurde, saß Karl Bauer noch immer auf seiner Kiste, und sein verkürzter Schatten lag schwarz und mißgestaltet vor ihm auf dem unebenen Steinpflaster.

Es waren nur flüchtige und vereinzelte Blicke eines Zaungastes gewesen, die der junge Bauer ins Land der Liebe getan hatte, aber sie waren hinreichend gewesen, ihm das Leben ohne den Trost der Frauenliebe traurig und wertlos erscheinen zu lassen. So lebte er jetzt leere und schwermütige Tage und verhielt sich gegen die Ereignisse und Pflichten des alltäglichen Lebens teilnahmslos wie einer, der nicht mehr dazu gehört. Sein Griechischlehrer verschwendete nutzlose Ermahnungen an den unaufmerksamen Träumer; auch die guten Bissen der getreuen Babett schlugen ihm nicht an, und ihr wohlgemeinter Zuspruch glitt ohne Wirkung an ihm ab.

Es waren eine sehr scharfe, außerordentliche Vermahnung vom Rektor und eine schmähliche Arreststrafe nötig, um den Entgleisten wieder auf die Bahn der Arbeit und Vernunft zu zwingen. Er sah ein, daß es töricht und ärgerlich wäre, gerade vor dem letzten Schuljahr noch sitzenzubleiben, und begann in die immer länger werdenden Frühsommerabende hinein zu studieren, daß ihm der Kopf rauchte. Das war der Anfang zur Genesung.

Manchmal suchte er noch die Salzgasse auf, in der Tine gewohnt hatte, und begriff nicht, warum er ihr kein einziges Mal mehr begegnete. Das hatte jedoch seinen guten Grund. Das Mädchen war schon bald nach ihrem letzten Gespräch mit Karl abgereist, um in der Heimat ihre Aussteuer fertigzumachen. Er glaubte, sie sei noch da und weiche ihm aus, und nach ihr fragen mochte er niemand, auch die Babett nicht. Nach solchen Fehlgängen kam er, je nachdem, ingrimmig oder traurig heim, stürmte wild auf der Geige oder starrte lang durchs kleine Fenster auf die vielen Dächer hinaus.

Immerhin ging es vorwärts mit ihm, und daran hatte auch die Babett ihren Teil. Wenn sie merkte, daß er einen üblen Tag hatte, dann kam sie nicht selten am Abend heraufgestiegen und klopfte an seine Türe. Und dann saß sie, obwohl sie ihn nicht wissen lassen wollte, daß sie den Grund seines Leides kenne, lange bei ihm und brachte ihm Trost. Sie redete nicht von der Tine, aber sie erzählte ihm kleine drollige Anekdoten, brachte ihm eine halbe Flasche Most oder Wein mit, bat ihn um ein Lied auf der Geige oder um das Vorlesen einer Geschichte. So verging der Abend friedlich, und wenn es spät war und die Babett wieder ging, war Karl stiller geworden und konnte ohne böse Träume schlafen. Und das alte Mädchen bedankte sich noch jedesmal, wenn sie adieu sagte, für den schönen Abend.

Langsam gewann der Liebeskranke seine frühere Art und seinen Frohmut wieder, ohne zu wissen, daß die Tine sich bei der Babett öfters in Briefen nach ihm erkundigte. Er war ein wenig männlicher und reifer geworden, hatte das in der Schule Versäumte wieder eingebracht und führte nun so ziemlich dasselbe Leben wie vor einem Jahre, nur die Eidechsensammlung und das Vögelhalten fing er nicht wieder an. Aus den Gesprächen der Oberprimaner, die im Abgangsexamen standen, drangen verlockend klingende Worte über akademische Herrlichkeiten ihm ins Ohr, er fühlte sich diesem Paradiese wohlig nähergerückt und begann sich nun auf die Sommerferien ungeduldig zu freuen. Jetzt erst erfuhr er auch durch die Babett, daß Tine schon lange die Stadt verlassen habe, und wenn auch die Wunde noch zuckte und leise brannte, so war sie doch schon geheilt und dem Vernarben nahe.

Auch wenn weiter nichts geschehen wäre, hätte Karl die Geschichte seiner ersten Liebe in gutem und dankbarem Andenken behalten und gewiß nie vergessen. Es kam aber noch ein kurzes Nachspiel, das er noch weniger vergessen hat.

Acht Tage vor den Sommerferien hatte die Freude auf die Ferien in seiner noch biegsamen Seele die nachklingende Liebestrauer übertönt und verdrängt. Er begann schon zu packen und verbrannte alte Schulhefte. Die Aussicht auf Waldspaziergänge, Flußbad und Nachenfahrten, auf

Heidelbeeren und Jakobiäpfel und ungebunden fröhliche Bummeltage machte ihn so froh, wie er lange nicht mehr gewesen war. Glücklich lief er durch die heißen Straßen, und an Tine hatte er schon seit mehreren Tagen gar nimmer gedacht.

Um so heftiger schreckte er zusammen, als er eines Nachmittags auf dem Heimweg von der Turnstunde in der Salzgasse unvermutet mit Tine zusammentraf. Er blieb stehen, gab ihr verlegen die Hand und sagte beklommen grüß Gott. Aber trotz seiner eigenen Verwirrung bemerkte er bald, daß sie traurig und verstört aussah.

«Wie geht's, Tine?» fragte er schüchtern und wußte nicht, ob er zu ihr «du» oder «Sie» sagen solle.

«Nicht gut», sagte sie. «Kommst du ein Stück weit mit?»

Er kehrte um und schritt langsam neben ihr die Straße zurück, während er daran denken mußte, wie sie sich früher dagegen gesträubt hatte, mit ihm gesehen zu werden. Freilich, sie ist ja jetzt verlobt, dachte er, und um nur etwas zu sagen, tat er eine Frage nach dem Befinden ihres Bräutigams. Da zuckte Tine so jämmerlich zusammen, daß es auch ihm weh tat.

«Weißt du also noch nichts?» sagte sie leise. «Er liegt im Spital und man weiß nicht, ob er mit dem Leben davonkommt. – Was ihm fehlt? Von einem Neubau ist er abgestürzt und ist seit gestern nicht zu sich gekommen.»

Schweigend gingen sie weiter. Karl besann sich vergebens auf irgendein gutes Wort der Teilnahme; ihm war es wie ein beängstigender Traum, daß er jetzt so neben ihr durch die Straßen ging und Mitleid mit ihr haben mußte.

«Wo gehst du jetzt hin?» fragte er schließlich, da er das Schweigen nimmer ertrug.

«Wieder zu ihm. Sie haben mich mittags fortgeschickt, weil mir's nicht gut war.»

Er begleitete sie bis an das große stille Krankenhaus, das zwischen hohen Bäumen und umzäumten Anlagen stand, und ging auch leise schaudernd mit hinein über die breite Treppe und durch die sauberen Flure, deren mit Medizingerüchen erfüllte Luft ihn scheu machte und bedrückte.

Dann trat Tine allein in eine numerierte Tür. Er wartete still auf dem Gang; es war sein erster Aufenthalt in einem solchen Hause, und die Vorstellung der vielen Schrecken und Leiden, die hinter allen diesen lichtgrau gestrichenen Türen verborgen waren, nahm sein Gemüt mit Grauen gefangen. Er wagte sich kaum zu rühren, bis Tine wieder herauskam.

«Es ist ein wenig besser, sagen sie, und vielleicht wacht er heut noch auf. Also adieu, Karl, ich bleib jetzt drinnen, und danke auch schön.»

Leise ging sie wieder hinein und schloß die Türe, auf der Karl zum hundertstenmal gedankenlos die Ziffer siebzehn las. Seltsam erregt verließ er das unheimliche Haus. Die vorige Fröhlichkeit war ganz in ihm erloschen, aber was er jetzt empfand, war auch nicht mehr das einstige Liebesweh, es war eingeschlossen und umhüllt von einem viel weiteren, größeren Fühlen und Erleben. Er sah sein Entsagungsleid klein und lächerlich werden neben dem Unglück, dessen Anblick ihn überrascht hatte. Er sah auch plötzlich ein, daß sein kleines Schicksal nichts Besonderes und keine grausame Ausnahme sei, sondern daß auch über denen, die er für Glückliche angesehen hatte, unentrinnbar das Schicksal walte.

Aber er sollte noch mehr und noch Besseres und Wichtigeres lernen. In den folgenden Tagen, da er Tine häufig im Spital aufsuchte, und dann, als der Kranke so weit war, daß Karl ihn zuweilen sehen durfte, da erlebte er nochmals etwas ganz Neues.

Da lernte er sehen, daß auch das unerbittliche Schicksal noch nicht das Höchste und Endgültige ist, sondern daß schwache, angstvolle, gebeugte Menschenseelen es überwinden und zwingen können. Noch wußte man nicht, ob dem Verunglückten mehr als das hilflos elende Weiterleben eines Siechen und Gelähmten zu retten sein werde. Aber über diese angstvolle Sorge hinweg sah Karl Bauer die beiden Armen sich des Reichtums ihrer Liebe erfreuen, er sah das ermüdete, von Sorgen verzehrte Mädchen aufrecht bleiben und Licht und Freude um sich verbreiten und sah das blasse Gesicht des gebrochenen Mannes trotz der Schmerzen von einem frohen Glanz zärtlicher Dankbarkeit verklärt.

Und er blieb, als schon die Ferien begonnen hatten, noch mehrere Tage da, bis die Tine selber ihn zum Abreisen nötigte.

Im Gang vor den Krankenzimmern nahm er von ihr Abschied, anders und schöner als damals im Hof des Kustererschen Ladens. Er nahm nur ihre Hand und dankte ihr ohne Worte, und sie nickte ihm unter Tränen zu. Er wünschte ihr Gutes und hatte selber in sich keinen besseren Wunsch, als daß auch er einmal auf die heilige Art lieben und Liebe empfangen möchte wie das arme Mädchen und ihr Verlobter.

(1905)

In einer kleinen Stadt

Esser werden nicht alt. So wohl der Notar Trefz mit seinen sechzig Jahren aussah und so sehr er am Leben hing, eines Mittags im Mai traf ihn der Schlag, und am nächsten Morgen trug schon der Leichenbitter mit seinem Gehilfen die Nachricht von seinem Tode durch die erstaunte Stadt. «Ja lieber Gott, der Trefz», hieß es überall. «Man darf doch keinem mehr trauen. Überhaupt, die alten guten Bürgersleute sterben halt allmählich weg, erst voriges Jahr noch der Schiffswirt, und jetzt der Notar Trefz!»

An diesem Vormittag hatte es die Witwe nicht ruhig. Zwei alte Freundinnen, die ihr beizustehen gekommen waren, brachten die verzagte Frau durch die Aufzählung aller Verpflichtungen und alles dessen, was durchaus nicht vergessen werden durfte, in Verwirrung und taten selber wenig als reden und trösten. Und eben dieses wäre entbehrlich gewesen, denn die Frau Notarin hatte keinen Grund, untröstlich zu sein, und war es auch nicht. Aber sie war vom schnellen Erleben betäubt, von den plötzlich erstandenen Witwenpflichten und Trauersorgen beängstigt und bewegte sich in der ungewohnten Freiheit nur schüchtern und traumbefangen, während nebenan im Schlafzimmer ihr Tyrann und Quälgeist stillelag, dessen Tod und Ungefährlichkeit sie immer wieder für Augenblicke vergaß und dessen ärgerlich befehlende Stimme wieder zu hören sie immerzu gewärtig war. Erschrocken und beklommen ging sie hin und wider, und so lebhaft es im Hause war, schien es ihr doch seltsam still zu sein. Der Notar war nicht leicht gestorben. Als ein kräftiger und stolzgesinnter Mensch, der sein Leben lang befohlen hatte und an gute Tage gewöhnt war, hatte er sich dem Tode nicht ohne Groll und Fluchen ergeben und war schließlich in wahrer Verzweiflung gestorben, da er nicht einsah, warum er nun, wo die wahrhaft guten Zeiten der Altersruhe bevorstanden, mitten aus seinem Leben und Besitz hinweg solle. Obwohl seine laute Stimme schon gebrochen und sein Blick schon getrübt war, hatte er bis zum letzten Augenblick gezürnt und gescholten und sein Weib für alles verantwortlich gemacht.

Im Erdgeschoß des zweistöckigen schönen Hauses war es feierlich still. Dort lag die Amtsstube des Verstorbenen, die nun geschlossen war, und der Gehilfe und der Lehrling gingen in Sonntagskleidern, verlegen-froh über den unerwartet eingetroffenen Feiertag, in der Stadt spazieren.

Die ganze Stadt wußte nun von dem Todesfall, und wer über den oberen Markt ging, unterließ es nicht, aufmerksam und neugierig nach dem Trauerhause zu schauen, das seit Jahrzehnten dastand und das alle tausendmal gesehen hatten und an dem heute doch jeder einen Schein von Ungewohntem, von Feierlichkeit und großem Ereignis wahrnehmen konnte. Im übrigen war an dem Hause nichts Auffallendes zu bemerken als die geschlossenen Läden des Erdgeschosses, die ihm etwas halbschlafend Sonntägliches gaben. Die helle, beinahe sommerliche Sonne schien klar und weiß auf den Marktplatz und auf die Häuser, auf die Brunnen und Bänke, und malte treulich neben jeden Fensterladen, neben jede Vortreppe, jedes Scharreisen einen kleinen Schatten. Der große Neufundländerhund von der oberen Apotheke hatte seinen vornehmen Platz neben dem alten, vorgeneigten Prellstein an der Marktecke inne, an den Läden des Buchhändlers und des Hutmachers waren die neumodischen Markisen herabgelassen, hoch vom Bühel herab aus den Schulhäusern klang Knabengesang dünn und leicht durch die fröhliche Luft.

Gegen Mittag, noch ehe die Schulen sich auftaten und den sonnigen stillen Platz überfluteten, kam um die Ecke vom Flusse her ein Mann oder Herr in gutem Anzug mit einer hellbraunen Ledertasche in der Hand in ruhigem Schritte gegangen, schaute blinzelnd den lichten Platz hinauf, rückte spielend am steifen Hute und schritt sicher über den ganzen Markt dem Trefzischen Hause zu, in dessen Tor er verschwand. Im kühlen Flur rüttelte er an beiden Türen und schien ärgerlich darüber, daß keiner der Angestellten da war. Dann stieg er rasch die Treppe empor, läutete an der Glastüre und trat, als ihm aufgemacht war, sogleich ins Wohnzimmer, das eben erst von den beiden Trösterinnen verlassen war. Er nahm den Hut vom blonden Kopfe, blickte um sich und rief: «Mama, wo bist du denn?»

«Gleich, gleich!» rief sie von hinten her. «Ach grüß Gott, Hermann!»

«Grüß Gott.»

Er nahm die Hand, die sie ihm entgegengestreckt hatte, und nach einem verlegenen Husten fragte er mit veränderter, leiser Stimme: «Lebt er noch?»

Die Frau, die seit dem frühen Morgen im Zeuge und noch zu keinem Seufzer gekommen war, sank plötzlich auf einen Sessel, brach in Tränen aus und schüttelte den kleinen Kopf. Verwirrt und etwas unmutig tat der Sohn ein paar Schritte. Die Frau war schnell wieder aufrecht.

«Willst du zu ihm?» fragte sie.

«Nachher. Wann ist er denn – –?»

«Heut nacht, oder eigentlich, es war schon Morgen.» Und da sie ihn ärgerlich werden sah, fügte sie schnell hinzu: «Ich habe dir gleich nochmals telegraphiert.»

«So, so», sagte er. «Ja, ich will einmal hinübergehen. Ist er im Schlafzimmer?»

Sie ging mit ihm, und als sie das verdunkelte Schlafzimmer betraten, nahm sie seine Hand. Leise führte sie ihn zu des Vaters Bette, wo er schweigend stehenblieb, und stieß alsdann einen Fensterladen auf. Da kam ein Streifen von goldenem Tageslicht in die Düsternis und schien bis zum Lager des Toten hinüber. Dieser lag steif mit gerade gerichteten Gliedern und festem Gesicht, und der Sohn beugte sich über ihn. Er fühlte, daß ihm nun eine Traurigkeit wohl anstünde, und er hätte gern eine Träne gezeigt. Doch als er eine kleine Zeit in das väterliche Gesicht geblickt hatte, fand er es seinem eigenen so ähnlich, daß ihm war, er sehe sich selber alt und tot, und darüber faßte ihn ein Grauen, so daß er einige Zeit bewegungslos verharrte und den Blick nicht von dem Toten trennen konnte. Darauf ging er behutsam, zog den Laden wieder zu und winkte der Mutter, hinauszukommen.

Das heutige Mittagessen im Hause Trefz war nicht bedeutend, und der Sohn, der seines Vaters Natur hatte, mußte an sich halten, um nicht ein Wort des Tadels zu sagen. Und die Witwe spürte es und merkte wohl, daß sie statt des alten Tyrannen, der drüben lag, nun einen jungen habe. Freilich, sie konnte wegziehen, konnte sich losmachen, niemand konnte sie zwingen, die Magd im Hause zu bleiben. Allein sie wußte wohl, sie würde doch bleiben und das alte Leben würde weiter gehen, nicht besser und nicht schlimmer. Wer einmal nachgegeben und ein halbes Leben lang einen fremden Willen über sich gehabt hat, der muß stärker im Rückgrat sein als die Frau Trefz, wenn er nochmals ein eigenes und freies Leben beginnen will.

Nach Tische kam Besuch. Zuerst der Aktuar Kleinschmied, dann der Oberamtmann. Gegen den Aktuar benahm sich der Herr Dr. Trefz freundlich, doch würdevoll, für den Oberamtmann aber hüllte er sich in Verbindlichkeit und feine Lebensart. Er war gesonnen, seine Zugehörigkeit zum obersten Range der städtischen Gesellschaft von allem Anfange an zu betonen.

Am späteren Nachmittag erschienen, noch immer mit schwarzen Röcken angetan, der Gehilfe und der Schreiberknabe, die der Doktor hatte holen lassen. Sie mußten im Hinterstüblein die soeben vom Drucker gekommenen Todesanzeigen falzen, in schwarzrandige Umschläge stecken und adressieren. Sie taten ihre Feiertagsröcke ab, arbeiteten in Hemdsärmeln und taten widerwillig und beschämt ihre Pflicht, wie Hündlein, die einen unerlaubten Ausgang taten und nun zurückgepfiffen sich ihrer Abhängigkeit erinnern. Unwillig durchlas der Gehilfe den ersten Trauerbogen, der ihm in die Finger kam: «Nach Gottes unerforschlichem Ratschluß entschlief heute früh gegen sechs Uhr unser heißgeliebter Gatte und Vater, Schwager und Oheim Anton Friedrich Trefz, Notar» usw.

Wenn der feierlich traurige Ton dieser Trauerbotschaft nicht völlig echt war, so waren es dafür auch die Kundgebungen der Besucher und Tröster nicht alle. Man wußte wohl, daß die kleine verblühte Frau Notar es unter dem harten Regiment des seligen Trefz nicht herrlich gehabt habe, und man wußte ebensowohl, wie günstig der unerwartet frühe Hingang des Vaters für die Pläne und Aussichten des Jungen war. Der war dreißig Jahre alt und hätte eigentlich der Mitarbeiter und Teilhaber seines Alten werden sollen. Aber der junge Trefz hatte an der Universität studiert und fühlte sich seinem altmodischen und weniger gebildeten Vater so sehr überlegen, daß die beiden nicht miteinander hatten auskommen können. So war der Sohn, künftiger Zeiten harrend, einstweilen fern von der Heimat im Bureau eines Advokaten untergeschlüpft und hatte darauf gewartet, daß sein Vater alt werde und ihn doch noch brauchen und holen müsse. Statt dessen konnte er nun, weit über die blühendsten Hoffnungen hinaus, sich geradezu ins warme Nest setzen.

Überaus prächtig war das Begräbnis des Notars am dritten Tag nach seinem Tode. Es gab wohl keinen, der den Verstorbenen geliebt hatte. Aber die Teilnahme und Neugier der Menschen drängen sich gerne zu so raschen, unerwarteten Todesfällen. Der gesunde, wenig nachdenkende Bürger, wenn er vernimmt, es sei der und der ganz plötzlich weggestorben, zuckt zusammen und fühlt, es könnte wohl auch ihm einmal so gehen. Er tritt zum Nachbar, sagt: «Weißt du schon?» und knüpft an den Todesfall ernsthaft einige gangbare Betrachtungen über die Hinfälligkeit des menschlichen Lebens.

Die meisten aber waren zum Begräbnis gekommen, weil sie heimlich fühlten, daß der Notar Trefz eine von den guten, weithin sichtbaren, unentbehrlichen Figuren ihrer Vaterstadt gewesen war. Es gibt in jeder Stadt ein Dutzend solche, ohne die man sich die Gasse und das Rathaus und die Kegelbahn gar nicht denken möchte, Männer von auffallender großer Statur mit großen Bärten, oder glattrasierte vornehme Gesichter, oder spitze, hagere Alte mit Schnupfdosen und Stöcken. Es sind nicht immer die tüchtigsten und für das gemeine Wohl besorgtesten Männer, aber es sind Charakterfiguren, deren Erscheinung zum Bilde der Stadt gehört, deren Anblick befriedigt und deren Gruß man schätzt. Ein solcher war Trefz gewesen, zudem ein demokratischer Parteimann und Besitzer eines stattlichen Vermögens. So kam es, daß seine Allernächsten wenig um ihn zu trauern fanden, während er der ganzen Stadt zu fehlen schien und niemand bei der Beerdigung eines so bedeutenden Mannes fehlen wollte.

Die bescheidene Mutter hatte kein Auge dafür, sie wünschte bang und ermüdet sich aus dem Lärm und Geschäft und Redenmüssen dieser Trauertage heraus. Desto stolzer blickte der junge Dr. Trefz auf die gewaltige Zahl der Leidtragenden und nahm den seinem Vater und seinem Hause dargebrachten Ehrenzoll wie ein Feldherr entgegen, zuerst heimlich vom Fenster aus, dann öffentlich und kühn, als er neben der Mutter feierlich hinter dem Sarge her aus dem Hause trat. Der Leichenwagen war glänzend geschmückt und der Sarg mit Kränzen ganz bedeckt. Angesichts der Menge und des langsam anziehenden und hinwegfahrenden Sargwagens fing die Witwe still zu weinen an, der Dekan trat an ihre

Seite, und der Zug begann sich feierlich zu entfalten, während noch der halbe Markt voll Wartender stand.

Der nächste Weg zum Kirchhof wäre durch die Kronengasse gewesen, aber diese war gar steil, und es sah auch weit besser aus, daß der Zug, eine Schneckenlinie um den Ort seines Entstehens beschreibend, sich über den ganzen langen Marktplatz hin entwickelte, dessen mäßige Schräge das Übersehen erleichterte. Als der reichlich geschmückte Leichenwagen unten gegen die Gerbergasse hin um die Marktecke schwenkte, blickte der hinterherschreitende junge Notar einen Augenblick zurück und weidete sein ernstes Auge am Anblick des großen Platzes, der rings vom wogenden Trauerzuge umschritten und von schwarzer Feierlichkeit erfüllt war. Im Zuge schritten die Männer voran, fast alle mit Zylinderhüten bekleidet, deren manche sich im Sonnenschein ihrer Blankheit erfreuten, während andre, ältere von vergessenen Formen, in ihrer wohlmeinenden Rauheit dem spiegelnden Lichte trotzten und nur die vordrängenden Büschel ihrer Hasenhaare leise silbern erschimmern ließen.

Beim Durchwandeln des Kirchhofeinganges an der grasigen Mauer vorbei fing die Witwe abermals zu weinen an. Es erging ihr wie den meisten, daß hier beim Eintritt in die kühle Feierabendluft der Gräberstatt und beim Rauschen des vermoosten Friedhofbrunnens manche früheren Gänge zum selben traurigen Ziele ihr einfielen, vom Gang hinterm Sarge der Großmutter her bis zu dem mit dem eigenen Kinde.

Hoch über dieser ganzen Feierlichkeit aber, auf halber Höhe des Berges im Grase, lag derjenige, dem wir die meisten unserer Gerbersauer Kenntnisse verdanken, der junge Hermann Lautenschlager, und sah der ganzen Sache nachdenklich zu. Er nahm, trotz seiner Aufmerksamkeit für alle heimischen Ereignisse, selten an ihnen selber teil, da er sich unter vielen Leuten nicht wohlfühlte, auch mangelten ihm die für solche Gelegenheiten vom Brauche geforderten Kleider, die er sich als ein einsam lebender Mensch ohne Familie lediglich der Begräbnisse wegen nicht kaufen mochte. Desto genauer beobachtete er, was zu seinen Füßen vorging, und war vielleicht der einzige, der die ganze Bedeutung dieser Vorgänge kannte. Denn er liebte seine kleine Stadt und wußt wohl, was jeder alte Weißbart und jeder grünschillernde alte Gehrock in einem solchen Gemeinwesen bedeuteten. So nahm er an dem Begräbnis des alten Trefz in seiner Weise herzlich teil und hätte, wäre es darauf angekommen, wohl mehr als jeder andre Mitbürger dafür gegeben, den prächtigen Herrn wieder lebendig in den Straßen wandeln zu sehen. Es tat ihm leid um diese vortreffliche Figur, und da er sie dem Leben verloren wußte, tat er das Seine, sie dem Andenken zu retten, und zeichnete den Notar Trefz aus dem Gedächtnisse in sein Taschenbuch, worin schon viele solche Figuren standen und wandelten. Er nahm bei dieser Gelegenheit, da er den Alten fertig hatte, auch gleich den Jungen vor, der ihm in seiner Würde und ansehnlichen Trauer kaum minder gefiel. Er zeichnete mit leichten Strichen, die ihm keine Arbeit waren, die breite Gestalt vom glänzenden Zylinder bis zu dem Faltenwurf der schwarzen Hose, vergaß den leichten Fettwulst am saftigen Nacken nicht und nicht das dicke, etwas schweinerne Augenlid; ja er tat diesen auszeichnenden Besonderheiten so viel Ehre an, daß sie bald die Hauptsache an dem Manne zu sein schienen. Und da nun die ganze Figur trotz der ernsttraurigen Haltung etwas durchaus Frohes, ja Feistglückliches erhalten hatte, gab er dem so gezeichneten Manne statt des Gesangbuches eine ungeheure Pfingstrose in die Hand. Es wird später Zeit sein, dem Zeichner diese Neigung zu gelegentlichen Roheiten näher anzumerken.

Inzwischen verlief unten im schattigen Gottesacker die schöne Feier mit allem Glanze. Es sprachen, nach der Rede des Dekans, der Stadtschultheiß und der Vorstand des demokratischen Gesangvereins, es sprach der Senior des Gemeinderates, und wer irgend sich zu den Berechtigten zählen durfte, versäumte die feierliche Handlung nicht, an das offene Grab zu treten, hinabzublicken und eine kleine Handvoll Tannenzweige hinunter zu werfen, worauf er mit erschütterten Mienen zurücktrat, um sich die grünen Nadeln vom Gehrock zu wischen. Manche zeigten in diesem Tun eine bedeutende Übung und Beherrschung der Formen, manche hatten auch Unglück und stolperten oder trugen die aufgerafften Zweige wieder mit sich hinweg. Der alte Seelsorger sah dem allem in seiner Güte ernsthaft zu, legte der Witwe tröstlich die Hand auf den Arm und ersah bald den Augenblick, zum Schlußverse zu ermahnen, der aus so vielen alten und jungen Kehlen schön und mächtig emporstieg und sich in der lauen Mailuft leise berganwärts verlor.

Für den in seiner grünen Höhe verweilenden Hermann Lautenschlager war es nun ein schöner Anblick, die dunkle Menge in Haufen und zögernden Gruppen den Friedhof verlassen und über den Brühel und die Brücke hin sich stadteinwärts verlieren zu sehen. Gar manche von den Trauergängern nahmen den Anlaß wahr, die Gräber der eigenen Angehörigen zu besuchen und noch ein wenig in dem vertrauten Raume zwischen den schiefen, grünen Mauern zu verweilen. Alte Frauen bückten sich über frische oder verwahrloste Kreuze, Kinder tasteten auf Grabsteinen den alten Inschriften nach, junge Frauen bogen an lieben Gräbern eine Rosenranke und einen verwilderten Efeuzweig zurecht und kamen darüber ins Gespräch mit dem Friedhofsgärtner, der sich während der Feier verloren hatte, nun aber wieder in der grünen Schürze mit dem Grasrechen seiner Tätigkeit oblag.

Schön war es auch zu sehen, wie nach dem Verlaufen der letzten Zögerer der alte Kirchhof wieder in seine schattige Ruhe versank, wie über dem frischen, gelben Grabhügel der Gärtner die vielen Kränze ordnete, wie die Meisen und Amseln zurückkehrten und der grüne Winkel sein altes, verzaubert schlafendes Aussehen wiedergewann. Auch der Brühel, die Brühelstraße und die untere Brücke lagen jetzt wieder in ihrer Stille, die Kastanien, schon zum Blühen gerüstet, hatten ihr Vogelleben in den Ästen und ihre schweren Schatten um sich her.

Lautenschlager war mit seiner heutigen Arbeit zufrieden und sonnte sich an seinem Grashange, sah über die spitzgieblige, steilgebaute Stadt und das enge Wiesental hinweg und blätterte zwischenein in seinem Taschenbuche, worin er das Leben dieser selben Stadt aufzuzeichnen pflegte. Der junge Mensch war sonderbarerweise einer von den ganz wenigen Gerbersauern, die von ihren Mitbürgern mit Mißtrauen und fast mit Gehässigkeit betrachtet wurden und nicht richtig mit ihnen zu leben und zu reden verstanden, obwohl er seine Heimatstadt besser kannte und mehr liebte als irgendeiner. Schon daß er ein Künstler geworden war, paßte der Stadt nicht; doch verzieh man es ihm, da er neuerdings als Zeichner in großen Zeitschriften einen gewissen Namen gewonnen hatte. Warum er aber, da er nun doch mit seiner Kunst Glück zu haben schien, immer hier daheim saß, statt in Neapel oder Spanien viel schönere Gegenden zu malen oder in Kunststädten mit seinesgleichen zu leben, das verstand man nicht und deutete daran mit Mißtrauen. Ferner schuf er sich Verächter und bittere Feinde dadurch, daß er seit mehreren Jahren keine großen, schönen Bilder mit Burgen und Rittern mehr malte, wie er früher mehrere hier ausgestellt hatte, sondern statt dessen nichts anderes trieb als die Winkel seiner Vaterstadt und die Figuren ihrer Bürger auf kleine Blätter zu zeichnen. Das Schlimmste freilich war aber, daß er diese Figuren mit einer leisen, grausamen Übertreibung ins Komische zog und schon ganze Reihen von grotesken Philisterkarikaturen, deren jede man in Gerbersau sehr wohl kannte, in Blättern veröffentlicht hatte. Jeder Betroffene zwar hatte sich getröstet und dadurch gerettet gefühlt, daß bald nach ihm selber sein Nachbar daran gekommen war; aber man fand diese ganze unwürdige Tätigkeit weder für den Maler noch für die Stadt ehrenvoll und konnte diese seltsame Art von Anhänglichkeit und Heimatliebe nicht begreifen. Es war auch schwer mit ihm umzugehen. Oft sprach er wochenlang kaum mit einem Menschen und trieb sich in der Gegend umher, dann erschien er plötzlich wieder bei einem Abendschoppen, tat freundschaftlich und schien gar nicht zu wissen, wie wenig man ihn liebte.

In Wirklichkeit wußte er das wohl. Er wußte genau, daß Behagen und Gleichberechtigung für ihn hier in der Bürgerschaft niemals zu finden waren, daß seine Freuden und Gedanken niemand verstand und daß man seine Karikaturen für die Missetaten des Vogels ansah, der sein eigenes Nest beschmutzt. Dennoch kehrte er, sooft er es eine Zeitlang mit dem Leben anderwärts versucht hatte, immer wieder nach Gerbersau zurück. Er liebte die Stadt, er liebte die Landschaft, er liebte diese enggiebeligen, alten Häuser und klobig gepflasterten Gassen, er liebte diese Bürger und ihre Frauen und Kinder, die Alten und Jungen, die Reichen und Armen. Hier in der Vaterstadt gab es keinen Stein und kein Gesicht, keinen Gruß und keine Gebärde, die er nicht im Innersten verstand. Hier hatte er seit frühen Knabenjahren gelernt, Menschen zu beobachten und die vielfältigen, lieben Wunderlichkeiten des Lebens mit Aufmerksamkeit zu betrachten, hier wußte er von jedem Hause und jeder Person hundert Geschichten, hier war alles kleinste Leben bis in die letzte Falte hinein ihm vertraut und durchsichtig. Er hatte auch an anderen Orten gelebt und Menschen und Städte angeschaut, er war in Rom und München und Paris gewesen, hatte sich an den Umgang mit gereisten und verwöhnten Menschen gewöhnt, deren hier keine zu finden waren. Er hatte auch in Rom und in Paris gezeichnet, und manches gute Blatt, aber nirgends ging sein Bleistift jeder launigen Geringfügigkeit so treu und aufmerksam und so beglückt nach, nirgends gewannen die Blätter einen so reinen, gesättigten Ausdruck, sprachen nirgends so rein und innig die besondere Mundart des Ortes. Er wußte nicht genau, wieviel Gerbersauer Philistertum in ihm selber stecke, doch wußte er wohl, daß seine unerbittliche und liebevolle Kenntnis des hiesigen Lebens gerade das war, was ihn von den Mitbürgern schied und ihnen fremd machte. Um es kurz zu sagen: sein ganzes Tun hier war Selbstbeobachtung und Selbstironie, und wenn er den alten Herrn Tapezierer Linkenheil oder den jungen Friseur Wackenhut karikierte, so schnitt er mit jedem Striche weit mehr ins eigene Fleisch als das des Gezeichneten. Und so war dieser Sonderling von Künstler, der den Ruf eines erdkräftigen Autochthonen und naiven Heimatkünstlers besaß, in aller Heimlichkeit ein ganz verdorbener Mensch, da er sich über einen schönen und zufriedenen Lebenszustand lustig machte, den er im Herzen liebte und beneidete. Er hatte die feindselige Abneigung gegen alles intellektuelle Treiben, das nur die Gewohnheitssünder desselben Lasters haben.

Dieser junge Mann, der träg auf seiner Matte lag und das schöne, heitere Flußtal betrachtete, war dieses Genusses gar nicht wert, und doch war er leider der einzige Gerbersauer, der dieses selben Genusses wirklich fähig war. Und indem er die Karikatur des jungen Trefz nochmals begutachtete, blieb ihm nicht verborgen, daß dieser Mann ein ebenso echter und gesunder Gerbersauer war wie er selbst ein entarteter, und daß es der Zweck und der Wille der Natur sei, an diesem Orte Wesen zu erzeugen und zu hegen, die dem jungen Notarssohne glichen und nicht dem zeichnenden Ironiker. Und wenn er jeden Prellstein der Stadt aufs treulichste abzeichnete, er konnte sich mit alledem niemals das urtümliche Heimatrecht erwerben, das er heimlich entbehrte und das der Notar zu jeder Stunde seines Lebens besaß und unbedenklich ausübte.

Dem jungen Lautenschlager konnte, als heimlichem Beobachter und Chronisten des Lebens seiner Stadt, nicht verborgen bleiben, was ohnehin von der Bürgerschaft beachtet und viel besprochen wurde, daß nämlich der junge Dr. Trefz, noch über die Erbschaft des väterlichen Ansehens hinaus, mit Eifer darauf bedacht war, in der Vaterstadt Ehre zu gewinnen. Er übernahm seines Vaters Notariatsgeschäft. Das alte messingene Schildlein mit dem väterlichen Namen ließ er wegmachen und hängte dafür ein großes Emailschild mit seinem eigenen Namen auf, wobei er auf den Zusatz des Doktortitels verzichtete. Einige Kollegen und Mißgönner schlossen daraus, dieser Titel stehe dem Sohne Trefz' überhaupt nicht zu; doch fand sich niemand, der das untersucht hätte, und die seit Jahren daran gewöhnte Bürgerschaft redete nach wie vor den studierten Notar mit dem schönen Ehrentitel an.

Mochte er nun Doktor sein oder nicht, jedenfalls nahm er seine Sache in die Hand wie ein Mann, der Pläne hat und nicht gesonnen ist, auf den kleinsten davon zu verzichten. Vor allem gab er sich Mühe, seine bedeutende gesellschaftliche Stellung von allem Anfang an zu betonen und zu sichern. Das war nun keineswegs leicht und forderte manches Opfer, denn es gehörte zur Erbschaft seines Alten nicht nur das schöne Haus, Gut und Amt, sondern auch der alte Ruf eines heimlichen Königs in der demokratischen Partei, den jedermann bereit war, auch dem Sohne zu gönnen. Der aber neigte im Herzen weit mehr zur Beamtenschaft hinüber, er wäre sehr gerne Reserveoffizier geworden und hätte die Laufbahn eines Richters eingeschlagen, wäre er davon nicht kurzerhand durch seinen Vater abgehalten worden. Nun stand er am Scheidewege, heimlich voll Sehnsucht nach der Welt der Titel und Orden, von der Umgebung jedoch wie von der eigenen Vergangenheit auf eine bürgerliche Rolle hingewiesen. Diese wählte er denn auch und tat nichts dagegen, daß jedermann die achtundvierziger Taten seines Großvaters und die vielen Wahlreden seines seligen Vaters als ein selbstverständliches Guthaben auf seine Person übertrug. Dagegen gab er in seinem Auftreten eine unwandelbare Achtung vor Macht und Ehre kund, entfaltete eine mäßige, doch strenge Eleganz in der Kleidung und drückte nicht jede Hand, die sein Vater gedrückt hatte. Er wohnte bei der Mutter und genoß so den Vorteil, von Anfang an als Herr einer standesgemäßen Haushaltung dazustehen, wie er denn auch Besuche meist mit der Mutter gemeinsam machte und empfing. Ohne das Geschäft irgend zu vernachlässigen, tat er allen Anforderungen der Trauerzeit Genüge und brachte jedes Opfer, das die Sitte verlangte.

So lenkte Hermann Trefz die Augen seiner Mitbürger auf sich und umgab sich mit der schützenden Mauer eines tadellosen Rufes, während seine große und breite Gestalt gleich der seines Vaters Achtung gebot und baldige Unentbehrlichkeit ahnen ließ.

Mancher Altersgenosse sah mit Neid zu, wie er von Tag zu Tag gedieh und Glück hatte. Man sah: dies war ein Mann, dessen Weg zu städtischen und gesellschaftlichen Ehren führte, zur Mitgliedschaft vieler Vereinsvorstände und Ausschüsse, zum Hauptmann der Feuerwehr, zum Gemeinderat und vielleicht noch weiter hinauf. Neidlose Zuschauer hatten ihre Wonne an diesem Aufstieg eines künftigen Großen und genossen in seinem Anblick den Glanz der Heimat, sie empfanden diesen Sieger als ihresgleichen, als einen glänzenden Vertreter ihrer Rasse und Art, und bei dem großen Kreis dieser Gutgesinnten ward er mit den Jahren, wie es einst sein Vater gewesen war, zum Symbol und schönen Ausdruck echten Gerbersauertums.

Bedauerlicherweise ergab sich zwischen ihm und dem Künstler Lautenschlager, der ihn schätzte und beinahe bewunderte, kein freundschaftliches Verhältnis. Die beiden waren nahezu Altersgenossen, sie kannten sich von den Schuljahren her und hatten sich bei den seltenen Anlässen, da sie einander etwa wieder begegnet waren, geduzt und als Schulkameraden begrüßt. Nun aber, da Trefz diesen Menschen zum Mitbürger haben und ihm täglich auf der Gasse begegnen sollte, trat eine tiefe Abneigung gegen ihn zutage, wie er sie kaum gegen einen andern Landsmann empfand. Er hatte eine Begrüßung mit ihm vermieden und ihn, so oft sie sich unterwegs begegneten, mit gemessenem Gruß abgetan, und Lautenschlager war darauf eingegangen, er hatte genau in derselben Weise zurückgegrüßt, sogar mit einer Note von Hochachtung, aber er hatte dabei seinen kühlen, untersuchenden Malerblick nicht abstellen können, und eben dieser Blick war dem Notar im Herzen zuwider. Er fand ihn spöttisch oder doch zu prüfend und heimlich überlegen, obwohl er nicht so gemeint war, und er stellte sich öffentlich ohne Rückhalt zu denen, die den Künstler als einen meinetwegen begabten, aber verbummelten und nicht ernstzunehmenden Menschen bezeichneten.

Nun geschah es an einem Wintertage kurz vor Weihnachten, daß Dr. Trefz zur gewohnten Stunde den kleinen Salon des Barbiers Ölschläger betrat, sich in seinen Sessel niederließ und, da es Sonnabend war, den an diesem Tage stets aus der Hauptstadt eintreffenden ‹Hans Sachs› verlangte, ein beliebtes Witzblatt, das zu halten in den guten Familien nicht wohl anging, das die jüngeren Herren aber im Wirtshause oder beim Friseur zu finden und zu betrachten gewohnt waren. Der Barbier, der dem vornehmen Kunden zuliebe einen Reisenden, dessen Bedienung er eben begonnen, dem Gehilfen überlassen hatte, riß lächelnd den grauen Papierumschlag von einer daliegenden Postsendung, schälte das Witzblatt heraus und übergab es dem Doktor. «Sie sind der erste, der es liest, Herr Doktor, es ist erst vor zehn Minuten angekommen.»

Trefz, dem diese Viertelstunde beim Friseur immer eine erwünschte Ruhepause war, legte seine Zigarette auf den Rand des marmornen Tisches und entfaltete, während Ölschläger ihm die Serviette umband, mit Behagen den neuen ‹Hans Sachs›. Der Barbier arbeitete behende mit Seifenpinsel und Schale, stets bedacht, den Gast nicht zu stören, und dieser beschaute mit Vergnügen das Titelblatt, das einen bekannten Politiker als Wöchnerin karikiert darstellte. Weiter kam eine Gerichtsszene, die einen wider das Witzblatt schwebenden Prozeß darstellte und worin die Figur des Hans Sachs als Verurteilter zu sehen war, jämmerlich nach gefallenem Spruch sich zum Henker wendend, der ihn grinsend erwartete. Und wieder kam ein politisches Blatt, und dann kam eine Seite, darunter stand ‹Eleganz in Krähwinkel›, und kaum hatte Trefz das Blatt übersehen, so faltete er es zusammen und steckte es in seine Tasche. Der Barbier, über die heftige Bewegung erschrocken, wich mit dem Rasiermesser vorsichtig zurück und erlaubte sich einen fragenden Blick.

Herr Trefz aber erklärte sich nicht. Nur beim Weggehen bat er um die Erlaubnis, das Blatt mitzunehmen, die der Meister wohl oder übel gewähren mußte. Die Zeichnung aber, die von diesem Augenblicke an den Notar, den Barbier und die Stadt interessierte, stellte den Dr. Trefz dar, im Gehrock dekorativ allein in weißer Fläche stehend, in der linken Hand eine große Pfingstrose, in der rechten den Zylinderhut haltend. Als Witz war diese Zeichnung weiter nicht bedeutend, sie zeigte nur leise angedeutet in einigen komischen Falten einen stillen Widerstreit der sehr tadellosen Kleidung mit dem Körperbau und den Bewegungen ihres Trägers, dieser selbst aber war als Typus feister Bürgerlichkeit schön und lustig, mit mehr Liebe als Bosheit dargestellt, und das Blatt war von Hermann Lautenschlager gezeichnet.

Die Stadt hatte nun wieder eine Gelegenheit, sich über den frivolen Künstler zu erzürnen und dabei verschwiegen sich über den Streich zu freuen, der diesmal einen Angesehenen und Allbekannten traf, und die Nummer des ‹Hans Sachs› ging überall von Hand zu Hand, wo der Betroffene nicht in der Nähe war. Dieser selbst bekam nichts davon zu hören und konnte mit aller Bemühung nicht feststellen, welches die Meinung der Mitbürger über die Ungeheuerlichkeit sei. Denn wagte er es, im Gespräch darauf leise anzuspielen, so wollte man entweder gar nichts wissen, oder man lächelte leicht und tat so, als sei diese Sache doch nicht wert, daß davon gesprochen werde.

Dennoch reiste Trefz eines Tages nach der Hauptstadt, unter Mitnahme der schlimmen Zeichnung, und sprach bei einem angesehenen Rechtsanwalt vor, der ihn kollegial empfing und dem er seinen Wunsch mitteilte, den Zeichner dieses ehrenrührigen Bildes wegen gerichtlich zu belangen. Der Rechtsanwalt lächelte ganz leicht, als er das Blatt betrachtete, und sagte: «Ja, das habe ich auch gesehen. Übrigens ein prachtvoller Zeichner. Und Sie meinen also, er habe Sie persönlich in beleidigender Absicht karikiert? Ein gewisser Anklang von Ähnlichkeit ist ja vorhanden, gewiß. Aber das kann für Sie ebensogut eine Ehre sein. Der Reichskanzler ist schon zwanzigmal im ‹Hans Sachs› karikiert worden und hat noch nie geklagt.»

Der Anwalt schloß damit, daß er von der Klage ernstlich abriet, und Trefz als kluger Mann sah wohl, daß er durch öffentliches Verhandeln die Sache nicht besser machen könne. So ließ er davon ab, behielt aber im

Herzen einen bitteren Haß gegen den schändlichen Maler, dessen höflichen Gruß er von nun an nicht mehr erwiderte. Mehrmals noch nahm der Künstler beim Begegnen seinen Hut vor dem Doktor ab, bald ehrfurchtsvoll, bald ironisch, dann gab auch er es auf, mit dem Manne in ein Verhältnis zu kommen, und ließ ihn laufen.

Es war Hochsommer geworden, und die in dem engen, tiefen Flußtal unbeweglich hängende Schwüle machte den empfindlichen Maler so krank, daß er tagelang zu Hause liegenblieb und kaum zu den Mahlzeiten ausging. Er litt häufig an solchen Depressionen, die ihn manchmal zum Wein in die Gasthäuser und zu einem recht unfeinen Zecherleben, manchmal auch auf ziellose Ausflüge ins Gebirge trieben, von welchen er verwahrlost und abgerissen wiederzukehren pflegte, und diese Unregelmäßigkeiten hatten viel zu seinem schlechten Ruf beigetragen.

Nach einigen schlaflosen Nächten und mutlos kranken Tagen raffte Lautenschlager sich eines Abends auf und verließ seine Wohnung in der hochgelegenen Vorstadt. Er trug seinen gewöhnlichen leichten Sommeranzug und hatte einen alten Lodenkragen auf dem Arme, dazu eine große blecherne Botanisierbüchse auf dem Rücken, und in der Hand einen altmodischen, seltsamen Spazierstock, den er von seinem Vater geerbt hatte und der, von oben bis unten aus einem gelben starken Holze geschnitzt, einen auf einem Bein stehenden schlanken Storch darstellte, welcher den Kopf nach unten bog und den spitzen Schnabel nachdenklich auf die Brust gedrückt hielt.

Mit dieser selben Ausrüstung hatte der Sonderling seit seinen einsamen und unbehüteten Jugendjahren viele seiner schönsten und auch übelsten Zeiten hingebracht. Stock und Blechbüchse, Mantel und Wanderhut waren ihm Freund und voll von Erinnerungen. Langsam und schwerfällig stieg er an den letzten Häusern der Stadt vorüber bergan und ins Freie, wo er bald im abendlichen Walde verschwand. Er ging nicht den Wegen nach, sondern quer durch Wald und Schluchten, die er von Kind auf kannte, und im Bergansteigen fühlte er mit dem Tannengeruch und dem Abendwinde tröstlich die Erinnerungen an hundert solche Waldnächte heraufsteigen. Aufatmend sah er von der letzten Höhe auf die Stadt zurück, wie sie klein und gedrückt in ihrem engen Kessel lag, und er wußte wie jedesmal: ob seine Flucht ihn bis in ferne Länder oder nur bis zum nächsten Hügelzug führen werde, ob sie Tage oder Wochen dauerte, er würde doch wieder heimkehren, in Gerbersau leben und alle Kraft seines armen und unzufriedenen Lebens daran setzen, diese wunderliche Stadt und ihre Bürger abzuzeichnen. Auf die Wanderung aber hatte er keinerlei Malzeug und nicht einmal ein Skizzenbuch mitgenommen.

Während der zwei Wochen, die er ausblieb, ging in Gerbersau mancherlei vor, das ihn zu anderen Zeiten interessiert hätte. Unter anderem beging die Witwe Kimmerlen in der Diakonengasse ihre längst bekannte Quartalsfeier. Diese Frau lebte seit dem Tode ihres Mannes als Besitzerin eines kleinen Hauses in auskömmlichen, ja reichlichen Verhältnissen, die sie jedoch aus Vorsicht und anerzogener Sklaventugend nicht genoß. Vielmehr vermietete sie das Haus bis auf drei Zimmer und lebte wie eine arme Frau oder Dienstmagd, mit Waschen und anderen niederen Arbeiten beschäftigt und in alten, geringen Kleidern gehend. Sie war jedoch eine Art von Quartalssäuferin und bekam einigemal im Jahre ihren Anfall, wobei sie sich in plötzlich ausbrechendem Leichtsinn ihrer vergnüglichen Umstände erinnerte, die schönen Kleider ihrer besten Tage hervorsuchte und sich in eine Art von Dame verwandelte. Sie blieb alsdann am Morgen herrschaftlich lange liegen, legte dann die feinen Kleider an und frisierte sich mit Hoffart, darauf bereitete sie ein gutes Mittagsmahl und legte sich nach diesem auf dem Kanapee eine Stunde oder zwei zur Ruhe. Gestärkt trat sie sodann den Weg nach dem Keller an, trug zwei oder drei Flaschen Wein herauf und setzte in der sonntäglichen Suppenschüssel eine Bowle an, die sie reichlich zuckerte und stundenlang mit öfterem Kosten betreute, bis der höchste Wohlgeschmack erreicht war. Mit dieser Bowle setzte sie sich nun auf einen guten Platz am Fenster in den Lehnstuhl, trank langsam den Vorrat aus und schaute dazu hochmütig auf die Straße hinab, wo häufig die Kinder sich ansammelten, um sie bei ihrem einsamen Tun zu beobachten, wie sie dasaß, zuweilen ein Glas leerte und mit dem einbrechenden Abend allmählich rot und starr im Gesicht wurde. War die Schüssel leer, so war das Tagewerk beendet und die Witwe suchte ohne Licht ihr Lager auf, um den folgenden Tag genau auf dieselbe Weise zu beginnen und hinzubringen, bis sie genug hatte und mit Seufzen zum gewohnten ärmlichen Leben zurückkehrte. Lautenschlager hatte sie einmal gezeichnet, wie sie starr und gespenstisch an ihrem Fenster saß, schön gekleidet und hoch frisiert, einsam mit der großen Bowle beschäftigt. Er hatte eine Vorliebe für die sonderbare Frau, deren geheime Leiden und Fehler er wohl zu verstehen glaubte, und hatte sich schon oft vorgenommen, einmal bei ihr Wohnung zu nehmen und sie besser kennenzulernen. Es war aber nie dazu gekommen, denn der Künstler hatte zwar schon seit Jahren im Sinn, seine bisherige Wohnung zu verlassen, und hatte auch mehrmals gekündigt, war aber am Ende doch immer sitzengeblieben, wo er schon seit Jahren saß.

Der Dr. Trefz wurde während Lautenschlagers Abwesenheit in den Gemeinderat gewählt. Es hatte ihm wenig Mühe gemacht, das zu erreichen; eine andere Sache aber beschäftigte ihn zur Zeit sehr stark.

Es lebten in Gerbersau, neben anderen Nachklängen versunkener Zeiten, auch einige Reste des uralten Zunftwesens fort. Die Mehrzahl der alten Zünfte freilich war eingeschlafen oder in gewöhnliche Vereine verwandelt worden. Zwei wirkliche Zünfte aber waren noch vorhanden, direkte Erben solcher mittelalterlichen Institutionen. Davon war es die eine, die Zunft zu den Färbern, die dem Notar so viel zu denken und zu wünschen gab. Diese Zunft war vor Jahrhunderten eine patrizische und sehr vornehme gewesen, im Lauf der Zeiten aber nahezu ausgestorben, so daß sie zur Zeit nur noch aus drei ziemlich bejahrten Herren bestand, die zufällig alle drei Hagestolze waren. Diese drei hielten nach altem Brauch mehrmals im Jahre Zusammenkünfte, gaben jährlich ein Zunftessen und einen Fastnachtsball und hatten in ihrem eigenen Hause, das im übrigen vermietet war, eine besondere Zunftstube bewahrt, wo am alten Getäfel die Bildnisse, Wappen und Andenken verschollener Geschlechter hingen und wo die drei Spätlinge bei ihren seltenen Zusammenkünften an einem gewaltigen, eichenen Tische saßen, der Raum für dreißig Gedecke bot. Das Aussterben der Färberzunft war eine vielbesprochene Sache in Gerbersau, denn diese Gemeinschaft besaß außer ihrem Hause ein stattliches Vermögen, dessen jährliche Zinsen teils an die Erhaltung des Hauses und der Zunftstube, teils an den Ball und das berühmte üppige Jahresmahl, teils an Armenspenden und Unterstützungsgelder verwendet wurden; beim einstmaligen Aufhören der Zunft aber sollte das gesamte Kapital samt dem Hause der Stadt zufallen.

Dies unnütz lagernde Vermögen nun, dessen Zinsen auf eine so wenig zeitgemäße Art vergeudet wurden und dessen Verwaltung zu einem Teile in seinen Händen lag, hatte dem Notar Tretz längst in die Augen gestochen. Seit langem hatte er die Gesetze der Färberzunft studiert und eine Liste der wenigen Familien angelegt, deren Angehörige dort aufnahmefähig waren. Hielt man sich genau an den Wortlaut der Urkunden, so gab es zur Zeit außer den drei Mitgliedern in der ganzen Stadt nur einen einzigen Mann, dem das Recht des Beitrittes zugestanden wäre. Das war der reiche Fabrikant Werner, der aus Stolz sowohl, um nicht des Interesses an den Zunftgeldern verdächtig zu werden, wie auch aus Abneigung gegen die derzeitigen Mitglieder auf sein Recht verzichtet hatte.

Dem Notar wollte es nun seltsam und ungeheuerlich scheinen, daß das uralte, schöne Zunftvermögen so lächerlich brach liege und die Zinsen von drei launigen Junggesellen alljährlich leichtfertig vergeudet würden. Er hegte längst den Plan, sich den Zutritt zur Zunft zu ermöglichen und alsdann Ordnung in deren Angelegenheiten zu bringen. Als Beirat in der Vermögensverwaltung kannte er die drei Zünftler wohl und hatte Gelegenheit gehabt zu beobachten, daß ihr Anführer der jüngste von ihnen, der ledige Rentier Julius Dreiß, war. Der hatte, entgegen der soliden Art seiner alten Familie, nicht nur nicht geheiratet und sehr früh sich als berufsloser Privatmann zur Ruhe gesetzt, sondern leider auch seit seiner Knabenzeit eine Neigung zu Wohlleben und Bequemlichkeit an den Tag gelegt, welche in Gerbersau niemand gewillt war als ein Talent zu betrachten, und die man ihm nur darum halb und halb verzieh, weil er ein spaßiger Herr war und das besaß, was die Gerbersauer einen goldenen

Humor nannten.

Diesem Julius Dreiß suchte sich der Dr. Trefz nun bei jeder Gelegenheit zu nähern und zu befreunden. Dreiß hatte nichts dagegen und ließ sich die Freundlichkeiten des geachteten Mannes gerne gefallen, doch meinte er schon nach kurzer Zeit diese Aufmerksamkeiten nicht mehr der Anziehungskraft seiner Person zuschreiben zu dürfen, sondern sah als Ziel der Trefzschen Bemühungen die Aufnahme in die Färberzunft und die Teilnahme an deren schönem Besitztum sich verbergen. Von dem Augenblick dieser Entdeckung an machte sich Dreiß ein Vergnügen daraus, den durchschauten Notar mehr und mehr mit einer gönnerhaften Leutseligkeit zu behandeln, die den Doktor zwar zuweilen aufs äußerste reizte, die er aber in Geduld ertrug. Häufig sah man die beiden Herren im Nebenzimmer des Adlers bei einer Flasche Pfälzer oder bei einem Kaffee und Kartenspiel zusammensitzen, den Doktor aufmerksam und schmeichlerisch um Dreißens Gunst bemüht, den frohen Junggesellen in wohlgespielter Ahnungslosigkeit.

Das Schauspiel dieser eigentümlichen Freundschaft zwischen dem korrekten, stolzen Notar und dem als Witzbold bekannten Zünftler dauerte lange genug, daß auch Hermann Lautenschlager sich dessen noch erfreuen konnte.

Der Maler kehrte eines Tages, da der Hochsommer sich abgekühlt hatte, mit sonnverbranntem Gesicht und staubigen Kleidern aus seiner Verwilderung heim. Wohlgemut zog er durch die Salzgasse und über den Marktplatz in der Heimat ein, suchte seine ebenfalls verstaubte und verwahrloste Wohnung auf und packte vor allem die große blecherne Botanisierbüchse aus. Der Hohlraum dieser Büchse war in zwei Hälften geteilt. In der einen waren Nachthemd, Schwamm, Seife und Zahnbürste des Wanderers untergebracht, die andre war erfüllt von einem geheimnisvollen Überfluß und Reichtum an Glasfläschchen, Korken, Papierschachteln, Wattepäckchen und anderen wunderlichen Geräten, zwischen denen einige auf Schnüre gezogene Kränze von getrockneten Apfelschnitzen auffielen. Alle diese Dinge legte der Maler sorglos beiseite, dann zog er aus den Brusttaschen seines Mantels und Rockes mehrere Schachteln, die er mit einer zärtlichen, juwelierhaften Sorglichkeit in die Finger nahm und der Reihe nach öffnete.

Da zeigte sich denn in den Schachteln, auf feine Nadeln gespießt, die gesamte Beute des sommerlichen Wanderzuges, ein paar Dutzend neu gefangener Schmetterlinge und Käfer, und einen um den andern hob Lautenschlager an seiner Nadel bedächtig heraus, drehte ihn begutachtend vor seinen Augen und legte ihn zur weiteren Behandlung beiseite. Dabei ging in seinem scharfen Malerblick eine knabenhafte Freude und beglückte Kindlichkeit auf, die niemand dem einsamen und oft boshaften Menschen zugetraut hätte, und über sein mageres, ironisches Gesicht lief wie Morgenlicht ein leiser Glanz von Güte und Dankbarkeit.

Wie es ein jeder rechte Künstler nötig hat, er sei sonst von welcher Art er möge, so hatte auch Lautenschlager durch alles Gestrüpp seines unbefriedigten und flackernden Lebens sich einen Weg bewahrt, auf dem er jederzeit für Augenblicke in das Land seiner Kinderjahre zurückkehren konnte, wo für ihn wie für jeden Menschen Morgenglanz und Quelle aller Kräfte verborgen lag, und das er niemals ohne Andacht betrat. Für ihn war es der zauberhafte Farbenschmelz frischer Schmetterlingsflügel und golden gleißender Käferschilder, der ihm mit Schlüsseln der Erinnerung das Paradiestor öffnete und dessen Anblick seinen Augen für Stunden die Frische und dankbare Empfänglichkeit der Knabenzeiten wiedergab.

Vorsichtig trug er seinen Schatz in das kleine Nebenzimmer, wo in zwei großen Wandschränken seine ganze Insektensammlung aufbewahrt ruhte und dessen Arbeitstisch mit Spannbrettern, Nadelkartons, Steckkissen, Papierstreifen, Pinzetten, Scheren, Benzingläschen, kleinsten Zangen und anderen Werkzeugen eines wohlausgerüsteten Insektensammlers bedeckt war. Er ging sogleich daran, die gespießten Käfer in die Kästen der Sammlung einzureihen, die Schmetterlinge aber mit geduldiger Sorgfalt auf Spannbrettern auszuspannen. Da blickten ihn entfaltet die wunderbaren Flügel an, braune und graue wollige mit matt gepuderten Farben, silbern weiße mit kristallenen Adern und frohfarbige mit metallen leuchtendem Email. Für seine Augen waren diese Schmetterlingsflügel das Schönste von allem, was ein Auge sehen kann, wie andre empfängliche Menschen etwa Blumen oder Moose oder die Farben der Meeresoberfläche allem anderen Augengenuß vorziehen, und bei ihrem Anblick gewann er das, was ihm seit Jahren fehlte, für Augenblicke wieder, nämlich das kindlich zufriedene Wohlgefallen an den Gegenständen der Natur, das Gefühl von Zugehörigkeit und Schöpfungsnähe, das man nur im Lieben und genauen Verstehen natürlicher Dinge zu finden vermag.

Als indessen der Abend kam, versorgte er seine Beute in einigen Blechkästen zwischen befeuchteten Papierblättern, um sie geschmeidig zu erhalten, dann holte er sich eine Flasche Wein aus dem Keller, Brot und Käse nebenan im Laden, aß auf dem Fensterbrett sitzend mit dem Blick auf die abendliche Gasse und zündete sodann die kleine Studierlampe an. Über ein volles Skizzenbuch gebeugt ging er künftigen Arbeitsplänen nach, wie ja solche guten Stunden nach der Heimkehr von einer befreienden Wanderung oft die besten Gedankenbringer sind.

In seinem Skizzenbuch fand sich die Gestalt des Dr. Trefz vier- oder fünfmal wieder, sie war ihm unvermeidlich geworden, und er fühlte mit Befriedigung, daß er in ihr den reinen Typ des Gerbersauer Philisters gefunden habe. Indem nun seine Gedanken, an keinem vereinzelten Bilde haftend und durch die friedliche Abendbeschäftigung gegen das Tal der Jugenderinnerungen gerichtet, die heimatlichen Figuren liebevoll umspielten, stand plötzlich mit überraschender Deutlichkeit das Bild des jungen Trefz vor ihm auf, wie er als Schulknabe gewesen war, ja er vermochte sich seiner noch aus der Zeit zu erinnern, da der jetzige Notar die ersten Hosen getragen hatte.

Oft schon hatte der Maler bis zur Verzweiflung darunter gelitten, daß eine zähe Anhänglichkeit ihn immer wieder und wieder nötigte, die kleinbürgerliche Welt seiner Vaterstadt in einzelnen Figuren festzuhalten, ohne daß es ihm je gelungen war, in einer irgendwie abschließenden Arbeit diese Welt für immer zu bezwingen und sich vom Halse zu schaffen, und mehrmals im Laufe der Jahre hatten ihn Pläne beschäftigt, die darauf zielten, ihn in einer gesteigerten Leistung von diesem Zwang zu befreien. Nun stand ein solcher Plan ungesucht vor seiner Vorstellung, aus hundert Quellen der Beobachtung und Erinnerung bis in Kinderjahre zurück genährt und bestimmt, verlockend und schwierig, und er griff alsbald mit ganzer Seele danach. Der Baumeister, der nach mühsamen Versuchen im guten Augenblick den klaren Grundriß des Hauses, das er bauen will, gefunden hat, und der Musiker, dem aus zwanzig wirren Skizzenblättern plötzlich das Gefüge einer Symphonie schön und organisch entgegenblickt, fühlt augenblicks alle Kräfte seines Wesens nach dieser Aufgabe hin drängen, sie sei groß oder klein, und sieht sich von einem süß quälenden Fieber ergriffen, das nicht zu stillen ist als durch die Vollendung des im Innern geschauten Werkes, und diese Ergriffenheit und quälende Begierde ist von derselben Art und aus derselben Quelle wie die Liebe eines jungen Mannes zu einer Frau. Gesteigert und überklar stehen Entschlüsse da wie Träume, in welchen unerfüllte heimliche Wünsche in der Tiefe des Unbewußten ihre Erlösung finden. So war der Zustand des Malers, als er beim Schein der Lampe ungesucht seinen Plan vor sich stehen sah. Er wollte in einer Reihe von Zeichnungen das Epos des Gerbersauer Bürgers erzählen, und dieser Bürger mußte der Notar Trefz sein.

Man sollte ihn sehen, wie er als Neugeborner seinem Papa dargereicht, vom Stadtpfarrer getauft, als Dreijähriger mit der ersten Hose geschmückt, als Sechsjähriger zur Schule gebracht wurde. Er sollte vom ersten Apfeldiebstahl bis zur ersten Liebschaft, von der Taufe bis zur Konfirmation und Hochzeit, er sollte als Schüler, als halbreifer Gymnasiast, als Student, als Kandidat, als Bräutigam, als Gemeinderat und Beamter, als Redner und als Jubilar, als Vereinsvorstand und schließlich als Bürgermeister dargestellt werden, stets derselbe Trefz, der Typus des strebsamen Bürgers, der mit großer Energie und großem Stolze kleinen Zielen nachgeht und sie alle erreicht, der beständig zu tun hat und niemals fertig und niemals begnügt ist und doch von der ersten Hose bis zum Begräbnis derselbe bleibt, dessen Unersetzlichkeit jeder tief empfindet und der doch als tröstlichen Ersatz einen Nachwuchs hinterläßt, in welchem von der Nasenwurzel bis zum Fuß, von der Mundart bis zur

Denkart der aus Urzeiten heraufgezüchtete Typ des Vaters wohlerhalten und bedeutsam fortgebildet erscheint.

Als Hermann Lautenschlager, von der großen Idee bewegt und nach keinem Schlaf verlangend, ziemlich spät in guter Laune noch den Adler aufsuchte und sich zu einem Schoppen Traminer setzte, sah er dort den Dr. Trefz bei seinem neuen Freunde Julius Dreiß sitzen und hatte seine Freude an ihm, als sei er sein Eigentum und laufe lediglich zu seiner Belustigung auf der Welt umher. Trefz hatte sich bei seinem Eintreten verstimmt abgewandt. Desto vergnügter begrüßte ihn der Herr Dreiß, ja er bat, als merke er nichts von Trefzens Abneigung, den Ankömmling aufs freundschaftlichste, an seinem Tische Platz zu nehmen.

Der Maler fühlte einen Augenblick Lust, die Einladung anzunehmen und den gekränkten Jugendfreund in Verlegenheit zu bringen. Doch war er in allzu versöhnlicher Stimmung, als daß er es getan hätte.

«Die Herren haben miteinander zu reden», sagte er dankend, «und ich bleibe ohnehin nicht lang. Prosit, Herr Dreiß!»

«Prosit, Herr Lautenschlager», rief Dreiß herüber. «Ihre letzten Zeichnungen haben uns allen einen Heidenspaß gemacht – nicht wahr, Herr Doktor?»

Trefz gab keine Antwort. Er sog mißvergnügt an seinem Wein und spürte zum erstenmal eine Ahnung davon, daß dieser unsympathische Julius Dreiß ein Bundesgenosse des widerlichen Malers sei und daß beide, ohne es gerade zu wissen und zu wollen, seine Feinde seien. Und in der Tat kam Dreiß mit dem Maler zur Zeit recht häufig zusammen, und was der Notar heut abend mit Dreiß geplaudert hatte, kam morgen schon zu Lautenschlagers Ohren.

Als der Sommer zu Ende ging, begann Dr. Trefz auf die Früchte seines freundschaftlichen Umganges mit Herrn Dreiß ungeduldig zu werden. Er lud den Freund zu einem Sonntagsausflug ein und eröffnete ihm in der Goldenen Krone zu Krüglingen bei einer Flasche Affenthaler seine geheimen Wünsche.

«Sehen Sie», sagte er eindringlich, «es wäre doch unverantwortlich, eine so altehrwürdige Vereinigung wie Ihre Färberzunft einfach aussterben zu lassen, nur weil von den eigentlich zunftfähigen Familien keine Nachkommenschaft mehr da ist. Sie sollten den einen und anderen tüchtigen Mann zulassen, der Leben und Regsamkeit in die Zunft brächte, sich der Geschäfte annähme und die Geselligkeit anregte. So bin ich zum Beispiel, wie Sie wissen, mit einem Teil der Verwaltung Ihres Zunftvermögens betraut und habe einen Einblick in Ihre Geschäfte. Als Mitglied der Zunft nun würde ich nicht nur auf die Gebühren verzichten, die ich für die kleine Arbeit der Verwaltung anzusprechen habe, ich würde auch den etwas altmodischen Gang Ihrer Geschäfte zu verbessern wissen und die Rentabilität Ihrer Kapitalien bedeutend erhöhen können.

Überhaupt, da ich in der letzten Zeit das Vergnügen hatte, Sie näher kennenzulernen und in einen so freundschaftlichen Umgang mit Ihnen zu kommen, wäre es mir eine Freude, auch Ihrer Zunft mit anzugehören, und ich darf wohl hoffen, daß mein Aufnahmegesuch Ihre Befürwortung fände?»

«Gewiß», antwortete Dreiß nachdenklich, «aber Sie werden ja wohl wissen, welches die Vorbedingungen einer Aufnahme sind. Meines Wissens sind Sie mit keiner von den zunftberechtigten Familien nahe genug verwandt.»

«Das weiß ich», gab Trefz ohne weiteres zu. «Aber immerhin ist meine Mutter eine Rothfuß und mit den Dreißen Ihres Stammes vervettert. Und außerdem weiß ich, daß im Laufe der Jahrhunderte zweimal die Zunftmitgliedschaft an Nichtberechtigte verliehen worden ist. Einmal sogar an einen Auswärtigen, der sich das Bürgerrecht nur erkauft hatte. Sie können doch nicht im Ernst eines Zufalls wegen Ihre ganze Zunft eingehen lassen.»

«Das haben wir noch nicht im Sinn. Zunächst sind wir noch drei lebende Mitglieder, mit deren Absterben es ja nicht so sehr pressiert. Und schließlich wäre das Aufhören der Zunft gar kein so großes Unglück. Einen rechten Sinn hat sie doch schon lange nicht mehr, und bei ihrer Auflösung ginge ihr Vermögen an die Stadt über, die es schon brauchen könnte. Wir zahlen Steuern genug, da würde eine kleine Aufbesserung nichts schaden.»

Das konnte Trefz als Mitglied des Gemeinderats nicht leugnen. Er wiederholte nur, wie schade es wäre, wenn man eine so alte und schöne Institution müßte erlöschen sehen, und bat, den anderen seinen Antrag um Aufnahme zu überbringen.

Darauf nun hatte Dreiß schon lange gewartet. Er versprach eine schnelle Antwort und freute sich, diesen Philister in seinen Händen zu wissen und ihm einen Denkzettel zu geben. Denn als Philister erschien ihm der Notar, obwohl Dreiß selber kein kleinerer war. Er hatte als bequemer Junggeselle eine Abneigung gegen alle Streber und Umtriebler, es war jedoch nur seine Trägheit und seine Lust am Witzemachen, die ihn seine tüchtigeren Mitbürger als Philister verachten ließ. In den Jahren seiner Zugehörigkeit zur Zunft hatte er dort das große Wort geführt und sich namentlich als Veranstalter des jährlichen Fastnachtsfestes hervorgetan, und da ihn sonst keine Arbeit oder Sorge beschäftigte, war ihm das Spaßmachen allmählich zum Beruf geworden.

Nun war in der Zunft eine lange Weile nichts richtig Lustiges mehr passiert, und Dreiß begrüßte diesen Anlaß zu einem Narrenstreich mit Freuden. Gleich allen Müßiggängern und unernsten Menschen war ihm nichts willkommener, als gelegentlich einen andern von sich abhängig zu sehen und seine zufällige Macht zu mißbrauchen. So berief er alsbald eine Zunftsitzung ein, die er im Einverständnis mit den gleichgültigen

Mitgliedern zu einem schönen, festlichen Abendessen gestaltete. Von einem Kellner sorgfältig bedient, unter demütiger Leitung des Hirschwirtes, saßen die drei nichtsnutzigen Junggesellen an dem zehnmal zu großen Zunfttische beisammen, aßen, was ihnen gut schien, und tranken Rotwein dazu, hatten die alten silbernen Becher der Väter vor sich stehen und kamen sich drollig und wichtig vor. In einer lustigen Rede erzählte Dreiß von dem Anliegen des Dr. Trefz, worüber wenig Verwunderung entstand, da ähnliche Gesuche nicht eben selten an sie gelangten. Statt jedoch den Antragsteller einfach und sachlich abzuweisen, beschloß Dreiß ihn erst ein wenig zum besten zu halten, und der Maler Lautenschlager gab ihm vortreffliche Ratschläge dazu. Und so erhielt denn nach einigen Tagen der Notar ein feierliches Schreiben von der Färberzunft, worin er bedeutet wurde, sein Anliegen schriftlich mit ausführlicher Begründung und unter Beifügung eines übersichtlichen Stammbaumes zu wiederholen. Die Aufforderung war übrigens so höflich abgefaßt, daß der Notar trotz einer leisen Witterung des Gegenteils sie ernstnahm und mit der Herstellung einer schönen Kopie seines Stammbaumes viele fleißige Abendstunden hinbrachte.

Diesen Stammbaum samt einem langen Schreiben ließ er dem ehrenwerten Vorstande der Zunft übergeben und wartete sodann eine gute Weile vergebens auf Antwort, indessen die Zunftherren den Anlaß zu mehreren Sitzungen, Frühstücken und kleinen Gelagen wahrnahmen.

Endlich aber bekam Trefz einen zierlichen, prachtvoll kalligraphierten Brief mit dem schweren Zunftsiegel. Begierig schloß er sich in seiner Schreibstube ein, entfaltete und las, und war selbst jetzt noch einen Augenblick im Ungewissen, ob es sich um Ernst oder Spaß handle. Dann aber wurde ihm klar, daß er zum Narren gehabt worden sei, und es gab fortan in Gerbersau keinen heftigeren Gegner der Zunft als ihn. Das Schreiben hatte gelautet:

«Hochgeehrter Herr Doktor!

Ihr Antrag ist der wohledlen Zunft an Färbern zu Händen gekommen und fühlen wir die Ehre wohl, die uns damit angetan wird. Mit großem Vergnügen wären wir bereit, Ihrem werten Ansuchen zu entsprechen, wenn nicht früher gefaßte Entschließungen uns dies leider erschweren würden.

Unsre wohledle Zunft zu Färbern besteht, wie Ihnen wohl bekannt, zur Zeit aus nur drei Mitgliedern, welche alle drei sich des Ehestandes enthalten haben, so daß nach ihrem einstigen Ableben die Zunft erlischt und ihre Habe der Stadt Gerbersau zufällt. Dies ist unser aller Meinung und Wille, und was nun Ihre werte Anfrage betrifft, so sind wir mit Freuden bereit, Sie, hochgeehrter Herr, in unsre Zunft aufzunehmen, wenn wir die Gewißheit haben, daß hierdurch unsere früheren Absichten nicht geschädigt werden.

Wir haben daher die Ehre Ihnen mitzuteilen, daß Ihrer Aufnahme nichts entgegensteht, sofern Sie bei erfolgendem Eintritt sich schriftlich und eidlich verpflichten, niemals in den Ehestand zu treten. Sollte diese einzige Bedingung Ihren Beifall nicht haben, so müßten wir allerdings zu unserem Bedauern auf die Ehre verzichten, die Ihr Beitritt uns andernfalls bedeuten würde.»

Seit im ‹Hans Sachs› seine von Lautenschlager gezeichnete Karikatur erschienen war, hatte Trefz einen solchen Ärger nicht mehr erlebt. Den Gruß des Herrn Dreiß, der ihm andern Tags begegnete und mit dem freundlichsten Lächeln den Hut zog, hätte er am liebsten mit einem Faustschlag beantwortet.

Hier endet das Manuskript

(1906/1907)

Fragment aus der Jugendzeit

Von den Hügeln sank mit goldenen Schleiern der Sommerabend. Der Tag war heiß und leuchtend gewesen, nun strich den dunkelnden Strom entlang mit kühlem Wehen vom Gebirge her der leichte Nachtwind, beladen mit dem honigschweren Duft der Lindenblüte. Indem Wagenfahren und Arbeitsgeräusch in der abendlichen Stadt mehr und mehr verstummten, sang das rasche, gleichmäßige Strömen des dunklen Wassers vernehmlicher. Aus einem schnell stromabwärts treibenden Nachen klang die Stimme eines singenden Bauernmädchens, Spaziergänger lauschten und lachten hinüber. In den Häusern der steilen Uferseite, die schwarz und schattenhaft in den milchig hellen Himmel stiegen, glommen schon hier und dort vereinzelte rote Fenster auf und bildeten zufällige Sternbilder und Figuren, deren Spiegelbild der Rhein mit ungleichem Wellengang verschob und tanzen machte.

In meiner hoch über dem Strome gelegenen Mansarde war es noch heiß. Ich lag im offenen Fenster und schaute dem Wasser zu, das ebenso unaufhaltsam und ebenso gleichmäßig und eintönig und gleichgültig der Nacht und Ferne entgegenfloß, wie mir die öden Tage dahinrannen, von denen jeder köstlich und unverlierbar wertvoll hätte sein können und sein sollen und von denen doch einer wie der andere ohne Wert und ohne Andenken unterging.

So ging es seit Wochen, und ich wußte nicht, wie und wann es anders werden sollte. Ich war dreiundzwanzig Jahre alt und brachte meinen Tag in einem unbedeutenden Bureau zu, wo ich mit einer gleichgültigen Arbeit soviel Geld verdiente, daß ich ein kleines Dachzimmer mieten und mir an Speise und Kleidung das Notwendigste kaufen konnte. Die Abende, Nächte und frühen Morgenstunden aber sowie die Sonntage versaß ich brütend in meinem Stüblein, las in den paar Büchern, die ich besaß, zeichnete zuweilen und grübelte an einer Erfindung herum, die ich schon fertig zu haben geglaubt hatte und deren Ausführung mir doch fünf- und zehn- und zwanzigmal mißlungen war. Neuerdings hatte ich die Arbeit daran aufgegeben und saß nun da und wunderte mich, wohin der Fleiß und die leidenschaftliche Schaffenslust und der tröstliche Glaube an mich selber gekommen seien. Zuweilen machte ich noch einen kleinen Anlauf, ließ eine Mahlzeit ausfallen und kaufte für die gesparten Pfennige Zeichenzeug, Papier und Lampenöl, aber ich tat es nur noch aus dem Bedürfnis, mir etwas vorzulügen, und mit dem schon ungläubigen Wunsche, noch einmal Stunden und Abende wie früher im herrlichen Fieber der Hoffnung und des Schaffens hinbringen zu können. Seit nun die heiße Zeit gekommen war und meine Kammer bis in die Nacht in der ermattenden Dachwärme glühte, sah ich außerhalb meines Bureaus den Stunden nur noch als ein müßiger Betrachter zu und hatte nichts dagegen, sie vor mir vergehen zu sehen wie welke Blumen. Manchmal saß ich eine Weile auf den Bänken eines öffentlichen Platzes, wo es nach Bäumen und Rasen roch, und manchmal ergriff mich am Sonntagmorgen ein plötzliches leidenschaftliches Verlangen nach Fluren, Wald, Bergen und Dorfluft, denn ich war auf dem Lande aufgewachsen. Doch folgte ich diesem Heimweh fast niemals, denn mit dem kümmerlichen Leben und dem beständigen Geldmangel waren mir alle Frische und Unternehmungslust abhanden gekommen. Plagte mich die Erinnerung an Heimat und Kinderzeiten und ländliche Freiheit einmal allzu stark, so schrieb ich einen Brief an meine Mutter, in dem ich ihr erzählte, daß es mir gutgehe und daß in hiesiger Stadt ein herrliches Leben sei. Das geschah alle fünf oder sechs Wochen einmal, und nachher besann ich mich, warum ich eigentlich den einzigen Menschen in der Welt, der mir lieb war und der an mir hing, anlöge.

An jenem schönen Sommerabend war ich unentschlossen, ob ich der Einladung des Direktors Gelbke zu einer familiären Gartengesellschaft folgen sollte oder nicht. Es war mir unerwünscht, unter Menschen zu sein und reden und zuhören und Antwort geben zu müssen; ich war dazu zu müde und teilnahmslos, auch war ich dort wieder genötigt zu lügen, zu tun, als gehe es mir gut und als sei es mit mir in Ordnung. Hingegen war es eine angenehme und tröstliche Vorstellung, daß es dort etwas zu essen und einen guten Trunk geben würde, daß dort im kühlen Garten Blumen und Sträucher dufteten und stille Wege durch Ziergebüsche und unter alten Bäumen hinführten. Der Direktor Gelbke war, abgesehen von meinen paar armen Mitangestellten im Geschäft, mein einziger Bekannter in der Stadt. Mein Vater hatte ihm oder vielleicht auch schon seinem Vater vorzeiten einmal irgendeinen Dienst erwiesen, und auf den Rat meiner Mutter hatte ich vor zwei Jahren einen Besuch bei ihm gemacht, und nun lud mich der freundliche Herr je und je ins Haus, ohne mich jedoch gesellschaftlichen Lagen auszusetzen, denen meine Erziehung und meine Garderobe nicht gewachsen waren.

Der Gedanke an ein luftig-kühles Sitzen in des Direktors Garten machte mir meine enge, dumpfe Stube vollends unleidlich, so daß ich hinzugehen beschloß. Ich zog den besseren Rock an, reinigte meinen Hemdkragen mit dem Radiergummi, bürstete mir Hosen und Stiefel ab und schloß nach meiner Gewohnheit die Tür hinter mir ab, obwohl kein Dieb etwas bei mir hätte holen können. Ein wenig müde, wie ich damals immer war, ging ich die enge, schon dämmernde Gasse hinab, über die belebte Brücke und durch ruhige Straßen des vornehmeren Stadtteils zu dem Haus des Direktors, das schon beinahe außerhalb der Stadt in einer halb ländlichen, altmodisch bescheidenen Herrschaftlichkeit neben seinem mauerumschlossenen Garten lag. Ich blickte, wie schon manches

Mal, an dem breit und niedrig gebauten Hause, an der von Kletterrosen umwachsenen Pforte und den breitsimsigen, behäbigen Fenstern mit einer beklommenen Sehnsucht empor, zog leise die Glocke und trat an der Magd vorbei in den halbdunklen Flur mit der erregten Befangenheit, die mich vor jedem Zusammenkommen mit fremden Menschen befiel. Bis zum letzten Augenblick hatte ich noch eine halbe Hoffnung gehegt, ich würde Herrn Gelbke mit seiner Frau oder etwa mit den Kindern allein finden; nun aber drangen mir vom Garten her fremde Stimmen entgegen, und ich ging zögernd durch die kleine Halle auf die Gartenwege zu, die nur von wenigen Papierlaternen unsicher beleuchtet waren.

Die Hausfrau kam mir entgegen, gab mir die Hand und führte mich an den hohen Gebüschen hin zu einem Rondell, wo bei Lampenlicht die Gesellschaft an zwei Tischen saß. Der Direktor begrüßte mich mit seiner freundlich heiteren Art, mehrere Hausfreunde nickten mir zu, einige von den Gästen erhoben sich, ich hörte Namen nennen, murmelte einen Gruß, verneigte mich gegen einige Damen, die hellgekleidet im Lampenscheine schimmerten und mich einen Augenblick betrachteten; dann wurde mir ein Stuhl gegeben, und ich fand mich unten an der Schmalseite eines Tisches zwischen einem älteren Fräulein und einem schlanken jungen Mädchen sitzen. Die Damen schälten Orangen, mir aber wurde Butterbrot, Schinken und ein Weinglas hingestellt. Die Ältere sah mich eine Zeitlang an und fragte dann, ob ich nicht Philolog sei und ob sie mich nicht schon da und da getroffen habe. Ich verneinte und sagte, ich sei Kaufmann, oder eigentlich Techniker, und begann, ihr einen Begriff davon zu geben, welcher Art Mensch ich sei; da sie aber gleich wieder anderswohin schaute und offenbar nicht zuhörte, schwieg ich still und begann, von den guten Speisen zu essen. Damit brachte ich, da niemand mich störte, eine gute Viertelstunde hin, denn es war mir eine festliche Ausnahme, am Abend so reichliches und feines Essen zu haben. Dann trank ich langsam ein Glas von dem guten weißen Weine und saß nun unbeschäftigt und wartend, was geschehen werde.

Da wandte sich die junge Dame zu meiner Rechten, mit der ich noch kein Wort gesprochen hatte, unversehens zu mir herüber und bot mir mit einer schlanken und biegsamen Hand eine geschälte halbe Orange an. Indem ich ihr dankte und die Frucht hinnahm, wurde mir ungewohnt fröhlich und wohl zumute, und ich dachte, daß ein fremder Mensch wohl kaum auf eine lieblichere Weise sich einem anderen nähern könne, als durch eine so einfache und schöne Darbietung. Erst jetzt betrachtete ich meine Nachbarin mit Aufmerksamkeit, und was ich sah, war ein feines, zartes Mädchen, wohl so groß wie ich oder noch größer, von beinahe gebrechlichen Formen und mit einem schmalen, schönen Gesicht. So erschien sie mir wenigstens in jenem Augenblick, denn später konnte ich wohl bemerken, daß sie zwar fein und sehr schlank von Gliedern, aber kräftig, behende und sicher war. Sobald sie aufstand und umherging, verschwand in mir die Vorstellung von schutzbedürftiger Zartheit, denn in Gang und Bewegungen war das Mädchen ruhig, stolz und selbständig.

Ich aß die halbe Orange mit Bedacht und gab mir Mühe, dem Mädchen höfliche Worte zu sagen und mich als einen leidlich honetten Menschen zu zeigen. Denn plötzlich war mir der Verdacht gekommen, sie möchte mich vorher bei meiner stummen Mahlzeit beobachtet haben und mich nun entweder für einen Grobian halten, der überm Essen seine Nachbarschaft vergißt, oder für einen Hungerleider, und dies wäre mir das Peinlichere gewesen, da es der Wahrheit verzweifelt ähnlich sah. Dann verlor aber ihre hübsche Gabe den einfachen Sinn und wurde zu einer Spielerei, vielleicht gar zum Spott. Aber mein Verdacht schien unbegründet. Wenigstens sprach und bewegte sich das Fräulein mit einer unbefangenen Ruhe, ging auf meine Reden mit höflicher Teilnahme ein und tat durchaus nicht, als halte sie mich für einen kulturlosen Vielfraß.

Dennoch fiel mir die Unterhaltung mit ihr nicht leicht. Ich war zu jener Zeit vor den meisten jungen Leuten meines Alters in gewissen Lebenserfahrungen ebenso weit voraus, wie ich an äußerer Bildung und geselliger Übung hinter ihnen zurückstand. Ein höfliches Gespräch mit einer jungen Dame von feinen Manieren war für mich immerhin ein Wagestück. Auch bemerkte ich nach einiger Zeit wohl, daß das schöne Mädchen mein Unterlegensein wahrgenommen habe und mich schone. Das machte mir heiß, half mir aber keineswegs über meine schwerfällige Befangenheit hinweg, sondern verwirrte mich nur, so daß ich trotz des erquicklichen Anfangs bald in eine fatale Stimmung von mutlosem Trotz geriet. Und als die Dame nach einer Weile sich den Gesprächen des anderen Tisches zuwendete, machte ich keinen Versuch, sie bei mir zurückzuhalten, sondern blieb verstockt und trübe sitzen, während jene nun mit den andern lebhaft und lustig konversierte. Es wurde mir eine Zigarrenkiste hingehalten, ich nahm einen Stengel und rauchte unfroh und schweigend in den bläulichen Abend hinein. Als bald darauf mehrere Gäste sich erhoben und plaudernd in den Gartenwegen zu spazieren anfingen, stand auch ich leise auf, ging beiseite und stellte mich mit meiner Zigarre hinter einen Baum, wo niemand mich störte und ich die Lustbarkeit von weitem betrachten konnte.

Nach meiner pedantischen Art, die ich zu meinem Leidwesen niemals habe ändern können, ärgerte ich mich und machte mir Vorwürfe wegen meines töricht trotzigen Verhaltens, ohne mich doch überwinden zu können. Da niemand sich um mich kümmerte, ich aber den Entschluß zu einer harmlosen Rückkehr nicht fand, blieb ich wohl eine halbe Stunde lang in meinem unnötigen Versteck und trat erst, als ich den Hausherrn nach mir rufen hörte, zögernd hervor. Ich ward vom Direktor an seinen Tisch gezogen, gab auf seine gütigen Fragen nach meinem Leben und Ergehen ausweichende Antwort und fand mich langsam wieder in die allgemeine Geselligkeit hinein. Eine kleine Strafe für mein voreiliges

Entweichen blieb mir freilich nicht erspart. Das schlanke Mädchen saß mir jetzt gegenüber, und je besser sie mir im längeren Anschauen gefiel, desto mehr bereute ich meine Fahnenflucht und versuchte wiederholt, wieder mit ihr anzuknüpfen. Sie aber war nun stolz und überhörte meine schwachen Anläufe zu einer neuen Konversation. Einmal traf mich ihr Blick, und ich dachte, er würde geringschätzend oder übelgelaunt sein, aber er war nur kühl und gleichgültig.

Die graue und häßliche Alltagsstimmung von Kümmerlichkeit, Zweifelsucht und Leere kam von neuem über mich. Ich sah den Garten mit mildschimmernden Wegen und schönen dunklen Laubmassen, die weißgedeckten Tafeln mit Lampen, Fruchtschalen, Blumen, Birnen und Orangen, die gutgekleideten Herren und die Frauen und Mädchen in hellen, hübschen Blusen, ich sah weiße Damenhände mit Blumen spielen, roch den Duft des Obstes und den blauen Rauch der guten Zigarren, hörte höfliche und feine Menschen vergnügt und lebhaft reden – und dieses alles schien mir unendlich fremd, nicht zu mir gehörig und für mich unerreichbar, ja unerlaubt. Ich war ein Eindringling, ein höflich und vielleicht mitleidig geduldeter Gast aus einer geringeren, armseligen Welt. Ich war ein namenloser, armer kleiner Arbeiter, der wohl eine Zeitlang Träume vom Emporsteigen zu einem feineren und freieren Dasein gehegt hatte, nun aber längst in die zähe Schwere seines hoffnungslosen Wesens zurückgesunken war.

So verging mir der schöne Sommerabend und die heitere Geselligkeit in einem trostlosen Mißbehagen, das ich in törichter Selbstquälerei noch trotzig auf die Spitze trieb, statt mich wenigstens der wohligen Umgebung bescheiden zu freuen. Um elf Uhr, als die ersten aufbrachen, nahm auch ich kurzen Abschied und ging auf dem kürzesten Wege heimwärts, um ins Bett zu kommen. Denn seit einiger Zeit hatte sich eine dauernde Trägheit und Schlaflust meiner bemächtigt, mit welcher ich während der Arbeitsstunden häufig zu kämpfen hatte und der ich in meiner Mußezeit alle Augenblicke willenlos unterlag.

Einige Tage vergingen in dem gewohnten Schlendrian. Das Bewußtsein, in einem traurigen Ausnahmezustand zu leben, war mir allbereits verloren gegangen; ich lebte mit einer gedankenlos ergebenen Gleichgültigkeit stumpf dahin und sah ohne Bedauern Stunden und Tage hinter mich gleiten, von denen doch ein jeder Augenblick ein unwiederbringliches Stücklein Jugend und Lebenszeit bedeutete. Ich bewegte mich wie ein Uhrwerk, stand rechtzeitig auf, legte den Weg ins Geschäft zurück, tat mein bißchen mechanische Arbeit, kaufte mir Brot und ein Ei zum Essen, ging wieder zur Arbeit und lag dann am Abend in meiner Mansarde im Fenster, wo ich häufig einschlief. An den Gartenabend beim Direktor dachte ich nicht mehr. Überhaupt entschwanden mir die Tage, ohne Erinnerungen zu hinterlassen, und wenn ich zuweilen, etwa nachts im Traume, anderer Zeiten gedachte, waren es entlegene Kindererinnerungen, die mich wie Nachklänge einer vergessenen und fabelhaft gewordenen Präexistenz anmuteten.

Da geschah es in einer heißen Mittagsstunde, daß das Schicksal sich meiner wieder erinnerte. Ein weißgekleideter Italiener mit einer gellenden Handglocke und einem kleinen Wagen klirrte durch die Gassen und bot Eis feil. Ich kam gerade aus dem Bureau und gab, wohl zum erstenmal seit Monaten, einem plötzlichen Gelüste nach. Meine peinlich sparsame Regelmäßigkeit vergessend, zog ich ein Geldstück aus dem Beutel und ließ mir von dem Italiener einen kleinen Papierteller mit rötlichem Fruchteis füllen, das ich im Hausflur gierig verspeiste. Die aufrüttelnd kalte Erfrischung schien mir köstlich, ich kann mich daran erinnern, daß ich mit Begier das feuchte Tellerlein ableckte. Darauf aß ich mein gewohntes Brot daheim, dämmerte eine kleine Weile in halbem Schlummer und kehrte in die Schreibstube zurück. Dort wurde ich unwohl, und bald überfielen mich grausame Leibschmerzen, ich hielt mich am Pultrand fest und litt ein paar Stunden lang verheimlichte Qualen, und nach dem Schluß der Arbeitszeit lief ich eiligst zu einem Arzt. Da ich bei einer Krankenkasse eingeschrieben war, wurde ich an einen anderen Arzt weitergewiesen; der aber war in den Sommerferien, und ich mußte nochmals einen Weg zu seinem Stellvertreter gehen. Diesen fand ich zu Hause; es war ein junger, freundlicher Herr, der mich fast wie seinesgleichen behandelte. Als ich ihm auf seine sachlichen Fragen meine Verhältnisse und tägliche Lebensweise ziemlich genau beschrieben hatte, empfahl er mir, in ein Spital zu gehen, wo ich besser versorgt wäre als in meiner schlechten Wohnung. Und da ich die Schmerzen nicht ganz verbeißen konnte, sagte er lächelnd: «Sie sind noch nicht viel krank gewesen?» Wirklich hatte ich seit meinem zehnten oder elften Jahr nie eine Krankheit gehabt. Der Arzt aber sagte fast unwillig: «Mit Ihrer Lebensweise bringen Sie sich um. Wenn Sie nicht so zäh wären, hätten Sie bei dieser Ernährung schon längst krank werden müssen. Jetzt haben Sie einen Denkzettel.» Ich dachte zwar, er mit seiner goldenen Uhr und Brille habe gut reden, sah nun aber doch, daß mein unwürdiger Zustand in den letzten Zeiten seine realen Ursachen habe, und fühlte dabei eine gewisse moralische Entlastung. Doch ließen mir die heftigen Schmerzen keine Ruhe zum Überlegen und Aufatmen. Ich nahm den Zettel, den der Doktor mir mitgab, dankte ihm und ging davon, um nach Besorgung der notwendigsten Botschaften mich im Spital zu melden, wo ich mit letzten Kräften die Glocke zog und auf der Treppe absitzen mußte, um nicht zusammenzubrechen.

Ich wurde ziemlich grob empfangen; da man jedoch meinen hilflosen Zustand wahrnahm, ward ich in ein laues Bad und dann zu Bett gebracht, wo mir bald alles Bewußtsein in einer leise winselnden Leidensdämmerung verschwand. Drei Tage lang hatte ich das Gefühl, ich müsse nun sterben, und wunderte mich kläglich, daß das so mühevoll, langsam und schmerzlich geschehe. Denn jede Stunde wurde mir unendlich lang, und als die drei Tage um waren, kam es mir vor, als sei ich manche Woche dagelegen. Endlich fand ich einige Stunden Schlaf, und beim Erwachen hatte ich das Zeitgefühl und das Bewußtsein meiner Lage wieder. Doch merkte ich zugleich, wie schwach ich war, denn jede Bewegung machte mir Mühe, und selbst das Öffnen und Schließen der Augen erschien mir wie eine kleine Arbeit. Als die Schwester kam und nach mir sah, redete ich sie an und glaubte laut wie sonst zu reden, während sie sich bücken mußte und mich doch kaum verstehen konnte. Da begriff ich, daß es mit dem Wiederaufstehen keine Eile habe, und ergab mich ohne viel Schmerz für ungewisse Zeit in den kindlichen Zustand der Abhängigkeit von fremder Pflege. Es dauerte denn auch eine längere Zeit, bis meine Kräfte wieder anfingen zu erwachen, denn der kleinste Mund voll Speise machte mir stets wieder Schmerzen und Beschwerden, auch wenn es nur ein Löffel Krankensuppe war.

In dieser merkwürdigen Zeit war ich zu meinem eigenen Erstaunen weder traurig noch ärgerlich. Die dumpfe Sinnlosigkeit meines mutlosen Dahinlebens in den letzten Monaten wurde mir immer deutlicher. Ich erschrak vor dem, was beinahe aus mir geworden wäre, und freute mich innig des wieder erlangten Bewußtseins. Es war ähnlich, als wäre ich eine lange Zeit im Schlaf gelegen, und nun ließ ich, endlich erwacht, meine Augen und Gedanken wieder mit neuer Lust auf die Weide gehen. Dabei geschah es, daß von allen den nebelhaften Eindrücken und Erlebnissen dieser trüb verdämmerten Zeit einige, die ich nahezu vergessen zu haben glaubte, nun mit erstaunlicher Leibhaftigkeit und in feurigen Farben vor mir standen. Unter diesen Bildern, an denen ich mich jetzt in dem fremden Krankensaal mit mir allein vergnügte, stand zuoberst das jenes schlanken Mädchens, das im Garten des Direktors Gelbke neben mir gesessen war und mir die Orange angeboten hatte. Ich wußte ihren Namen nicht, aber ich konnte mir in guten Stunden ihre ganze Gestalt und ihr feines Gesicht mit vertrauter Deutlichkeit vorstellen, wie man es sonst nur bei alten Bekannten vermag, samt der Art ihrer Bewegungen, ihrer Sprache und Stimme, und dies alles ergab zusammen ein Bild, vor dessen zarter Schönheit mir wohl und warm wie einem Kinde bei der Mutter wurde. Mir schien, als müsse ich sie schon in vergangenen Zeiten gesehen und gekannt haben, und ihre anmutvolle Erscheinung trat, um Widersprüche unbekümmert, als eine den Gesetzen der Zeit entrückte Begleiterin bald in allen meinen Erinnerungen, selbst in denen der Kindheit, mit hervor. Ich betrachtete diese zierliche Figur, die mir so unvermutet nahe und teuer geworden war, immer wieder mit erneutem Vergnügen und nahm ihre stille Gegenwart in meiner Gedankenwelt mit einer sorglosen und dennoch nicht undankbaren Selbstverständlichkeit hin, wie der Mensch im Frühjahr die Kirschblüte und im Sommer den Heuduft hinzunehmen pflegt, ohne Erstaunen oder Aufregung und doch innig zufrieden.

Dies naive und anspruchslose Verhältnis zu meinem schönen Traumbilde dauerte jedoch nur so lange, als ich völlig geschwächt und vom Leben abgeschnitten daniederlag. Sobald ich wieder zu einigen Kräften kam, ein wenig Speise vertrug und mich allenfalls ohne sonderliche Erschöpfung wieder im Bett umzudrehen vermochte, rückte mir das Mädchenbild gleichsam schamhaft ferner zurück, und an die Stelle des reinen, leidenschaftslosen Gernhabens trat ein sehnsüchtiges Begehren. Jetzt fühlte ich unversehens immer häufiger ein lebhaftes Verlangen, den Namen der Schlanken auszusprechen, ihn zärtlich zu flüstern und leise zu singen, und es wurde mir zu einer wirklichen Qual, daß ich diesen Namen nicht wußte. In meinen Träumereien hatte ich mit ihr gespielt wie mit einem lieben Schwesterlein; nun aber fiel es mir plötzlich schwer aufs Herz, daß sie nichts von mir wußte, daß ich für sie ein fremder Mensch war, dessen Gruß sie vielleicht kaum annehmen und erwidern würde, ja, daß sie mich vielleicht sogar in einem schlimmen, unfreundlichen Andenken habe. Und so lag ich einen Tag um den andern in Gedanken mit ihr beschäftigt und wußte doch nichts von ihr, als wie sie aussah und die paar Worte, die ich an jenem Abend von ihr gehört hatte.

Einige kleine Ereignisse unterbrachen zwischenhinein für eine kurze Weile diesen sonderbar einseitigen Gedankenverkehr mit der Unbekannten. Zunächst kam ein Brief von meiner Mutter, den ich mit eigentümlichen Empfindungen las, da sie von meinem Kranksein nichts wußte. Sie antwortete vielmehr treuherzig auf meine letzten unwahren und prahlerischen Berichte, so daß ich mich selber und mein voriges Unwesen wie in einem Spiegel sah. Wie fern war ich ihr nun, da ich inzwischen am Tode vorbeigestreift und in leiblichem Kranksein eine innere Genesung erlebt hatte! Beschämt steckte ich den Brief unter mein Kopfkissen und beschloß, bei der ersten Gelegenheit meine früheren Unwahrheiten gutzumachen oder wenigstens zu beichten.

Alsdann erreichte mich eine Nachricht von meinem Arbeitsherrn, die man mir eine Woche lang vorenthalten hatte. Er hatte mir den kleinen Rückstand an Lohn, den ich noch anzusprechen hatte, überschickt und mich zugleich meines Pöstleins entlassen. Diese Nachricht ließ mich ruhig, wenn auch die Art, wie ich weiterhin mein Brot erwerben würde, mir noch verborgen war. Das Gefühl, einem elenden und seelenlosen Lebensabschnitt gewaltsam entrissen worden zu sein, war in mir so stark und freudig, daß die leibliche Sorge keine Macht über mich gewann.

Weiter begab es sich, daß eines Tages zur Besuchsstunde eine Dame mit Hut und Sonnenschirm den Krankensaal betrat, in der ich mit Verwunderung die Frau Direktor Gelbke erkannte. Sie trug Blumen in der Hand und wurde von der Pflegerin begrüßt. Da ich mich schämte und nicht erkannt sein wollte – denn ich nahm an, sie besuche irgendeinen anderen Kranken –, steckte ich den Kopf unter die Linnen und hielt mich verborgen. Aber sie schritt geradewegs auf meine Bettstelle zu und blieb da stehen. Als ich hörte, wie sie die Pflegerin fragte: «Schläft er?», drehte ich mich um und streckte ihr die Hand hin. Ich sah, daß sie über mein Aussehen betroffen war, und als sie nun mit gütigem Mitleid mich fragte und mir Vorwürfe machte, daß ich ihr keine Nachricht von meinen schlimmen Umständen gegeben habe, da tat es mir doch wunderlich wohl, daß ein Mensch nach mir fragte und an meinem Ergehen teilnahm. Nun schenkte sie mir einige wunderschöne Rosen, was freilich eine zweischneidige Wohltat war, denn mit dem Duft dieser Blumen drang die Erinnerung an alle guten Dinge da draußen plötzlich auf mich ein. Von dieser Stunde an dachte ich wieder mit Sehnsucht an die Welt und wartete auf die Stunde meiner Befreiung wie ein Gefangener.

Zugleich mit dem Erwachen meines Interesses für die Mitwelt begann ich auch eine Gemeinschaft mit meinen Leidensbrüdern zu empfinden und mich mehr nach den Saalgenossen und Bettnachbarn umzuschauen. Einer von ihnen, mein Nachbar zur Linken, ist mir im Gedächtnis geblieben und ist es wert, daß ich seiner nicht vergesse. Wahrscheinlich ist er längst im Spital begraben, und sein humoristisch klingender Name steht nur noch auf den verschollenen und vergilbten Krankenzetteln von damals. Er hieß Eustachius Zizibin und war ein wandernder Schneider oder war es vielmehr gewesen, denn seinen Wanderungen war ein Ziel gesetzt, und er hat jenes Bett und jenen Saal schwerlich anders verlassen als tot. Er wußte wohl, wie es um ihn stand, ohne jedoch darum traurig zu sein, worauf seine Natur nicht eingerichtet war. Woran er litt, weiß ich nicht mehr und habe es wohl nie gewußt, da er nie von seiner Krankheit redete. Er konnte wenig über vierzig Jahre alt sein, doch hatte der Freund Hein ihn gezeichnet, und sein magerer Kopf sah schon einem Totenschädel ähnlich. Sein Gemüt aber war unbefangen und in einer frohmütigen Kindlichkeit verblieben, und es schien mir oft, als sei diesem Menschen nur Heiteres begegnet oder als habe er für andere als heitere Dinge kein Verständnis.

«Mir hat's niemals pressieren wollen», sagte er einmal schlau, «und jetzt stirb' i halt auch ein bissel langsam.»

Seine Heimat war, glaube ich, in Schlesien, doch hatten auf zwanzigjähriger Wanderschaft alle Mundarten der deutschen Lande ein wenig an ihm abgefärbt, wie man es manchmal an Mausefallenhändlern und Kesselflickern, an eigentlichen Handwerkern aber seltener wahrnehmen kann. Häufig fing er in seinem Bette an, still vor sich hin zu kichern, und wenn man ihn fragte, was er zu lachen habe, begann er: «Da ist mir was eingefallen», und erzählte von einem sonderbaren Meister in Landshut, bei dem er einst in Arbeit gestanden, oder von einem Handwerksburschenabenteuer im Harz oder von dem Papagei einer Witwe in Bruchsal, bei welcher er, da sie in ihn verliebt war, einst eine Weile gewohnt hatte. Dieser Papagei freute ihn besonders und fiel ihm häufig ein, und wenn er von ihm erzählte und die zähe, eigentümlich nasale Stimme des Vogels nachahmte, war es ein Vergnügen, seine harmlose Lust mit anzusehen. Damals lachte ich viel über ihn und mit ihm, später aber mußte ich, in Zeiten des Leidens, an ihn oft mit Bewunderung, ja mit Verehrung denken, wie er sein Schicksal gelassen trug und wie er, der fast schon Sterbende, uns Genesende mit seiner guten Laune unterhalten und getröstet hat.

Er war auch die Veranlassung, daß ich gelegentlich über den Tod meditierte; was ich nie zuvor getan hatte. Es galten auch jetzt meine Betrachtungen weniger dem Tode selber als dem schönen Rätsel des Lebens. Es kam mir zum erstenmal ein Bewußtsein dessen, wie merkwürdig unsereins an der lichten Oberfläche des leiblichen und geistigen Daseins schwimmt, aus dem Dunkel gewesener Generationen emporgetaucht und dazu bestimmt, bald in dasselbe Dunkel wieder zurückzukehren. Dabei plagte es mich wenig, ob ich diesem Dunkel den Namen Nichts oder Ewigkeit geben müsse; die bloße Tatsache des Lebendigseins beschäftigte mich genug, denn ich hatte aufgehört, dasselbe für selbstverständlich zu halten, und sah darin vielmehr einen dankenswerten Glücksfall. Das entsprach ja auch dem Zustande eines Genesenden und eines Liebenden, und ich fühlte mich aufgelegt und fähig, von jetzt an mit meinem Pfunde zu wuchern und sorgfältiger als bisher auf den Wert der Stunden zu achten. Es schien mir rühmlich und weise, sich durch den Gedanken an das Ende vom Genuß der gegenwärtigen Stunde so wenig abhalten zu lassen wie der vergnügte Schneidergeselle Zizibin, und ich nahm mir vor, in künftigen ärgerlichen Augenblicken seinen Namen auszusprechen, als eine Mahnung an die Gebote einfachster Lebenskunst. Doch habe ich mit allen Entschlüssen meine Natur nicht zu ändern vermocht, ich blieb in meiner Haut stecken, und es ging mit meinen schönen Absichten so, wie es mit allen guten Vorsätzen zu gehen pflegt.

Immerhin halfen derartige Gedankenspiele und Vorsätze mir je und je über ungeduldige Stunden weg, deren ich jetzt viele hatte. Hätten mich nach der Genesung altgewohnte Verhältnisse erwartet, so wäre ich schwerlich so ungeduldig geworden. So aber ging ich wirklich einem neuen Leben entgegen, ich mußte von neuem Arbeit und Brot suchen und war außerdem verliebt. Erstaunt nahm ich wahr, wie sehr ich mich in der kurzen Zeit seit meiner Erkrankung innerlich verändert habe. Früher hatte ich mir eingebildet, gar freisinnig und unabhängig zu sein, da ich mich von ländlicher Herkunft und frommer Überlieferung her zu Unglauben und bewußter Verstandesherrschaft hindurchgelesen und -gezweifelt hatte. Nun fühlte ich, daß auch diese bei aller Bescheidenheit recht selbstbewußte Philosophie mir wertlos geworden war, und an ihre Stelle war nicht ein neues Dogma gerückt, sondern ein befreites Gefühl von der Unzulänglichkeit jedes Bekenntnisses und eine lebhafte, innig dürstende Neugier auf das, was in diesem wunderlichen Leben weiter noch mit mir geschehen und aus mir werden möchte.

Da ich in meinem Bette diese neuen Gesinnungen nicht wohl betätigen konnte, ließ ich Gefühle und Gedanken laufen und einander jagen, und endlich schrieb ich mit Bleistift und noch unfester Hand einen sehr langen Brief an meine gute Mutter, worin ich alles auszudrücken glaubte, was zur Zeit in mir vorging. Als ich die verunglückte Schreiberei andern Tages wieder durchlas und der Pflegerin zum Abschicken übergeben wollte, trat mir mit einemmal das Bild der Mutter deutlich vor den Sinn. Ich sah sie, eine große, magere Frau mit noch kaum ergrauten Haaren, in unserem Hause ihre Arbeit tun, Futter schneiden und in der schweren Bütte Wasser vom Brunnen hertragen, ich sah sie in der Stube absitzen, meinen Brief mit einer Stricknadel öffnen und ihn nahe an die strengen, hellblauen Augen halten. Da kamen mir meine ausgeklügelten und doch unklaren Worte töricht und unnütz vor, und ich riß meinen Brief in kleine Stücke.

Ich durfte nun schon wieder aufstehen und einige Stunden im Spitalgarten sein, und beim Anblick der über die Mauer ragenden Dächer, des Himmels, der flatternden Vögel und ziehenden Wolken stiegen Erwartung und Ungeduld bis zur Pein. Hinter der Mauer war die Stadt und die Freiheit, dort waren die Gassen, in denen ich mit neuer Freude um mein Leben zu kämpfen dachte und in denen irgendwo in einem unbekannten Hause vermutlich das schmale, liebe Mädchen wohnte.

Mittlerweile wurde ich vom Arzt und von der Pflegerin mit Mahnungen und Lebensregeln versehen. Es wurde mir nicht verhehlt, daß mein Inwendiges zwar vorerst geheilt, aber der früheren sorglosen Gesundheit verlustig gegangen sei, und wenn ich nicht streng auf mich hielte, so könne man für nichts einstehen. Ich hörte diese Einschränkungen meiner nahen Freiheit mit einigem Verdruß an, doch war mir mein Magen und mein Darm im Augenblick nicht sonderlich ehrwürdig, und als ich endlich entlassen wurde und durch die sonnig sommerlichen Straßen in meine alte Wohnung wandelte, war es in mir so feiertäglich und glänzend wie jemals in den sorglosen Jünglingstagen.

Mein Geld reichte gerade hin, um die aufgelaufene Miete zu bezahlen. In meiner Kammer sah mich alles neu und hoffnungsfreudig an. Ich begriff nicht, daß ich hier so trostlose Zeiten hatte verbrüten können. Auch meine Papiere und Zeichnungen hatten das mutlose Aussehen verloren. Ich zweifelte nicht, daß meine Erfindung mir doch noch gelingen müsse, und wenn diese nicht, dann eine andere.

Am nächsten Tage zog ich mich sauber an und ging zum Direktor Gelbke. Der gute Herr empfing mich freundlicher als je, fragte besorgt nach meiner Gesundheit und meinen übrigen Umständen und bot mir seine Hilfe an. Ich war jedoch nicht willens, mir von irgend jemand helfen zu lassen, meine Mutter ausgenommen, und stellte dem gütigen Herrn meine Verhältnisse in den besten Farben dar. Ich berichtete ihm meinen

Entschluß, alsbald zu meiner Mutter heimzureisen, und in meiner Schilderung sah diese Reise mehr wie eine hübsche Vergnügungsfahrt aus als wie der Rückzug eines Brotlosen zur alten Heimat.

«Meinetwegen», sagte der Direktor lächelnd, «aber ehe Sie heimreisen, besuchen Sie uns noch einen Abend! Wir haben morgen ein paar Hausfreunde da. Wollen Sie kommen?»

Im Gedanken an mein schönes Mädchen sagte ich mit Eifer zu und verließ das Haus mit schwebenden Schritten wie ein Kind den Konditorladen. Den Tag bis morgen konnte ich, wenn auch mein Geld zu Ende war, mich wohl noch in der Stadt halten, und nachher gedachte ich den Heimweg zur Mutter auf alte Handwerkerart ohne weitere Kosten zu Fuß zurückzulegen. Zunächst ging ich nun in meine Wohnung und schrieb meiner Mutter, daß ich in Bälde kommen und eine Weile bei ihr bleiben würde. Dann spazierte ich vor die Stadt hinaus und legte mich, zum erstenmal seit längeren Zeiten, am Ufer in das blühende Gras. Der Wald trat dort dicht bis an den Strom, und der breite, hellgrüne Rhein zog meilenweit an seinem Rande hin; seit einigen Jahren sind aber Wehre und Kaimauern dort errichtet worden. In der schönen Wildnis nahm ich ein Bad, ruhte einige Stunden im Grase unter den schattigen Buchen, verzehrte dazwischen mein mitgebrachtes Brot und sog mit erneuten Sinnen Licht und Waldgerüche in mich ein. Auch erbat ich in meiner frohen Ungeduld ein Zeichen vom Schicksal, indem ich Zweige ins Wasser warf und aus der Richtung ihres Hinwegtreibens meine Zukunft lesen wollte. Die Zweige trieben aber weder nach rechts noch links, sondern stracks geradeaus, und nun beschloß ich, mein Glück an ein höheres Zeichen zu binden. Wenn morgen abend meine Hoffnung sich erfüllen und das schöne Fräulein wieder da sein würde, so wollte ich das als eine Versicherung dafür nehmen, daß ein guter Stern über meinem neuen Leben stehe.

Nach diesem Pakt mit meinem Geschick verließ ich den kühlen Ort und kehrte in die Stadt zurück, wo ich den folgenden Tag mit kleinen Reisezurüstungen und nichtigem Zeitverderb in unruhiger Erwartung hinbrachte, bis die ersehnte Abendstunde schlug. Da ging ich langsam und befangen nach dem Direktorhause hinaus.

Wieder trat mir im Garten zwischen den hohen Gebüschen ein mildes Halbdunkel entgegen, in dem Rondell stand aber nur ein einziger Tisch. Ich war der erste Gast und schritt mit dem Hausherrn im Gespräch die Wege auf und ab. Bald ging die Torglocke wieder, und es kam ein junger Student, den ich schon kannte, und ihm folgte in Bälde ein Vetter des Direktors mit seiner Frau, und kaum hatten sich diese begrüßt, da erschien in einem leichten, weiß und hellbraun punktierten Kleide meine Schöne. Bei ihrem Anblick, den ich wochenlang an jedem Tage mir so vielmals vor Augen gerufen hatte, geriet ich in eine heftige Verwirrung, und als ich sie grüßte und ihr die Hand gab und als sie meine Hand kühl und flüchtig nahm und mir leicht zunickte, fiel es mir unversehens aufs Herz, daß ich in sonderbarer Verblendung mir unsere Begegnung ganz anders vorgestellt hatte. Mit der ich in Gedanken halbe Tage lang Umgang gepflegt hatte und vertraut geworden war, die stand nun als eine Fremde vor mir, und dennoch machte ihre sichtbare Gegenwart mir das Herz wärmer und seliger, als die schönsten Träume es getan hatten.

Wir waren nun vollzählig, auf der Tafel wurde die große Lampe angezündet und ein Imbiß aufgetragen. Ohne eine Aufforderung abzuwarten, hatte ich mich neben die Schlanke gesetzt, und ihr erstes Wort, das sie mir gönnte, war gütig und zeigte, daß sie sich meiner noch erinnerte.

«Sie haben sich verändert», sagte sie, «ich sehe es erst jetzt beim Lampenlicht.»

«Ich bin ein wenig krank gewesen», sagte ich vergnügt. Aber die Hausfrau, die mir gegenüber saß, rief dazwischen: «Ein wenig, sagt er! Und dabei wäre er uns ums Haar weggestorben, ohne uns ein Wort zu sagen.»

«Sie hätten es schon erfahren», sagte ich.

«War es denn so schlimm?» fragte das Mädchen, und als ich mich bemühte, mein Mißgeschick als unbedeutend darzustellen und das Gespräch davon abzulenken, stellte es sich heraus, daß das Fräulein einst ein Jahr lang als freiwillige Pflegerin in einem Krankenhaus gedient habe.

«Da muß man viel mit ansehen», meinte die Hausfrau, und meine Nachbarin nickte, sagte aber sogleich: «Gewiß, aber auch manches Vergnügliche! Im Anfang hat es mich ganz niedergedrückt, so viel Schmerzen und Leid sehen zu müssen, aber später war ich oft erstaunt, wie viel Menschen ertragen können und wie seelenruhig manche dabei bleiben. Ist Ihnen nicht auch Ähnliches aufgefallen?»

Da erzählte ich von dem schlesischen Schneider Zizibin und wurde warm dabei und wunderte mich, wie leicht und schnell mir die Rede von den Lippen lief, nur weil meine Nachbarin mit lebhaften Mienen und leisem Lachen zuhörte. Während der Unterhaltung, da die Wirtin öfter teilnahm und das Fräulein anredete, erlauschte ich auch ihren Namen, der mir wie eine süße Musik durchs Ohr ins Herz schlüpfte, wo ich ihn als einen lang gesuchten Schatz bewahrte. Sie hieß Elisabeth Chevalier, und der deutsche Rufname schien mir mit dem welschen Familiennamen erstaunlich schön und lieb zusammenzuklingen.

An derselben Stelle, wo ich vor einigen Wochen einen ärgerlichen Abend in kränklicher Verstimmung hingebracht hatte, saß ich nun verwandelt als ein fröhlicher und lebhafter Tischgenosse, und es drückte mich wenig, daß diese Leute neben mir wohlhabend und besser als ich gekleidet waren und nicht wissen durften, daß ich morgen auf Handwerksburschenart den weiten Weg zu meiner Mutter antreten würde. Der Gedanke, daß ich morgen für ungewisse Zeit die Stadt verlassen müsse, regte sich nur mit einem leisen, milden Vorgefühl von Abschied und Heimweh. Wie in einem Traume sah ich durch die Zweige der Bäume und des Gesträuchs den nachtblauen Himmel mählich sich mit Sternen füllen und atmete die weiche Sommernachtluft, während mein Mund muntere und gleichgültige Worte redete und mein Herz in einem warmen Sturm von Glück und Sehnsucht schwankte. Neben mir ruhte im Lichtschein der feine Kopf und das helle, schmale Gesicht Elisabeths, und sooft sie sprach, schaute ich hinüber und betrachtete ihre freie, weiße Stirn, ihr dunkelblondes Haar und die Wölbung der Brauen, ihre ruhigen Augen und ihre auf dem Tisch liegende Hand, die fast kindlich schmal und doch gar reif und persönlich von Form war.

Man erhob sich, um ein paar Schritte zu lustwandeln, bis der Tisch abgeräumt wäre. Und ich trat an der Seite Elisabeths in die stille Dämmerung der Gartenpfade, sah am Saume ihres fließenden Kleides die kleinen Füße bei jedem Schritt erscheinen und verschwinden, erzählte ihr Geschichten aus der Heimat und frühen Jugendzeit und schaute mit Bewunderung zu, wie sie auf der zierlich feinen Gestalt den Nacken und Kopf so aufrecht und energisch trug und wie ihr gleichmäßig elastischer Schritt mit den Bewegungen der Arme und dem Wenden und Neigen des Halses zusammenklang. Die Erde schien mir ein wohlbestellter Lustgarten und das Menschenleben ein leichtfüßiges Gehen darin zu sein. Mein dünner und flüssiger gewordenes Blut wallte warm, und jeder Herzschlag war ein kleines Jauchzen.

Dem Mädchen war ich vielleicht nicht lieber und nicht leider als der Student oder der Vetter oder irgendein anderer Mann es ihr gewesen wäre. Doch fühlte sie jedenfalls meine selige Bewunderung, die sie wie eine wärmere Luft umgab, und wurde selber wärmer und gewann an Liebreiz, so daß die Worte, die wir sprachen, mehr und mehr an Gewicht und Wert verloren, indessen das Gefühl vertrauteren Naheseins stetig wuchs. Mir war es, wie wenn in einem Kelch eine kostbare Flut höher und höher stiege und am Rande erschäumend in leisen, schweren Tropfen überquelle, und als ob wir beide diese seligen Tropfen aus dem Born des Glücks mit stillem Erschauern kosteten.

Als das Ehepaar aufbrach, schlossen auch wir Jungen uns an. Der Direktor verabschiedete mich liebenswürdig und trug mir Grüße an die Mutter auf, seine Frau wünschte mir gute Reise, wir traten auf die Straße hinaus, und als Elisabeth mich fragte, ob ich sie begleiten werde, hatte ich dies innerlich längst mit Zuversicht erhofft. Ein paar Straßen weit ging der Student noch mit, dann empfahl er sich, und ich lief mit Elisabeth allein durch die schlafende Stadt dahin.

Sie schritt leicht und schnell wie ein Reh, und wir hatten beide, als wir über die Brücke kamen, unsere Freude an dem rauschenden Wasser und an den unruhig spiegelnden Laternenlichtern. Da sie danach fragte, gab ich über meine morgige Heimreise Auskunft und schilderte mein Heimattal und unser Dorf. Doch vergaß ich nicht beizufügen, daß ich in gar nicht langer Zeit zurückzukehren gedenke, und sie sagte ruhig: «Dann sehe ich Sie wohl bei Gelbkes wieder. Es soll mich freuen.» Schneller als ich wünschte, hatten wir den Weg durchlaufen; sie bog in eine ziemlich dunkle, alte Straße ein und hielt vor einer Haustüre an, wo sie die Glocke zog und sich von mir verabschiedete. Diese Abschiedsworte schienen mir wieder plötzlich seltsam kühl zu klingen, und mit einem Anflug von Trauer sah ich Elisabeth in der Pforte verschwinden, hinter der ich einen Augenblick lang einen tiefen Fliesengang und eine leuchtertragende Magd erschauen konnte. Dann trat ich in die Mitte der Gasse zurück und betrachtete mir das Haus genau, das mit nur zwei Stockwerken und stark vorspringenden Fensterdachungen behaglich alt und patrizisch aussah. Da ich beim Tore ein kleines, ovales Messingschild gewahrte, ging ich nochmals hin, um etwas Wichtiges zu erfahren, doch stand darauf nichts als der Name Chevalier in kleinen Buchstaben eingraviert, die ich bei der Dunkelheit kaum entziffern konnte.

Ich schritt davon und wußte, daß mit diesem Hause und mit dieser Stadt mein Schicksal verknüpft sei, und als ich früh am nächsten Morgen zur Stadt hinaus marschierte, hatte ich mir geschworen, als ein fester Mann und Schmied meines Glückes wiederzukehren.

(1907)

Die Verlobung

In der Hirschengasse gibt es einen bescheidenen Weißwarenladen, der gleich seiner Nachbarschaft noch unberührt von den Veränderungen der neuen Zeit dasteht und hinreichenden Zuspruch hat. Man sagt dort noch beim Abschied zu jedem Kunden, auch wenn er seit zwanzig Jahren regelmäßig kommt, die Worte: «Schenken Sie mir die Ehre ein andermal wieder», und es gehen dort noch zwei oder drei alte Käuferinnen ab und zu, die ihren Bedarf an Band und Litzen in Ellen verlangen und auch im Ellenmaß bedient werden. Die Bedienung wird von einer ledig gebliebenen Tochter des Hauses und einer angestellten Verkäuferin besorgt, der Besitzer selbst ist von früh bis spät im Laden und stets geschäftig, doch redet er niemals ein Wort. Er kann nun gegen siebzig alt sein, ist von sehr kleiner Statur, hat nette rosige Wangen und einen kurz geschnittenen grauen Bart, auf dem vielleicht längst kahlen Kopfe aber trägt er allezeit eine runde steife Mütze mit stramingestickten Blumen und Mäandern. Er heißt Andreas Ohngelt und gehört zur echten, ehrwürdigen Altbürgerschaft der Stadt.

Dem schweigsamen Kaufmännlein sieht niemand etwas Besonderes an, es sieht sich seit Jahrzehnten gleich und scheint ebensowenig älter zu werden, als jemals jünger gewesen zu sein. Doch war auch Andreas Ohngelt einmal ein Knabe und ein Jüngling, und wenn man alte Leute fragt, kann man erfahren, daß er vorzeiten «der kleine Ohngelt» geheißen wurde und eine gewisse Berühmtheit wider Willen genoß. Einmal, vor etwa fünfunddreißig Jahren, hat er sogar eine «Geschichte» erlebt, die früher jedem Gerbersauer geläufig war, wenn sie auch jetzt niemand mehr erzählen und hören will. Das war die Geschichte seiner Verlobung.

Der junge Andreas war schon in der Schule aller Rede und Geselligkeit abgeneigt, er fühlte sich überall überflüssig und von jedermann beobachtet und war ängstlich und bescheiden genug, jedem andern im voraus nachzugeben und das Feld zu räumen. Vor den Lehrern empfand er einen abgründigen Respekt, vor den Kameraden eine mit Bewunderung gemischte Furcht. Man sah ihn nie auf der Gasse und auf den Spielplätzen, nur selten beim Bad im Fluß, und im Winter zuckte er zusammen und duckte sich, sobald er einen Knaben eine Handvoll Schnee aufheben sah. Dafür spielte er daheim vergnügt und zärtlich mit den hinterbliebenen Puppen seiner älteren Schwester und mit einem Kaufladen, auf dessen Waage er Mehl, Salz und Sand abwog und in kleine Tüten verpackte, um sie später wieder gegeneinander zu vertauschen, auszuleeren, umzupakken und wieder zu wiegen. Auch half er seiner Mutter gern bei leichter Hausarbeit, machte Einkäufe für sie oder suchte im Gärtlein die Schnekken vom Salat.

Seine Schulkameraden plagten und hänselten ihn zwar häufig, aber da er nie zornig wurde und fast nichts übelnahm, hatte er im ganzen doch ein leichtes und ziemlich zufriedenes Leben. Was er an Freundschaft und Gefühl bei seinesgleichen nicht fand und nicht weggeben durfte, das gab er seinen Puppen. Den Vater hatte er früh verloren, er war ein Spätling gewesen, und die Mutter hätte ihn wohl anders gewünscht, ließ ihn aber gewähren und hatte für seine fügsame Anhänglichkeit eine etwas mitleidige Liebe.

Dieser leidliche Zustand hielt jedoch nur so lange an, bis der kleine Andreas aus der Schule und aus der Lehre war, die er am obern Markt im Dierlammschen Geschäft abdiente. Um diese Zeit, etwa von seinem siebzehnten Jahre an, fing sein nach Zärtlichkeiten dürstendes Gemüt andere Wege zu gehen an. Der klein und schüchtern gebliebene Jüngling begann mit immer größeren Augen nach den Mädchen zu schauen und errichtete in seinem Herzen einen Altar der Frauenliebe, dessen Flamme desto höher loderte, je trauriger seine Verliebtheiten verliefen.

Zum Kennenlernen und Beschauen von Mädchen jeden Alters war reichliche Gelegenheit vorhanden, denn der junge Ohngelt war nach Ablauf seiner Lehrzeit in den Weißwarenladen seiner Tante eingetreten, den er später einmal übernehmen sollte. Da kamen Kinder, Schulmädchen, junge Fräulein und alte Jungfern, Mägde und Frauen tagaus, tagein, kramten in Bändern und Linnen, wählten Besätze und Stickmuster aus, lobten und tadelten, feilschten und wollten beraten sein, ohne doch auf Rat zu hören, kauften und tauschten das Gekaufte wieder um. Alledem wohnte der Jüngling höflich und schüchtern bei, er zog Schubladen heraus, stieg die Bockleiter hinauf und herunter, legte vor und packte wieder ein, notierte Bestellungen und gab über Preise Auskunft, und alle acht Tage war er in eine andere von seinen Kundinnen verliebt. Errötend pries er Litzen und Wolle an, zitternd quittierte er Rechnungen, mit Herzklopfen hielt er die Ladentür und sagte den Spruch vom Wiederbeehren, wenn eine schöne Junge hoffärtig das Geschäft verließ.

Um seinen Schönen recht gefällig und angenehm zu sein, gewöhnte Andreas sich feine und sorgfältige Manieren an. Er frisierte sein hellblondes Haar jeden Morgen sorgfältig, hielt seine Kleider und Leibwäsche sehr sauber und sah dem allmählichen Erscheinen eines Schnurrbärtchens mit Ungeduld entgegen. Er lernte beim Empfange seiner Kunden elegante Verneigungen machen, lernte beim Vorlegen der Zeuge sich mit dem linken Handrücken auf den Ladentisch stützen und auf nur anderthalb Beinen stehen und brachte es zur Meisterschaft im Lächeln, das er bald vom diskreten Schmunzeln bis zum innig glücklichen Strahlen beherrschte. Außerdem war er stets auf der Jagd nach neuen schönen Phrasen, die zumeist aus Umstandsworten bestanden und deren er immer neue und köstlichere erlernte und erfand. Da er von Hause aus im

Sprechen unbeholfen und ängstlich war und schon früher nur selten einen vollkommenen Satz mit Subjekt und Prädikat ausgesprochen hatte, fand er nun in diesem sonderbaren Wortschatz eine Hilfe und gewöhnte sich daran, unter Verzicht auf Sinn und Verständlichkeit sich und andern eine Art von Sprechvermögen vorzutäuschen.

Sagte jemand: «Heut ist aber ein Prachtswetter», so antwortete der kleine Ohngelt: «Gewiß – o ja – denn, mit Verlaub – allerdings –.» Fragte eine Käuferin, ob dieser Leinenstoff auch haltbar sei, so sagte er: «O bitte, ja, ohne Zweifel, sozusagen, ganz gewiß.» Und erkundigte sich jemand nach seinem Befinden, so erwiderte er: «Danke gehorsamst – freilich wohl – sehr angenehm –.» In besonders wichtigen und ehrenvollen Lagen scheute er auch vor Ausdrücken wie «nichtsdestoweniger, aber immerhin, keinesfalls hingegen» nicht zurück. Dabei waren alle seine Glieder vom geneigten Kopf bis zur wippenden Fußspitze ganz Aufmerksamkeit, Höflichkeit und Ausdruck. Am ausdrucksvollsten aber sprach sein verhältnismäßig langer Hals, der mager und sehnig und mit einem erstaunlich großen und beweglichen Adamsapfel ausgestattet war. Wenn der kleine schmachtende Ladengehilfe eine seiner Antworten im Stakkato gab, hatte man den Eindruck, er bestehe zu einem Drittel aus Kehlkopf.

Die Natur verteilt ihre Gaben nicht ohne Sinn, und wenn der bedeutende Hals des Ohngelt in einem Mißverständnis zu dessen Redefähigkeit stehen mochte, so war er als Eigentum und Wahrzeichen eines leidenschaftlichen Sängers desto berechtigter. Andreas war in hohem Grade ein Freund des Gesanges. Auch beim wohlgelungensten Komplimente, bei der feinsten kaufmännischen Gebärde, beim gerührtesten «Immerhin» und «Wennschon» war ihm vielleicht im Innersten der Seele nicht so schmelzend wohl wie beim Singen. Dieses Talent war in den Schulzeiten verborgen geblieben, kam aber nach vollendetem Stimmbruch zu immer schönerer Entfaltung, wenn auch nur im geheimen. Denn es hätte zu der ängstlich scheuen Befangenheit Ohngelts nicht gepaßt, daß er seiner heimlichen Lust und Kunst anders als in der sichersten Verborgenheit froh geworden wäre.

Am Abend, wenn er zwischen Mahlzeit und Bettgehen ein Stündlein in seiner Kammer verweilte, sang er im Dunkeln seine Lieder und schwelgte in lyrischen Entzückungen. Seine Stimme war ein ziemlich hoher Tenor, und was ihm an Schulung gebrach, suchte er durch Temperament zu ersetzen. Sein Auge schwamm in feuchtem Schimmer, sein schön gescheiteltes Haupt neigte sich rückwärts zum Nacken, und sein Adamsapfel stieg mit den Tönen auf und nieder. Sein Lieblingslied war «Wenn die Schwalben heimwärts ziehn». Bei der Strophe «Scheiden, ach Scheiden tut weh» hielt er die Töne lang und zitternd aus und hatte manchmal Tränen in den Augen.

In seiner geschäftlichen Laufbahn kam er mit schnellen Schritten vorwärts. Es hatte der Plan bestanden, ihn noch einige Jahre nach einer größeren Stadt zu schicken. Nun aber machte er sich im Geschäft der Tante bald so unentbehrlich, daß diese ihn nicht mehr fortlassen wollte, und da er später den Laden erblich übernehmen sollte, war sein äußeres Wohlergehen für alle Zeiten gesichert. Anders stand es mit der Sehnsucht seines Herzens. Er war für alle Mädchen seines Alters, namentlich für die hübschen, trotz seiner Blicke und Verbeugungen nichts als eine komische Figur. Der Reihe nach war er in sie alle verliebt, und er hätte jede genommen, die ihm nur einen Schritt entgegen getan hätte. Aber den Schritt tat keine, obwohl er nach und nach seine Sprache um die gebildetsten Phrasen und seine Toilette um die angenehmsten Gegenstände bereicherte.

Eine Ausnahme gab es wohl, allein er bemerkte sie kaum. Das Fräulein Paula Kircher, das Kircherspäule genannt, war immer nett gegen ihn und schien ihn ernst zu nehmen. Sie war freilich weder jung noch hübsch, vielmehr einige Jahre älter als er und ziemlich unscheinbar, sonst aber ein tüchtiges und geachtetes Mädchen aus einer wohlhabenden Handwerkerfamilie. Wenn Andreas sie auf der Straße grüßte, dankte sie nett und ernsthaft, und wenn sie in den Laden kam, war sie freundlich, einfach und bescheiden, machte ihm das Bedienen leicht und nahm seine geschäftsmännischen Aufmerksamkeiten wie bare Münze hin. Daher sah er sie nicht ungern und hatte Vertrauen zu ihr, im übrigen aber war sie ihm gleichgültig, und sie gehörte zu der geringen Anzahl lediger Mädchen, für die er außerhalb seines Ladens keinen Gedanken übrig hatte.

Bald setzte er seine Hoffnungen auf feine, neue Schuhe, bald auf ein nettes Halstuch, ganz abgesehen vom Schnurrbart, der allmählich sproßte und den er wie seinen Augapfel pflegte. Endlich kaufte er sich von einem reisenden Handelsmanne auch noch einen Ring aus Gold mit einem großen Opal daran. Damals war er sechsundzwanzig Jahre alt.

Als er aber dreißig wurde und noch immer den Hafen der Ehe nur in sehnsüchtiger Ferne umsegelte, hielten Mutter und Tante es für notwendig, fördernd einzugreifen. Die Tante, die schon recht hoch in den Jahren war, machte den Anfang mit dem Angebot, sie wolle ihm noch zu ihren Lebzeiten das Geschäft abtreten, jedoch nur am Tage seiner Verheiratung mit einer unbescholtenen Gerbersauer Tochter. Dies war denn auch für die Mutter das Signal zum Angriff. Nach manchen Überlegungen kam sie zu dem Befinden, ihr Sohn müsse in einen Verein eintreten, um mehr unter Leute zu kommen und den Umgang mit Frauen zu lernen. Und da sie seine Liebe zur Sangeskunst wohl kannte, dachte sie ihn an dieser Angel zu fangen und legte ihm nahe, sich beim Liederkranz als Mitglied anzumelden.

Trotz seiner Scheu vor Geselligkeit war Andreas in der Hauptsache einverstanden. Doch schlug er statt des Liederkranzes den Kirchengesangverein vor, weil ihm die ernstere Musik besser gefalle. Der wahre Grund war aber der, daß dem Kirchengesangverein Margret Dierlamm angehörte. Diese war die Tochter von Ohngelts früherem Lehrprinzipal, ein sehr hübsches und fröhliches Mädchen von wenig mehr als zwanzig Jahren, und in sie war Andreas seit neuestem verliebt, da es schon seit geraumer Zeit keine ledigen Altersgenossinnen mehr für ihn gab, wenigstens keine hübschen.

Die Mutter hatte gegen den Kirchengesangverein nichts Triftiges einzuwenden. Zwar hatte dieser Verein nicht halb soviel gesellige Abende und Festlichkeiten wie der Liederkranz, dafür war aber die Mitgliedschaft hier viel wohlfeiler, und Mädchen aus guten Häusern, mit denen Andreas bei Proben und Aufführungen zusammenkommen würde, gab es auch hier genug. So ging sie denn ungesäumt mit dem Herrn Sohn zum Vorstande, einem greisen Schullehrer, der sie freundlich empfing.

«So, Herr Ohngelt», sagte er, «Sie wollen bei uns mitsingen?»

«Ja, gewiß, bitte –»

«Haben Sie denn schon früher gesungen?»

«O ja, das heißt, gewissermaßen –»

«Nun, machen wir eine Probe. Singen Sie irgendein Lied, das Sie auswendig können.»

Ohngelt wurde rot wie ein Knabe und wollte um alles nicht anfangen. Aber der Lehrer bestand darauf und wurde schließlich fast böse, so daß er am Ende doch sein Bangen überwand und mit einem resignierten Blick auf die ruhig dasitzende Mutter sein Leiblied anstimmte. Es riß ihn mit, und er sang den ersten Vers ohne Stocken.

Der Dirigent winkte, es sei genug. Er war wieder ganz höflich und sagte, das sei allerdings sehr nett gesungen und man merkte, daß es con amore geschehe, allein vielleicht wäre er doch mehr für weltliche Musik veranlagt, ob er es nicht etwa beim Liederkranz probieren wolle. Schon wollte Herr Ohngelt eine verlegene Antwort stammeln, da legte seine Mutter sich für ihn ins Zeug. Er singe wirklich schön, meinte sie, und sei jetzt nur ein wenig verlegen gewesen, und es wäre ihr gar so lieb, wenn er ihn aufnähme, der Liederkranz sei doch etwas ganz anderes und nicht so fein, und sie gebe auch jedes Jahr für die Kirchenbescherung, und kurz, wenn der Herr Lehrer so gut sein wollte, wenigstens für eine Probezeit, man werde ja alsdann schon sehen. Der alte Mann versuchte noch zweimal begütigend davon zu reden, daß das Kirchensingen kein Spaß sei und daß es ohnehin schon so eng hergehe auf dem Orgelpodium, aber die mütterliche Beredsamkeit siegte zuletzt doch. Es war dem bejahrten Dirigenten noch nie vorgekommen, daß ein Mann von über dreißig Jahren sich zum Mitsingen gemeldet und seine Mutter zum Beistand mitgebracht hatte. So ungewohnt und eigentlich unbequem ihm dieser Zuwachs zu seinem Chore war, machte ihm die Sache im stillen doch ein Vergnügen, wenn auch nicht um der Musik willen. Er bestellte Andreas zur nächsten Probe und ließ die beiden lächelnd ziehen.

Am Mittwoch abend fand sich der kleine Ohngelt pünktlich in der

Schulstube ein, wo die Proben abgehalten wurden. Man übte einen Choral für das Osterfest. Die allmählich ankommenden Sänger und Sängerinnen begrüßten das neue Mitglied sehr freundlich und hatten alle ein so aufgeräumtes und heiteres Wesen, daß Ohngelt sich selig fühlte. Auch Margret Dierlamm war da, und auch sie nickte dem Neuen mit freundlichem Lächeln zu. Wohl hörte er manchmal hinter sich leise lachen, doch war er ja gewöhnt, ein wenig komisch genommen zu werden, und ließ es sich nicht anfechten. Was ihn hingegen befremdete, war das zurückhaltend ernste Betragen des Kircherspäule, das ebenfalls anwesend war und, wie er bald bemerkte, sogar zu den geschätzteren Sängerinnen gehörte. Sie hatte sonst immer eine wohltuende Freundlichkeit gegen ihn gezeigt, und jetzt war gerade sie merkwürdig kühl und schien beinahe Anstoß daran zu nehmen, daß er hier eingedrungen war. Aber was ging ihn das Kircherspäule an?

Beim Singen verhielt sich Ohngelt überaus vorsichtig. Wohl hatte er von der Schule her noch eine leise Ahnung vom Notenwesen, und manche Takte sang er mit gedämpfter Stimme den andern nach, im ganzen aber fühlte er sich seiner Kunst wenig sicher und hegte bange Zweifel daran, ob das jemals anders werden würde. Der Dirigent, den seine Verlegenheit lächerte und rührte, schonte ihn und sagte beim Abschied sogar: «Es wird mit der Zeit schon gehen, wenn Sie sich dranhalten.» Den ganzen Abend aber hatte Andreas das Vergnügen, in Margrets Nähe sein und sie häufig anschauen zu dürfen. Er dachte daran, daß bei dem öffentlichen Singen vor und nach dem Gottesdienst auf der Orgel die Tenöre gerade hinter den Mädchen aufgestellt waren, und malte sich die Wonne aus, am Osterfest und bei allen künftigen Anlässen so nahe bei Fräulein Dierlamm zu stehen und sie ungescheut betrachten zu können. Da fiel ihm zu seinem Schmerze wieder ein, wie klein und niedrig er gewachsen war und daß er zwischen den andern Sängern stehend nichts würde sehen können. Mit großer Mühe und vielem Stottern machte er einem der Mitsinger diese seine künftige Notlage auf der Orgel klar, natürlich ohne den wahren Grund seines Kummers zu nennen. Da beruhigte ihn der Kollege lachend und meinte, er werde ihm schon zu einer ansehnlichen Aufstellung verhelfen können.

Nach dem Schluß der Probe lief alles davon, kaum daß man einander grüßte. Einige Herren begleiteten Damen nach Hause, andere gingen miteinander zu einem Glas Bier. Ohngelt blieb allein und kläglich auf dem Platze vor dem finsteren Schulhause stehen, sah den andern und namentlich der Margret beklommen nach und machte ein enttäuschtes Gesicht, da kam das Kircherspäule an ihm vorbei, und als er den Hut zog, sagte sie: «Gehen Sie heim? Dann haben wir ja einen Weg und können miteinander gehen.» Dankbar schloß er sich an und lief neben ihr her durch die feuchten, märzkühlen Gassen heimwärts, ohne mehr Worte als den Gutenachtgruß mit ihr zu tauschen.

Am nächsten Tag kam Margret Dierlamm in den Laden, und er durfte sie bedienen. Er faßte jeden Stoff an, als wäre er Seide, und bewegte den Maßstab wie einen Fiedelbogen, er legte Gefühl und Anmut in jede kleine Dienstleistung, und leise wagte er zu hoffen, sie würde ein Wort von gestern und vom Verein und von der Probe sagen. Richtig tat sie das auch. Gerade noch unter der Türe fragte sie: «Es war mir ganz neu, daß Sie auch singen, Herr Ohngelt. Singen Sie denn schon lang?» Und während er unter Herzklopfen hervorstieß: «Ja – vielmehr nur so – mit Verlaub», entschwand sie leicht nickend in die Gasse.

«Schau, schau!» dachte er bei sich und spann Zukunftsträume, ja er verwechselte beim Einräumen zum ersten Male in seinem Leben die halbwollenen Litzen mit den reinwollenen.

Indessen kam die Osterzeit immer näher, und da sowohl am Karfreitag wie am Ostersonntag der Kirchenchor singen sollte, gab es mehrmals in der Woche Proben. Ohngelt erschien stets pünktlich und gab sich alle Mühe, nichts zu verderben, wurde auch von jedermann mit Wohlwollen behandelt. Nur das Kircherspäule schien nicht recht mit ihm zufrieden zu sein, und das war ihm nicht lieb, denn sie war schließlich doch die einzige Dame, zu der er ein volles Vertrauen hatte. Auch fügte es sich regelmäßig, daß er an ihrer Seite nach Hause ging, denn der Margret seine Begleitung anzutragen, war wohl stets sein stiller Wunsch und Entschluß, doch fand er nie den Mut dazu. So ging er denn mit dem Päule. Die ersten Male wurde auf diesem Heimgang kein Wort geredet. Das nächste Mal nahm die Kircher ihn ins Gebet und fragte, warum er nur so wortkarg sei, ob er sie denn fürchte.

«Nein», stammelte er erschrocken, «das nicht – vielmehr – gewiß nicht – im Gegenteil.»

Sie lachte leise und fragte: «Und wie geht's denn mit dem Singen? Haben Sie Freude dran?»

«Freilich ja – sehr – jawohl.»

Sie schüttelte den Kopf und sagte leiser: «Kann man denn mit Ihnen wirklich nicht reden, Herr Ohngelt? Sie drücken sich auch um jede Antwort herum.»

Er sah sie hilflos an und stotterte.

«Ich meine es doch gut», fuhr sie fort. «Glauben Sie das nicht?»

Er nickte heftig.

«Also denn! Können Sie denn gar nichts reden als wieso und immerhin und mit Verlaub und dergleichen Zeug?»

«Ja, schon, ich kann schon, obwohl – allerdings.»

«Ja obwohl und allerdings. Sagen Sie, am Abend mit Ihrer Frau Mutter und mit der Tante reden Sie doch auch deutsch, oder nicht? Dann tun Sie's doch auch mit mir und mit andern Leuten. Man könnte dann doch ein vernünftiges Gespräch führen. Wollen Sie nicht?»

«Doch ja, ich will schon – gewiß –»

«Also gut, das ist gescheit von Ihnen. Jetzt kann ich doch mit Ihnen reden. Ich hätte nämlich einiges zu sagen.»

Und nun sprach sie mit ihm, wie er es nicht gewöhnt war. Sie fragte, was er denn im Kirchengesangverein suche, wenn er doch nicht singen könne und wo fast nur Jüngere als er seien. Und ob er nicht merke, daß man sich dort manchmal über ihn lustig mache und mehr von der Art. Aber je mehr der Inhalt ihrer Rede ihn demütigte, desto eindringlicher empfand er die gütige und wohlmeinende Art ihres Zuredens. Etwas weinerlich schwankte er zwischen kühler Ablehnung und gerührter Dankbarkeit. Da waren sie schon vor dem Kircherschen Hause. Paula gab ihm die Hand und sagte ernsthaft:

«Gute Nacht, Herr Ohngelt, und nichts für ungut. Nächstes Mal reden wir weiter, gelt?»

Verwirrt ging er heim, und so weh ihm war, wenn er an ihre Enthüllungen dachte, so neu und tröstlich war es ihm, daß jemand so freundschaftlich und ernst und wohlgesinnt mit ihm gesprochen hatte.

Auf dem Heimweg von der nächsten Probe gelang es ihm schon, in ziemlich deutscher Sprache zu reden, etwa wie daheim mit der Mutter, und mit dem Gelingen stieg sein Mut und sein Vertrauen. Am folgenden Abend war er schon so weit, daß er ein Bekenntnis abzulegen versuchte, er war sogar halb entschlossen, die Dierlamm mit Namen zu nennen, denn er versprach sich Unmögliches von Päules Mitwisserschaft und Hilfe. Aber sie ließ ihn nicht dazu kommen. Sie schnitt seine Geständnisse plötzlich ab und sagte: «Sie wollen heiraten, nicht wahr? Das ist auch das Gescheiteste, was Sie tun können. Das Alter haben Sie ja.»

«Das Alter, ja das schon», sagte er traurig. Aber sie lachte nur, und er ging ungetröstet heim. Das nächste Mal kam er wieder auf diese Angelegenheit zu sprechen. Das Päule entgegnete bloß, er müsse ja wissen, wen er haben wolle; gewiß sei nur, daß die Rolle, die er im Gesangverein spiele, ihm nicht förderlich sein könnte, denn junge Mädchen nähmen schließlich bei einem Liebhaber alles lieber in den Kauf als Lächerlichkeit.

Die Seelenqualen, in welche ihn diese Worte versetzt hatten, wichen endlich der Aufregung und den Vorbereitungen zum Karfreitag, an welchem Ohngelt zum erstenmal im Chor auf der Orgeltribüne sich zeigen sollte. Er kleidete sich an diesem Morgen mit besonderer Sorgfalt an und kam mit gewichstem Zylinder frühzeitig in die Kirche. Nachdem ihm sein Platz angewiesen worden war, wandte er sich nochmals an jenen Kollegen, der ihm bei der Aufstellung behilflich zu sein versprochen hatte. Wirklich schien dieser die Sache nicht vergessen zu haben, er winkte dem Orgeltreter, und dieser brachte schmunzelnd ein kleines Kistlein, das wurde an Ohngelts Stehplatz hingesetzt und der kleine Mann daraufgestellt, so daß er nun im Sehen und Gesehenwerden dieselben Vorteile genoß wie die längsten Tenöre. Nur war das Stehen auf diese Art mühevoll und gefährlich, er mußte sich genau im Gleichgewicht halten und vergoß manchen Tropfen Schweiß bei dem Gedanken, er könnte umfallen und mit gebrochenen Beinen unter die an der Brüstung postierten Mädchen hinabstürzen, denn der Orgelvorbau neigte sich in schmalen, stark abfallenden Terrassen niederwärts gegen das Kirchenschiff. Dafür hatte er aber das Vergnügen, der schönen Margret Dierlamm aus beklemmender Nähe in den Nacken schauen zu können. Da der Gesang und der ganze Gottesdienst vorüber war, fühlte er sich erschöpft und atmete tief auf, als die Türen geöffnet und die Glocken gezogen wurden.

Tags darauf warf ihm das Kircherspäule vor, sein künstlich erhobener Standpunkt sehe recht hochmütig aus und mache ihn lächerlich. Er versprach, sich späterhin seines kurzen Leibes nicht mehr zu schämen, doch wollte er morgen am Osterfeste ein letztesmal das Kistlein benutzen, schon um den Herrn, der es ihm angeboten, nicht zu beleidigen. Sie wagte nicht zu sagen, ob er denn nicht sehe, daß jener die Kiste nur hergebracht habe, um sich einen Spaß mit ihm zu machen. Kopfschüttelnd ließ sie ihn gewähren und war über seine Dummheit so ärgerlich wie über seine Arglosigkeit gerührt.

Am Ostersonntage ging es im Kirchenchor noch um einen Grad feierlicher zu als neulich. Es wurde eine schwierige Musik aufgeführt, und Ohngelt balancierte tapfer auf seinem Gerüste. Gegen den Schluß des Chorals hin nahm er jedoch mit Entsetzen wahr, daß sein Standörtlein unter seinen Sohlen zu wanken und unfest zu werden begann. Er konnte nichts tun, als stillhalten und womöglich den Sturz über die Terrasse vermeiden. Dieses gelang ihm auch, und statt eines Skandals und Unglücks ereignete sich nichts, als daß der Tenor Ohngelt unter leisem Krachen sich langsam verkürzte und mit angsterfülltem Gesicht abwärtssinkend aus der Sichtbarkeit verschwand. Der Dirigent, das Kirchenschiff, die Emporen und der schöne Nacken der blonden Margret gingen nacheinander seinem Blick verloren, doch kam er heil zu Boden, und in der Kirche hatte außer den grinsenden Sangesbrüdern nur ein Teil der nahe sitzenden männlichen Schuljugend den Vorgang wahrgenommen. Über die Stätte seiner Erniedrigung hinweg jubilierte und frohlockte der kunstreiche Osterchoral.

Als unterm Kehraus des Organisten das Volk die Kirche verließ, blieb der Verein auf seiner Tribüne noch auf ein paar Worte beieinander, denn morgen, am Ostermontag, sollte wie jedes Jahr ein festlicher Vereinsausflug unternommen werden. Auf diesen Ausflug hatte Andreas Ohngelt von Anfang an große Erwartungen gestellt. Er fand jetzt sogar den Mut, Fräulein Dierlamm zu fragen, ob sie auch mitzukommen gedenke, und die Frage kam ohne viel Anstoß über seine Lippen.

«Ja, gewiß gehe ich mit», sagte das schöne Mädchen mit Ruhe, und dann fügte sie hinzu: «Übrigens, haben Sie sich vorher nicht weh getan?» Dabei stieß sie das verhaltene Lachen so, daß sie auf keine Antwort mehr wartete und davonlief. In demselben Augenblick schaute das Päule herüber, mit einem mitleidigen und ernsthaften Blick, der Ohngelts Verwirrung noch steigerte. Sein flüchtig aufgeloderter Mut war nicht minder eilig wieder umgeschlagen, und wenn er von dem Ausflug nicht schon mit seiner Mama geredet und diese nicht schon zum Mitgehen aufgefordert gehabt hätte, so wäre er jetzt am liebsten vom Ausflug, vom Verein und von allen seinen Hoffnungen zurückgetreten.

Der Ostermontag war blau und sonnig, und um zwei Uhr kamen fast alle Mitglieder des Gesangvereins mit mancherlei Gästen und Verwandten oberhalb der Stadt in der Lärchenhalle zusammen. Ohngelt brachte seine Mutter mit. Er hatte ihr am vergangenen Abend gestanden, daß er in Margret verliebt sei, und zwar wenig Hoffnungen hege, dem mütterlichen Beistande aber und dem Ausflugsnachmittage doch noch einiges zutraue. So sehr sie ihrem Kleinen das Beste gönnte, so schien ihr doch Margret zu jung und zu hübsch für ihn zu sein. Man konnte es ja versuchen; die Hauptsache war, daß Andreas bald eine Frau bekam, schon des Ladens wegen.

Man rückte ohne Gesang aus, denn der Waldweg ging ziemlich steil und beschwerlich bergauf. Frau Ohngelt fand trotzdem Sammlung und Atem genug, um ernstlich ihrem Sohn die letzten Verhaltungsmaßregeln für die kommenden Stunden einzuschärfen und hernach ein aufgeräumtes Gespräch mit Frau Dierlamm anzufangen. Margrets Mutter bekam, während sie Mühe hatte, im Bergansteigen Luft für die notwendigsten Antworten zu erübrigen, eine Reihe angenehmer und interessanter Dinge zu hören. Frau Ohngelt begann mit dem prächtigen Wetter, ging von da zu einer Würdigung der Kirchenmusik, einem Lob für Frau Dierlamms rüstiges Aussehen und einem Entzücken über das Frühlingskleid der Margret über, sie verweilte bei Angelegenheiten der Toilette und gab schließlich eine Darstellung von dem erstaunlichen Aufschwung, den der Weißwarenladen ihrer Schwägerin in den letzten Jahren genommen habe. Frau Dierlamm konnte auf dieses hin nicht anders, als auch des jungen Ohngelt lobend zu erwähnen, der so viel Geschmack und kaufmännische Fähigkeiten zeige, was ihr Mann schon vor manchen Jahren während Andreas' Lehrzeit bemerkt und anerkannt habe. Auf diese Schmeichelei antwortete die entzückte Mutter mit einem halben Seufzer. Freilich, der Andreas sei tüchtig und werde es noch weit bringen, auch sei der prächtige Laden schon so gut wie sein Eigentum, ein Jammer aber sei es mit seiner Schüchternheit gegen die Frauenzimmer. Seinerseits fehle es weder an Lust noch an den wünschenswerten Tugenden für das Heiraten, wohl aber an Zutrauen und Unternehmungsmut.

Frau Dierlamm begann nun die besorgte Mutter zu trösten, und wenn sie dabei auch weit davon entfernt war, an ihre Tochter zu denken, versicherte sie doch, daß eine Verbindung mit Andreas für jede ledige Tochter der Stadt nur willkommen sein könnte. Diese Worte sog die

Ohngelt wie Honig ein.

Unterdessen war Margret mit anderen jungen Leuten der Gesellschaft weit vorangeeilt, und diesem kleinen Kreise der Jüngsten und Lustigsten schloß sich auch Ohngelt an, obwohl er alle Not hatte, mit seinen kurzen Beinen nachzukommen.

Wieder waren alle ausnehmend freundlich gegen ihn, denn für diese Spaßvögel war der ängstliche Kleine mit seinen verliebten Augen ein gefundenes Fressen. Auch die hübsche Margret tat mit und zog den Anbeter je und je mit scheinbarem Ernste ins Gespräch, so daß er vor glücklicher Erregung und verschluckten Satzteilen ganz heiß wurde.

Allein das Vergnügen dauerte nicht lange. Allmählich merkte der arme Teufel doch, daß er hinterrücks ausgelacht wurde, und wenn er sich auch darein zu schicken wußte, so ward er doch niedergeschlagen und ließ die Hoffnung wieder sinken. Äußerlich ließ er sich jedoch möglichst wenig anmerken. Die Ausgelassenheit der jungen Leute stieg mit jeder Viertelstunde, und er lachte angestrengt desto lauter mit, je deutlicher er alle Witze und Andeutungen als auf ihn selber gemünzt erkannte. Schließlich endete der Keckste von den Jungen, ein baumlanger Apothekergehilfe, die Neckereien durch einen recht groben Scherz.

Man kam gerade an einer schönen alten Eiche vorüber, und der Apotheker bot sich an, zu versuchen, ob er den untersten Ast des hohen Baumes mit den Händen erreichen könne. Er stellte sich auf und sprang mehrmals in die Höhe, aber es reichte nicht ganz, und die im Halbkreise umherstehenden Zuschauer begannen ihn auszulachen. Da kam er auf den Einfall, sich durch einen Witz wieder in Ehren und einen andern an die Stelle des Ausgelachten zu bringen. Plötzlich griff er den kleinen Ohngelt um den Leib, hob ihn in die Höhe und forderte ihn auf, den Ast zu fassen und sich daran zu halten. Der Überraschte war empört und wäre gewiß nicht darauf eingegangen, hätte er nicht in seiner schwebenden Lage Furcht vor einem Sturze gehabt. So packte er denn zu und klammerte sich an; sobald sein Träger dies aber bemerkte, ließ er ihn los, und Ohngelt hing nun unter dem Gelächter der Jugend hilflos hoch am Aste, mit den Beinen zappelnd und zornige Schreie ausstoßend.

«Herunter!» schrie er heftig. «Nehmen Sie mich sofort wieder herunter, Sie!»

Seine Stimme überschlug sich, er fühlte sich vollkommen vernichtet und ewiger Schande preisgegeben. Der Apotheker aber meinte, nun müsse er sich loskaufen, und alle jubelten Beifall.

«Sie müssen sich loskaufen», rief auch Margret Dierlamm.

Da konnte er doch nicht widerstehen.

«Ja, ja», rief er, «aber schnell!»

Sein Peiniger hielt nun eine kleine Rede des Inhalts, daß Herr Ohngelt schon seit drei Wochen Mitglied des Kirchengesangvereins wäre, ohne daß jemand ihn habe singen hören. Nun könne er nicht eher aus seiner hohen und gefährlichen Lage befreit werden, als bis er der Versammlung ein Lied vorgesungen habe.

Kaum hatte er gesprochen, so begann Andreas auch schon zu singen, denn er fühlte sich von seinen Kräften verlassen. Halb schluchzend fing er an: «Gedenkst du noch der Stunde» – und war noch nicht mit der ersten Strophe fertig, so mußte er loslassen und stürzte mit einem Schrei herab. Alle waren nun doch erschrocken, und wenn er ein Bein gebrochen hätte, wäre er gewiß eines reumütigen Mitleids sicher gewesen. Aber er stand zwar blaß, doch unversehrt wieder auf, griff nach seinem Hute, der neben ihm im Moose lag, setzte ihn sorgfältig wieder auf und ging schweigend davon – denselben Weg zurück, den sie gekommen waren. Hinter der nächsten Wegbiegung setzte er sich am Straßenrande nieder und suchte sich zu erholen.

Hier fand ihn der Apotheker, der ihm mit schlechtem Gewissen nachgeschlichen war. Er bat um Verzeihung, ohne eine Antwort zu erhalten.

«Es tut mir wirklich sehr leid», sagte er nochmals bittend, «ich hatte gewiß nichts Böses im Sinn. Bitte verzeihen Sie mir, und kommen Sie wieder mit!»

«Es ist schon gut», sagte Ohngelt und winkte ab, und der andere ging unbefriedigt davon.

Wenig später kam der zweite Teil der Gesellschaft mit den älteren Leuten und den beiden Müttern dabei langsam angerückt. Ohngelt ging zu seiner Mutter hin und sagte:

«Ich will heim.»

«Heim? Ja warum denn? Ist was passiert?»

«Nein. Aber es hat doch keinen Wert, ich weiß es jetzt gewiß.»

«So? Hast du einen Korb gekriegt?»

«Nein. Aber ich weiß doch –»

Sie unterbrach ihn und zog ihn mit.

«Jetzt keine Faxen! Du kommst mit, und es wird schon recht werden. Beim Kaffee setz ich dich neben die Margret, paß auf.»

Er schüttelte bekümmert den Kopf, gehorchte aber und ging mit. Das Kircherspäule versuchte eine Unterhaltung mit ihm anzufangen und mußte es wieder aufgeben, denn er blickte schweigend geradeaus und hatte ein gereiztes und verbittertes Gesicht, wie es niemand an ihm je gesehen hatte.

Nach einer halben Stunde erreichte die Gesellschaft das Ziel des Ausflugs, ein kleines Walddorf, dessen Wirtshaus durch seinen guten Kaffee bekannt war und in dessen Nähe die Ruinen einer Raubritterburg lagen. Im Wirtsgarten war die schon länger angekommene Jugend lebhaften Spielen hingegeben. Jetzt wurden Tische aus dem Hause gebracht und zusammengerückt, die jungen Leute trugen Stühle und Bänke herbei; frisches Tischzeug wurde aufgelegt und die Tafeln mit Tassen, Kannen, Tellern und Backwerk bestellt. Frau Ohngelt gelang es richtig, ihren

Sohn an Margrets Seite zu bringen. Er aber nahm seines Vorteils nicht wahr, sondern dämmerte im Gefühl seines Unglücks trostlos vor sich hin, rührte gedankenlos mit dem Löffel im erkaltenden Kaffee und schwieg hartnäckig trotz allen Blicken, die seine Mutter ihm sandte.

Nach der zweiten Tasse beschlossen die Anführer der Jungen, einen Gang nach der Burgruine zu tun und dort Spiele zu machen. Lärmend erhob sich die Jungmannschaft samt den Mädchen. Auch Margret Dierlamm stand auf, und im Aufstehen übergab sie dem mutlos verharrenden Ohngelt ihr hübsches perlenbesticktes Handtäschlein mit den Worten:

«Bitte bewahren Sie mir das gut, Herr Ohngelt, wir gehen zum Spielen.» Er nickte und nahm das Ding zu sich. Die grausame Selbstverständlichkeit, mit der sie annahm, er werde bei den Alten bleiben und sich nicht an den Spielen beteiligen, wunderte ihn nicht mehr. Ihn wunderte nur noch, daß er das alles nicht von Anfang an bemerkt hatte, die merkwürdige Freundlichkeit bei den Proben, die Geschichte mit dem Kistlein und alles andere.

Als die jungen Leute gegangen waren und die Zurückgebliebenen weiter Kaffee tranken und Gespräche spannen, verschwand Ohngelt unvermerkt von seinem Platz und ging hinterm Garten übers Feld dem Walde zu. Die hübsche Tasche, die er in der Hand trug, glitzerte freudig im Sonnenlicht. Vor einem frischen Baumstrunk machte er halt. Er zog sein Taschentuch heraus, breitete es über das noch lichte, feuchte Holz und setzte sich darauf. Dann stützte er den Kopf in die Hände und brütete über traurigen Gedanken, und als sein Blick wieder auf die bunte Tasche fiel und als zugleich mit einem Windzug die Schreie und Freudenrufe der Gesellschaft herüberklangen, neigte er den schweren Kopf tiefer und begann lautlos und kindlich zu weinen.

Wohl eine Stunde lang blieb er sitzen. Seine Augen waren wieder trocken und seine Erregung verflogen, aber das Traurige seines Zustandes und die Hoffnungslosigkeit seiner Bestrebungen waren ihm jetzt noch klarer als zuvor. Da hörte er einen leichten Schritt sich nähern, ein Kleid rauschen, und ehe er von seinem Sitze aufspringen konnte, stand die Paula Kircher neben ihm.

«Ganz allein?» fragte sie scherzend. Und da er nicht antwortete und sie ihn genauer anschaute, wurde sie plötzlich ernst und fragte mit frauenhafter Güte: «Wo fehlt es denn? Ist Ihnen ein Unglück geschehen?»

«Nein», sagte Ohngelt leise und ohne nach Phrasen zu suchen. «Nein. Ich habe nur eingesehen, daß ich nicht unter die Leute passe. Und daß ich ihr Hanswurst gewesen bin.»

«Nun, so schlimm wird es nicht sein –»

«Doch, gerade so. Ihr Hanswurst bin ich gewesen, und besonders noch den Mädchen ihrer. Weil ich gutmütig gewesen bin und es redlich gemeint habe. Sie haben recht gehabt, ich hätte nicht in den Verein gehen sollen.»

«Sie können ja wieder austreten, und dann ist alles gut.»

«Austreten kann ich schon, und ich tu es lieber heut als morgen. Aber damit ist noch lange nicht alles gut.»

«Warum denn nicht?»

«Weil ich zum Spott für sie geworden bin. Und weil jetzt vollends keine mehr –»

Das Schluchzen übernahm ihn beinahe. Sie fragte freundlich: «– und weil jetzt keine mehr –?»

Mit zitternder Stimme fuhr er fort: «Weil jetzt vollends kein Mädchen mehr mich achtet und mich ernst nehmen will.»

«Herr Ohngelt», sagte das Päule langsam, «sind Sie jetzt nicht ungerecht? Oder meinen Sie, ich achte Sie nicht und nehme Sie nicht ernst?»

«Ja, das wohl. Ich glaube schon, daß Sie mich noch achten. Aber das ist es nicht.»

«Ja, was ist es denn?»

«Ach Gott, ich sollte gar nicht davon reden. Aber ich werde ganz irr, wenn ich denke, daß jeder andere es besser hat als ich, und ich bin doch auch ein Mensch, nicht? Aber mich – mich will – mich will keine heiraten!»

Es entstand eine längere Pause. Dann fing das Päule wieder an:

«Ja, haben Sie denn schon die eine oder andre gefragt, ob sie will oder nicht?»

«Gefragt! Nein, das nicht. Zu was auch? Ich weiß ja vorher, daß keine will.»

«Dann verlangen Sie also, daß die Mädchen zu Ihnen kommen und sagen: ach Herr Ohngelt, verzeihen Sie, aber ich möchte so schrecklich gern haben, daß Sie mich heiraten! Ja, auf das werden Sie freilich noch lang warten können.»

«Das weiß ich wohl», seufzte Andreas. «Sie wissen schon, wie ich's meine, Fräulein Päule. Wenn ich wüßte, daß eine es so gut mit mir meint und mich ein wenig leiden könnte, dann –»

«Dann würden Sie vielleicht so gnädig sein und ihr zublinzeln oder mit dem Zeigefinger winken! Lieber Gott, Sie sind – Sie sind –»

Damit lief sie davon, aber nicht etwa mit einem Gelächter, sondern mit Tränen in den Augen. Ohngelt konnte das nicht sehen, doch hatte er etwas Sonderbares in ihrer Stimme und in ihrem Davonlaufen bemerkt, darum rannte er ihr nach, und als er bei ihr war und beide keine Worte fanden, hielten sie sich plötzlich umarmt und gaben sich einen Kuß. Da war der kleine Ohngelt verlobt.

Als er mit seiner Braut verschämt und doch tapfer Arm in Arm in den Wirtsgarten zurückkehrte, war alles schon zum Aufbruch bereit und hatte nur noch auf die zwei gewartet. In dem allgemeinen Tumult, Erstaunen, Kopfschütteln und Glückwünschen trat die schöne Margret vor Ohngelt und fragte: «Ja, wo haben Sie denn meine Handtasche gelassen?»

Bestürzt gab der Bräutigam Auskunft und eilte in den Wald zurück, und das Päule lief mit. An der Stelle, wo er so lang gesessen und geweint hatte, lag im braunen Laube der schimmernde Beutel, und die Braut sagte: «Es ist gut, daß wir noch einmal herüber sind. Da liegt ja auch noch dein Sacktuch.»

(1908)

Ladidel

Erstes Kapitel

Der junge Herr Alfred Ladidel wußte von Kind auf das Leben leicht zu nehmen. Es war sein Wunsch gewesen, sich den höheren Studien zu widmen, doch als er mit einiger Verspätung die zu den oberen Gymnasialklassen führende Prüfung nur notdürftig bestanden hatte, entschloß er sich nicht allzuschwer, dem Rat seiner Lehrer und Eltern zu folgen und auf diese Laufbahn zu verzichten. Und kaum war dies geschehen und er als Lehrling in der Schreibstube eines Notars untergebracht, so lernte er einsehen, wie sehr Studententum und Wissenschaft doch meist überschätzt werden und wie wenig der wahre Wert eines Mannes von bestandenen Prüfungen und akademischen Semestern abhänge. Gar bald schlug diese Ansicht Wurzel in ihm, überwältigte sein Gedächtnis und veranlaßte ihn manchmal, unter Kollegen zu erzählen, wie er nach reiflichem Überlegen gegen den Wunsch der Lehrer diese scheinbar einfachere Laufbahn erwählt habe und daß dies der klügste Entschluß seines Lebens gewesen sei, wenn er ihn auch ein Opfer gekostet habe. Seinen Altersgenossen, die in der Schule geblieben waren und die er jeden Tag mit ihren Büchermappen auf der Gasse antraf, nickte er mit Herablassung zu und freute sich, wenn er sie vor ihren Lehrern die Hüte ziehen sah. Tagsüber stand er geduldig unter dem Regiment seines Notars, der es den Anfängern nicht leicht machte. Am Abend übte er mit Kameraden die Kunst des Zigarrenrauchens und des sorglosen Flanierens durch die Gassen, auch trank er im Notfall unter seinesgleichen ein Glas Bier, obwohl er seine von der Mama erbettelten Taschengelder lieber zum Konditor trug, wie er denn auch im Kontor, wenn die andern zum Vesper ein Butterbrot mit Most genossen, stets etwas Süßes verzehrte, sei es nun an schmalen Tagen nur ein Brötchen mit Eingemachtem oder in reichlichern Zeiten ein Mohrenkopf, Butterteiggipfel oder Makrönchen.

Indessen hatte er seine erste Lehrzeit abgebüßt und war mit Stolz nach der Hauptstadt verzogen, wo es ihm überaus wohl gefiel. Erst hier kam der höhere Schwung seiner Natur zur vollen Entfaltung. Schon früher hatte sich der Jüngling zu den schönen Künsten hingezogen gefühlt und nach Schönheit und Ruhm Begierde getragen. Jetzt galt er unter seinen jüngeren Kollegen und Freunden unbestritten für einen famosen Bruder und begabten Kerl, der in Angelegenheiten der Geselligkeit und des Geschmacks als Führer galt und um Rat gefragt wurde. Denn hatte er schon als Knabe mit Kunst und Liebe gesungen, gepfiffen, deklamiert und getanzt, so war er in allen diesen schönen Übungen seither zum

Meister geworden, ja er hatte neue dazu gelernt. Vor allem besaß er eine Gitarre, mit der er Lieder und spaßhafte Verslein begleitete und bei jeder Geselligkeit Beifall erntete, ferner machte er zuweilen Gedichte, die er aus dem Stegreif nach bekannten Melodien zur Gitarre vortrug, und ohne die Würde seines Standes zu verletzen, wußte er sich auf eine Art zu kleiden, die ihn als etwas Besonderes, Geniales kennzeichnete. Namentlich schlang er seine Halsbinden mit einer kühnen, freien Schleife, die keinem andern so gelang, und wußte sein hübsches braunes Haar edel und kavaliermäßig zu kämmen. Wer den Alfred Ladidel sah, wenn er an einem geselligen Abend des Vereins Quodlibet tanzte und die Damen unterhielt oder wenn er im Verein Fidelitas im Sessel zurückgelehnt seine kleinen lustigen Liedlein sang und dazu auf der am grünen Bande hängenden Gitarre mit zärtlichen Fingern harfte, und wie er dann abbrach und den lauten Beifall bescheidentlich abwehrte und sinnend leise auf den Saiten weiterfingerte, bis alles stürmisch um einen neuen Gesang bat, der mußte ihn hochschätzen, ja beneiden. Da er außer seinem kleinen Monatsgehalt von Hause ein anständiges Sackgeld bezog, konnte er sich diesen gesellschaftlichen Freuden ohne Sorgen hingeben und tat es mit Zufriedenheit und ohne Schaden, da er trotz seiner Weltfertigkeit in manchen Dingen fast noch ein Kind geblieben war. So trank er noch immer lieber Himbeerwasser als Bier und nahm, wenn es sein konnte, statt mancher Mahlzeit lieber eine Tasse Schokolade und ein paar Stücklein Kuchen beim Zuckerbäcker. Die Streber und Mißgünstigen unter seinen Kameraden, an denen es natürlich nicht fehlte, nannten ihn darum das Baby und nahmen ihn trotz aller schönen Künste nicht ernst. Dies war das einzige, was ihm je und je betrübte Stunden machte.

Mit der Zeit kam dazu allerdings noch ein anderer Schatten. Seinem Alter gemäß begann der junge Herr Ladidel den hübschen Mädchen sinnend nachzuschauen und war beständig in die eine oder andere verliebt. Das bereitete ihm aber bald mehr Pein als Lust, denn während sein Liebesverlangen wuchs, sanken sein Mut und Unternehmungsgeist auf diesem Gebiete immer mehr. Wohl sang er daheim in seinem Stüblein zum Saitenspiel viele verliebte und gefühlvolle Lieder, in Gegenwart schöner Mädchen aber entfiel ihm der Mut. Wohl war er immer ein vorzüglicher Tänzer, aber seine Unterhaltungskunst ließ ihn im Stiche, wenn er versuchen wollte, einiges von seinen Gefühlen kundzutun. Desto gewaltiger redete und sang und glänzte er dann freilich im Kreis seiner Freunde, allein er hätte ihren Beifall und alle seine Lorbeeren gerne für einen Kuß vom Munde eines schönen Mädchens hingegeben.

Diese Schüchternheit, die zu seinem übrigen Wesen nicht recht zu passen schien, hatte ihren Grund in einer Unverdorbenheit des Herzens, welche ihm seine Freunde gar nicht zutrauten. Diese fanden, wenn ihre Begierde es wollte, ihr Liebesvergnügen da und dort in kleinen Verhältnissen mit Dienstmädchen und Köchinnen, wobei es zwar verliebt zuging, von Leidenschaft und idealer Liebe oder gar von ewiger Treue und künftigem Ehebund aber keine Rede war. Und ohne dies alles mochte der junge Herr Ladidel sich die Liebe nicht vorstellen.

Dabei sahen ihn, ohne daß er es zu bemerken wagte, die Mädchen gern. Ihnen gefiel sein hübsches Gesicht, seine Tanzkunst und sein Gesang, und sie hatten auch das schüchterne Begehren an ihm gern und fühlten, daß unter seiner Schönheit und zierlichen Bildung ein unverbrauchtes und halb kindliches Herz sich verbarg.

Allein von diesen geheimen Sympathien hatte er einstweilen nichts, und wenn er auch in der Fidelitas noch immer Bewunderung genoß, ward doch der Schatten tiefer und bänglicher und drohte sein Leben allmählich fast zu verdunkeln. In solchen übeln Zeiten legte er sich mit gewaltsamem Eifer auf seine Arbeit, war zeitweilig ein musterhafter Notariatsgehilfe und bereitete sich abends mit Fleiß auf das Amtsexamen vor, teils um seine Gedanken auf andere Wege zu zwingen, teils um desto eher und sicherer in die ersehnte Lage zu kommen, als ein Werber, ja mit gutem Glück als ein Bräutigam auftreten zu können. Allerdings währten diese Zeiten niemals lange, da Sitzleder und harte Kopfarbeit seiner Natur nicht angemessen waren. Hatte der Eifer ausgetobt, so griff der Jüngling wieder zur Gitarre, spazierte zierlich und sehnsüchtig in den hauptstädtischen Straßen oder schrieb Gedichte in sein Heftlein. Neuerdings waren diese meist verliebter und gefühlvoller Art, und sie bestanden aus Worten und Versen, Reimen und hübschen Wendungen, die er in Liederbüchlein da und dort gelesen und behalten hatte. Diese setzte er zusammen, ohne weiteres dazu zu tun, und so entstand ein sauberes Mosaik von gangbaren Ausdrücken beliebter Liebesdichter. Es bereitete ihm Vergnügen, diese Verslein mit sauberer Kanzleihandschrift ins Reine zu schreiben, und er vergaß darüber oft für eine Stunde seinen Kummer ganz. Auch sonst lag es in seiner glücklichen Natur, daß er in guten wie bösen Zeiten gern ins Spielen geriet und darüber Wichtiges und Wirkliches vergaß. Schon das tägliche Herstellen seiner äußeren Erscheinung gab einen hübschen Zeitvertreib, das Führen des Kammes und der Bürste durch das halblange braune Haar, das Wichsen und sonstige Liebkosen des kleinen, lichten Schnurrbärtchens, das Schlingen des Krawattenknotens, das genaue Abbürsten des Rockes und das Reinigen und Glätten der Fingernägel. Weiterhin beschäftigte ihn häufig das Ordnen und Betrachten seiner Kleinodien, die er in einem Kästchen aus Mahagoniholz verwahrte. Darunter befanden sich ein Paar vergoldeter Manschettenknöpfe, ein in grünen Sammet gebundenes Büchlein mit der Aufschrift «Vergißmeinnicht», worein er seine nächsten Freunde ihre Namen und Geburtstage eintragen ließ, ein aus weißem Bein geschnitzter Federhalter mit filigranfeinen gotischen Ornamenten und einem winzigen Glassplitter, der, wenn man ihn gegen das Licht hielt und hineinsah, eine Ansicht des Niederwalddenkmals enthielt, des weiteren ein Herz aus

Silber, das man mit einem unendlich kleinen Schlüsselchen erschließen konnte, ein Sonntagstaschenmesser mit elfenbeinerner Schale und eingeschnitzten Edelweißblüten, endlich eine zerbrochene Mädchenbrosche mit mehreren zum Teil ausgesprungenen Granatsteinen, welche der Besitzer später bei einer festlichen Gelegenheit zu einem Schmuckstück für sich selber verarbeiten zu lassen gedachte. Daß es ihm außerdem an einem dünnen, eleganten Spazierstöcklein nicht fehlte, dessen Griff den Kopf eines Windhundes darstellte, sowie an einer Busennadel in Form einer goldenen Leier, versteht sich von selbst.

Wie der junge Mann seine Kostbarkeiten und Glanzstücke verwahrte und wert hielt, so trug er auch sein kleines, ständig brennendes Liebesfeuerlein getreu mit sich herum, besah es je nachdem mit Lust oder Wehmut und hoffte auf eine Zeit, da er es würdig verwenden und von sich geben könne.

Mittlerweile kam unter den Kollegen ein neuer Zug auf, der Ladideln nicht gefiel und seine bisherige Beliebtheit und Autorität stark erschütterte. Irgendein junger Privatdozent der Technischen Hochschule begann abendliche Vorlesungen über Volkswirtschaft zu halten, die namentlich von den Angestellten der Schreibstuben und niedern Ämter fleißig besucht wurden. Ladidels Bekannte gingen alle hin, und in ihren Zusammenkünften erhoben sich nun feurige Debatten über soziale Angelegenheiten und innere Politik, an welchen Ladidel weder teilnehmen wollte noch konnte. Er langweilte und ärgerte sich dabei, und da über dem neuen Geiste seine früheren Künste von den Kameraden fast vergessen und kaum mehr begehrt wurden, sank er mehr und mehr von seiner einstigen Höhe herab in ein ruhmloses Dunkel. Anfangs kämpfte er noch und nahm mehrmals Bücher mit nach Hause, allein er fand sie hoffnungslos langweilig, legte sie mit Seufzen wieder weg und tat auf die Gelehrsamkeit wie auf den Ruhm Verzicht.

In dieser Zeit, da er den hübschen Kopf weniger hoch trug, vergaß er eines Freitags, sich rasieren zu lassen, was er immer an diesem Tage sowie am Dienstag zu besorgen pflegte. Darum trat er auf dem abendlichen Heimweg, da er längst über die Straße hinausgegangen war, wo sein Barbier wohnte, in der Nähe seines Speisehauses in einen bescheidenen Friseurladen, um das Versäumte nachzuholen; denn ob ihn auch Sorgen bedrückten, mochte er dennoch keiner Gewohnheit untreu werden. Auch war ihm die Viertelstunde beim Barbier immer ein kleines Fest; er hatte nichts dawider, wenn er etwa warten mußte, sondern saß alsdann vergnügt auf seinem Sessel, blätterte in einer Zeitung und betrachtete die mit Bildern geschmückten Anpreisungen von Seifen, Haarölen und Bartwichsen an der Wand, bis er an die Reihe kam und mit Genuß den Kopf zurücklegte, um die vorsichtigen Finger des Gehilfen, das kühle Messer und zuletzt die zärtliche Puderquaste auf seinen Wangen zu fühlen.

Auch jetzt flog ihn die gute Laune an, da er den Laden betrat, den Stock an die Wand stellte und den Hut aufhängte, sich in den weiten Frisierstuhl lehnte und das Rauschen des duftenden Seifenschaumes vernahm. Es bediente ihn ein junger Gehilfe mit aller Aufmerksamkeit, rasierte ihn, wusch ihn ab, hielt ihm den ovalen Handspiegel vor, trocknete ihm die Wangen, fuhr spielend mit der Puderquaste darüber und fragte höflich: «Sonst nichts gefällig?» Dann folgte er dem aufstehenden Gaste mit leisem Tritt, bürstete ihm den Rockkragen ab, empfing das wohlverdiente Rasiergeld und reichte ihm Stock und Hut. Das alles hatte den jungen Herrn in eine gütige und zufriedene Stimmung gebracht, er spitzte schon die Lippen, um mit einem wohligen Pfeifen auf die Straße zu treten, da hörte er den Friseurgehilfen, den er kaum angesehen hatte, fragen: «Verzeihen Sie, heißen Sie nicht Alfred Ladidel?»

Er faßte den Mann ins Auge und erkannte sofort seinen ehemaligen Schulkameraden Fritz Kleuber in ihm. Nun hätte er unter andern Umständen diese Bekanntschaft mit wenig Vergnügen anerkannt und sich gehütet, einen Verkehr mit einem Barbiergehilfen anzufangen, dessen er sich vor Kollegen zu schämen gehabt hätte. Allein er war in diesem Augenblick gut gestimmt, und außerdem hatte sein Stolz und Standesgefühl in dieser letzten Zeit bedeutend nachgelassen. Darum geschah es ebenso aus guter Laune wie aus einem Bedürfnis nach Freundschaftlichkeit und Anerkennung, daß er dem Friseur die Hand hinstreckte und rief: «Schau, der Fritz Kleuber! Wir werden doch noch du zueinander sagen? Wie geht dir's?» Der Schulkamerad nahm die dargebotene Hand und das Du fröhlich an, und da er im Dienst war und keine Zeit hatte, verabredeten sie eine Zusammenkunft für den Sonntagnachmittag.

Auf diese Stunde freute der Barbier sich sehr, und er war dem alten Kameraden dankbar, daß er trotz seinem vornehmern Stande sich ihrer Schulfreundschaft hatte erinnern mögen. Fritz Kleuber hatte für seinen Nachbarssohn und Klassengenossen immer eine gewisse Verehrung gehabt, da jener ihm in allen Lebenskünsten überlegen gewesen war, und Ladidels zierliche Erscheinung hatte ihm auch jetzt wieder tiefen Eindruck gemacht. Darum bereitete er sich am Sonntag, sobald sein Dienst getan war, mit Sorgfalt auf den Besuch vor und legte seine besten Kleider an. Ehe er in das Haus trat, in dem Ladidel wohnte, wischte er die Stiefel mit einer Zeitung ab, dann stieg er freudig die Treppen empor und klopfte an die Türe, an der er Alfreds Visitenkarte leuchten sah.

Auch dieser hatte sich ein wenig vorbereitet, da er seinem Landsmann und Jugendfreund gern einen glänzenden Eindruck machen wollte. Er empfing ihn mit großer Herzlichkeit und hatte einen vortrefflichen Kaffee mit Gebäck auf dem Tische stehen, zu dem er Kleuber burschikos einlud.

«Keine Umstände, alter Freund, nicht wahr? Wir trinken unsern Kaffee zusammen und machen nachher einen Spaziergang, wenn dir's recht ist.»

Gewiß, es war ihm recht, er nahm dankbar Platz, trank Kaffee und aß Kuchen, bekam alsdann eine Zigarette und zeigte über diese schöne Gastlichkeit eine unverstellte Freude. Sie plauderten bald im alten heimatlichen Ton von den vergangenen Zeiten, von den Lehrern und Mitschülern und was aus diesen allen geworden sei. Der Friseur mußte ein wenig erzählen, wie es ihm seither gegangen und wo er überall herumgekommen sei, dann hub der andre an und berichtete ausführlich über sein Leben und seine Aussichten. Und am Ende nahm er die Gitarre von der Wand, stimmte und zupfte, fing zu singen an und sang Lied um Lied, lauter lustige Sachen, daß dem Friseur vor Lachen die Tränen in den Augen standen. Sie verzichteten auf den Spaziergang und beschauten statt dessen einige von Ladidels Kostbarkeiten, und darüber kamen sie in ein Gespräch über das, was jeder von ihnen sich unter einer feinen Lebensführung vorstellte. Da waren freilich des Barbiers Ansprüche an das Glück um vieles bescheidener als die seines Freundes, aber am Ende spielte er ganz ohne Absicht einen Trumpf aus, mit dem er dessen Achtung und Neid gewann. Er erzählte nämlich, daß er eine Braut in der Stadt habe, und lud den Freund ein, bald einmal mit ihm in ihr Haus zu gehen, wo er willkommen sein werde.

«Ei sieh», rief Ladidel, «du hast eine Braut! So weit bin ich leider noch nicht. Wisset ihr denn schon, wann ihr heiraten könnet?»

«Noch nicht ganz genau, aber länger als zwei Jahre warten wir nimmer, wir sind schon über ein Jahr versprochen. Ich habe ein Muttererbe von dreitausend Mark, und wenn ich dazu noch ein oder zwei Jahre fleißig bin und was erspare, können wir wohl ein eigenes Geschäft aufmachen. Ich weiß auch schon wo, nämlich in Schaffhausen in der Schweiz, da habe ich zwei Jahre gearbeitet, der Meister hat mich gern und ist alt und hat mir noch nicht lang geschrieben, wenn ich soweit sei, mir überlasse er seine Sache am liebsten und nicht zu teuer. Ich kenne ja das Geschäft gut von damals her, es geht recht flott und ist gerade neben einem Hotel, da kommen viele Fremde, und außer dem Geschäft ist ein Handel mit Ansichtskarten dabei.»

Er griff in die Brusttasche seines braunen Sonntagsrockes und zog eine Brieftasche heraus, darin hatte er sowohl den Brief des Schaffhausener Meisters wie auch eine in Seidenpapier eingeschlagene Ansichtskarte mitgebracht, die er seinem Freunde zeigte.

«Ah, der Rheinfall!» rief Alfred, und sie schauten das Bild zusammen an. Es war der Rheinfall in einer purpurnen bengalischen Beleuchtung, der Friseur beschrieb alles, kannte jeden Fleck darauf und erzählte davon und von den vielen Fremden, die das Naturwunder besuchen, kam dann wieder auf seinen Meister und dessen Geschäft, las seinen Brief vor und war voller Eifer und Freude, so daß sein Kamerad schließlich auch wieder zu Wort kommen und etwas gelten wollte. Darum fing er an vom Niederwalddenkmal zu sprechen, das er selber zwar nicht gesehen hatte, wohl aber ein Onkel von ihm, und er öffnete seine Schatztruhe, holte den beinernen Federhalter heraus und ließ den Freund durch das kleine Gläslein schauen, das die Pracht verbarg. Fritz Kleuber gab gerne zu, daß das eine nicht mindere Schönheit sei als sein roter Wasserfall, und überließ bescheiden dem andern wieder das Wort, der sich nun nach dem Gewerbe seines Gastes erkundigte. Das Gespräch ward lebhaft, Ladidel wußte immer neues zu fragen, und Kleuber gab gewissenhaft und treulich Auskunft. Es war vom Schliff der Rasiermesser, von den Handgriffen beim Haarschneiden, von Pomaden und Ölen die Rede, und bei dieser Gelegenheit zog Fritz eine kleine Porzellandose mit feiner Pomade aus der Tasche, die er seinem Freunde und Wirt als ein bescheidenes Gastgeschenk anbot. Nach einigem Zögern nahm dieser die Gabe an, die Dose ward geöffnet und berochen, ein wenig probiert und endlich auf den Waschtisch gestellt.

Mittlerweile war es Abend geworden, Fritz wollte bei seiner Braut speisen und nahm Abschied, nicht ohne sich für das Genossene freundlich zu bedanken. Auch Alfred fand, es sei ein schöner und wohlverbrachter Nachmittag gewesen, und sie wurden einig, sich am Dienstag- oder Mittwochabend wieder zu treffen.

Zweites Kapitel

Inzwischen fiel es Fritz Kleuber ein, daß er sich für die Sonntagseinladung und den Kaffee bei Ladidel revanchieren und auch ihm wieder eine Ehre antun müsse. Darum schrieb er ihm montags einen Brief mit goldnem Rande und einer ins Papier gepreßten Taube und lud ihn ein, am Mittwochabend mit ihm bei seiner Braut, dem Fräulein Meta Weber in der Hirschengasse, zu speisen.

Auf diesen Abend bereitete Alfred Ladidel sich mit Sorgfalt vor. Er hatte sich über das Fräulein Meta Weber erkundigt und in Erfahrung gebracht, daß sie neben einer ebenfalls noch ledigen Schwester von einem lang verstorbenen Kanzleischreiber Weber abstammte, also eine Beamtentochter war, so daß er mit Ehren ihr Gast sein konnte. Diese Erwägung und auch der Gedanke an die noch ledige Schwester veranlaßten ihn, sich besonders schön zu machen und auch im voraus ein wenig an die Konversation zu denken.

Wohlausgerüstet erschien er gegen acht Uhr in der Hirschengasse und hatte das Haus bald gefunden, ging aber nicht hinein, sondern auf der Gasse auf und ab, bis nach einer Viertelstunde sein Freund Kleuber daherkam. Dem schloß er sich an, und sie stiegen hintereinander in die hochgelegene Wohnung der Jungfern hinauf. An der Glastüre empfing sie die Witwe Weber, eine schüchterne kleine Dame mit einem versorgten alten Leidensgesicht, das dem Notariatskandidaten wenig Frohes zu versprechen schien. Er grüßte, ward vorgestellt und in den Gang geführt, wo es dunkel war und nach der Küche duftete. Von da ging es in eine Stube, die war so groß und hell und fröhlich, wie man es nicht erwartet hätte; und vom Fenster her, wo Geranien im Abendscheine tief wie Kirchenfenster leuchteten, traten munter die zwei Töchter der Witwe. Diese waren ebenfalls freudige Überraschungen und überboten das Beste, was sich von der kleinen alten Frau erwarten ließ, um ein Bedeutendes.

«Grüß Gott», sagte die eine und gab dem Friseur die Hand.

«Meine Braut», sagte er zu Ladidel, und dieser näherte sich dem hübschen Mädchen mit einer Verbeugung ohne Tadel, zog die hinterm Rücken versteckte Hand hervor und bot der Jungfer einen Maiblumenstrauß dar, den er unterwegs gekauft hatte. Sie lachte und sagte Dank und schob ihre Schwester heran, die ebenfalls lachte und hübsch und blond war und Martha hieß. Dann setzte man sich unverweilt an den gedeckten Tisch zum Tee und einer mit Kressensalat bekränzten Eierspeise. Während der Mahlzeit wurde fast kein Wort gesprochen, Fritz saß neben seiner Braut, die ihm Butterbrote strich, und die alte Mutter schaute mühsam kauend um sich, mit dem unveränderlichen kummervollen Blick, hinter dem es ihr recht wohl war, der aber auf Ladidel einen beängstigenden Eindruck machte, so daß er wenig aß und sich bedrückt und still verhielt.

Nach Tisch blieb die Mutter zwar im Zimmer, verschwand jedoch in einem Lehnstuhl am Fenster, dessen Gardinen sie zuvor geschlossen hatte, und schien zu schlummern. Die Jugend blühte dafür munter auf, und die Mädchen verwickelten den Gast in ein neckendes und kampflustiges Gespräch, wobei Fritz seinen Freund unterstützte. Von der Wand schaute der selige Herr Weber aus einem kirschholzenen Rahmen hernieder, außer seinem Bildnis aber war alles in dem behaglichen Zimmer hübsch und frohgemut, von den in der Dämmerung verglühenden Geranien bis zu den Kleidern und Schühlein der Mädchen und bis zu einer an der Schmalwand hängenden Mandoline. Auf diese fiel, als das Gespräch ihm anfing heiß zu machen, der Blick des Gastes, er äugte heftig hinüber und drückte sich um eine fällige Antwort, die ihm Not machte, indem er sich erkundigte, welche von den Schwestern denn musikalisch sei und die Mandoline spiele. Das blieb nun an Martha hängen, und sie wurde sogleich von Schwester und Schwager ausgelacht, da die Mandoline seit den Zeiten einer längst verwehten Backfischschwärmerei her kaum mehr Töne von sich gegeben hatte. Dennoch bestand Herr Ladidel darauf, Martha müsse etwas vorspielen, und bekannte sich als einen unerbittlichen Musikfreund. Da das Fräulein durchaus nicht zu bewegen war, griff schließlich Meta nach dem Instrument und legte es vor sie hin, und da sie abwehrend lachte und rot wurde, nahm Ladidel die Mandoline an sich und klimperte leise mit suchenden

Fingern darauf herum.

«Ei, Sie können es ja», rief Martha. «Sie sind ein Schöner, bringen andre Leute in Verlegenheit und können es nachher selber besser.»

Er erklärte bescheiden, das sei nicht der Fall, er habe kaum jemals so ein Ding in Händen gehabt, hingegen spiele er allerdings seit mehreren Jahren die Gitarre.

«Ja», rief Fritz, «ihr solltet ihn nur hören! Warum hast du auch das Instrument nicht mitgebracht? Das mußt du nächstes Mal tun, gelt!» Der Abend ging hin wie auf Flügeln. Als die beiden Jünglinge Abschied nahmen, erhob sich am Fenster klein und sorgenvoll die vergessene Mutter und wünschte eine gute Nacht. Fritz ging noch ein paar Gassen weiter mit Ladidel, der des Vergnügens und Lobes voll war.

In der stillgewordenen Weberschen Wohnung wurde gleich nach dem Weggange der Gäste der Tisch geräumt und das Licht gelöscht. In der Schlafstube hielten wie gewöhnlich die beiden Mädchen sich still, bis die Mutter eingeschlafen war. Alsdann begann Martha, anfänglich flüsternd, das Geplauder.

«Wo hast du denn deine Maiblumen hingetan?»

«Du hast's ja gesehen, ins Glas auf dem Ofen.»

«Ach ja. Gut Nacht!»

«Ja, bist müd?»

«Ein bißchen.»

«Du, wie hat dir denn der Notar gefallen? Ein bissel geschleckt, nicht?»

«Warum?»

«Na, ich habe immer denken müssen, mein Fritz hätte Notar werden sollen und dafür der andere Friseur. Findest du nicht auch? Er hat so was Süßes.»

«Ja, ein wenig schon. Aber er ist doch nett und hat Geschmack. Hast du seine Krawatte gesehen?»

«Freilich.»

«Und dann, weißt du, er hat etwas Unverdorbenes. Anfangs war er ja ganz schüchtern.»

«Er ist auch erst zwanzig Jahr. – Na, gut Nacht also!»

Martha dachte noch eine Weile, bis sie einschlief, an den Alfred Ladidel. Er hatte ihr gefallen, und sie ließ eine kleine Kammer in ihrem Herzen für den hübschen Jungen offen, falls er eines Tages Lust hätte, einzutreten und Ernst zu machen. Denn an einer bloßen Liebelei war ihr nicht gelegen, teils weil sie diese Vorschule schon vor Zeiten hinter sich gebracht hatte (woher noch die Mandoline rührte), teils weil sie nicht Lust hatte, noch lange neben der um ein Jahr jüngeren Meta unverlobt einherzugehen.

Auch dem Notariatskandidaten war das Herz nicht unbewegt geblieben. Zwar lebte er noch in dem dumpfen Liebesdurst eines kaum flügge Gewordenen und verliebte sich in jedes hübsche Töchterlein, das er zu sehen bekam; und es hatte ihm eigentlich Meta besser gefallen. Doch war diese nun einmal schon Fritzens Braut und nimmer zu haben, und Martha konnte sich neben jener wohl auch zeigen; so war Alfreds Herz im Laufe des Abends mehr und mehr nach ihrer Seite geglitten und trug ihr Bildnis mit dem hellen, schweren Kranz von blonden Zöpfen in unbestimmter Verehrung davon.

Bei solchen Umständen dauerte es nur wenige Tage, bis die kleine Gesellschaft wieder in der abendlichen Wohnstube beisammensaß; nur daß diesmal die jungen Herren später gekommen waren, da der Tisch der Witwe eine so häufige Bewirtung von Gästen nicht vermocht hätte. Dafür brachte Ladidel seine Gitarre mit, die ihm Fritz mit Stolz vorantrug. Der Musikant wußte es so einzurichten, daß zwar seine Kunst zur Geltung kam und reichen Beifall erweckte, er aber doch nicht allein blieb und alle Kosten trug. Denn nachdem er einige Lieder vorgetragen und in Kürze die Kunst seines Gesanges und Saitenspiels entfaltet hatte, zog er die andern mit ins Spiel und stimmte lauter Weisen an, die gleich beim ersten Takt von selber zum Mitsingen verlockten.

Das Brautpaar, von der Musik und der festlichen Stimmung erwärmt und benommen, rückte nahe zusammen und sang nur leise und strophenweise mit, dazwischen plaudernd und sich mit verstohlenen Fingern streichelnd, wogegen Martha dem Spieler gegenüber saß, ihn im Auge behielt und alle Verse freudig mitsang. Als beim Abschiednehmen in dem schlecht erleuchteten Gang das Brautpaar seine Küsse tauschte, standen die beiden andern eine Minute lang verlegen wartend da. Im Bett brachte sodann Meta die Rede wieder auf den Notar, wie sie ihn immer nannte, dieses Mal voller Anerkennung und Lob. Aber die Schwester sagte nur ja, ja, legte den blonden Kopf auf beide Hände und lag lange still und wach, ins Dunkle schauend und tief atmend. Später, als die Schwester schon schlief, stieß Martha einen langen, leisen Seufzer aus, der jedoch keinem gegenwärtigen Leide galt, sondern nur einem dumpfen Gefühl für die Unsicherheit aller Liebeshoffnungen entsprang und den sie nicht wiederholte. Vielmehr entschlief sie bald darauf mit einem Lächeln auf dem frischen Munde.

Der Verkehr gedieh behaglich weiter, Fritz Kleuber nannte den eleganten Alfred mit Stolz seinen Freund. Meta sah es gerne, daß ihr Verlobter nicht allein kam, sondern den Musikanten mitbrachte, und Martha gewann den Gast desto lieber, je mehr sie seine fast noch kindliche Harmlosigkeit erkannte. Ihr schien, dieser hübsche und lenksame Jüngling wäre recht zu einem Manne für sie geschaffen, mit dem sie sich zeigen und auf den sie stolz sein könnte, ohne ihm doch jegliche Herrschaft überlassen zu müssen.

Auch Alfred, der mit seinem Empfang bei den Weberschen sehr zufrieden war, spürte in Marthas Freundlichkeit eine Wärme, die er bei aller Schüchternheit wohl zu schätzen wußte. Eine Liebschaft und Verlobung mit dem schönen, stattlichen Mädchen wollte ihm in kühnen Stunden nicht ganz unmöglich, zu allen Zeiten aber begehrenswert und lockend erscheinen.

Dennoch geschah von beiden Seiten nichts Entscheidendes, und das hatte manche Gründe. Vor allem hatte Martha an dem jungen Manne im längeren Umgang manches Unreife und Knabenhafte entdeckt und es rätlich gefunden, einem noch so unerfahrenen Jünglinge den Weg zum Glücke nicht allzusehr zu erleichtern. Sie sah wohl, daß es ihr ein leichtes wäre, ihn an sich zu nehmen und festzuhalten, aber es erschien ihr billig, daß der junge Herr es nicht allzuleicht habe und nicht am Ende gar den Eindruck gewänne, sie habe sich ihm nachgeworfen. Immerhin war es ihr Wille, ihn zu bekommen, und sie beschloß, ihn einstweilen wohl im Auge zu behalten und gerüstet den Zeitpunkt zu erwarten, da er seines Glückes würdig sein würde.

Bei Ladidel waren es andere Bedenken, die ihm die Zunge banden. Da war zuerst seine Schüchternheit, die ihn immer wieder dazu brachte, seinen Beobachtungen zu mißtrauen und an der Einbildung, er werde geliebt und begehrt, zu verzweifeln. Sodann fühlte er sich dem Mädchen gegenüber sehr jung und unfertig – nicht mit Unrecht, obwohl sie kaum drei oder vier Jahre älter sein konnte als er. Und schließlich erwog er in ernsthaften Stunden mit Bangen, auf welch unfesten Grund seine äußere Existenz gebaut war. Je näher nämlich das Jahr heranrückte, in dem er die bisherige untergeordnete Tätigkeit beenden und im Staatsexamen seine Fähigkeit und Wissenschaft kundtun mußte, desto dringender wurden seine Zweifel. Wohl hatte er alle hübschen, kleinen Übungen und Äußerlichkeiten des Amtes rasch und sicher erlernt, er machte im Büro eine gute Figur und spielte den beschäftigten Schreiber vortrefflich; aber das Studium der Gesetze fiel ihm schwer, und wenn er an alles das dachte, was im Examen verlangt wurde, brach ihm der Schweiß aus.

Zuweilen sperrte er sich verzweifelt in seiner Stube ein und beschloß, den steilen Berg der Wissenschaft im Sturm zu nehmen. Kompendien, Gesetzbücher und Kommentare lagen auf seinem Tisch, er stand morgens früh auf und setzte sich fröstelnd hin, er spitzte Bleistifte und machte sich genaue Arbeitspläne für Wochen voraus. Aber sein Wille war schwach, er hielt niemals lange aus, er fand immer andres zu tun, was im Augenblick nötiger und wichtiger schien; und je länger die Bücher dalagen und ihn anschauten, desto bitterer ward ihr Inhalt.

Inzwischen wurde seine Freundschaft mit Fritz Kleuber immer fester. Es geschah zuweilen, daß Fritz ihn abends aufsuchte und, wenn es eben nötig schien, sich erbot, ihn zu rasieren. Dabei fiel es Alfred ein, diese Hantierung selber zu probieren, und Fritz ging mit Vergnügen darauf ein. Auf seine ernsthafte und beinah ehrerbietige Art zeigte er dem hochgeschätzten Freund die Handgriffe, lehrte ihn ein Messer tadellos abziehen und einen guten, haltbaren Seifenschaum schlagen. Alfred zeigte sich, wie der andre vorausgesagt hatte, überaus gelehrig und fingerfertig. Bald vermochte er nicht nur sich selber schnell und fehlerlos zu barbieren, sondern auch seinem Freund und Lehrmeister diesen Dienst zu tun, und er fand darin ein Vergnügen, das ihm manchen von den Studien verbitterten Tag auf den Abend noch rosig machte. Eine ungeahnte Lust bereitete es ihm, als Fritz ihn auch noch in das Haarflechten einweihte. Er brachte ihm nämlich, von seinen schnellen Fortschritten entzückt, eines Tages einen künstlichen Zopf aus Frauenhaar mit und zeigte ihm, wie ein solches Kunstwerk entstehe. Ladidel war sofort begeistert für dieses zarte Handwerk und machte sich mit geduldigen Fingern daran, die Strähne zu lösen und wieder ineinander zu flechten. Es gelang ihm bald, und nun kam Fritz mit schwereren und feineren Arbeiten, und Alfred lernte spielend, zog das lange seidne Haar mit Feinschmeckerei durch die Finger, vertiefte sich in die Flechtarten und Frisurstile, ließ sich bald auch das Lockenbrennen zeigen und hatte nun bei jedem Zusammensein mit dem Freunde lange Unterhaltungen über fachmännische Dinge. Er schaute nun auch die Frisuren aller Frauen und Mädchen, denen er begegnete, mit prüfendem und lernendem Auge an und überraschte Kleuber durch manches treffende Urteil.

Nur bat er ihn wiederholt und dringend, den beiden Fräulein Weber nichts von diesem Zeitvertreib zu sagen. Er fühlte, daß er mit dieser neuen Kunst dort wenig Ehre ernten würde. Und dennoch war es sein Lieblingstraum und verstohlener Herzenswunsch, einmal die langen blonden Haare der Jungfer Martha in seinen Händen zu haben und ihr neue, kunstvolle Zöpfe zu flechten.

Darüber vergingen die Tage und Wochen des Sommers. Es war in den letzten Augusttagen, da nahm Ladidel an einem Spaziergang der Familie Weber teil. Man wanderte das Flußtal hinauf zu einer Burgruine und ruhte in deren Schatten auf einer schrägen Bergwiese vom Gehen aus. Martha war an diesem Tage besonders freundlich und vertraulich mit Alfred umgegangen, nun lag sie in seiner Nähe auf dem grünen Hang, ordnete einen Strauß von späten Feldblumen, tat ein paar silbrige zitternde Grasblüten hinzu und sah gar lieb und reizend aus, so daß Alfred den Blick nicht von ihr lassen konnte. Da bemerkte er, daß etwas an ihrer Frisur aufgegangen war, rückte ihr nahe und sagte es, und zugleich wagte er es, streckte seine Hände nach den blonden Zöpfen aus und erbot sich, sie in Ordnung zu bringen. Martha aber, einer solchen Annäherung von ihm ganz ungewohnt, wurde rot und ärgerlich, wies ihn kurz ab und bat ihre Schwester, das Haar aufzustecken. Alfred schwieg betrübt und ein wenig verletzt, schämte sich und nahm später die Einladung, bei Frau Weber zu speisen, nicht an, sondern ging nach der Rückkehr in die Stadt sogleich seiner Wege.

Es war die erste kleine Verstimmung zwischen den Halbverliebten, und sie hätte wohl dazu dienen können, ihre Sache zu fördern und in Gang zu bringen. Doch ging es umgekehrt, und es kamen andere Dinge dazwischen.

Drittes Kapitel

Martha hatte es mit ihrem Verweise nicht schlimm gemeint und war nun erstaunt, als sie wahrnahm, daß Alfred eine Woche und länger ihr Haus mied. Er tat ihr ein wenig leid, und sie hätte ihn gerne wiedergesehen. Als er aber acht und zehn Tage ausblieb und wirklich zu grollen schien, besann sie sich darauf, daß sie ihm das Recht zu einem so liebhabermäßigen Betragen niemals eingeräumt habe. Nun begann sie selber zu zürnen. Wenn er wiederkäme und den gnädig Versöhnten spielen würde, wollte sie ihm zeigen, wie sehr er sich getäuscht habe.

Indessen war sie selbst im Irrtum, denn Ladidels Ausbleiben hatte nicht Trotz, sondern Schüchternheit und Furcht vor Marthas Strenge zur Ursache. Er wollte einige Zeit vergehen lassen, bis sie ihm seine damalige Zudringlichkeit vergeben und er selber die Dummheit vergessen und die Scham überwunden habe. In dieser Bußzeit spürte er deutlich, wie sehr er sich schon an den Umgang mit Martha gewöhnt hatte und wie sauer es ihn ankommen würde, auf die warme Nähe eines lieben Mädchens wieder zu verzichten. Er hielt es denn auch nicht länger als bis in die Mitte der zweiten Woche aus, rasierte sich eines Tages sorgfältig, schlang eine neue Binde um und sprach bei den Weberschen vor, diesmal ohne Fritz, den er nicht zum Zeugen seiner Beschämtheit machen wollte.

Um nicht mit leeren Händen und lediglich als Bettler zu erscheinen, hatte er sich einen Plan ausgedacht. Es stand für die letzte Woche des September ein großes Fest- und Preisschießen bevor, worauf die ganze Stadt schon eifrig rüstete. Zu dieser Lustbarkeit gedachte Alfred Ladidel die beiden Fräulein Weber einzuladen und hoffte damit eine hübsche Begründung seines Besuches wie auch gleich einen Stein im Brett bei Martha zu gewinnen.

Ein freundlicher Empfang hätte den Verliebten, der seit Tagen seiner Einsamkeit übersatt war, getröstet und zum treuen Diener gemacht. Nun hatte aber Martha, durch sein Ausbleiben verletzt, sich hart und strenge gemacht. Sie grüßte kaum, als er die Stube betrat, überließ Empfang und Unterhaltung ihrer Schwester und ging, mit Abstauben beschäftigt, im Zimmer ab und zu, als wäre sie allein. Ladidel war sehr eingeschüchtert und wagte erst nach einer Weile, da sein verlegenes Gespräch mit Meta versiegte, sich an die Beleidigte zu wenden und seine Einladung vorzubringen.

Die aber war jetzt nimmer zu fangen. Alfreds demütige Ergebenheit bestärkte nur ihren Beschluß, das Bürschlein diesmal in die Kur zu nehmen und ihm die Krallen zu stutzen. Sie hörte kühl zu und lehnte die Einladung ab mit der Begründung, es stehe ihr nicht zu, mit jungen Herren Feste zu besuchen, und was ihre Schwester angehe, so sei diese verlobt und es sei Sache ihres Bräutigams, sie einzuladen, falls er dazu Lust habe.

Da griff Ladidel nach seinem Hut, verbeugte sich kurz und ging davon wie ein Mann, der bedauert, an einer falschen Türe angeklopft zu haben, und nicht im Sinn hat, wiederzukommen. Meta versuchte zwar, ihn zurückzuhalten und ihm zuzureden, Martha aber hatte seine Verbeugung mit einem Nicken kühl erwidert, und Alfred war es nicht anders zumute, als hätte sie ihm für immer abgewinkt.

Einen geringen Trost gewährte ihm der Gedanke, daß er sich in dieser Sache männlich und stolz gezeigt habe. Zorn und Trauer überwogen jedoch, grimmig lief er nach Hause, und als am Abend Fritz Kleuber ihn besuchen wollte, ließ er ihn an der Tür klopfen und wieder gehen, ohne sich zu zeigen. Die Bücher sahen ihn ermahnend an, die Gitarre hing an der Wand, aber er ließ alles liegen und hängen, ging aus und trieb sich den Abend in den Gassen herum, bis er müde war. Dabei fiel ihm alles ein, was er je Böses über die Falschheit und Wandelbarkeit der Weiber hatte sagen hören und was ihm früher als ein leeres und scheelsüchtiges Geschwätz erschienen war. Jetzt begriff er alles und fand auch die bittersten Worte zutreffend.

Es vergingen einige Tage, und Alfred hoffte beständig, gegen seinen Stolz und Willen, es möchte etwas geschehen, ein Brieflein oder eine Botschaft durch Fritz kommen, denn nachdem der erste Groll vertan war, schien ihm eine Versöhnung doch nicht ganz außer der Möglichkeit, und sein Herz wandte sich über alle Gründe hinweg zu dem bösen Mädchen zurück. Allein es geschah nichts, und es kam niemand. Das große Schützenfest jedoch rückte näher, und ob es dem betrübten Ladidel gefiel oder nicht, er mußte tagaus tagein sehen und hören, wie jedermann sich bereitmachte, die glänzenden Tage zu feiern. Es wurden Bäume errichtet und Girlanden geflochten, Häuser mit Tannenzweigen geschmückt und Torbögen mit Inschriften, die große Festhalle am Wasen war fertig und ließ schon Fahnen flattern, und dazu tat der Herbst seine schönste Bläue auf.

Obwohl Ladidel sich wochenlang auf das Fest gefreut hatte und obwohl ihm und seinen Kollegen ein freier Tag oder gar zwei bevorstanden, verschloß er sich doch der Freude gewaltsam und hatte fest im Sinn, die Festlichkeiten mit keinem Auge zu betrachten. Mit Bitterkeit sah er Fahnen und Laubgewinde, hörte da und dort hinter offenen Fenstern die Musikkapellen Proben halten und die Mädchen bei der Arbeit singen, und je mehr die Stadt von Erwartung und Vorfreude scholl und tönte, desto feindseliger ging er in dem Getümmel seinen finstern Weg, das Herz voll grimmiger Entsagung. In der Schreibstube hatten die Kollegen schon seit einiger Zeit von nichts als dem Fest gesprochen und Pläne ausgeheckt, wie sie der Herrlichkeit recht schlau und gründlich froh werden wollten. Zuweilen gelang es Ladidel, den Unbefangenen zu spielen und so zu tun, als freue auch er sich und habe seine Absichten und Pläne; meistens aber saß er schweigend an seinem Pult und trug einen wilden Fleiß zur Schau. Dabei brannte ihm die Seele nicht nur um Martha und den Verdruß mit ihr, sondern mehr und mehr auch um die große Festlichkeit, auf die er so lang und freudig gewartet hatte und von der er nun nichts haben sollte.

Seine letzte Hoffnung fiel dahin, als Kleuber ihn aufsuchte, wenige Tage vor dem Beginn des Festes. Dieser machte ein betrübtes Gesicht und erzählte, er wisse gar nicht, was den Mädchen zu Kopf gestiegen sei, sie hätten seine Einladung zum Fest abgelehnt und erklärt, in ihren Verhältnissen könne man keine Lustbarkeiten mitmachen. Nun machte er Alfred den Vorschlag, mit ihm zusammen sich frohe Festtage zu schaffen, es geschehe den spröden Jungfern ganz recht, wenn er nun eben ohne sie den einen oder andern Taler draufgehen lasse. Allein Ladidel widerstand auch dieser Versuchung. Er dankte freundlich, erklärte aber, er sei nicht recht wohl und wolle auch die freie Zeit dazu benutzen, um in seinen Studien weiterzukommen. Von diesen Studien hatte er seinem Freunde früher so viel erzählt und so viel Kunstausdrücke und Fremdwörter dabei angewendet, daß Fritz in tiefem Respekt keine Einwände wagte und traurig wieder ging.

Indessen kam der Tag, da das Schützenfest eröffnet werden sollte. Es war Sonntag, und das Fest sollte die ganze Woche dauern. Die Stadt hallte von Gesang, Blechmusik, Böllerschießen und Freudenrufen wider, aus allen Straßen her kamen und sammelten sich Züge, Vereine aus dem ganzen Lande waren angekommen. Allenthalben schallte Musik, und die Ströme der Menschen und die Weisen der Musikkapellen trafen am Ende alle vor der Stadt am Schützenhause zusammen, wo das Volk seit dem Morgen zu Tausenden wartend stand. Schwarz drängte der Zug in dikkem Fluß heran, schwer wankten die Fahnen darüber und stellten sich auf, und eine Musikbande um die andere schwenkte rauschend auf den gewaltigen Platz. Auf alle diese Pracht schien eine heitere Sonntagssonne hernieder. Die Bannerträger hatten dicke Tropfen auf den geröteten Stirnen, die Festordner schrien heiser und rannten wie Besessene umher, von der Menge gehänselt und durch Zurufe angefeuert; wer in der Nähe war und Zutritt fand, nahm die Gelegenheit wahr, schon um diese frühe Stunde an den wohlversehenen Trinkhallen einen frischen Trunk zu erkämpfen.

Ladidel saß in seiner Stube auf dem Bett und hatte noch nicht einmal Stiefel an, so wenig schien ihm an der Freude gelegen. Er trug sich jetzt, nach langen ermüdenden Nachtgedanken, mit dem Vorsatz, einen Brief an Martha zu schreiben. Nun zog er aus der Tischlade sein Schreibzeug und einen Briefbogen mit seinem Monogramm hervor, steckte eine neue Feder ins Rohr, machte sie mit der Zunge naß, prüfte die Tinte und schrieb alsdann in einer runden, elegant ausholenden Kanzleischrift zunächst die Adresse, an das wohlgeborene Fräulein Martha Weber in der Hirschgasse, zu eigenen Händen. Mittlerweile stimmte ihn das aus der Ferne herübertönende Geblase und Festgelärme elegisch, und er fand es gut, seinen Brief mit der Schilderung dieser Stimmung anzufangen. So begann er mit Sorgfalt:

«Sehr geehrtes Fräulein!

Erlauben Sie mir, mich an Sie zu wenden. Es ist Sonntagmorgen, und die Musik spielt von ferne, weil das Schützenfest beginnt. Nur ich kann an demselben nicht teilnehmen und bleibe daheim.»

Er überlas die Zeilen, war zufrieden und besann sich weiter. Da fiel ihm noch manche schöne und treffende Wendung ein, mit welcher er seinen betrübten Zustand schildern konnte. Aber was dann? Es wurde ihm klar, daß dies alles nur insofern einen Wert und Sinn haben konnte, als es die Einleitung zu einer Liebeserklärung und Werbung wäre. Und wie konnte er dies wagen? Was er auch dachte und ausfand, es hatte alles keinen Wert, solange er nicht sein Examen und damit die Berechtigung zur Werbung hatte.

Also saß er wieder unschlüssig und verzweifelt. Eine Stunde verging, und er kam nicht weiter. Das ganze Haus lag in tiefer Ruhe, da alles draußen war, und über die Dächer hinweg jubelte die ferne Musik. Ladidel hing seiner Trauer nach und bedachte, wieviel Freude und Lust ihm heute verlorenging und daß er kaum in langer Zeit, ja vielleicht niemals wieder Gelegenheit haben würde, eine so große und glänzende Festlichkeit zu sehen. Darüber überfiel ihn ein Mitleiden mit sich selber und ein unüberwindliches Trostbedürfnis, dem die Gitarre nicht zu genügen vermochte.

Darum tat er gegen Mittag das, was er durchaus nicht hatte tun wollen. Er zog seine Stiefel an und verließ das Haus, und während er nur hin und wider zu wandeln meinte und bald wieder daheim sein und an den Brief und an sein Elend denken wollte, zogen ihn Musik und Lärm und Festzauber von Gasse zu Gasse, wie der Magnetberg ein Schiff, und unversehens stand er bei dem Schützenhaus. Da wachte er auf und schämte sich seiner Schwäche und meinte seine Trauer verraten zu haben, doch währte alles dies nur Augenblicke, denn die Menge trieb und toste betäubend, und Ladidel war nicht der Mann, in diesem Jubel fest zu bleiben oder wieder zu gehen.

Ladidel trieb ohne Ziel und ohne Willen umher, von der Menge mitgenommen, und sah und hörte und roch und atmete so viel Erregendes ein, daß ihm wohlig schwindelte. Es rauschte aus Trompeten und

Hörnern da und dort und überall feurige Blechmusik, und in Pausen drang von der Ferne her, wo das Tafeln begonnen hatte, eindringlich und süß die weichere Musik von Geigen und Flöten. Außerdem geschah auf Schritt und Tritt in der Menge des Volkes viel Sonderbares, Erheiterndes und Erschreckendes, es wurden Pferde scheu, Kinder fielen um und schrien, ein vorzeitig Betrunkener sang unbekümmert, als wäre er allein, sein Lied. Händler zogen rufend umher mit Orangen und Zuckerwaren, mit Luftballonen für die Kinder, mit Backwerk und mit künstlichen Blumensträußen für die Hüte der Burschen, abseits drehte sich unter heftiger Orgelmusik ein Karussell. Hier hatte ein Hausierer laute Händel mit einem Käufer, der nicht zahlen wollte, dort führte ein Polizeidiener ein verlaufenes Büblein an der Hand.

Dieses heftige Leben sog der betäubte Ladidel in sich und fühlte sich beglückt, an einem solchen Treiben teilzunehmen und Dinge mit Augen zu sehen, von denen man noch lange im ganzen Lande reden würde. Es war ihm wichtig, zu hören, um welche Stunde man den König erwarte, und als es ihm gelungen war, in die Nähe der Ehrenhalle zu dringen, wo die Tafel auf einer fahnengeschmückten Höhe stattfand, schaute er mit Bewunderung und Verehrung den Oberbürgermeister, die Stadtvorstände und andre Würdenträger mit Orden und Abzeichen zumitten des Ehrentisches sitzen und speisen und weißen Wein aus geschliffenen Gläsern trinken. Flüsternd nannte man die Namen der Männer, und wer etwas Weiteres über sie wußte oder gar schon mit ihnen zu tun gehabt hatte, fand dankbare Zuhörer. Daß das alles vor seinen Augen vor sich ging und so viel Glanz zu schauen ihm vergönnt war, machte einen jeden glücklich. Auch der kleine Ladidel staunte und bewunderte und fühlte sich groß und bedeutend als Zuschauer solcher Dinge; er sah ferne Tage voraus, da er Leuten, die weniger glücklich waren und nicht hatten dabei sein können, die ganze Herrlichkeit genau beschreiben würde.

Das Mittagessen vergaß er ganz, und als er nach einigen Stunden Hunger verspürte, setzte er sich in das Zelt eines Zuckerbäckers und verzehrte ein paar Stücke Kuchen. Dann eilte er, um ja nichts zu versäumen, wieder ins Gewühl und war so glücklich, den König zu sehen, wenn auch nur von hinten. Nun erkaufte er sich den Eintritt zu den Schießständen, und wenn er auch vom Schießwesen nichts verstand, sah er doch mit Vergnügen und Spannung den Schützen zu, ließ sich einige berühmte Helden zeigen und betrachtete mit Ehrfurcht das Mienenspiel und Augenzwinkern der Schießenden. Alsdann suchte er das Karussell auf und sah ihm eine Weile zu, wandelte unter den Bäumen in der frohen Menschenflut, kaufte eine Ansichtskarte mit dem Bildnis des Königs, hörte alsdann lange Zeit einem Marktschreier zu, der seine Waren ausrief und einen Witz um den andern machte, und weidete seine Augen am Anblick der geputzten Volksscharen. Errötend entwich er von der Bude eines Photographen, dessen Frau ihn zum Eintritt eingeladen und unter dem Gelächter der Umstehenden einen entzückenden jungen Don Juan genannt hatte. Und immer wieder blieb er stehen, um einer Musik zuzuhören, bekannte Melodien mitzusummen und sein Stöcklein im Takt dazu zu schwingen.

Über dem allem wurde es Abend, das Schießen hatte ein Ende, und es begann da und dort ein Zechen in Hallen oder unter Bäumen. Während der Himmel noch in zartem Lichte schwamm und Türme und ferne Berge in der Herbstabendklarheit standen, glommen hier und dort schon Lichter und Laternen auf. Ladidel ging in seinem Rausche dahin und bedauerte das Sinken des Tages. Die Bürgerschaft eilte nun heimwärts zum Abendessen, müdgewordene Kinder ritten taumelnd auf den Schultern der Väter, die eleganten Wagen verschwanden. Dafür regten sich Lust und Übermut der Jugend, die sich auf Tanz und Wein freute, und wie es auf dem Platze und den Gassen leerer ward, tauchte da und dort und an jeder Ecke ein Liebespaar auf, Arm in Arm voll Ungeduld und Ahnung nächtlicher Lust.

Um diese Stunde begann die Fröhlichkeit Ladidels sich zu verlieren wie das hinschwindende Tageslicht. Ergriffen und traurig werdend strich der einsame Jüngling durch den Abend. Es kicherte kein Liebespaar an ihm vorbei, dem er nicht nachsah, und als nun in einem Garten unter hohen schwarzen Kastanien mit lockender Pracht Reihen von roten Papierampeln aufglühten und aus ebendiesem Garten her eine weiche, sehnliche Musik ertönte, da folgte er dem Ruf der heißen, flüsternden Geigen und trat ein. An langen Tischen aß und trank viel junges Volk, dahinter wartete ein großer Tanzplan erst halb erleuchtet. Der junge Mann nahm am leeren Ende eines Tisches Platz und verlangte Wein und Essen. Dann ruhte er aus, atmete die Gartenluft und horchte auf die Musik, aß ein weniges und trank langsam in kleinen Schlücken den ungewohnten Wein. Je länger er in die roten Lampen schaute, die Geigen spielen hörte und den Duft der Festnacht atmete, desto einsamer und elender kam er sich vor. Wohin er blickte, sah er rote Wangen und begierige Augen leuchten, junge Burschen in Sonntagskleidern mit kühnen und herrischen Blicken, Mädchen im Putz mit verlangenden Augen und tanzbereiten, unruhigen Füßen. Und er war noch nicht lange mit seinem Abendessen fertig, als die Musik mit erneuter Wucht und Süße anstimmte, der Tanzplatz von hundert Lichtern strahlte und Paar auf Paar in Eile sich zum Tanze drängte.

Ladidel sog langsam an seinem Wein, um noch eine Weile dableiben zu können, und als der Wein doch schließlich zu Ende war, konnte er sich nicht entschließen, heimzugehen. Er ließ nochmals ein kleines Fläschchen kommen und saß und starrte und fiel in eine stachelnde Unruhe, als müsse allem zum Trotz an diesem Abend ihm ein Glück blühen und etwas vom Überfluß der Wonne auch für ihn abfallen. Und wenn es nicht geschah, so schrieb er sich in Leid und Trotz das Recht zu, wenigstens dem Fest und seinem Unglück zu Ehren den ersten Rausch seines Lebens zu trinken. Und so stiegen, je heftiger rings um ihn die Freude tobte, sein Unglück sowohl wie sein Trostbedürfnis höher und rissen den Unbeschützten zur Übertreibung und zum Rausche hin.

Viertes Kapitel

Während Ladidel vor seinem Weinglas am Tische saß und mit heißen Augen in das Tanzgewühl blickte, vom roten Licht der Ampeln und vom raschen Takt der Musik bezaubert und seines Kummers bis zur Verzweiflung überdrüssig, hörte er plötzlich neben sich eine leise Stimme, die fragte: «Ganz allein?»

Schnell wandte er sich um und sah über die Lehne der Bank gebeugt ein hübsches Mädchen mit schwarzen Haaren, mit einem weißen linnenen Hütlein und einer roten leichten Bluse angetan. Sie lachte mit einem hellroten Munde, während ihr um die erhitzte Stirn und die dunkeln Augen ein paar lose Locken hingen. «Ganz allein?» fragte sie mitleidig und schelmisch, und er gab Antwort: «Ach ja, leider.» Da nahm sie sein Weinglas, fragte mit einem Blick um Erlaubnis, sagte Prosit und trank es in einem durstigen Zuge aus. Er sah dabei ihren schlanken Hals, der bräunlich aus dem roten leichten Stoff emporstieg, und indessen sie trank, fühlte er mit heftig klopfendem Herzen, daß sich hier ein Abenteuer anspinne.

Um doch etwas zur Sache zu tun, schenkte Ladidel das leere Glas wieder voll und bot es dem Mädchen an. Aber sie schüttelte den Kopf und blickte rückwärts nach dem Tanzplatz, wo soeben eine neue Musik erscholl.

«Tanzen möcht ich», sagte sie und sah dem Jüngling in die Augen, der augenblicklich aufstand, sich vor ihr verbeugte und seinen Namen nannte.

«Ladidel heißen Sie? Und mit dem Vornamen? Ich heiße Fanny.»

Sie nahm ihn an sich, und beide tauchten in den Strom und Schwall des Walzers, den Ladidel noch nie so ausgezeichnet getanzt hatte. Früher war er beim Tanzen lediglich seiner Geschicklichkeit, seiner flinken Beine und feinen Haltung froh geworden und hatte dabei stets daran gedacht, wie er aussehe, und ob er auch einen guten Eindruck mache. Jetzt war daran nicht zu denken. Er flog in einem feurigen Wirbel mit, hingeweht und wehrlos, aber glücklich und im Innersten erregt. Bald zog und schwang ihn seine Tänzerin, daß ihm Boden und Atem verlorenging, bald lag sie still und eng an ihn gelehnt, daß ihre Pulse an seinen schlugen und ihre Wärme die seine entfachte.

Als der Tanz zu Ende war, legte Fanny ihren Arm in den ihres Begleiters und zog ihn mit sich weg. Tief atmend wandelten sie langsam einen Laubengang entlang, zwischen vielen anderen Paaren, in einer Dämmerung voll warmer Farben. Durch die Bäume schien tief der Nachthimmel mit blanken Sternen herein, von der Seite her spielte, von beweglichen Schatten unterbrochen, der rote Schein der Festampeln, und in diesem ungewissen Licht bewegten sich plaudernd die ausruhenden Tänzer, die Mädchen in weißen und hellfarbigen Kleidern und Hüten, mit bloßen Hälsen und Armen, manche mit Fächern versehen, die gleich Pfauenrädern spielten. Ladidel nahm das alles nur als einen farbigen Nebel wahr, der mit Musik und Nachtluft zusammenfloß und daraus nur hin und wieder im nahen Vorbeistreifen ein helles Gesicht mit funkelnden Augen, ein offener lachender Mund mit glänzenden Zähnen, ein zärtlich gebogener weißer Arm für Augenblicke deutlich hervorschimmerte.

«Alfred!» sagte Fanny leise.

«Ja, was?»

«Gelt, du hast auch keinen Schatz? Meiner ist nach Amerika.»

«Nein, ich hab keinen.»

«Willst du nicht mein Schatz sein?»

«Ich will schon.»

Sie lag ganz in seinem Arm und bot ihm den feuchten Mund. Liebestaumel wehte in den Bäumen und Wegen; Ladidel küßte den roten Mund und küßte den weißen Hals und den bräunlichen Nacken, die Hand und den Arm seines Mädchens. Er führte sie, oder sie ihn, an einen Tisch abseits im tiefen Schatten, ließ Wein kommen und trank mit ihr aus einem Glase, hatte den Arm um ihre Hüfte gelegt und fühlte Feuer in allen Adern. Seit einer Stunde war die Welt und alles Vergangene hinter ihm versunken und ins Bodenlose gefallen, um ihn wehte allmächtig die glühende Nacht, ohne Gestern und ohne Morgen.

Auch die hübsche Fanny freute sich ihres neuen Schatzes und ihrer blühenden Jugend, jedoch weniger rückhaltlos und gedankenlos als ihr Liebster, dessen Feuer sie mit der einen Hand zu mehren, mit der andern abzuwehren bemüht war. Der schöne Tanzabend gefiel auch ihr wohl, und sie tanzte ihre Touren mit heißen Wangen und blitzenden Augen; doch war sie nicht gesonnen, darüber ihre Absichten und Zwecke zu vergessen.

Darum erfuhr Ladidel im Laufe des Abends, zwischen Wein und Tanz, von seiner Geliebten eine lange traurige Geschichte, die mit einer kranken Mutter begann und mit Schulden und drohender Obdachlosigkeit endete. Sie bot dem bestürzten Liebhaber diese bedenklichen Mitteilungen nicht auf einmal dar, sondern mit vielen Pausen, während deren er sich stets wieder erholen und neue Glut fassen konnte, sie bat ihn sogar, nicht allzuviel daran zu denken und sich den schönen Abend nicht verderben zu lassen, bald aber seufzte sie wieder tief auf und wischte sich die Augen. Bei dem guten Ladidel wirkte denn auch, wie bei allen

Anfängern, das Mitleid eher entflammend als niederschlagend, so daß er das Mädchen gar nimmer aus den Armen ließ und ihr zwischen Küssen goldene Berge für die Zukunft versprach.

Sie nahm es hin, ohne sich getröstet zu zeigen, und fand dann plötzlich, es sei spät, und sie dürfe ihre arme kranke Mutter nicht länger warten lassen. Ladidel bat und flehte, wollte sie dabehalten oder zumindest begleiten, schalt und klagte und ließ auf alle Weise merken, daß er die Angel geschluckt habe und nimmer entrinnen könne.

Mehr hatte Fanny nicht gewollt. Sie zuckte hoffnungslos die Achseln, streichelte Ladidels Hand und bat ihn, nun für immer von ihr Abschied zu nehmen. Denn wenn sie bis morgen abend nicht im Besitze von hundert Mark sei, so werde sie samt ihrer armen Mama auf die Straße gesetzt werden und könne für das, wozu die Verzweiflung sie dann treiben würde, nicht einstehen. Ach, sie wollte ja gern lieb sein und ihrem Alfred jede Gunst gewähren, da sie ihn nun einmal so schrecklich liebe, aber unter diesen Umständen sei es doch besser, auseinanderzugehen und sich mit der ewigen Erinnerung an diesen schönen Abend zu begnügen.

Dieser Meinung war Ladidel nicht. Ohne sich viel zu besinnen, versprach er, das Geld morgen abend herzubringen, und schien fast zu bedauern, daß sie seine Liebe auf keine größere Probe stelle.

«Ach, wenn du das könntest!» seufzte Fanny. Dabei schmiegte sie sich an ihn, daß er beinahe den Atem verlor.

«Verlaß dich drauf», sagte er. Und nun wollte er sie nach Hause begleiten, aber sie war so scheu und hatte plötzlich eine so furchtbare Angst, man möchte sie sehen und ihr guter Ruf möchte notleiden, daß er mitleidig nachgab und sie allein ziehen ließ.

Darauf schweifte er noch wohl eine Stunde lang umher. Da und dort tönte aus Gärten und Zelten noch nächtliche Festlichkeit. Erhitzt und müde kam er endlich nach Hause, ging zu Bett und fiel sogleich in einen unruhigen Schlaf, aus dem er schon nach einer Stunde wieder erwachte. Da brauchte er lange, um sich aus einem zähen Wirrwarr verliebter Träume zurechtzufinden. Die Nacht stand bleich und grau im Fenster, die Stube war dunkel und alles still, so daß Ladidel, der nicht an schlaflose Nächte gewöhnt war, verwirrt und ängstlich in die Finsternis blickte und den noch nicht verwundenen Rausch des Abends im Kopf rumoren fühlte. Irgend etwas, was er vergessen hatte und woran zu denken ihm doch notwendig schien, quälte ihn eine gute Weile. Am Ende klärte sich jedoch die peinigende Trübe, und der ernüchterte Träumer wußte wieder, um was es sich handle. Und nun drehten seine Gedanken sich die ganze lange Nacht hindurch um die Frage, woher das Geld kommen solle, das er seinem Schätzchen versprochen hatte. Er begriff nimmer, wie er das Versprechen hatte geben können, es mußte in einer Bezauberung geschehen sein. Auch trat ihm der Gedanke, sein Wort zu brechen, nahe und sah gar friedlich aus. Doch gewann er den Sieg nicht, zum Teil, weil eine ehrliche Gutmütigkeit den Jüngling abhielt, eine Notleidende umsonst auf die zugesagte Hilfe warten zu lassen. Noch mächtiger freilich war die Erinnerung an Fannys Schönheit, an ihre Küsse und die Wärme ihres Leibes, und die sichere Hoffnung, das alles schon morgen ganz zu eigen zu haben. Darum entschlug und schämte er sich des Gedankens, ihr untreu zu werden, und wandte allen Scharfsinn daran, einen Weg zu dem versprochenen Gelde zu ersinnen. Allein je mehr er sann und spann, desto größer ward in seiner Vorstellung die Summe und desto unmöglicher ihre Erlangung.

Als Ladidel am Morgen grau und müde, mit verwachten Augen und schwindelndem Kopfe, ins Kontor trat und sich an seinen Platz setzte, wußte er noch immer keinen Ausweg. Er war in der Frühe schon bei einem Pfandleiher gewesen und hatte seine Uhr und Uhrkette samt allen seinen kleinen Kostbarkeiten versetzen wollen, doch war der saure und beschämende Gang vergeblich gewesen, denn man hatte ihm für das Ganze nicht mehr als zehn Mark geben wollen. Nun bückte er sich traurig über seine Arbeit und brachte eine öde Stunde über Tabellen hin, da kam mit der Post, die ein Lehrling brachte, ein kleiner Brief für ihn. Erstaunt öffnete er das zierliche Kuvert, steckte es in die Tasche und las heimlich das kleine rosenrote Billett, das er darin gefunden hatte. «Liebster, gelt du kommst heut abend? Mit Kuß deine Fanny.»

Das gab den Ausschlag. Ladidel beschloß, um jeden Preis sein Versprechen zu halten. Das Brieflein verbarg er in der Brusttasche und zog es je und je heimlich hervor, um daran zu riechen, denn es hatte einen feinen warmen Duft, der ihm wie Wein zu Kopfe stieg.

Schon in den Überlegungen der vergangenen Nacht war der Gedanke in ihm aufgestiegen, im Notfalle das Geld auf eine verbotene Weise an sich zu bringen, doch hatte er diesen Plänen keinen Raum in sich gegönnt. Nun kamen sie wieder und waren stärker und schmeichelnder geworden. Ob ihm auch vor Diebstahl und Betrug im Herzen graute, so wollte ihm doch der Gedanke, es handle sich dabei nur um eine erzwungene Anleihe, deren Erstattung ihm heilig sein würde, mehr und mehr einleuchten. Über die Art der Ausführung aber zerbrach er sich vergeblich den Kopf. Er brachte den Tag verstört und bitter hin, sann und plante, und er wäre am Ende betrübt, doch unbefleckt, aus dieser Prüfung hervorgegangen, wenn ihn nicht am Abend, in der letzten Stunde, eine allzu verlockende Gelegenheit doch noch zum Schelm gemacht hätte.

Der Prinzipal gab ihm Auftrag, da und dahin einen Wertbrief zu senden, und zählte ihm die Banknoten hin. Es waren sieben Scheine, die er zweimal durchzählte. Da widerstand er nicht, brachte mit zitternder Hand eines von den Papieren an sich und siegelte die sechse ein, die denn auch zur Post kamen und abreisten.

Die Tat wollte ihn reuen, schon als der Lehrling den Siegelbrief wegtrug, dessen Aufschrift nicht mit seinem Inhalte stimmte. Von allen Arten der Unterschlagungen schien ihm diese nun die törichtste und gefährlichste, da im besten Fall nur Tage vergehen konnten, bis das Fehlen des Geldes entdeckt und Bericht darüber einlaufen würde. Als der Brief fort und nichts zu bessern war, hatte der im Bösen unbewanderte Ladidel das Gefühl eines Selbstmörders, der den Strick um den Hals und den Schemel schon weggestoßen hat, nun aber gerne doch noch leben möchte. Drei Tage kann es dauern, dachte er, vielleicht aber auch nur einen, dann bin ich meines guten Rufes, meiner Freiheit und Zukunft ledig, und alles um die hundert Mark, die nicht einmal für mich sind. Er sah sich verhört, verurteilt, mit Schanden fortgejagt und ins Gefängnis gesteckt und mußte zugeben, daß das alles durchaus verdient und in Ordnung sei.

Erst auf dem Wege zum Abendessen fiel ihm ein, es könnte am Ende auch besser ablaufen. Daß die Sache gar nicht entdeckt werden würde, wagte er zwar nicht zu hoffen; aber wenn nun das Geld auch fehlte, wie wollte man beweisen, daß er der Dieb war? Mit dem Sonntagsrock und seiner besten Wäsche angetan, erschien er eine Stunde später auf dem Tanzplatze. Unterwegs war seine Zuversicht zurückgekehrt, oder es hatten doch die wieder erwachten heißen Wünsche seiner Jugend die Angstgefühle übertäubt.

Es ging auch an diesem Abend lebhaft zu, doch fiel es Ladidel heute auf, daß der Ort nicht von der guten Bürgerschaft, sondern zumeist von geringeren Leuten und auch von manchen verdächtig Aussehenden besucht war. Als er sein Viertel Landwein getrunken hatte und Fanny noch nicht gekommen war, befiel ihn ein Mißbehagen an dieser Gesellschaft, und er verließ den Garten, um draußen hinterm Zaun zu warten. Da lehnte er in der Abendkühle an einer finstern Stelle des Geheges, sah in das Gewühl und wunderte sich, daß er gestern inmitten derselben Leute und bei derselben Musik so glücklich gewesen war und so ausgelassen getanzt hatte. Heute wollte ihm alles weniger gefallen; von den Mädchen sahen viele frech und liederlich aus, die Burschen hatten üble Manieren und unterhielten selbst während des Tanzes ein lärmendes Einverständnis durch Schreie und Pfiffe. Auch die roten Papierlaternen sahen weniger festlich und leuchtend aus, als sie ihm gestern erschienen waren. Er wußte nicht, ob nur Müdigkeit und Ernüchterung, oder ob sein schlechtes Gewissen daran schuld sei; aber je länger er zuschaute und wartete, desto weniger wollte der Festrausch wieder kommen, und er nahm sich vor, mit Fanny, sobald sie käme, von diesem Ort wegzugehen.

Als er wohl eine Stunde gewartet hatte, sah er am jenseitigen Eingang des Gartens sein Mädchen ankommen, in der roten Bluse und mit dem weißen Segeltuchhütchen, und betrachtete sie neugierig. Da er so lang hatte warten müssen, wollte er nun auch sie ein wenig necken und warten lassen, auch reizte es ihn, sie so aus dem Verborgenen zu belauschen.

Die hübsche Fanny spazierte langsam durch den Garten und suchte; und da sie Ladidel nicht fand, setzte sie sich beiseite an einen Tisch. Ein Kellner kam, doch winkte sie ihm ab. Dann sah Ladidel, wie sich ihr ein Bursche näherte, der ihm schon gestern als ein vorlauter Patron aufgefallen war. Er schien sie gut zu kennen, und soweit Ladidel sehen konnte, fragte sie ihn eifrig nach etwas, wohl nach ihm, und der Bursche zeigte nach dem Ausgang und schien zu erzählen, der Gesuchte sei dagewesen, aber wieder fortgegangen.

Nun begann Ladidel Mitleid zu haben und wollte zu ihr eilen, doch sah er in demselben Augenblick mit Schrecken, wie der unangenehme Bursche die Fanny ergriff und mit ihr zum Tanz antrat. Aufmerksam beobachtete er sie beide, und wenn ihm auch ein paar grobe Liebkosungen des Mannes das Blut ins Gesicht trieben, so schien doch das Mädchen gleichgültig zu sein, ja ihn abzuwehren.

Kaum war der Tanz zu Ende, so ward Fanny von ihrem Begleiter einem andern zugeschoben, der den Hut vor ihr zog und sie höflich zur neuen Tour aufforderte. Ladidel wollte ihr zurufen, wollte über den Zaun zu ihr hinein, doch kam er nicht dazu, und er mußte in trauriger Betäubung zusehen, wie sie dem Fremden zulächelte und mit ihm den Schottischen begann. Und während des Schottischen sah er sie schön mit dem andern tun und seine Hände streicheln und sich an ihn lehnen, gerade wie sie es gestern ihm selbst getan hatte, und er sah den Fremden warm werden und sie fester umfassen und am Schluß des Tanzes mit ihr durch die dunkleren Laubengänge wandeln, wobei das Paar dem Lauscher peinlich nahe kam und er ihre Worte und Küsse gar deutlich hören konnte.

Da ging Alfred Ladidel heimwärts, mit tränenden Augen, das Herz voll Scham und Wut und dennoch froh, der Hure entgangen zu sein. Junge Leute kehrten von den Festplätzen heim und sangen, Musik und Gelächter drang aus den Gärten; ihm aber klang alles wie ein Hohn auf ihn und alle Lust, und wie vergiftet. Als er heimkam, war er todmüde und hatte kein Verlangen mehr zu schlafen. Und da er seinen Sonntagsrock auszog und gewohnterweise seine Falten glatt strich, knisterte es in der Tasche, und er zog unversehrt den blauen Geldschein hervor. Unschuldig lag das Papier im Kerzenschein auf dem Tische; er sah es eine Weile an, schloß es dann in die Schublade und schüttelte den Kopf dazu. Um das zu erleben, hatte er nun gestohlen und sein Leben verdorben.

Gegen eine Stunde lag er noch wach, doch dachte er in dieser Zeit nicht mehr an Fanny und nicht mehr an die hundert Mark, sondern er dachte an Martha Weber und daran, daß er sich nun alle Wege zu ihr verschüttet habe.

Was er jetzt zu tun habe, wußte Ladidel genau. Er hatte erfahren, wie bitter es ist, sich vor sich selber schämen zu müssen, und stand sein Mut auch tief, so war er dennoch fest entschlossen, mit dem Gelde und einem ehrlichen Geständnis zu seinem Prinzipal zu gehen und von seiner Ehre und Zukunft zu retten, was noch zu retten wäre.

Darum war es ihm nicht wenig peinlich, als am folgenden Tage der Notar nicht ins Kontor kam. Er wartete bis Mittag und vermochte seinen Kollegen kaum in die Augen zu blicken, da er nicht wußte, ob er morgen noch an diesem Platze stehen und als ihresgleichen gelten werde.

Nach Tische erschien der Notar wieder nicht, und es verlautete, er sei unwohl und werde heut nimmer ins Geschäft kommen. Da hielt Ladidel es nicht länger aus. Er ging unter einem Vorwand weg und geradenwegs in die Wohnung seines Prinzipals. Man wollte ihn nicht vorlassen, er bestand aber mit Verzweiflung darauf, nannte seinen Namen und begehrte in einer wichtigen Sache den Herrn zu sprechen. So wurde er in ein Vorzimmer geführt und aufgefordert zu warten.

Die Dienstmagd ließ ihn allein, er stand in Verwirrung und Angst zwischen plüschbezogenen Stühlen, lauschte auf jeden Ton im Hause und hatte das Sacktuch in der Hand, da ihm ohne Unterlaß der Schweiß über die Stirne lief. Auf einem ovalen Tische lagen goldverzierte Bücher, Schillers Glocke und der Siebziger Krieg, ferner stand dort ein Löwe aus grauem Stein und in Stehrahmen eine Menge von Photographien. Es sah hier feiner, doch ähnlich aus wie in der schönen Stube von Ladidels Eltern, und alles mahnte an Ehrbarkeit, Wohlstand und Würde. Die Photographien stellten lauter wohlgekleidete Leute vor, Brautpaare im Hochzeitsstaat, Frauen und Männer von guter Familie und zweifellos bestem Rufe, und von der Wand schaute ein wohl lebensgroßer Mannskopf herab, dessen Züge und Augen Ladidel an das Bildnis des verstorbenen Vaters bei den Weberschen Damen erinnerten. Zwischen so viel bürgerlicher Würde sank der Sünder in seinen eigenen Augen von Augenblick zu Augenblick tiefer, er fühlte sich durch seine Übeltat von diesem Kreise ausgeschlossen und unter die Ehrlosen geworfen, von denen keine Photographien gemacht und unter Glas gespannt und in den guten Stuben aufgestellt werden.

Eine große Wanduhr von der Art, die man Regulatoren nennt, schwang ihren messingenen Perpendikel hin und wider, und einmal, nachdem Ladidel schon recht lang gewartet hatte, räusperte sie sich leise und tat sodann einen tiefen, schönen, vollen Schlag. Der arme Jüngling schrak auf, und in demselben Augenblick trat ihm gegenüber der Notar durch die Türe. Er beachtete Ladidels Verbeugung nicht, sondern wies sogleich befehlend auf einen Sessel, nahm selber Platz und sagte: «Was führt Sie her?»

«Ich wollte», begann Ladidel, «ich hatte, ich wäre –» Dann aber schluckte er energisch und stieß heraus: «Ich habe Sie bestehlen wollen.»

Der Notar nickte und sagte ruhig: «Sie haben mich sogar wirklich bestohlen, ich weiß es schon. Es ist vor einer Stunde telegraphiert worden. Sie haben also wirklich einen von den Hundertmarkscheinen genommen?»

Statt der Antwort zog Ladidel den Schein aus der Tasche und streckte ihn dar. Erstaunt nahm der Herr ihn in die Finger, spielte damit und sah Ladidel scharf an.

«Wie geht das zu? Haben Sie schon Ersatz geschafft?»

«Nein, es ist derselbe Schein, den ich weggenommen hatte. Ich habe ihn nicht gebraucht.»

«Sie sind ein Sonderling, Ladidel. Daß Sie das Geld genommen hätten, wußte ich sofort. Es konnte ja sonst niemand sein. Und außerdem wurde mir gestern erzählt, man habe Sie am Sonntagabend auf dem Festplatz in einer etwas verrufenen Tanzbude gesehen. Oder hängt es nicht damit zusammen?»

Nun mußte Ladidel erzählen, und so sehr er sich Mühe gab, das Beschämendste zu unterdrücken, es kam wider seinen Willen doch fast alles heraus. Der alte Herr unterbrach ihn nur zwei-, dreimal durch kurze Fragen, im übrigen hörte er gedankenvoll zu und sah zuweilen dem Beichtenden ins Gesicht, sonst aber zu Boden, um ihn nicht zu stören.

Am Ende stand er auf und ging in der Stube hin und wider. Nachdenklich nahm er eine von den Photographien in die Hand. Plötzlich bot er das Bild dem Übeltäter hin, der in seinem Sessel ganz zusammengebrochen kauerte.

«Sehen Sie», sagte er, «das ist der Direktor einer großen Fabrik in Amerika. Er ist ein Vetter von mir, Sie brauchen es ja nicht jedermann zu erzählen, und er hat als junger Mensch in einer ähnlichen Lage wie Sie tausend Mark entwendet. Er wurde von seinem Vater preisgegeben, mußte hinter Schloß und Riegel und ging nachher nach Amerika.»

Er schwieg und wanderte wieder umher, während Ladidel das Bild des stattlichen Mannes ansah und einigen Trost daraus sog, daß also auch in dieser ehrenwerten Familie ein Fehltritt vorgekommen sei und daß der Sünder es doch noch zu etwas gebracht habe und nun gleich den Gerechten gelte und sein Bild zwischen den Bildern unbescholtener Leute stehen dürfe.

Inzwischen hatte der Notar seine Gedanken zu Ende gesponnen und trat zu Ladidel, der ihn schüchtern anschaute.

Er sagte fast freundlich: «Sie tun mir leid, Ladidel. Ich glaube nicht, daß Sie schlecht sind, und hoffe, Sie kommen wieder auf rechte Wege. Am Ende würde ich es sogar wagen und Sie behalten. Aber das wäre für uns beide unerquicklich und ginge gegen meine Grundsätze. Und einem Kollegen kann ich Sie auch nicht empfehlen, wenn ich auch an Ihre guten

Vorsätze gern glauben will. Wir wollen also die Sache zwischen uns für getan ansehen, ich werde niemand davon sagen. Aber bei mir bleiben können Sie nicht.»

Ladidel war zwar überfroh, die böse Sache so menschlich behandelt zu sehen. Da er sich aber nun ans Freie gesetzt und so ins Ungewisse geschickt fand, verzagte er doch und klagte: «Ach, was soll ich aber jetzt anfangen?»

«Etwas Neues», rief der Notar, und unversehens lächelte er. «Seien Sie ehrlich, Ladidel, und sagen Sie: wie wäre es Ihnen wohl nächstes Frühjahr im Staatsexamen gegangen? Schauen Sie, Sie werden rot. Nun, wenn Sie auch schließlich den Winter über noch manches hätten nachholen können, so hätte es doch schwerlich gereicht, und ich hatte ohnehin schon seit einiger Zeit die Absicht, darüber mit Ihnen zu reden. Jetzt ist ja die beste Gelegenheit dazu. Meine Überzeugung, und vielleicht im stillen auch Ihre, ist die, daß Sie Ihren Beruf verfehlt haben. Sie passen nicht zum Notar und überhaupt nicht ins Amtsleben. Nehmen Sie an, Sie seien im Examen durchgefallen, und suchen Sie recht bald einen andern Beruf, in dem Sie es weiterbringen können.

Am besten fahren Sie gleich morgen nach Hause. Und jetzt adieu. Wenn Sie mir später einmal Bericht geben, wird es mich freuen. Nur jetzt den Kopf nicht hängen lassen und keine neuen Dummheiten machen! – Adieu denn, und grüßen Sie den Herrn Vater von mir!»

Er gab dem Bestürzten die Hand, drückte ihm die seine kräftig und schob ihn, der noch reden wollte, zur Tür.

Damit stand unser Freund auf der Gasse. Er hatte im Kontor nur ein paar schwarze Ärmelschoner zurückgelassen, an denen war ihm nichts gelegen, und er zog es vor, sich dort nimmer zu zeigen. Allein so betrübt er war und so sehr ihm vor der Heimfahrt und dem Vater graute, auf dem Grund seiner Seele war er doch dankbar und beinahe vergnügt, der furchtbaren Angst vor Polizei und Schande ledig zu sein; und während er langsam durch die Straßen ging, schlich auch der Gedanke, daß er nun kein Examen mehr vor sich habe, als ein tröstlicher Lichtstrahl in sein Gemüt, das von den vielen Erlebnissen dieser Tage auszuruhen und aufzuatmen begehrte.

So begann ihm beim Dahinwandeln allmählich auch das ungewohnte Vergnügen, werktags um diese Tageszeit frei durch die Stadt zu spazieren, recht wohl zu gefallen. Er blieb vor den Auslagen der Kaufleute stehen, betrachtete die Kutschpferde, die an den Ecken warteten, schaute auch zum zartblauen Herbsthimmel hinan und genoß für eine Stunde ein unverhofftes Feriengefühl. Dann kehrten seine Gedanken in den alten Kreis zurück, und als er in der Nähe seiner Wohnung um eine Gassenekke bog, mußte ihm gerade eine hübsche junge Dame begegnen, die der Martha Weber ähnlich sah. Da fiel ihm alles wieder recht aufs Herz, und er mußte sich vorstellen, was wohl die Martha denken und sagen würde, wenn sie seine Geschichte erführe. Erst jetzt fiel ihm ein, daß sein Fortgehen von hier ihn nicht nur von Amt und Zukunft, sondern auch aus der Nähe des geliebten Mädchens entführe. Und alles um diese Fanny.

Je mehr ihm das klar wurde, desto stärker wurde sein Verlangen, nicht ohne einen Gruß an Martha fortzugehen. Schreiben mochte er ihr nicht, es blieb ihm nur der Weg durch Fritz Kleuber. Darum kehrte er, kurz vor dem Hause, um und suchte Kleuber in seiner Rasierstube auf.

Der gute Fritz hatte eine ehrliche Freude, ihn wiederzusehen. Doch deutete Ladidel ihm nur in Kürze an, er müsse aus besonderen Gründen seine Stelle verlassen und wegreisen.

«Nein, aber!» rief Fritz betrübt. «Da müssen wir aber wenigstens noch einmal zusammensein, wer weiß, wann man sich wieder sieht! Wann mußt du denn reisen?»

Alfred überlegte. «Morgen muß ich doch noch packen. Also übermorgen.»

«Dann mache ich mich morgen abend frei und komme zu dir, wenn dir's recht ist.»

«Ja, gut. Und gelt, wenn du wieder zu deiner Braut kommst, sagst du viele Grüße von mir – an alle!»

«Ja, gern. Aber willst du nicht selber noch hingehen?»

«Ach, das geht jetzt nimmer. – Also morgen!»

Trotzdem überlegte er diesen und den ganzen folgenden Tag, ob er es nicht doch tun solle. Allein er fand nicht den Mut dazu. Was hätte er sagen und wie seine Abreise erklären sollen? Ohnehin überfiel ihn heute eine heillose Angst vor der Heimreise und vor seinem Vater, vor den Leuten daheim und der Schande, der er entgegenging. Und er packte nicht, er fand nicht einmal den Mut, seiner Wirtin die Stube zu kündigen. Statt all dies Notwendige zu tun, saß er und füllte Bogen mit Entwürfen zu einem Brief an seinen Vater.

«Lieber Vater! Der Notar kann mich nicht mehr brauchen –»

«Lieber Vater! Da ich doch zum Notar nicht recht passe –.» Es war nicht leicht, das Schreckliche sanft und doch deutlich zu sagen. Aber es war immerhin leichter, diesen Brief zusammenzudichten als heimzufahren und zu sagen: da bin ich wieder, man hat mich fortgejagt. Und so ward denn bis zum Abend der Brief wirklich fertig.

Am Abend war er mürbe und mitgenommen, und Kleuber fand ihn so milde und weich wie noch nie. Er hatte ihm, als ein Abschiedsgeschenk, eine kleine geschliffene Glasflasche mit edlem Odeur mitgebracht. Die bot er ihm hin und sagte: «Darf ich dir das zum Andenken mitgeben? Es wird schon noch in den Koffer gehen.» Indessen sah er sich um und rief verwundert: «Du hast ja noch gar nicht gepackt! Soll ich dir helfen?»

Ladidel sah ihn unsicher an und meinte: «Ja, ich bin noch nicht so weit. Ich muß noch auf einen Brief warten.»

«Das freut mich», sagte Fritz, «so hat man doch Zeit zum Adieusagen. Weißt du, wir könnten eigentlich heut abend miteinander zu den Webers gehen. Es wäre doch schade, wenn du so wegreisen würdest.»

Dem armen Ladidel war es, als ginge eine Tür zum Himmel auf und würde im selben Augenblick wieder zugeschlagen. Er wollte etwas sagen, schüttelte aber nur den Kopf, und als er sich zwingen wollte, würgten die Worte ihn in der Kehle, und unversehens brach er vor dem erstaunten Fritz in ein Schluchzen aus.

«Ja lieber Gott, was hast du?» rief er erschrocken. Ladidel winkte schweigend ab, aber Kleuber war darüber, daß er seinen bewunderten und stolzen Freund in Tränen sah, so ergriffen und gerührt, daß er ihn in die Arme nahm wie einen Kranken, ihm die Hände streichelte und ihm in unbestimmten Ausdrücken seine Hilfe anbot.

«Ach, du kannst mir nicht helfen», sagte Alfred, als er wieder reden konnte. Doch ließ Kleuber ihm keine Ruhe, und schließlich kam es Ladidel wie eine Erlösung vor, einer so wohlmeinenden Seele zu beichten, so daß er nachgab. Sie setzten sich einander gegenüber, Ladidel wandte sein Gesicht ins Dunkle und fing an: «Weißt du, damals als wir zum erstenmal miteinander zu deiner Braut gegangen sind –» und erzählte weiter, von seiner Liebe zu Martha, von ihrem Streit und Auseinanderkommen, und wie leid ihm das tue. Sodann kam er auf das Schützenfest zu sprechen, auf seine Verstimmung und Verlassenheit, von der Tanzwirtschaft und der Fanny, von dem Hundertmarkschein, und wie dieser unverwendet geblieben sei, endlich von dem gestrigen Gespräch mit dem Notar und seiner jetzigen Lage. Er gestand auch, daß er das Herz nicht habe, so vor seinen Vater zu kommen, daß er ihm geschrieben habe und nun mit Schrecken des Kommenden warte.

Dem allem hörte Fritz Kleuber still und aufmerksam zu, betrübt und in der Seele aufgewühlt durch solche Ereignisse. Als der andre schwieg und das Wort an ihm war, sagte er leise und schüchtern: «Da tust du mir leid.» Und obschon er selber gewiß niemals im Leben einen Pfennig veruntreut hatte, fuhr er fort: «Es kann ja jedem so etwas passieren, und du hast ja das Geld auch wieder zurückgebracht. Was soll ich da sagen? Die Hauptsache ist jetzt, was du anfangen sollst.»

«Ja, wenn ich das wüßte! Ich wollt, ich wär tot.»

«So darfst du nicht reden», rief Fritz. «Weißt du denn wirklich nichts?»

«Gar nichts. Ich kann jetzt Steinklopfer werden.»

«Das wird nicht nötig sein. – Wenn ich nur wüßte, ob es dir keine Beleidigung ist – –»

«Was denn?»

«Ja, ich hätte einen Vorschlag. Ich fürchte nur, es ist eine Dummheit von mir, und du nimmst es übel.»

«Aber sicher nicht! Ich kann mir's gar nicht denken.»

«Sieh, ich denke mir so – du hast ja hie und da dich für meine Arbeiten interessiert und hast selber zum Vergnügen es damit probiert. Du hast auch viel Genie dafür und könntest es bald besser als ich, weil du geschickte Finger hast und so einen feinen Geschmack. Ich meine, wenn sich vielleicht nicht gleich etwas Besseres findet, ob du es nicht mit unserem Handwerk probieren möchtest?»

Ladidel war erstaunt; daran hatte er nie gedacht. Das Gewerbe eines Barbiers war ihm bisher zwar nicht schimpflich, doch aber wenig edel vorgekommen. Nun aber war er von jener hohen Stufe herabgesunken und hatte wenig Grund mehr, irgendein ehrliches Gewerbe gering zu achten. Das fühlte er auch; und daß Fritz sein Talent so rühmte, tat ihm wohl. Er meinte nach einigem Besinnen: «Das wäre vielleicht gar nicht das Dümmste. Aber weißt du, ich bin doch schon erwachsen, und auch an einen andern Stand gewöhnt; das würde ich schwer tun, noch einmal als Lehrbub bei irgendeinem Meister anzufangen.»

Fritz nickte. «Wohl, wohl. So ist es auch nicht gemeint!»

«Ja wie denn sonst?»

«Ich meine, du könntest bei mir lernen, was noch zu lernen ist. Entweder warten wir, bis ich mein eigenes Geschäft habe, das dauert nimmer lang. Du könntest aber auch schon jetzt zu mir kommen. Mein Meister nähme ganz gern einen Volontär, der geschickt ist und keinen Lohn will. Dann würde ich dich anleiten, und sobald ich mein eigenes Geschäft anfange, kannst du bei mir eintreten. Es ist ja vielleicht nicht leicht für dich, dich dran zu gewöhnen; aber wenn man eine gute Kundschaft hat, ist es doch kein übles Geschäft.»

Ladidel hörte mit angenehmer Verwunderung zu und spürte, daß hier sein Schicksal sich entschied. War es auch vom Notar zum Friseur ein gewisser Rückschritt, so empfand er doch die innige Befriedigung eines Mannes, der seinen wahren Beruf entdeckt und den ihm bestimmten Weg gefunden hat.

«Du, das ist ja großartig», rief er glücklich und streckte Kleubern die Hand hin. «Jetzt ist mir erst wieder wohl in meiner Haut. Mein Alter wird ja vielleicht nicht gleich einverstanden sein, aber er muß es ja einsehen. Gelt, du redest dann auch ein Wort mit ihm?»

«Wenn du meinst –», sagte Fritz schüchtern.

Nun war Ladidel so entzückt von seinem zukünftigen Beruf und so voll Eifers, daß er begehrte, augenblicklich eine Probe abzulegen. Kleuber mochte wollen oder nicht, er mußte sich hinsetzen und sich von seinem Freunde rasieren, den Kopf waschen und frisieren lassen. Und siehe, es glückte alles vorzüglich, kaum daß Fritz ein paar kleine Ratschläge zu geben hatte. Ladidel bot ihm Zigaretten an, holte den Weingeistkocher und setzte Tee an, plauderte und setzte seinen Freund durch diese rasche Heilung von seinem Trübsinn nicht wenig in Erstaunen. Fritz brauchte länger, um sich in die veränderte Stimmung zu finden, doch riß Alfreds

Laune ihn endlich mit, und wenig fehlte, so hätte dieser wie in früheren vergnügten Zeiten die Gitarre ergriffen und Schelmenlieder angestimmt. Es hielt ihn davon nur der Anblick des Briefes an seinen Vater ab, der noch auf dem Tische lag und ihn am spätern Abend nach Kleubers Weggehen noch lang beschäftigte. Er las ihn wieder durch, war nimmer mit ihm zufrieden und faßte am Ende den Entschluß, nun doch heimzufahren und seine Beichte selber abzulegen. Nun wagte er es, da er einen Ausweg aus der Trübsal wußte.

Sechstes Kapitel

Als Ladidel von dem Besuch bei seinem Vater wiederkehrte, war er zwar etwas stiller geworden, hatte aber seine Absicht erreicht und trat für ein halbes Jahr als Volontär bei Kleubers Meister ein. Fürs erste sah er damit seine Lage bedeutend verschlechtert, da er nichts mehr verdiente und das Monatsgeld von Hause sehr sparsam gemessen war. Er mußte seine hübsche Stube aufgeben und eine geringe Kammer nehmen, auch sonst trennte er sich von manchen Gewohnheiten, die seiner neuen Stellung nicht mehr angemessen schienen. Nur die Gitarre blieb bei ihm und half ihm über vieles weg, auch konnte er seiner Neigung zu sorgfältiger Pflege seines Haupthaares und Schnurrbartes, seiner Hände und Fingernägel jetzt ohne Beschränkung frönen. Er schuf sich nach kurzem Studium eine Frisur, die jedermann bewunderte, und ließ seiner Haut mit Bürsten, Pinseln, Salben, Seifen, Wassern und Pudern das Beste zukommen. Was ihn jedoch mehr als dies alles beglückte, war die Befriedigung, die er im neuen Berufe fand, und die innerliche Gewißheit, nunmehr ein Metier zu betreiben, das seinen Talenten entsprach und in dem er Aussicht hatte, Bedeutendes zu leisten.

Anfänglich ließ man ihn freilich nur untergeordnete Arbeiten tun. Er mußte Knaben die Haare schneiden, Arbeiter rasieren und Kämme und Bürsten reinigen, doch erwarb er durch seine Fertigkeit im Flechten künstlicher Zöpfe bald seines Meisters Vertrauen und erlebte nach kurzem Warten den Ehrentag, da er einen wohlgekleideten, vornehm aussehenden Herrn bedienen durfte. Dieser war zufrieden und gab ein Trinkgeld, und nun ging es Stufe für Stufe vorwärts. Ein einzigesmal schnitt er einen Kunden in die Wange und mußte Tadel über sich ergehen lassen, im übrigen erlebte er beinahe nur Anerkennung und Erfolge. Besonders war es Fritz Kleuber, der ihn bewunderte und nun erst recht für einen Auserwählten ansah. Denn wenn er selber auch ein tüchtiger Arbeiter war, so fehlte ihm doch sowohl die Erfindungskraft, die für jeden Kopf die entsprechende Frisur zu schaffen weiß, wie auch das leichte, unterhaltende, angenehme Wesen im Umgang mit der Kundschaft. Hierin war Ladidel bedeutend, und nach einem Vierteljahr begehrten schon die verwöhnteren Stammgäste immer von ihm bedient zu werden. Er verstand es auch, nebenher seine Herren zum häufigeren Ankauf neuer Pomaden, Bartwichsen und Seifen, teurer Bürstchen und Kämme zu überreden; und in der Tat mußte in diesen Dingen jedermann seinen Rat willig und dankbar hinnehmen, denn er selbst sah beneidenswert tadellos und wohlbestellt aus.

Da die Arbeit ihn so in Anspruch nahm und befriedigte, trug er jede Entbehrung leichter, und so hielt er auch die lange Trennung von Martha Weber geduldig aus. Ein Schamgefühl hatte ihn gehindert, sich ihr in seiner neuen Gestalt zu zeigen, ja er hatte Fritz inständig gebeten, seinen neuen Stand vor den Damen zu verheimlichen. Dies war allerdings nur eine kurze Zeit möglich gewesen. Meta, der die Neigung ihrer Schwester zu dem hübschen Notar nicht unbekannt geblieben war, hatte sich hinter Fritz gesteckt und bald alles herausbekommen. So konnte sie der Schwester nach und nach ihre Neuigkeiten enthüllen, und Martha erfuhr nicht nur den Berufswechsel ihres Geliebten, den er jedoch aus Gesundheitsrücksichten vorgenommen habe, sondern auch seine unverändert treue Verliebtheit. Sie erfuhr ferner, daß er sich seines neuen Standes vor ihr schämen zu müssen meine und jedenfalls nicht eher sich wieder zeigen möge, als bis er es zu etwas gebracht und begründete Aussichten für die Zukunft habe.

Eines Abends war in dem Mädchenstübchen wieder vom «Notar» die Rede. Meta hatte ihn über den Schellenkönig gelobt, Martha aber sich wie immer spröde verhalten und es vermieden, Farbe zu bekennen.

«Paß auf», sagte Meta, «der macht so schnell voran, daß er am Ende noch vor meinem Fritz ans Heiraten kommt.»

«Meinetwegen, ich gönn's ihm ja.»

«Und dir aber auch, nicht? Oder tust du's unter einem Notar durchaus nicht?»

«Laß mich aus dem Spiel! Der Ladidel wird schon wissen, wo er sich eine zu suchen hat.»

«Das wird er, hoff ich. Bloß hat man ihn zu spröd empfangen, und jetzt ist er scheu und findet den Weg nimmer recht. Dem wenn man einen Wink gäbe, er käm auf allen vieren gelaufen.»

«Kann schon sein.»

«Wohl. Soll ich winken?»

«Willst denn du ihn haben? Du hast doch deinen Bartscherer, mein ich.»

Meta schwieg nun und lachte in sich hinein. Sie sah wohl, wie ihrer Schwester ihre vorige Schärfe leid tat. Sie sann auf Wege, den Scheugewordenen wieder herzulocken, und hörte Marthas verheimlichten Seufzern mit einer kleinen Schadenfreude zu.

Mittlerweile meldete sich von Schaffhausen her Fritzens alter Meister wieder und ließ wissen, er wünsche nun bald sich einen Feierabend zu gönnen. Da frage er an, wie es mit Kleubers Absichten stehe. Zugleich nannte er die Summe, um welche sein Geschäft ihm feil sei, und wieviel davon er angezahlt haben müsse. Diese Bedingungen waren billig und wohlmeinend, jedoch reichten Kleubers Mittel dazu nicht hin, so daß er in Sorgen umherging und diese gute Gelegenheit zum Selbständigwerden und Heiratenkönnen zu versäumen fürchtete. Und endlich überwand er sich und schrieb ab, und erst dann erzählte er die ganze Sache Ladideln.

Der schalt ihn, daß er ihn das nicht habe früher wissen lassen, und machte sogleich den Vorschlag, er wolle die Angelegenheit vor seinen Vater bringen. Wenn der zu gewinnen sei, könnten sie ja das Geschäft gemeinsam übernehmen.

Der alte Ladidel war überrascht, als die beiden jungen Leute mit ihrem Anliegen zu ihm kamen, und wollte nicht sogleich daran. Doch hatte er zu Fritz Kleuber, der sich seines Sohnes in einer entscheidenden Stunde so wohl angenommen hatte, ein gutes Vertrauen, auch hatte Alfred von seinem jetzigen Meister ein überaus lobendes Zeugnis mitgebracht. Ihm schien, sein Sohn sei jetzt auf gutem Wege, und er zögerte, ihm nun einen Stein darein zu werfen. Nach einigen Tagen des Hin- und Widerredens entschloß er sich und fuhr selber nach Schaffhausen, um sich alles anzusehen.

Der Kauf kam zustande, und die beiden Kompagnons wurden von allen Kollegen beglückwünscht. Kleuber beschloß im Frühjahr Hochzeit zu halten und bat sich Ladidel als ersten Brautführer aus. Da war ein Besuch im Hause Weber nicht mehr zu umgehen. Ladidel kam in Fritzens Gesellschaft daher und konnte vor Herzklopfen kaum die vielen Treppen hinaufkommen. Oben empfing ihn der gewohnte Duft und das gewohnte Halbdunkel, Meta begrüßte ihn lachend, und die alte Mutter schaute ihn ängstlich und bekümmert an. Hinten in der hellen Stube aber stand Martha ernsthaft und etwas blaß in einem dunklen Kleide, gab ihm die Hand und war diesmal kaum minder verwirrt als er selber. Man tauschte Höflichkeiten, fragte nach der Gesundheit, trank aus kleinen altmodischen Kelchgläsern einen hellroten süßen Stachelbeerwein und besprach dabei die Hochzeit und alles dazu Gehörige. Herr Ladidel bat sich die Ehre aus, Fräulein Marthas Kavalier sein zu dürfen, und wurde eingeladen, sich nun auch wieder fleißiger im Hause zu zeigen. Beide sprachen miteinander nur höfliche und unbedeutende Worte, sahen einander aber heimlich an, und jedes fand das andre auf eine nicht auszudrückende, doch reizende Art verändert. Ohne es einander zu sagen, wußten und spürten sie jedes, daß auch das andre in dieser Zeit gelitten habe, und beschlossen heimlich, einander nicht wieder ohne Grund weh zu tun. Zugleich merkten sie auch beide mit Verwunderung, daß die lange Trennung und das Trotzen sie einander nicht entfremdet, sondern näher gebracht habe, und es wollte ihnen scheinen, nun sei die Hauptsache zwischen ihnen in Ordnung.

So war es denn auch, und dazu trug nicht wenig bei, daß Meta und Fritz die beiden nach schweigendem Übereinkommen wie ein versprochenes Paar ansahen. Wenn Ladidel ins Haus kam, so schien es allen selbstverständlich, daß er Marthas wegen komme und vor allem mit ihr zusammensein wolle. Ladidel half treulich bei den Vorbereitungen zur Hochzeit mit und tat es so eifrig und mit dem Herzen, als gälte es seine eigene Heirat. Verschwiegen aber und mit unendlicher Kunst erdachte er sich für Martha eine herrliche neue Frisur.

Einige Tage vor der Hochzeit nun, da es im Hause drüber und drunter ging, erschien er eines Tages feierlich, wartete einen Augenblick ab, da er mit Martha allein war, und eröffnete ihr, es liege ihm eine gewagte Bitte an sie auf dem Herzen. Sie ward rot und glaubte alles zu ahnen, und wenn sie den Tag auch nicht gut gewählt fand, wollte sie doch nichts versäumen und gab bescheiden Antwort, er möge nur reden. Ermutigt brachte er dann seine Bitte vor, die auf nichts andres zielte als auf die Erlaubnis, dem Fräulein für den Festtag mit einer neuen von ihm ausgedachten Frisur aufwarten zu dürfen.

Verwundert willigte Martha ein, daß eine Probe gemacht werde. Meta mußte helfen, und nun erlebte Ladidel den Augenblick, daß sein alter Wunsch in Erfüllung ging und er Marthas lange blonde Haare in den Händen hielt. Zu Anfang wollte diese zwar haben, daß Meta allein sie frisiere und er nur mit Rat beistehe. Doch ließ dieses sich nicht durchführen, sondern bald mußte er mit eigener Hand zugreifen und verließ nun den Posten nicht mehr. Als das Haargebäude seiner Vollendung nahe war, ließ Meta die beiden allein, angeblich nur für einen Augenblick, doch blieb sie lange aus. Inzwischen war Ladidel mit seiner Kunst fertig geworden. Martha sah sich im Spiegel königlich verschönt, und er stand hinter ihr, da und dort noch bessernd. Da übermochte ihn die Ergriffenheit, daß er dem schönen Mädchen mit leiser Hand liebkosend über die Schläfe strich. Und da sie sich beklommen umwandte und ihn still mit nassen Augen ansah, geschah es von selbst, daß er sich über sie beugte und sie küßte und, von ihr in Tränen festgehalten, vor ihr kniete und als ihr Liebhaber und Bräutigam wieder aufstand.

«Wir müssen es der Mama sagen», war alsdann ihr erstes schmeichelndes Wort, und er stimmte zu, obwohl ihm vor der betrübten alten Witwe ein wenig bange war. Als er jedoch vor ihr stand und Martha an der Hand führte und um ihre Hand anhielt, schüttelte die alte Frau nur ein wenig den Kopf, sah sie beide ratlos und bekümmert an und hatte nichts dafür und nichts dawider zu sagen. Doch rief sie Meta herbei, und nun umarmten sich die Schwestern, lachten und weinten, bis Meta plötzlich stehenblieb, die Schwester mit beiden Armen von sich schob, sie dann festhielt und begierig ihre Frisur bewunderte.

«Wahrhaftig», sagte sie zu Ladidel und gab ihm die Hand, «das ist Ihr Meisterstück. Aber gelt, wir sagen jetzt du zueinander?»

Am vorbestimmten Tage fand mit Glanz die Hochzeit und zugleich die Verlobungsfeier statt. Darauf reiste Ladidel in Eile nach Schaffhausen, während die Kleubers in derselben Richtung ihre Hochzeitsreise antraten. Der alte Meister übergab Ladidel das Geschäft, und der fing sofort an, als hätte er nie etwas anderes getrieben. In den Tagen bis zu Kleubers Ankunft half der Alte mit, und es war nötig, denn die Ladentür ging fleißig. Ladidel sah bald, daß hier sein Weizen blühe, und als Kleuber mit seiner Frau auf dem Dampfschiff von Konstanz her ankam und er ihn abholte, packte er schon auf dem Heimwege seine Vorschläge zur künftigen Vergrößerung des Geschäfts aus.

Am nächsten Sonntag spazierten die Freunde samt der jungen Frau zum Rheinfall hinaus, der um diese Jahreszeit reichlich Wasser führte. Hier saßen sie zufrieden unter jungbelaubten Bäumen, sahen das weiße Wasser strömen und zerstäuben und redeten von der vergangenen Zeit. «Ja», sagte Ladidel nachdenklich und schaute auf den tobenden Strom hinab, «nächste Woche wäre mein Examen gewesen.»

«Tut dir's nicht leid?» fragte Meta. Ladidel gab keine Antwort. Er schüttelte nur den Kopf und lachte. Dann zog er aus der Brusttasche ein kleines Paket, machte es auf und brachte ein halbes Dutzend feine kleine Kuchen hervor, von denen er den andern anbot und sich selber nahm.

«Du fängst gut an», lachte Fritz Kleuber. «Meinst du, das Geschäft trage schon so viel?»

«Es trägt's», nickte Ladidel im Kauen. «Es trägt's und muß noch mehr tragen.»

(1908)

Das Nachtpfauenauge

Mein Gast und Freund Heinrich Mohr war von seinem Abendspaziergang heimgekehrt und saß nun bei mir im Studierzimmer, noch beim letzten Tageslicht. Vor den Fenstern lag weit hinaus der bleiche See, scharf vom hügeligen Ufer gesäumt. Wir sprachen, da eben mein kleiner Sohn uns gute Nacht gesagt hatte, von Kindern und von Kindererinnerungen.

«Seit ich Kinder habe», sagte ich, «ist schon manche Liebhaberei der eigenen Knabenzeit wieder bei mir lebendig geworden. Seit einem Jahr etwa habe ich sogar wieder eine Schmetterlingssammlung angefangen. Willst du sie sehen?»

Er bat darum, und ich ging hinaus, um zwei oder drei von den leichten Pappkästen hereinzuholen. Als ich den ersten öffnete, merkten wir beide erst, wie dunkel es schon geworden war; man konnte kaum noch die Umrisse der aufgespannten Falter erkennen.

Ich griff zur Lampe und strich ein Zündholz an, und augenblicklich versank die Landschaft draußen und die Fenster standen voll von undurchdringlichem Nachtblau.

Meine Schmetterlinge aber leuchteten in dem hellen Lampenlicht prächtig aus dem Kasten. Wir beugten uns darüber, betrachteten die schönfarbigen Gebilde und nannten ihre Namen.

«Das da ist ein gelbes Ordensband», sagte ich, «lateinisch *fulminea*, das gilt hier für selten.»

Heinrich Mohr hatte vorsichtig einen der Schmetterlinge an seiner Nadel aus dem Kasten gezogen und betrachtete die Unterseite seiner Flügel.

«Merkwürdig», sagte er, «kein Anblick weckt die Kindheitserinnerungen so stark in mir wie der von Schmetterlingen.»

Und, indem er den Falter wieder an seinem Ort ansteckte und den Kastendeckel schloß: «Genug davon!»

Er sagte es hart und rasch, als wären diese Erinnerungen ihm unlieb. Gleich darauf, da ich den Kasten weggetragen hatte und wieder hereinkam, lächelte er mit seinem braunen, schmalen Gesicht und bat um eine Zigarette.

«Du mußt mir's nicht übelnehmen», sagte er dann, «wenn ich deine Sammlung nicht genauer angeschaut habe. Ich habe als Junge natürlich auch eine gehabt, aber leider habe ich mir selber die Erinnerung daran verdorben. Ich kann es dir ja erzählen, obwohl es eigentlich schmählich ist.»

Er zündete seine Zigarette über dem Lampenzylinder an, setzte den grünen Schirm über die Lampe, so daß unsre Gesichter in Dämmerung sanken, und setzte sich auf das Gesimse des offenen Fensters, wo seine schlanke hagere Figur sich kaum von der Finsternis abhob. Und während ich eine Zigarette rauchte und draußen das hochtönige ferne Singen der Frösche die Nacht erfüllte, erzählte mein Freund das Folgende.

Das Schmetterlingssammeln fing ich mit acht oder neun Jahren an und trieb es anfangs ohne besonderen Eifer wie andre Spiele und Liebhabereien auch. Aber im zweiten Sommer, als ich etwa zehn Jahre alt war, da nahm dieser Sport mich ganz gefangen und wurde zu einer solchen Leidenschaft, daß man ihn mir mehrmals meinte verbieten zu müssen, da ich alles andere darüber vergaß und versäumte. War ich auf dem Falterfang, dann hörte ich keine Turmuhr schlagen, sei es zur Schule oder zum Mittagessen, und in den Ferien war ich oft, mit einem Stück Brot in der Botanisierbüchse, vom frühen Morgen bis zur Nacht draußen, ohne zu einer Mahlzeit heimzukommen.

Ich spüre etwas von dieser Leidenschaft noch jetzt manchmal, wenn ich besonders schöne Schmetterlinge sehe. Dann überfällt mich für Augenblicke wieder das namenlose, gierige Entzücken, das nur Kinder empfinden können, und mit dem ich als Knabe meinen ersten Schwalbenschwanz beschlich. Und dann fallen mir plötzlich ungezählte Augenblikke und Stunden der Kinderzeit ein, glühende Nachmittage in der trockenen, stark duftenden Heide, kühle Morgenstunden im Garten oder Abende an geheimnisvollen Waldrändern, wo ich mit meinem Netz auf der Lauer stand wie ein Schatzsucher und jeden Augenblick auf die tollsten Überraschungen und Beglückungen gefaßt war. Und wenn ich dann einen schönen Falter sah, er brauchte nicht einmal besonders selten zu sein, wenn er auf einem Blumenstengel in der Sonne saß und die farbigen Flügel atmend auf und ab bewegte und mir die Jagdlust den Atem verschlug, wenn ich näher und näher schlich und jeden leuchtenden Farbenfeck und jede kristallene Flügelader und jedes feine braune Haar der Fühler sehen konnte, das war eine Spannung und Wonne, eine Mischung von zarter Freude mit wilder Begierde, die ich später im Leben selten mehr empfunden habe.

Meine Sammlung mußte ich, da meine Eltern arm waren und mir nichts dergleichen schenken konnten, in einer gewöhnlichen alten Kartonschachtel aufbewahren. Ich klebte runde Korkscheiben, aus Flaschenpfropfen geschnitten, auf den Boden, um die Nadeln darein zu stecken, und zwischen den zerknickten Pappdeckelwänden dieser Schachtel hegte ich meine Schätze. Anfangs zeigte ich gern und häufig meine Sammlung den Kameraden, aber andere hatten Holzkästen mit Glasdeckeln, Raupenschachteln mit grünen Gazewänden und anderen Luxus, so daß ich mit meiner primitiven Einrichtung mich nicht eben brüsten konnte. Auch war mein Bedürfnis darnach nicht ganz so groß und ich gewöhnte mir an, sogar wichtige und aufregende Fänge zu verschweigen und die Beute nur meinen Schwestern zu zeigen. Einmal hatte ich den bei uns seltenen blauen Schillerfalter erbeutet und aufgespannt, und als er trokken war, trieb mich der Stolz, ihn doch wenigstens meinem Nachbarn zu zeigen, dem Sohn eines Lehrers, der überm Hof wohnte. Dieser Junge hatte das Laster der Tadellosigkeit, das bei Kindern doppelt unheimlich ist. Er besaß eine kleine unbedeutende Sammlung, die aber durch ihre Nettigkeit und exakte Erhaltung zu einem Juwel wurde. Er verstand sogar die seltene und schwierige Kunst, beschädigte und zerbrochene Falterflügel wieder zusammenzuleimen, und war in jeder Hinsicht ein Musterknabe, weshalb ich ihn denn mit Neid und halber Bewunderung haßte.

Diesem jungen Idealknaben zeigte ich meinen Schillerfalter. Er begutachtete ihn fachmännisch, anerkannte seine Seltenheit und sprach ihm einen Barwert von etwa zwanzig Pfennigen zu; denn der Knabe Emil wußte alle Sammelobjekte, zumal Briefmarken und Schmetterlinge, nach ihrem Geldwert zu taxieren. Dann fing er aber an zu kritisieren, fand meinen Blauschiller schlecht aufgespannt, den rechten Fühler gebogen, den linken ausgestreckt, und entdeckte richtig auch noch einen Defekt, denn dem Falter fehlten zwei Beine. Ich schlug zwar diesen Mangel nicht hoch an, doch hatte mir der Nörgler die Freude an meinem Schiller einigermaßen verdorben und ich habe ihm nie mehr meine Beute gezeigt.

Zwei Jahre später, wir waren schon große Buben, aber meine Leidenschaft war noch in voller Blüte, verbreitete sich das Gerücht, jener Emil habe ein Nachtpfauenauge gefangen. Das war nun für mich weit aufregender als wenn ich heute höre, daß ein Freund von mir eine Million geerbt oder die verlorenen Bücher des Livius gefunden habe. Das Nachtpfauenauge hatte noch keiner von uns gefangen, ich kannte es überhaupt nur aus der Abbildung eines alten Schmetterlingsbuches, das ich besaß und dessen mit der Hand kolorierte Kupfer unendlich viel schöner und eigentlich auch exakter waren als alle modernen Farbendrucke. Von allen Schmetterlingen, deren Namen ich kannte und die in meiner Schachtel noch fehlten, ersehnte ich keinen so glühend wie das Nachtpfauenauge. Oft hatte ich die Abbildung in meinem Buch betrachtet, und ein Kamerad hatte mir erzählt: Wenn der braune Falter an einem Baumstamm oder Felsen sitze und ein Vogel oder anderer Feind ihn angreifen wolle, so ziehe er nur die gefalteten dunkleren Vorderflügel auseinander und zeige die schönen Hinterflügel, deren große helle Augen so merkwürdig und unerwartet aussähen, daß der Vogel erschrecke und den Schmetterling in Ruhe lasse.

Dieses Wundertier sollte der langweilige Emil haben! Als ich es hörte, empfand ich im ersten Augenblick nur die Freude, endlich das seltene Tier zu Gesicht zu bekommen und eine brennende Neugierde darauf.

Dann stellte sich freilich der Neid ein, und es schien mir schnöde zu sein, daß gerade dieser Langweiler und Mops den geheimnisvollen kostbaren Falter hatte erwischen müssen. Darum bezwang ich mich auch und tat ihm die Ehre nicht an, hinüberzugehen und mir seinen Fang zeigen zu lassen. Doch brachte ich meine Gedanken von der Sache nicht los, und am nächsten Tage, als das Gerücht sich in der Schule bestätigte, war ich sofort entschlossen, doch hinzugehen.

Nach Tische, sobald ich vom Hause weg konnte, lief ich über den Hof und in den dritten Stock des Nachbarhauses hinauf, wo neben Mägdekammern und Holzverschlägen der Lehrerssohn ein oft von mir beneidetes kleines Stübchen für sich allein bewohnen durfte. Niemand begegnete mir unterwegs, und als ich oben an die Kammertür klopfte, erhielt ich keine Antwort. Emil war nicht da, und als ich die Türklinke versuchte, fand ich den Eingang offen, den er sonst während seiner Abwesenheit peinlich verschloß.

Ich trat ein, um das Tier doch wenigstens zu sehen, und nahm sofort die beiden großen Schachteln vor, in welchen Emil seine Sammlung verwahrte. In beiden suchte ich vergebens, bis mir einfiel, der Falter werde noch auf dem Spannbrett sein. Da fand ich ihn denn auch: die braunen Flügel mit schmalen Papierstreifen überspannt, hing das Nachtpfauenauge am Brett, ich beugte mich darüber und sah alles aus nächster Nähe an, die behaarten hellbraunen Fühler, die eleganten und unendlich zart gefärbten Flügelränder, die feine wollige Behaarung am Innenrand der unteren Flügel. Nur gerade die Augen konnte ich nicht sehen, die waren vom Papierstreifen verdeckt.

Mit Herzklopfen gab ich der Versuchung nach, die Streifen loszumachen, und zog die Stecknadel heraus. Da sahen mich die vier großen merkwürdigen Augen an, weit schöner und wunderlicher als auf der Abbildung, und bei ihrem Anblick fühlte ich eine so unwiderstehliche Begierde nach dem Besitz des herrlichen Tieres, daß ich unbedenklich den ersten Diebstahl meines Lebens beging, indem ich sachte an der Nadel zog und den Schmetterling, der schon trocken war und die Form nicht verlor, in der hohlen Hand aus der Kammer trug. Dabei hatte ich kein Gefühl als das einer ungeheuren Befriedigung.

Das Tier in der rechten Hand verborgen, ging ich die Treppe hinab. Da hörte ich, daß von unten mir jemand entgegen kam, und in dieser Sekunde wurde mein Gewissen wach, ich wußte plötzlich, daß ich gestohlen hatte und ein gemeiner Kerl war; zugleich befiel mich eine ganz schreckliche Angst vor der Entdeckung, so daß ich instinktiv die Hand, die den Raub umschlossen hielt, in die Tasche meiner Jacke steckte. Langsam ging ich weiter, zitternd und mit einem kalten Gefühl von Verworfenheit und Schande, ging angstvoll an dem heraufkommenden Dienstmädchen vorbei und blieb an der Haustüre stehen, mit klopfendem Herzen und schwitzender Stirn, fassungslos und vor mir selbst erschrocken.

Alsbald wurde mir klar, daß ich den Falter nicht behalten könne und dürfe, daß ich ihn zurücktragen und alles nach Möglichkeit ungeschehen machen müsse. So kehrte ich denn, trotz aller Angst vor einer Begegnung und Entdeckung, schnell wieder um, sprang mit Eile die Stiege hinan und stand eine Minute später wieder in Emils Kammer. Vorsichtig zog ich die Hand aus der Tasche und legte den Schmetterling auf den Tisch, und ehe ich ihn wieder sah, wußte ich das Unglück schon und war dem Weinen nah, denn das Nachtpfauenauge war zerstört. Es fehlte der rechte Vorderflügel und der rechte Fühler, und als ich den abgebrochenen Flügel vorsichtig aus der Tasche zu ziehen suchte, war er zerschlissen und an kein Flicken mehr zu denken.

Beinahe noch mehr als das Gefühl des Diebstahls peinigte mich nun der Anblick des schönen seltenen Tieres, das ich zerstört hatte. Ich sah an meinen Fingern den zarten braunen Flügelstaub hängen und den zerrissenen Flügel daliegen, und hätte jeden Besitz und jede Freude gern hingegeben, um ihn wieder ganz zu wissen.

Traurig ging ich nach Hause und saß den ganzen Nachmittag in unserem kleinen Garten, bis ich in der Dämmerung den Mut fand, meiner Mutter alles zu erzählen. Ich merkte wohl, wie sie erschrak und traurig wurde, aber sie mochte fühlen, daß schon dies Geständnis mich mehr gekostet habe als die Erduldung jeder Strafe.

«Du mußt zum Emil hinübergehen», sagte sie bestimmt, «und es ihm selber sagen. Das ist das einzige, was du tun kannst, und ehe das nicht geschehen ist, kann ich dir nicht verzeihen. Du kannst ihm anbieten, daß er sich irgend etwas von deinen Sachen aussucht, als Ersatz, und du mußt ihn bitten, daß er dir verzeiht.»

Das wäre mir nun bei jedem anderen Kameraden leichter gefallen als bei dem Musterknaben. Ich fühlte im voraus genau, daß er mich nicht verstehen und mir womöglich gar nicht glauben würde, und es wurde Abend und beinahe Nacht, ohne daß ich hinzugehen vermochte. Da fand mich meine Mutter unten im Hausgang und sagte leise: «Es muß heut noch sein, geh jetzt!»

Und da ging ich hinüber und fragte im untern Stock nach Emil, er kam und erzählte sofort, es habe ihm jemand das Nachtpfauenauge kaputt gemacht, er wisse nicht, ob ein schlechter Kerl oder vielleicht ein Vogel oder die Katze, und ich bat ihn, mit mir hinaufzugehen und es mir zu zeigen. Wir gingen hinauf, er schloß die Kammertür auf und zündete eine Kerze an, und ich sah auf dem Spannbrett den verdorbenen Falter liegen. Ich sah, daß er daran gearbeitet hatte, ihn wieder herzustellen, der kaputte Flügel war sorgfältig ausgebreitet und auf ein feuchtes Fließpapier gelegt, aber er war unheilbar, und der Fühler fehlte ja auch.

Nun sagte ich, daß ich es gewesen sei, und versuchte zu erzählen und zu erklären.

Da pfiff Emil, statt wild zu werden und mich anzuschreien, leise durch die Zähne, sah mich eine ganze Weile still an und sagte dann: «So so, also so einer bist du.»

Ich bot ihm alle meine Spielsachen an, und als er kühl blieb und mich immer noch verächtlich ansah, bot ich ihm meine ganze Schmetterlingssammlung an. Er sagte aber:

«Danke schön, ich kenne deine Sammlung schon. Man hat ja heut wieder sehen können, wie du mit Schmetterlingen umgehst.»

In diesem Augenblicke fehlte nicht viel, so wäre ich ihm an die Gurgel gesprungen. Es war nichts zu machen, ich war und blieb ein Schuft, und Emil stand kühl in verächtlicher Gerechtigkeit vor mir wie die Weltordnung. Er schimpfte nicht einmal, er sah mich nur an und verachtete mich.

Da sah ich zum erstenmal, daß man nichts wieder gut machen kann, was einmal verdorben ist. Ich ging weg und war froh, daß die Mutter mich nicht ausfragte, sondern mir einen Kuß gab und mich in Ruhe ließ. Ich sollte zu Bett gehen, es war schon spät für mich. Vorher aber holte ich heimlich im Eßzimmer die große braune Schachtel, stellte sie aufs Bett und machte sie im Dunkeln auf. Und dann nahm ich die Schmetterlinge heraus, einen nach dem andern, und drückte sie mit den Fingern zu Staub und Fetzen.

(1911)

Volker Michels
Die Erzählungen Hermann Hesses

Die Kraft des Genießens
und die des Erinnerns sind voneinander abhängig.
Genießen heißt, einer Frucht ohne Rest ihre Süßigkeit entpressen.
Und Erinnerung heißt die Kunst,
einmal Genossenes nicht nur festzuhalten,
sondern immer reiner auszuformen.
Hermann Hesse

Es gibt Bücher, deren Lektüre Arbeit ist und Kräfte raubt, und andere, allzu wenige, die dem Leser Erholung und Regeneration ermöglichen, ohne daß er sich dabei auf Konzessionen an Mode und Publikationsgeschmack eingelassen hätte. Solcher Art sind die Erzählungen Hermann Hesses. Kaum etwas in seinen Schilderungen ist erfunden, stilisiert oder konstruiert. Nichts greift über den Wahrnehmungsbereich eigener Erfahrung hinaus. Sie eröffnen kein Panoptikum unerhörter Begebenheiten, sondern lösen dem Unerhörten in den alltäglichen Begebenheiten die Zunge. Zwar kommen sensationshungrige Leser bei diesen lyrisch-psychologischen Studien möglicherweise kaum auf ihre Kosten, doch besteht niemals die Gefahr der Langeweile. Denn trotz des Mangels an Sensation und *action* sind die Erzählungen spannend. Diese, aller Prosa Hesses eigene Faszination wird weniger durch das Was des Erzählten erreicht, sondern dadurch, wie es geschildert ist. Struktur und Sinnlichkeit, Handlung und Beschreibung, Inhalt und Form sind bei ihm in einer Dosierung ausgewogen, die offenbar derjenigen unserer psychologischen Wahrnehmungsabläufe entspricht. Mit Proustschem Raffinement begleiten und steigern atmosphärische Valeurs der Witterung, Landschaftsschilderungen von unübertrefflicher Bildhaftigkeit die dargestellten Vorgänge. ‹Hesse kann›, so schrieb schon Kurt Tucholsky, ‹was nur wenige können. Er kann einen Sommerabend und ein erfrischendes Schwimmbad und die schlaffe Müdigkeit nach körperlicher Anstrengung nicht nur schildern – das wäre nicht schwer. Aber er kann machen, daß uns heiß und kühl und müde ums Herz ist.›

Nirgends in diesen Erzählungen wird einer Pointe, einer Mission oder Tendenz zuliebe dem Augenblick, der Gegenwart und ihren sinnlichen Qualitäten Gewalt angetan. Was die Lektüre beim Leser bewirkt, ist das

Erlebnis ‹vollkommener Gegenwart›. Mit dieser Formel hat Hesse sogar einmal den Begriff des Glücks definiert. Und jederzeit konnte er sich mit der Forderung Robert Walsers identifizieren: ‹Ich will keine Zukunft, ich will eine Gegenwart. Eine Zukunft hat nur, wer keine Gegenwart hat, und hat man eine Gegenwart, vergißt man, an eine Zukunft überhaupt zu denken.› Erzählen ist für Hesse Vergegenwärtigen, ‹Festhalten des Vergänglichen und Vergehenden im Wort, ein etwas Don Quichottehafter Kampf gegen den Tod, gegen das Versinken und Vergessen.›

Doch voll im gegenwärtigen Augenblick zu leben, erlaubt unsere Gesellschaft allenfalls noch den Kindern im Vorschulalter. Spätestens danach beginnen Dressur und Wettbewerb die Wahrnehmung zu kanalisieren. Aber ‹der Mensch, wie ihn die Natur erschafft›, schrieb Hesse 1903 in seiner Erzählung ‹Unterm Rad›, ‹ist etwas Unberechenbares, Undurchsichtiges, Gefährliches. Er ist ein von unbekanntem Berge herbrechender Strom und ist ein Urwald ohne Weg und Ordnung. Und wie ein Urwald gelichtet und gereinigt und gewaltsam eingeschränkt werden muß, so muß die Schule den natürlichen Menschen zerbrechen, besiegen und gewaltsam einschränken; ihre Aufgabe ist es, ihn nach obrigkeitlicherseits gebilligten Grundsätzen zu einem nützlichen Gliede der Gesellschaft zu machen und die Eigenschaften in ihm zu wecken, deren völlige Ausbildung alsdann die sorgfältige Zucht der Kaserne krönend beendigt.› Gegen solche, die freie Entfaltung der Persönlichkeit verkrüppelnde Zweckorientiertheit wird sich Hesse sein Leben lang wehren und immer wieder versuchen, die Sehnsucht nach der Alternative wachzuhalten, weniger mit dem Instrument karikierender Satire, sondern weit wirksamer mit dem so harmlos anmutenden Mittel genauester Erinnerung an die seltenen Augenblicke der Freiheit, an die Kindheit zum Beispiel, wo es noch möglich war, ‹alles irgend Erdenkliche gleichzeitig zu erleben, Außen und Innen spielend zu vertauschen, Zeit und Raum wie Kulissen zu verschieben›.

‹Hesse trinkt lieber an der Quelle als an der Mündung›, hat Franz Karl Ginzkey 1919 jenen Kritikern entgegengehalten, die schon damals ein Interesse daran hatten, diese Alternative als nostalgisches Daumenlutschen abzutun.

Nahezu die Hälfte aller Erzählungen Hesses sind solche Erinnerungen an Kindheit und Schuljahre, an die Spannung zwischen Freiheit und erster Domestizierung, zwischen Gemeinschaft und Individuation, Neugierde und Tabus, instinktiven und konventionellen Verhaltensmustern. Sie schildern Begebenheiten, die in einem Alter erlebt wurden, in welchem die Psychologie die nachhaltigsten und für die spätere Entwicklung der Persönlichkeit entscheidenden Engramme und Prägungen zu suchen gelernt hat. Hesse selbst hat es so formuliert: ‹Der Mensch erlebt das, was ihm zukommt, nur in der Jugend in seiner ganzen Schärfe und Frische, so bis zum dreizehnten, vierzehnten Jahr, und davon zehrt er sein Leben lang.›

Die ersten fünfzehn Jahre seiner schriftstellerischen Tätigkeit könnte man geradezu ‹à la recherche du temps perdu›, als ein Aufarbeiten und peinlich genaues Rekonstruieren dieser frühen Erlebnisse bezeichnen. Erst nachdem sie gestaltet, aus den halbbewußt dämmernden Speichern der Vergangenheit befreit, ins Bild und Bewußtsein der Gegenwart übersetzt waren, erwies sich die Basis als tragfähig genug für alle seine künftigen Entwicklungen und Metamorphosen. Im Gespräch über Künstler und deren Verhältnis zur Tradition und zur eigenen Kindheit hat Hesse gerne auf das Beispiel des Baumes verwiesen, der, je höher er wächst, desto tiefere und fester verankerte Wurzeln treibt.

Doch hat die intensive Beschäftigung mit Themen der Kindheit, Pubertät und Entwicklung bei Hesse noch andere Gründe. Pubertät, also Notwendigkeit und Bereitschaft zu Wandlung, Veränderung, Differenzierung und Flexibilität, war für ihn nichts Einmaliges, altersmäßig und biologisch Fixiertes, sondern geradezu eine Grunddisposition. Hesses gesamte Biographie und folglich auch seine schriftstellerische Entwicklung und Wirkung stand unter diesem Vorzeichen, das sein Freund und Verleger Peter Suhrkamp einmal so beschrieben hat: ‹Es gibt unter den lebenden Autoren kaum einen, der so oft seinen eigenen Leichnam hinter sich begrub und jedesmal auf einer anderen Stufe wieder neu anfing. Und jedesmal geschah das aus einer wirklichen und ehrlichen Not heraus, und wenn man die ganze Existenz dann überblickt, ist sie doch eine Einheit geblieben.› Noch in seinem Alterswerk, dem Glasperlenspiel, wird Hesse dieses Gesetz gestalten, am eindringlichsten in dem bekannten Gedicht ‹Stufen›, das ein einziger Ansporn ist zu entschlossener und unbeirrbarer Evolution: ‹Es muß das Herz bei jedem Lebensrufe / bereit zum Abschied sein und Neubeginne, / um sich in Tapferkeit und ohne Trauern / in andre, neue Bindungen zu geben. / Und jedem Anfang wohnt ein Zauber inne, / der uns beschützt und der uns hilft zu leben. / Wir sollen heiter Raum um Raum durchschreiten, / an keinem wie an einer Heimat hängen, / der Weltgeist will nicht fesseln uns und engen, / er will uns Stuf' um Stufe heben, weiten. / Kaum sind wir heimisch einem Lebenskreise / und traulich eingewohnt, so droht Erschlaffen, / nur wer bereit zu Aufbruch ist und Reise, / mag lähmender Gewöhnung sich entraffen.› Die jeweils von der jungen Generation ausgelösten Hesse-Renaissancen der Vergangenheit und auch die künftigen müssen nicht zuletzt mit dieser, aller Weiterdifferenzierung und Evolution offenen Haltung Hesses etwas zu tun haben.

Fast alle diese frühen Erzählungen spielen in seinem Geburtsstädtchen Calw der späten achtziger und der neunziger Jahre. 1886 war sein Vater, der baltische Missionar Johannes Hesse, nach fünfjähriger Tätigkeit in

Basel als Herausgeber des Missionsmagazins zurück nach Calw berufen worden und bezog dort mit seiner Familie das Haus der Calwer Verlagsanstalt. Hermann war damals gerade neun Jahre alt.

Das ländliche Städtchen an der Nagold, auf der in jenen Jahren noch Floße mit Schwarzwälder Tannenstämmen bis nach Holland und England befördert wurden, mit dem nahen Wald, den Mühlen, Brücken, Wehren und Schilfufern war ein in sich geschlossener Mikrokosmos, ebenso schwäbisch wie international, eine ‹Kleine Welt›, wie Hesse später seine Erzählungen über jene Jahre genannt hat. Schon in dieser kleinen Welt standen den Flößern, den Händlern und Landstreichern die Seßhaften gegenüber, die bunte und vielgestaltige Symbiose zwischen einer Landwirtschaft und Handwerk treibenden Bevölkerung. In diesem Kraftfeld und dem seiner übernationalen Herkunft (Hesses Vater war russischer Staatsangehöriger, seine Mutter in Indien geboren) wuchs Hesse auf. Ihm verdankt er eine Kindheit mit allen Möglichkeiten sinnlicher Entfaltung: Krebsfang im Fluß und Angeln mit Garn und gebogener Nadel, Heuernte, Hopfenpflücken, Mostpressen, Kartoffelfeuer und Eislauf im Rhythmus der Jahreszeiten. Das sind die Elemente, die der Prosa Hesses ihre Kontur und Anschaulichkeit, ihre Farbe und Frische geben. Mit einer sonst nur der Malerei und der Musik eigenen Unmittelbarkeit werden sie bei ihm auch durch das sonst so spröde Medium der Sprache vermittelt. Doch nicht nur Bilder werden vermittelt, sondern etwas darüber hinaus, was man mit Kurt Tucholsky ihren ‹Duft› bezeichnen könnte. Immer wird bei Hesse das Abbild zum Sinnbild.

‹Zum Glück›, schrieb er 1923 rückblickend, ‹habe ich das fürs Leben Unentbehrlichste und Wertvollste schon vor dem Beginn der Schuljahre kennengelernt, unterrichtet von Apfelbäumen, von Regen und Sonne, Fluß und Wäldern, Bienen und Käfern . . . ich wußte Bescheid in unsrer Vaterstadt, in den Hühnerhöfen und in den Wäldern, in den Obstgärten und in den Werkstätten der Handwerker. Ich kannte die Bäume, Vögel und Schmetterlinge, konnte Lieder singen und durch die Zähne pfeifen und sonst noch manches, was fürs Leben von Wert ist.›

Freilich hatte man auch damals schon ganz andere Vorstellungen von dem, ‹was fürs Leben von Wert› sei. So konnte es nicht ausbleiben, daß Hesse bereits früh die Kluft zu spüren bekam zwischen eigener Erfahrung und den Verhaltensritualen der Konvention und der Umwelt. Ein Mißverhältnis, das ihn zeitlebens peinigen sollte und von dem man sagen kann, daß es sein Lebenswerk entscheidend geprägt, ja geradezu provoziert hat. Ein Lebenswerk, das sich heute dem Unvoreingenommenen darstellt als ein von Buch zu Buch differenzierterer Versuch, Leben und Denken in Einklang zu bringen, die früh erlittene Entfremdung, den scheinbaren Gegensatz von Vernunft und Sensibilität aufzuheben. Hatte doch schon der Fünfzehnjährige seine Eltern bestürzt mit der Radikalität seiner Erwartungen: ‹Ich möchte mir den Schädel an diesen Mauern einrennen, die mich von mir selber trennen!› (Brief vom 30. 8. 1892)

Hesse wußte um die Wandelbarkeit, also auch um den fortschreitenden Verfall und die Unwiederbringlichkeit dieser ‹Kleinen Welt› vor der Jahrhundertwende. Und er hat nicht geruht, bis sie in seinen Romanen, Betrachtungen, Erinnerungen und Erzählungen festgehalten und vergegenwärtigt war. Doch nicht als heile (weil vergangene) Welt, auch nicht als Karikatur zur Beförderung einer politischen Tendenz, sondern in liebevoll-realistischen Psychogrammen: eine Welt von Handwerkern, Lehrlingen, Fabrikarbeitern, Verkäufern, Dienstmägden, Friseuren, Fuhrleuten, Hausierern, Asylinsassen, Schiffbrüchigen und Ausrangierten, kurz: wahren Prachtexemplaren von ‹Proletariern›, doch außerhalb der ideologischen Schonungen, in naturalistischem Wildwuchs.

Es hat nicht an Stimmen gefehlt, die derlei unfeine Personagen beanstandet oder, wie Alfred Kerr, von der ‹skandalösen Harmlosigkeit› ihres Autors gesprochen haben. In einem Brief von 1908 rechtfertigt sich Hesse: ‹Namentlich aber wollen sie [die Kritiker] meine Stoffe nicht gelten lassen und meinen, ich solle von Herrenmenschen und Genies erzählen, nicht von Gemüshändlern und Idioten, da freut es mich, daß Sie mich gelten lassen und es verstehen, daß in meiner scheinbaren Bescheidenheit auch Stolz liegt, und daß der Verzicht auf das Glänzende seine Gründe hat.› Durchschaut haben das nur wenige, und Stimmen wie die folgende (1912) waren an der Tagesordnung: ‹Warum mißbraucht ein Dichter seine guten Gaben dazu, in aller Ausführlichkeit einen Menschen zu entwickeln, dessen höchstes Ziel im Bartkratzen und Zöpfeflechten besteht? Man fragt sich händeringend, was der Erzähler eigentlich an den dürftigen Philistern findet, mit deren billigen Zielen er uns vertraut macht! Hermann Hesse ist zu gut dazu, um sich in kleiner Münze auszugeben und das verliehene Talent an das Nichtige zu verschwenden.›

Man braucht, um die Stoffwahl dieser frühen Erzählungen zu verstehen, mittlerweile nicht mehr Hesses Diktum ‹Ich bin immer für die Unterdrückten gewesen, gegen die Unterdrücker› zu bemühen. Ungezählte Leserbriefe schon zu seinen Lebzeiten und heute millionenfach in alle Sprachen und Kulturkreise der Erde verbreitete Übersetzungen haben bewiesen, daß diese scheinbar so lokalen und provinziellen Charakterstudien aus dem schwäbischen Calw, dem ‹Gerbersau› seiner Erzählungen, mit ihren so wohltuend unheldischen Helden die ganze Vielfalt menschlicher Psychologie und Verhaltensweisen in immer neuen Brechungen spiegeln. Denn so vertraut die Schauplätze auch anmuten, die Konflikte, die dort ausgetragen werden, wachsen weit über das Lokale hinaus, der Mikrokosmos des scheinbar Provinziellen und des Individuellen verweist vom Detail auf das Ganze. Was ‹Seldwyla› für Gottfried Keller, die ‹Dubliners› für James Joyce oder für Martin Walser die Umwelt seines Anselm Kristlein, das war für Hesse die ‹Kleine Welt› von

‹Gerbersau›. Hier wie dort kehren in den verschiedenen Geschichten mitunter sogar dieselben Lokalitäten und Namen wieder: Marktbrunnen und Mühlkanal, die noble Gerbergasse und die lichtlose Winkelwelt der Falkengasse mit ihren feuchten Fluren, den schadhaften Dachrinnen, geflickten Fenstern und Türen, den Unterprivilegierten und der Kleinstadtnoblesse, dem unheimlichen Hausierer Hottehotte, den Familien Mohr, Trefz oder Dierlamm und dem benachbarten Lächstetten.

Am besten hat bisher Max Herrmann-Neiße diesen Typus der Erzählungen erfaßt. Einige Sätze aus seiner nahezu unbekannt gebliebenen Besprechung von 1933 sollen daher hier zitiert sein: ‹Die deutsche Kleinstadt der Vorkriegszeit wird hier von einem gleicherweise zärtlichen wie wahrheitsstrengen Kenner gemalt als der krause, unterschiedliche, nicht ganz ungefährliche, im Grunde doch fruchtbare Gottes-Tiergarten, der sie damals war. Mit ihren Käuzen und kleinen Abenteurern, soliden und wurmstichigen Geschöpfen, geachteten und zweifelhaften Existenzen, mit Schreibern, Handlungsgehilfen, Missionsanwärtern, Friseuren, Pfarrerstöchtern und Gerichtsvollzieherswitwen, Vereinsausflügen, Schützenfesten und Schmierentheater . . . mit Griff in die Portokasse, Entgleisung und Selbstmord. Auch mit aller gegenseitigen Belauerung, Verlästerung, mit Bosheit, Klatschsucht, säuerlicher Selbstgerechtigkeit und grausamem Unverständnis . . . Menschen, Eigengewächse leben hier noch mit ungehetzter, ausführlicher Selbständigkeit ihr unverwechselbares, wesentliches Einzelschicksal. Das kann harmonisch mit dem subalternen Alltagsglück einer Verlobung enden, aber auch im Gefängnis . . . auch mit dem Verlust des seelischen Gleichgewichtes und völliger Verzweiflung an dem Sinn des Daseins. Denn die Himmel und Höllen dieser kleinen Welt sind nicht weniger hoch und tief als die Gipfel und Abgründe anspruchsvollerer Zonen. Und die Tragödien und Komödien des Lebens haben allenthalben ihre dunkle Glut, ihre Würde und Wirklichkeit, wenn ein echter Dichter sie aufzuspüren und zu gestalten weiß.›

Unsere Auswahl soll den Typus dieser frühen Erzählungen illustrieren. In der Reihenfolge ihrer Entstehung, die freilich nicht der Chronologie der geschilderten Begebenheiten entspricht, sammelt sie Schilderungen, in denen Hesse autobiographische Erlebnisse und frühe Beobachtungen verarbeitet hat. Die früheste dieser Schilderungen, «Aus Kinderzeiten», beruht auf einer Begebenheit, die zurückreicht bis in Hesses fünftes Lebensjahr und noch ganz aus der Perspektive des Kindes erzählt wird. Sie weckt die Erinnerung an die unbegrenzte Plastizität und märchenhafte Vieldeutigkeit unserer Wahrnehmungen in diesem Alter und läßt uns «einen Weg von nicht ganz zweihundert Schritten» nochmals wahrnehmen wie ein Kind, dem es vorkam, «daß auf dieser kurzen Strecke unendlich viel mehr geschah und zu erleben war als auf mancher langen

Reise», die wir später unternommen haben.

Eindringlicher als durch geistreiche Verallgemeinerungen gelingt es Hesse, mit solchen genau erinnerten Beobachtungen das Sterben des kleinen Spielgefährten Brosi so unmittelbar zu vergegenwärtigen, daß wir selber mit ihm in der Krankenstube zu stehen glauben und Wort für Wort beklemmend miterleben, was dort unausgesprochen vorgeht. Mit einem Minimum an artistischem Aufwand und einer Anschaulichkeit, die die ganz jungen Leser nicht weniger gefangennimmt als die älteren, ist schon diese erste Geschichte ein charakteristisches Beispiel für die Eigenart dieses Autors, der es gelingt, psychologische Schlüsselsituationen ohne allzugroße Voraussetzungen an die Vorbildung und Kombinatorik des Lesers transparent zu machen. Indem er für die differenziertesten Inhalte den einfachsten Ausdruck findet, erreichen solche Inhalte auch Leserschichten, die den meisten Autoren, die dasselbe anspruchsvoller vermitteln, unzugänglich bleiben.

Die chronologische Anlage dieses Bandes gibt einen Eindruck von der epischen Entwicklung des frühen Hermann Hesse und macht zugleich Konstellationen seiner Biographie sichtbar. Denn, wie schon eingangs erwähnt, verhalten sich Leben und Werk dieses Autors geradezu wie die Komponenten einer mathematischen Gleichung zueinander, so daß jede exakte Analyse seiner Schriften notwendig auf ihre biographische Entsprechung stößt. Eine solche bruchlose Identität schlägt sich stilistisch als Klarheit und Einfachheit nieder. Um so schreiben zu können, muß man zuerst so gelebt haben. Dann ergibt sich ungesucht eine Präzision des Ausdrucks, deren suggestive Einfachheit manchem wie Harmlosigkeit vorkommen mag, weil er die Dinge selbst, nicht mehr über sie reden hört. Denn nicht die Dinge sind kompliziert, sondern nur ihre Darstellung, sobald mangelhaft Erlebtes formalistisch oder geistreich wettgemacht werden muß. Wir haben uns immer noch nicht abgewöhnt, das Unverständliche für genial zu halten.

Problematik wird bei Hesse nicht problematisch dargestellt. Sie wird nicht erst am Schreibtisch bewußt, sondern ist – als Voraussetzung seines Schreibens – der Niederschrift vorausgegangen. Das läßt sich auch an den Manuskripten seiner Prosa erkennen, von denen es in der Regel nur zwei Fassungen gibt, eine Handschrift und die Schreibmaschinenabschrift für den Drucker. Die Handschriften wirken wie unter Diktat entstanden, rasch und in einem Guß geschrieben, ganz selten einmal eine Einfügung oder Korrektur. Im Moment der Niederschrift ist bei Hesse der Kampf um Inhalt und Form überwunden. So glückt es ihm, ähnlich seinen lebenslang bewunderten Vorbildern, den altchinesischen Klassikern, das Komplizierteste mit den einfachsten Mitteln auszudrücken, in einer Sprache, in welcher das unbewußte Bild, die Melodie, ihr zugehöriges Wort zu suchen scheint. Diese, aller Prosa Hesses eigene Musikalität, die natürliche Anmut des scheinbar Leichten und Selbstverständlichen, die

Schlichtheit und Unaufwendigkeit der Mittel, sowie die Reichhaltigkeit der Themen, Motive und Details haben Hesse einmal den Vergleich eingetragen, ein Mozart der Literatur zu sein (Emmy Ball-Hennings). Das scheinbar Mühelose, das den Umweg über den Intellekt nicht voraussetzt und beide Künstler vergleichbar populär werden ließ, macht eine solche Gegenüberstellung gar nicht so abwegig. Auf Mozarts musikalischen wie auf Hesses sprachlichen Stil trifft zu, was Hesse 1941 in seinem Gedicht ‹Prosa› über einen wesensverwandten Dichter geschrieben hat: ‹So schlicht unfeierlich und fast alltäglich / geht seine Prosa! Sie ihm nachzuschreiben / scheint Kinderspiel, doch laß es lieber bleiben, / denn schaust du näher hin, so wird unsäglich, / was harmlos einfach schien. Aus Nichtigkeiten / wird eine Welt, aus Atem Melodien, / die scheinbar zwecklos und vergnüglich gleiten, / doch sich auf andre mahnend rückbeziehen / und neue, nie erwartete vorbereiten. / ... Wie er es macht, wie er aus diesen simplen / Worten des Tages ohne Zwang und Spreizen / Dichtwerke zaubert voll von tiefen Reizen / und Silben tanzen läßt gleich wehenden Wimpeln, / dies, Freunde, werden wir nie ganz verstehen. / Uns sei genug, mit Ehrfurcht zuzusehen / so wie wir aufs Gebirg und auf die blauen Falter am Bach und auf die Blumen schauen, / die auch, so scheint es, sich von selbst verstehen, / doch Wunder sind für Augen, welche sehen.› Wie genau Bau und Rhythmus seiner Sätze dem natürlichen Atem angepaßt sind, mag eine Episode illustrieren, die Hesse am 24. 1. 1932 in einem Brief geschildert hat: ‹Ein Leserurteil, das mich freute, und auf das ich ein wenig stolz war, sprach einmal ein etwa dreizehnjähriges Mädchen aus, das seiner Mutter etwas von mir hatte vorlesen müssen. Es sagte: 'Das ist so fein bei Hesse, daß immer gerade da, wo man schnaufen muß, ein Komma oder Punkt kommt.'›

Die Fähigkeit, Ursachen zu erkennen und ihre Wirkungen sinnlich beim Namen zu nennen, steht und fällt mit der Intensität des Erlebten und dem Grad der Verletzbarkeit des Erzählers. Diese bestimmen das Ausmaß, in dem Individuelles in Allgemeingültiges umschlagen und psychische Gesetzmäßigkeiten freilegen kann, die auch in der veränderten Umwelt anderer Generationen wiedererkannt und als gegenwärtig erlebt werden. Daß konzessionslose Analyse des privaten und individuellen Mikrokosmos nicht gar so unbeträchtliche Rückschlüsse auf den Makrokosmos des Gesellschaftlichen und Politischen erlaubt, daß sie hellhörig und immun macht gegen die Gefahren und Einschüchterungen des Quantitativen, das zeigen auch Hermann Hesses Erzählungen.

Doch nicht viel anders als auf seine frühen Erzählungen, deren unstandesgemäße Helden unter der Würde seriöser Rezensenten lagen, hat die deutsche Literaturkritik der letzen zwanzig Jahre auf Hesses einfachen Stil reagiert, auf sein Beispiel, nicht mehr vorzutäuschen, als man zu sagen hat: ‹Auf Kosten der Verständlichkeit und der klaren, eindeutigen Form originell zu sein, das ist nicht Kunst.› (Hesse)

Diese Absage an artistische Hochstapelei, an alles Kokettieren mit formalen und stilistischen Effekten, soweit sie nicht der Allgemeinverständlichkeit der Aussage dienen, ist heute unbequemer denn je. Denn die spektakulärsten Vertreter der Avantgarde – soweit sie nicht überkommene Ideologien mit zeitgemäßer Konfektion ausstatten – begnügen sich meist mit Inhalten, die in einem geradezu tragikomischen Mißverhältnis zur Aufwendigkeit der formalen Mittel stehen. Die saturierte Öde einer gegen sich selbst und jede Extremsituation versicherten Gesellschaft ist kein Nährboden für selbständige Experimente. Zwischen Frühgymnastik und Tagesschau fehlt es einfach an Erlebnissen, die es mit den Sensationen manipulierter Effekte aufnehmen können. Statt auf eigenständige Erfahrungen ist man angewiesen auf Arrangiertes und science-fiction-Phantastik, während die eigene Auseinandersetzung ersetzt wird durch Wohlverhalten oder eben auf ideologische Konservenkost angewiesen bleibt.

Dieser komplexen Problematik hat unser Kulturbetrieb sich entzogen, indem er die Kausalkette auf den Kopf gestellt hat und als Flucht bezeichnet, was Konfrontation ist. Die Konjunkturhörigkeit jedes Kulturbetriebs und der professionelle Zwang zu Kompromissen reizt seine Lohnabhängigen dazu, gerade diejenigen Künstler zu bagatellisieren, welche sich solcher Elastizität widersetzen und sich in einer Ausschließlichkeit mit den Neurosen der Zeit befassen, die einem Journalisten seine Position kosten würde. So wird es verständlich, warum unsere Poesiefunktionäre bevorzugt jene Künstler einer ‹Flucht› in die sogenannte ‹heile Welt› der ‹Innerlichkeit› bezichtigt haben, die sich den Problemen der Zeit mit einer Intensität gestellt haben, daß ihre Werke von jedermann – nicht nur Kollegen – verstanden werden.

Die Wirkung, die heute wie damals von Autoren wie Hermann Hesse, Thomas Mann, Rainer Maria Rilke, Robert Walser oder auch Stefan Zweig und Ernst Penzoldt ausgeht, ist nicht das Symptom einer Flucht in die ‹heile Welt› der Vergangenheit (wann gab es eine solche?), sondern Alternative und Antitoxin zugleich gegen die Deformationen unserer Zeit.

Es ist ein Denkfehler, etwas als ‹heil› zu bezeichnen, was Alternative und Therapie ist, als ob Arznei und Gesundheit dasselbe wären. Wohl mag man sich einer derart selbstkritisch-introvertierten Therapie nicht gewachsen fühlen und sie deshalb beargwöhnen, doch kann ihr Erfolg all denen, die glauben eine bessere zu haben, nicht mehr gleichgültig sein. Schon in der ‹heilen› Vergangenheit vor den beiden Weltkriegen schrieb Hermann Hesse: ‹Unsere Zeit spricht und schreit mehr über Kunst als je eine frühere es getan hat, aber sie hat zur Kunst keineswegs ein näheres oder gar reineres Verhältnis als frühere Generationen. Im Gegenteil. Ein

Beweis dafür ist unter anderen der ganz lächerliche Mangel an Sinn für die Mannigfaltigkeit der Kunst. Man freut sich nicht am Einzelnen, man konstatiert nicht mit Dankbarkeit Gegensätze und Ergänzungen, sondern schafft Moden und Schablonen und verachtet aus Bequemlichkeit und Herzensenge alles, was nicht mit der momentan gültigen Schablone übereinstimmen will.›

34/21

rororo

NEUE DEUTSCHE PROSA

Ulrich Becher
Männer machen Fehler. 12 Kurzgeschichten [1283]
– Das Profil. Roman [1612]
– Murmeljagd. Roman [1783]
– William's Ex-Casino [1909]

Wolfgang Borchert
Draußen vor der Tür und ausgewählte Erzählungen. Nachwort: Heinrich Böll [170]
– Die traurigen Geranien und andere Geschichten aus dem Nachlaß. Hg. und Vorwort: Peter Rühmkorf [975]

Friedrich Dürrenmatt
Der Richter und sein Henker. Roman [150]
– Der Verdacht. Roman [448]

Gisela Elsner
Das Berührungsverbot [1796]

Hubert Fichte
Interviews aus dem Palais d'Amour etc. [1560]
– Detlevs Imitationen «Grünspan» [1668]

Günter Grass
Aus dem Tagebuch einer Schnecke [1751]

Max von der Grün
Irrlicht und Feuer. Roman [916]
– Am Tresen gehn die Lichter aus. Erzählungen [1742]

Peter Handke
Die Hornissen. Roman [1098]

Rolf Hochhuth
Der Stellvertreter. Ein christliches Trauerspiel. Vorwort: Erwin Piscator. Erweiterte Taschenbuchausgabe: Mit einer Variante zum fünften Akt und einem Essay von Walter Muschg [997]
– Soldaten. Nekrolog auf Genf. Tragödie [1323]
– Krieg und Klassenkrieg. Studien. Vorwort: Fritz J. Raddatz [1455]
– Guerillas. Tragödie in 5 Akten [1588]
– Die Hebamme. Komödie [1670]
– Die Berliner Antigone. Kleine Prosa und Lyrik [1842]

Siegfried Lenz
Die Augenbinde. Parabel / Nicht alle Förster sind froh. Ein Dialog [1284]

Hans Erich Nossack
Spätestens im November. Roman [1082]

Gregor von Rezzori
Maghrebinische Geschichten. Mit Zeichnungen des Autors [259]
– Oedipus siegt bei Stalingrad. Ein Kolportageroman. Nachwort: Nicolaus Sombart [563]
– Neue maghrebinische Geschichten. 1001 Jahr Maghrebinien [1475]

Martin Walser
Ehen in Philippsburg. Roman [557]

Peter Weiss
Die Ermittlung. Oratorium in 11 Gesängen [1192]

Oswald Wiener
Die Verbesserung von Mitteleuropa. Roman [1495]

Gabriele Wohmann
Abschied für länger. Roman [1178]
– Ein unwiderstehlicher Mann. Erzählungen [1906]

791/3

B 1 / X–'76

863/2